# 在路上

余祖军 著

陕西新华出版传媒集团
太白文艺出版社·西安

图书在版编目（CIP）数据

在路上 / 余祖军著. — 2版. — 西安：太白文艺出版社，2017.9（2023.2重印）
ISBN 978-7-5513-1214-1

Ⅰ．①在… Ⅱ．①余… Ⅲ．①短篇小说—小说集—中国—当代 Ⅳ．①I247.7

中国版本图书馆CIP数据核字（2017）第180131号

在路上
ZAI LUSHANG

| | |
|---|---|
| 作　　者 | 余祖军 |
| 责任编辑 | 葛　毅 |
| 整体设计 | 贺　斌 |
| 出版发行 | 陕西新华出版传媒集团<br>太 白 文 艺 出 版 社 |
| 经　　销 | 新华书店 |
| 印　　刷 | 三河市嵩川印刷有限公司 |
| 开　　本 | 787mm×1092mm　1/16 |
| 字　　数 | 260千字 |
| 印　　张 | 19.25 |
| 版　　次 | 2015年12月第1版<br>2017年9月第2版 |
| 印　　次 | 2023年2月第3次印刷 |
| 书　　号 | ISBN 978-7-5513-1214-1 |
| 定　　价 | 56.00元 |

版权所有　翻印必究
如有印装质量问题，可寄出版社印制部调换
联系电话：029-81206800
出版社地址：西安市曲江新区登高路1388号（邮编：710061）
营销中心电话：029-87277748

# 自 序

  1995年的冬天,我生了场大病,突如其来的感冒,差一点儿要了我的命。医嘱必须静养。这期间,朋友送来了两本书:一本歌德的《少年维特之烦恼》,另一本但丁的《神曲》。为了打发无聊的时光,我随意地翻开了它们。谁知文学的病毒,就这样悄悄上了我的身,犹如一只不起眼的桃核。

  多年来,我一直对文学心怀梦想。在紧张繁忙的八小时后,喜欢一个人蜗居在房里,与自己对话,写自己的喜怒哀乐。夜阑梦断,听见时钟的脚步精确地从枕边嘀嗒走过,不禁黯然心惊。夜色浓稠,看不清文学之光离我是越来越近,还是相反。

  这本小说集实际上是对自己业余追求成果的一种小结,像牛郎拾粪。集子中收录的作品,都是得到编辑和读者们青睐的部分,有的居然帮我获得了荣誉。

  《铁链枪》是我的处女作。小说讲述了一个中学生被老师赶出教室、逃学在外的坎坷历程。故事从寻找一只丢失的玩具手枪开始,少年历尽劫波,最终用生命换回了心爱之物。多年后,我依然清晰地记得创作这篇小说的过程,那种酣畅淋漓的写作快感,至今难忘。然而十多年前的这次无心之作,竟使我阴差阳错地捧回了首届瀛湖文学奖的一等奖。站在领奖台上的那一刻,不由感慨万端,一面囿于流水落花,另一面却是因为文学的壮志未酬。

  《僧兵》是我近期的作品。它不像读者看到的那样通俗和传奇,有一种对战争和历史思考的意味。小说的主人公是个出家人,当告别师父下山的时候,红尘的绳索一下将他紧紧攫住。作为特定的主人公,无疑要经历世间凡夫经而未经的故事,家仇国恨像毛发断而不绝。与其相对的宫本是一个狂热的军人,天皇赋予了他灵魂,最后却又交给了宗教。从这个层面来讲，宗教是否就能泯灭人类的仇恨与战火？这部作品后来获得了2014年度今古传奇优秀中篇小说奖。

《在路上》像一个水果拼盘，将六个小故事一一呈现给读者。其实，历史上很多人，对路有过精彩的表述，或者哲学的，或者艺术的，不一而足。我想说的不是精神层面的心路，而是雕刻在地球沟壑纵横之间的物质大道。应该承认，它们建设的过程是艰辛和不易的。我小说中的一个人物说：渡驴渡马即是佛。

集子中其他几部小说，也是在国家公开刊物上发表的作品：《危机》《砸墙》曾连续获得省市的文学奖；《林家染坊》《致富的童年》有对家族先贤祭奠的意味，这里不一一赘述。

佛讲，众生相。人生中与我们擦肩而过的，有多少一眼万年，又有多少对面千里？我不认识作品中的娘、小兰、霞和娴，也不认识小丰叔叔、老表、棋抑或淳空，但这些年，他们却一直陪伴在我的左右，有的居然从事着与我同样平凡而又伟大的事业。其实，他们都有自己的梦想与追求，不关我的事。他们好像对我的处事原则，嗤之以鼻。但细心的读者会发现，作者个人真实生活的影子在他们的身上跳跃，似真似幻。他们的音容笑貌，已融进我的呼吸之中。出这本书时，我担惊受怕，心怀忐忑，不知道它的命运如何，也不敢奢求，在市声如潮的世界里，读者对它有多高的评价。但我将自珍自爱，犹如母鸡护雏，因为它是我的孩子。

许多作家对于艺术的见解是一厢情愿的，这样往往会造成两种结果：或者在困境中悟道，或者继续摸索。有时候，问自己，除掉上班，你到底能干什么？一个声音回答：写。我懵懂半响，最后点点头：这是对的。我固执地认为，只要努力，终有一天，别人会冲自己的后背指点：瞧，一个作家。这，是我的梦想。所以很多时候，我注定——在路上。

2015.5.1

# 目 录

在路上 /1

林家染坊 /13

致富的童年 /70

砸墙 /96

危机 /123

铁链枪 /148

布谷鸟和金银花 /164

僧兵 /171

# 在 路 上

记得多年前大学毕业时,同学们要交换毕业纪念册,上面不仅有临别赠言,还要留下个人大名、星座、爱好,甚至血型和人生信条等。其他的都好对付,就是人生信条这一块儿,实在懵懂无知,没啥表的。最后干脆玩了个深沉,大笔一挥写道:在路上。谁知几年后,我真的从事了与路有关的工作。看来人生处处充满着蹊跷和玄机,不能马虎。你经常能够听到:大人小心、圣贤庸行之类的劝谕。圣贤都会那样,何况我等小民?下面,我讲几个与路相关的小故事,以飨读者。

## 表哥大路

我姑妈的孩子很多,共计七个,名字都很大气、响亮。大表哥叫大路,二表哥叫大桥,三表哥叫大水,小表哥叫大车,剩下的是闺女,姑父也不含糊,取名为大莺、大花、大霞。反正是大字辈,就一路大到底。

大路表哥一直弄不明白,父母为什么给他起这样一个名字。莫非注定今生要与路有缘?有一次我陪他喝酒,表哥喝得有些高,红着脸冲我讲,世间的事情难说哩,坏事能变好事呐。我问为什么,他讲了小时候一件很有意思的事情——

大红公鸡站在草垛上,抖擞羽毛,引吭高歌,歌!歌!歌!它叫头一遍,表哥就醒来了。

表哥醒来得比姑妈早,更比妹妹早,看妹妹胖乎乎的小脸还沉浸在睡梦中,表哥就一阵窃喜。他三两下穿好衣裤,跳下床去,想今天妈妈带自己去城里是一定的了。姑妈是在昨天吃晚饭的时候,当着表哥和妹妹宣布要去城里姨家的消息的。姑妈说,姨家地方窄,容不得人多,只能带一个。表哥的心一下子凉了半截,姑妈没说带谁去,但表哥知道妈妈带他去的希望太小了。妹妹的小脸上已经洋溢出幸福的红晕,埋头扒拉饭时,还不时地向他得意地眨了眨眼。表哥有些坐不住了，在桌底狠狠踢了妹妹一脚。妹妹想喊，却又止住了，妹妹太高兴了，这时不想跟他闹。表哥说："妈妈我想去。"姑妈笑着说："这样吧，明天你们谁起床早谁去。"大家知道，表哥有睡懒觉的毛病，可现在，表哥起得比谁都早。

表哥站在院子里的一株梧桐树下解手，半个太阳从山那边露出来，空气中弥漫着一层透明的薄雾。两只红喙绿翅的鸟儿在梧桐树枝上跳来跳去，它们的小嘴里发出笛样的声音。一只七星瓢虫安静地卧在青翠的竹叶上，它抖动了一下翅膀，翅膀有好几层，外面的是褐色，里面的是碧绿色，再里面是粉红色，有点儿像城里的霓虹灯。表哥对着鸟和那只胖胖的七星瓢虫说："知道吗，我要去城里了。"

大路表哥惦记着今天进城又可以游逛摆满了玩具、小人书的百货商场了，可以吃到用各种各样漂亮纸片包装起来的味道怪怪的糖果了，可以坐上高入云霄、快如狂风的过山车了。总之，城里的一切都是那么新鲜和诱人。表哥要去城里了！

小花猫蹑手蹑脚地爬到一棵茎干比较粗壮的蔷薇花下，心怀叵测地监视着那两只鸟儿，表哥有些讨厌它，拾起了一块石头，准确无误地掷向了那个不识时务的家伙。"喵！"花猫叫了一声，一瘸一拐地逃进树荫里。

"你在干什么？"背后传来姑妈的问话。

表哥慌忙转过身："我起得早，妈妈。"

姑妈没有理表哥，转身进了屋。一会儿，表哥看见妈妈在认真地给妹妹梳洗了。妈妈将妹妹的头发辫起来，还给妹妹扎上了一只鲜艳的蝴蝶结。妹妹闪着大眼睛，抿着嘴乐。表哥心里急了，眼涩得难受，说："妈妈，我也要去。"姑妈顿了顿，叹了口气说："好吧！但你要安宁点儿。"姑妈让表哥洗了手脸，帮他穿上了新衣服，又把表哥拉进怀里，用梳子把他糟乱而倔强的头发一根根拢平了，还左看右看了一下，最后说，走吧。

表哥的心一下子飞了起来，他和妹妹高兴地奔跑在乡间的小路上。表哥注意到，妈妈换上了干净的衣服，头发梳得齐整整的，脸像擦了些什么，粉粉的，煞是好看。表哥想，进城去就是不一样。

大路表哥的心已飞出了山外，向着手枪、小人书和过山车飞去。他仿佛已经看到在半空中呼啦啦飞转的过山车了。有一次姨带表哥去游乐园坐过山车,过山车好高好快,像风一样,比荡秋千的感觉要好一万倍!坐在过山车上,表哥看见姨在笑,妈妈也在笑,妈妈笑起来和姨一样好看……表哥当时想,要是自己生在城里,该多好啊!

一想到过山车,大路表哥就管不住自己,他伸出双臂,闭上了眼睛,在坎坷的山路上飞跑了起来,好像自己正坐在过山车上,身边的事物都飞快地旋转着。

突然,脚下绊了一下,表哥一个筋斗跌下去。表哥想爬起来继续跑,但腿已经不能动了,一阵钻心的疼痛袭来,他想哭,又怕一哭就进不了城了。表哥就咬紧牙关坚持着,可疼痛毕竟无法抗拒,他的额头上冒出了豆粒样的汗珠,最后晕了过去。

醒来时,表哥发现自己伏在妈妈的背上,一只红翎蓝翅的百灵从他的头上飞过,在百灵飞过的上空有一片轻柔的乳白色的云朵,正向山外缓缓飘去。

表哥的眼里突然涌满了泪水,哇的一声哭了出来。自那以后表哥的腿就落了小恙,走路老不大利落,总像是裤腰没有抒好一样。

长大后,表哥原想去城市里打工,但人家一看他的走姿就直摆脑壳,被弄得灰头土脸的。表哥后来发誓说:"好马不吃回头草,我一定要铲平门前的路!"话说得义愤填膺,似一挥手就能将天下的大道小路全抒平似的。他像前辈子与路有仇,整天扑在路上捣鼓。后来因为修路有功,竟被破格录用为养路工,经常穿个黄马甲在路边铲野草、填土坑或者拿个扫把刷刷地扫路面。由于工作上心,多次得到上级的表扬,大红奖状贴了一墙面。

表哥这时拍了拍有点儿残疾的腿问:"你说,人世间是路重要还是腿重要?"我一时有点儿蒙,答不上来。

表哥哧哧直笑:"路就是腿,腿就是路!"

## 表姐大莺

又是一场细细的春雨,杏村周围的杏林缀满了红黄鲜亮的杏子。表姐在杏林里愉快地劳动着,几只色彩纷呈的蝴蝶在她周围轻盈地飞来飞去,表姐一边劳作，一边轻轻地哼着歌：在那桃花盛开的地方，有我可爱的故乡……远处传来一阵阵喧天的锣鼓声和乐队奏出的高亢的进行曲，是庆祝杏村通往县城的公路竣工了。表姐停下手中的活，怔怔地望着，如花的脸上突然就泛起了红晕，一位黑皮肤、戴眼镜的瘦高个儿青年的身影浮现在她眼前。表姐说："杏子熟了，杏子已经熟了。"

表姐与施工员小周的结识是在去年的一次赶集途中，也是在杏子挂满树枝的季节。清晨，表姐挑着满满两篮杏子赶集。崎岖的山道蜿蜒起伏，挑着杏子的表姐像一只美丽的蜗牛缓缓地爬行。一只满身白毛的大肥猪坐在由两个壮汉抬着的木架子上，走在前面。大肥猪忽悠着两只耳朵，不时晃头晃脑冲表姐发出阴阳怪气的哼哼声。表姐觉得可笑，想这山沟里什么时候能改变这种"人做轿夫猪坐轿"的局面呀！

表姐挑着杏子终于翻过了横亘在家门口的那座大山，来到了河边。一群身着橘色背心的人正在河坡上嘈杂地忙碌着，他们把绘有红道道的标杆一会儿插在地上，一会儿又拔起来扛到肩上，有的还端着镶有小镜片的仪器。在他们走过的地方都栽下了标着数字的木桩。是不是要修路了？表姐心里一阵惊喜。

表姐把挑子慢慢地从肩上挪下来，准备看个究竟。刚把挑子放下，突然一只竹篮被山道上突兀的石块顶了一下，倾翻了，黄亮亮的杏子如珍珠一般沿山坡向下滚落，有几颗就一跳一跳到了手握测绘仪的那个人的脚面上。那个青年放下仪器，笑呵呵地走了过来。表姐就在这里认识了施工技术员小周。

小周帮表姐捡拾完天女散花满地滚的杏子，重新支好竹篮后，摇着头叹息道："可惜！可惜！"表姐捋了捋贴在耳际的一缕秀发含羞地笑道："可惜什么呀？在我们杏村吃不了又运不出最后眼看着烂掉的杏子不知道有多少！"表姐说，"这全是没有公路给闹的！"表姐突然抬起美丽的大眼睛注视着小周问："你们是要修公路吗？"小周抓起搭在脖颈上的毛巾擦了把额头上的汗说："当然！不然我们这些穿黄马夹的到这儿来干吗？"表姐就把另一只竹篮中黄亮亮的杏子捧给小周，说："谢谢你们！谢谢你们！"小周有点儿不好意思，红着脸说："谢什么，我们的工作嘛。"但表姐坚决地请小周尝尝鲜,小周就认真地捡了一颗放在嘴边咬了一口,当即赞不绝口:"名不虚传!真名不虚传!杏村的杏和杏村的姑娘一样可人。"表姐就又偷偷地笑了。表姐记得小周说,等明年把路修到村里的时候,再专门来杏林里慢慢享受。表姐一直记着这句话。

山前的那条公路在推土机、挖掘机、开山炮的吼声中一寸寸、一截截地向杏村延伸。表姐每次赶集都要在工地上伫立许久,看挖掘机和推土机如何将小山包一下一下削平,看施工人员如何在工地上有条不紊地施工。细心的人会发现,表姐来工地并不完全是关注公路建设,表姐秋水似的眼睛在工地上四处逡寻,目光像透明的丝带,总缠绕在夹着图纸奔忙的小周的背影上。小周偶尔也会看见表姐,会朝表姐会心地一笑,那笑容就一下烙在表姐的心上。有时小周会大步走到表姐跟前和她大声打招呼,表姐这时却不知说什么好,涨红了脸扭身像小鹿一样跑开。表姐想,终有一天小周会知道她来干什么的。

表姐挥手赶了赶在面前翩翩起舞的蝴蝶,她说杏子熟了,路也修好了……

村姑表姐在一个早上,提着一篮盛得满满的杏子,来到公路施工队的驻地。篮里杏子个个红黄透亮,闪着晶莹的光泽,表姐提着篮子去敲门,但门都紧闭着。透过窗户一看,平房里空荡荡的,表姐的心也便跟着空落落的。一个胖老头从隔壁屋里走出来问:"你找谁?"

"小周。"表姐的声音像蚊子一样。

"走了。又有一条新路要修,他们去那里了。"老头说。

"那,还回来吗?"表姐的心湿漉漉的,泪水几乎要蒙住了眼睛。

"还会回来的……"胖老头冲着表姐跑远的背影喊,"你的杏子……杏子!"

一辆辆满载着杏村熟透了的杏子的卡车,从表姐身边飞快地驶过。有人在山坡上放声高歌:在那杏花盛开的地方,有我可爱的姑娘……

表姐的泪水哗地奔涌而出。

## 同学森达

森达的姓名有点儿怪,容易让人联想到现今某个著名服饰的品牌。但我敢断定那个满是胡茬子的农村汉子，给自己孩儿起名字的时候，那个品牌绝对还没有上市哩，那是多久远的事啊！

上学的时候我曾经问森达："你为啥叫这个名字？"他说："父母起的嘛，我没有啥办法。"我问："你们姊妹几个？"他答："三个。"我笑着问："都叫什么？"他说："老大森木，老二森林，还有我。"森达为人谦虚，自小学习好，是我们那里的高考状元。在我的老家，他和他的姓名一样，令人难以忘怀。

这已经是第99封信了，森达不知道自己再该写些什么。森达咬着笔杆，望着窗外黑绸一样的夜色痴痴地发呆：云能来吗？

森达和云是在大学期间相识的。学习公路桥梁专业的森达有一次参加了校园的文艺会演，他激情地朗诵了自己创作的诗歌《桥·音乐》，森达深沉浑厚的男中音在明亮华丽的钢琴曲里产生了令人震撼的效果。最后，当森达抬头高吟"桥，飞落的彩虹；桥，凝固的音乐"时，观众席一片寂静，继而刮起一阵鼓掌与欢呼的旋风。一位头扎马尾辫的女孩儿就在这时从舞台一角的钢琴旁站了起来，袅袅地走到前台，轻牵住森达的手向观众致谢，她就是音乐系三年级的高才生云。

云说她爱桥，爱音乐，就这样认识了森达。森达也就这样握住了校园之花云的手。森达和云的爱情像那冬季的雪花一样浪漫而丰盈。森达说："云，我要给你造一流的桥，我要给你最美的音乐。"

公路桥梁专业的高才生森达毕业后，真的就选择了架桥铺路的行业，并很快被派到了一个偏僻的架桥工地。然而，心上人云并没有森达想象的那样高兴。

在分别的日子里，云总是怏怏不安地问："你受得了吗，风餐露宿的你受得了吗？"森达优雅地捋一捋云的秀发笑道："相信我吧，我会给你造世界上最美的桥，我会奉献给你最美的音乐的。"但云的眼里依旧流露出一种怀疑和猜忌的神色。森达没有顾及到云的心情，毅然投入到自己钟爱的事业中去。

森达来到了建桥工地，内心燃烧起勃勃的无法抗拒的工作热情，要建最美的桥。森达与同事们一起加班加点地干，牺牲了很多休息时间和节假日,一心一意地扑在了工地上。眼看大桥一天天崛起,森达感到快乐极了。但他渐渐觉得与云之间好像发生了什么,已经很长时间没有接到云的信息了,有几次他从火热的工地抽身去探望心上人都扑了空。云好像有意躲着自己,森达的心里空落落的。森达不断地给云写信,每一封信都向云不厌其烦地介绍这里的情况,表达对云的思念之情。森达说:"我要用一座宏伟的大桥,来表达对你爱的深度;我要用大桥竣工的锣鼓,来向你求婚。"森达已经写了98封信了,大桥很快就要竣工了,云怎么还不来呢?云怎么还不来呢?森达咬着笔杆想。

云能来吗?森达一遍又一遍地问着自己。周围一片寂静,除了偶尔驶过的汽车引擎声外,没人回答。云,云,我的音乐。森达扔下手中的笔,拿起了床头的吉他,手腕一抖,《致爱丽丝》的旋律便似水一样流了出来,沁满了森达的小屋,森达完全沉浸在心上人云美丽的笑容里。

吧嗒!吧嗒!有雨滴打在了窗前的桐树上,声音由小到大,后来豆大的雨珠就滚过屋檐敲打得屋瓦砰砰一片乱响。暴雨惊醒了依琴而眠的森达,森达忙跃身站了起来,他担心这样大的雨会给施工带来麻烦,于是拿起伞不顾一切地冲进了大雨中。风很快就掀翻了森达的半自动布伞,雨线拧成绳拍打他的全身,但森达毫无惧色。森达喊:桥!桥!森达在暴风雨里跑着,终于到了桥下,他噔噔地跑上了为施工临时搭建的小木桥。有人就在这时向森达发出了警告:危险!危险!可一切都迟了,汹涌的河潮刹那间便卷走了那座可怜的小桥……

夕阳如血,气势雄伟的大桥旁的红枫林在湿润的泥土中发出潮水似的喧响,这是一个风景如画的地方。一座被菊花簇拥的墓碑前伫立着一位浑身散发着音乐气息的姑娘,姑娘的嘴里不断地嗫嚅着:"我来了,你知道吗?我已经准备好了婚礼服,正等着你的第99封信。"

## 老根儿光东

光东是我的老根儿,虽然仅仅比我大七天。母亲常对我讲,多亏光东,要不然,就没有你的小命了。这话的意思并不是说,光东做了什么英雄高义的事情,主要是他和我同年同月生。母亲说,我出生时没有带下奶水，整天哭号，一家人一筹莫展。这时邻居光东母亲奶水充足，雪中送炭过来帮我母亲解了围。于是光东的母亲便成了我的奶娘、干妈，光东顺理成章成了我的义兄。义兄光东，的确是个非常不错的青年，英俊、聪明、脑子活，和森达一样，人们每每提起来，都要扼腕叹息。

晨曦微露时分，地上覆着一层莹莹的薄雪。瑟缩的几个早行人看见一辆大型卡车，满载着货物，奔驰在刺骨的寒风中，卷起一路凛冽的雪末。

一条鲜艳的红色丝巾在驾驶室内迎风飞舞，夺目的红光映红了驾驶员光东俊美的脸。光东出门已很久了，正在往家赶。光东冲丝巾得意地眨了眨眼睛，脸上露出春天般的微笑，娴会喜欢的，娴一定会喜欢的。光东的眼前浮现出未婚妻娴温婉可人的形象。光东的心底燃烧起一股炽热的火焰，他把油门踩了一下，又踩了一下，心早已飞到心上人的身边。

太阳出来了，冬日稀薄的阳光软弱无力，路上的雪与夜霜依然未化。车道上车很少，偶尔见到的几个也像鳖虫一样小心翼翼地向前滑行。它们与光东卡车的风驰电掣形成鲜明的对比。光东向他们投去轻蔑的一瞥，光东说："软包，真是软包，这点儿雪就怕了，还怎么出来混！"要知道，光东是不怕的，光东在驾驶方面的大胆与娴熟路人皆知。光东从小就崇拜银幕英雄杨子荣，光东想杨子荣当年荡着雪橇就智取威虎山，这点儿雪怕什么？

光东开着车风一样从那些车旁一掠而过，不时探头向他们吹一个响亮的口哨。一个戴鸭舌帽、脖子上裹着围巾的胖子，摇开车窗对光东喊道："不要命啦，你不要命啦！"但飞车英雄光东对此充耳不闻。光东说："软包软包，你们全是软包！"

午后时刻，光东将车停在一个马路拐弯处，然后径直向一棵松树下走去。如果你常出远门，就会知道光东要干什么。光东抬头看看天，天空湛蓝而明净，棉絮般的云层若有若无。太阳升得很高很高了，但地上依然冷峭，不时有阴风往人脖领子里钻。他在树后一边畅快地小解，一边放声高歌：穿林海，跨雪原，我气冲霄汉。唱着唱着，突然肚子也跟着咕噜噜唱起来了。光东四下里望了望，一面偌大的"酒"字旗幡就在这时进入了飞车英雄光东的视线，他的嘴角露出一丝浅浅的微笑。

光东的车很快就停在了那家小店的门前。据小店老板后来回忆，光东起先并未叫酒,只是闷着头吃面前的一大碗阳春面。光东开始的确没有喝酒,光东在想娴说的话,娴用白嫩纤细的手指点着他的鼻子说:"记住了吗?不要喝酒,千万不要喝酒。"但光东最后显然违抗了娴的指令。光东说:"娴,你不能怪我,你知道英雄是离不开酒的,杨子荣离不开,我也离不开。"有人看到飞车英雄光东最后从小店出来时,面若鸡冠,气势如虹,有人还赞叹光东酒后驾车的技术依然是那么棒。

雪大约是在黄昏时飘起来的,先是一瓣两瓣,最后鹅毛般的大雪就落了下来,铺满了整个车道。许多车辆在路边停下来,安装防滑链或者干脆停驻路边等着雪霁。飞车英雄光东对此毫无察觉,他不时腾出一只手去抚摸那条色彩艳丽的丝巾,那是他花尽心思为娴挑选的。光东说:"快了,快了,就要回家了。娴一定会喜欢的,一定会喜欢的!"

光东把油门踩了一下,又踩了一下,明亮的雪光中剪出光东飞车狂奔的影像。光东的驾驶室内飘出亢奋激越的歌:穿林海,跨雪原,我气冲霄汉……

但悲剧在一瞬间发生了。有人听到一声凄厉的尖叫,接着看到一辆大型运货卡车以飞快的速度在空中划出一道优美的弧线,跌落进崖下的河滩上。

光东完了。在分析这起事故时,有人说,是雪天路滑,有人说,是酒后驾车,也有人说,是超限超载……

只有那条鲜艳的红色丝巾,无声地在洁白的雪地上静静地燃烧……

## 船工憨爷

憨爷在我的老家做了三十年的船夫。我不知道人们为什么都喜欢喊他憨爷。如果你要渡河,只要向着对岸那两间瓦屋喊一声憨爷,先是听到一声狗吠,接着便会看到勾着腰扛着橹笑呵呵的憨爷了。憨爷的船划得平稳、快捷而有节奏,唰!唰!像一列有轨的火车。其实,憨爷也算是吃官饭的,每月可以从镇上领取一点儿薪水。镇上那些吃白食的二流子结伴过河去鬼混或者打鸟的时候,总是不怀好意地拍拍憨爷凸起的后背叹息道:"憨爷工资不少哇,瞧!营养过剩了吧?"憨爷依旧呵呵地笑着,咯咯吱吱地摇着橹。

憨爷偶尔也喝点儿酒，在人流闲淡阳光明媚的午后。酒后的憨爷就爱唱两句：慢慢吃，慢慢喝，月白风清好过河，醉时携娇同归去。憨爷一辈子没有女人，但没有女人的憨爷却的确有过携娇同归的故事。

一个风雨交加的夜晚，憨爷被阿黄的吠声惊醒。憨爷摸索着起身问阿黄："有人过渡吗？"阿黄答："汪汪汪！"憨爷猛然听到有人喊自己的名字。憨爷飞奔了出去，只见汹涌的河面上一叶小舟被巨浪掀翻，好几个女人在水里挣扎。憨爷很奇怪，那些女人呼喊救命的声音好像在喊他："憨爷！憨爷！"扑通一声，又扑通一声，憨爷和狗先后跃进了水里。憨爷见头发就抓，见衣服就扯，憨爷不知道自己竟然有那么大的力量将五个女人全部救上了岸。当憨爷拽着第五个女人水草一样的长发，游到对岸时，就晕了过去。

憨爷醒来时，风停了，雨住了，阿黄正用一对黑亮亮的眼睛定定地瞅着他。那畜性见他醒来，激动得摇头摆尾直往憨爷的脸上凑怀里钻。"哎！老伙计！"憨爷抬手顺了一下狗毛茸茸的脑袋说，"你要是个人就好了。"憨爷突然惊叫了起来。几个女人白生生的脸就在这时凑到了憨爷的眼前，她们嘘寒问暖向憨爷吹送狐仙似的迷人的气息。憨爷从没有这么近地看过女人，他发现女人们的脸由于受过惊吓而飞满了红霞。憨爷有些醉了，差点儿伸出手去摸那红润的女人的脸，但船工憨爷最终晕头晕脑地站了起来。"过渡吗？"憨爷问，"你们要过渡吗？"

这些来自上河遥远村庄的女人们没有立即离开，她们把憨爷那间简陋的瓦屋收拾得清清爽爽、一尘不染，给憨爷洗衣服做可口的饭菜。许多人都说，老船工憨爷交上了桃花运。

令他们吃惊的是，憨爷那几日根本就没有回屋，晚上就蜷睡在船仓里。女人们在憨爷的屋里住了一天两天三天，第三天，她们在憨爷的介绍下搭乘一条过路船消失在蒙蒙的河雾里。

憨子，真是憨子！许多人都在憨爷背后议论憨爷的傻。

这一天，许多要过渡的人，一起站在河边喊："憨爷，过渡了！"这次却无人应声。只见憨爷的大黄狗在船仓里对着岸边嘶嘶地哀鸣。人们后来发现憨爷去了。憨爷半躺在船仓里，双手握着橹，看样子是要做一次远行。

憨爷死后，阿黄在空旷的河滩上徘徊了好些天，最终在憨爷的坟前被几个馋嘴的人设法套住了。听说阿黄后来是被红烧着吃的，吃过那锅红烧狗肉的人对其肉质很不满意，他们都使劲地摇着头说："太难吃了，那只狗肉太难吃了。"

## 青年眷诚

讲完几个发生在身边的碎片般的故事后，我又想起了一个有点儿久远的历史旧事，它也和路有关。

晨阳如火，霞蔚浸流。数不清的鱼艓轻艖在江面上穿梭如织，码头上缎庄布行、染坊烛铺等大大小小的招牌鳞次栉比，福州这座东南锁匙仍然是一派生机勃勃的祥和景象。

一艘木质大船静静地停泊在马尾港边，高耸的桅杆上旗帜随风飞扬，明黄色的旗面上一个鲜红的"龙"字，有如血染。旗下，一个青年手持望远镜沉静地眺望远方。远处，几艘铁甲巨舰正劈开巨浪来回游戈，甲板上的水兵手持枪炮操演，如塔的铁炮已撕开炮衣，斗大的炮口无所顾忌地刺来刺去，霸气纵横。

青年剑眉紧蹙，冲一旁的副将道："迅速报告张大人，敌军已做好进攻准备，此战在所难免。"兵士匆匆而去。

这时江面上银山翻滚，潮声如吼。

"眷诚，情况怎么样？"一个中年军官急匆匆地走过来问。

"大人，"青年摇了摇头道，"您看敌军已经做好了攻击准备，战事一触即发。"中年军官接过望远镜，眺望了一阵后脸色倏地阴沉起来。

"退潮在即，我军船头全部靠内，如果此时敌军攻击，我军必遭重创，望大人早作布置！"青年拱手禀道。

中年军官刀眉一拧，捏住望远镜，似乎在下决心。

一个兵士从下面噔噔地跑上来禀告："闽浙总督何璟大人、船政大臣何如璋大人、福建巡抚张兆栋大人和福州将军穆图善大人联名传令，福州水师必须在军港待命，不得起锚，随意移动……"兵士吞吞吐吐。

"还有什么？"中年军官气咻咻地喝问。

"不可擅自开火，否则，虽胜亦斩。"兵士鼓足勇气禀道。

"天！"青年沉痛地拍了拍围栏，仰头长叹。中年军官苦笑了一阵，喟然道："眷诚，你我为朝廷当差，还是谨守朝命吧。"言罢甩袖回舱。

此时水面上浮起一层薄薄的水雾，一群海鸟在云水间翻飞。青年伫立船舷，望着沉沉的天空，一言不发。这是一个什么样的国家呀？他想，现在已经是19世纪，美利坚已经生产出了推动力超过两百吨的内燃机了，而这里还在用木船。他感觉自己现在的样子，很像在耶鲁大学图书馆里读到的那个堂·吉诃德，滑稽可笑！

青年再次举起望远镜眺望远方，突然发现前面敌军旗舰"伏尔泰"号上的三色旗在缓缓降落。心头蓦然一惊，一种不祥的预感漫上全身。军舰上降国旗，只有两种情况：一是为主帅牺牲哀悼，二是战斗即将打响。他立刻转身下令："解缆起锚，准备战斗！"

兵士们疑惑地问："这样做，万一坏了朝廷求和的大事怎么办？"

"出了事我一人承担！"青年喝令，"立即行动。"

正说着，一发炮弹已呼啸而至，船上的桅杆应声而折，龙旗被炮火撕裂坠入大海。轰！轰！敌舰的炮弹如乌鸦一样密集飞来，港内两艘木壳军舰随即起火，最后不甘心地沉入了水底。

"瞄准敌军旗舰开炮！"青年厉声下令。

"嘭！"大清国南洋水师旗舰"扬武"号终于率先射出了愤怒的一炮，这一炮准确地击中了法军旗舰"伏尔泰"号，当场击毙法军六名。敌军旗舰摇了摇，缓缓驶出了战斗区。

与此同时，我军其他舰船匆忙剪断缆绳起锚应战，但为时已晚。仅约30分钟的短暂炮战，港口内11艘舰艇除两艘驶向上游搁浅外，全被击沉，伤亡700余人，中国南洋水师全军覆没。

"大人，我们败了！"一个水兵上前泣道。

"不，非战而败！"一行热泪终于滚出了青年詹天佑的眼角。

时，1884年8月23日。

127年后，中国第一艘航母缓缓驶出了茫茫大海。

# 林家染坊

早春的清晨,娘开门出来抬头望天的时候,就看见了大庙山的山顶上飘着彩霞。霞光很灿烂地弥漫着,几乎盖了整个大庙山的山头。

一队百灵斜斜地飞过山梁上茂密的乌桕树林,落在古庙前的千年柏树和紫荆树上。娘一下子乐了:"好天呀!"娘的脸在霞光的映衬下显得无比娇媚。

娘准备上山进香。

## 一

吃过饭,娘便领着柱儿上山。

寺庙距家不远,直线距离也就四五里的样子。但山路崎岖,一进一出就绕了路程,要走上一阵。轿子只能停在山门前,人得拾级而上。

时届立春,来往的香客很多。娘一袭淡蓝色的旗袍,袍面上缀着点点闲散的碎花,外面套一件胭脂色的夹衫,头上绾着碧螺髻,斜斜地插了一支凤钗。娘所经之处掠过一股细微的棉布的清香,许多闲人吁吁地议论。几位上了年岁的妇人眼光热切地和娘搭话,娘就站住和她们打了招呼。有妇人伸手小心摸捏一下娘身上的罗裙,啧啧称赞:"倒是染坊家的太太,衣服像云像花的。"也有人惊叹:"好漂亮呀!"但这样的赞叹就令人弄不懂,不知是在惊叹衣服,还是在惊叹穿衣服的人。娘微笑着从那些人中间迤逦而过。

佛殿前,一位身着灰布禅衣的和尚,正在案前诵经,额前亮闪闪的是早晨清澈的阳光。木鱼清脆的笃笃声像一些春鸟在庙堂的上空盘旋。和尚对于周围的一切茫然无顾。娘在那里上香。娘精巧细致的手拈起三根香,然后拢齐香头对准供桌上的烛心点燃,趁火尚未熄灭,在空中迅速地划过,明灭的火烬仿佛美丽的流星在透明的天光中划出一道明亮的弧线。娘将香小心地插向香炉,但问题就出在这里。当燃烧的香签刚没入松软的香灰中时,嚓!断为两截。娘没有在意,又补了三根香,插向香炉。恰在这时,有一些灰白稀松的东西由天而降,落在娘的手上——鸟粪!娘的手像触电一样,猛地一颤,娘就捏住半截香签,在炉前怔怔地发呆。娘似乎预感到了什么,心里咕咚一下,有了一些说不出的惶恐。

和尚这时停下来,定定地看着娘。娘的脸色在那一刻有些苍白和恍惚,隐隐感到会发生什么事情,但她不知道到底会发生什么。

娘嗫嚅着问:"师父,能躲得开吗?"

"阿弥陀佛,因果轮回没有人能绕开。"和尚转过身说,"施主珍重吧。"说罢双目一合,木鱼声又起。

娘想再问点儿什么,可清越的木鱼声,一下一下把她的勇气就全敲击掉了。

娘俯身向功德箱里丢了一枚碎银,然后怏怏地退出了佛殿。娘想会发生什么事呢?大爷在这一两天就要从省府购靛回来了。孩子嘛,娘望了一眼柱儿,柱儿正拿着一根树枝,在庭中的水池前笑嘻嘻地逗鱼,无疑是健康活泼的。家里的生意也非常好,可以说顺风顺水。

到底会发生什么事呢?娘就这样满腹狐疑地下了山。也许仅仅是一次误会。娘想。

但后来的事情证明,这不是一场误会。

夜里,天就有些变。倒春寒的风从染坊后面的河谷里,呼呼地刮起来,飞沙闭月。

娘坐在厅堂里听管家汇报一天的账务,小红姐姐站在一旁伺茶。厅堂紧闭的窗户上不住地传来尘沙扑扑拍打的声音。

啪!外面似乎有什么东西坠地而碎。小红姐推门出去察看。一会儿闪回来禀告:"太太!不好了,您摆在窗台上的金丝兰倒了。"

娘微微一怔,说:"倒就倒了,明儿换个盆栽吧。"

许是玩儿累了,柱儿已在小床上入了梦。狗蜷卧在小主人身边,一会儿埋头静卧,一会儿又举头警惕地向窗外瞅瞅,莫名地沉吟两下。柱儿梦见爹回来了,爹的手里拿着一个漂亮活泼的小猴朝他走来,小猴在爹手里一跳一跳的，冲柱儿笑。柱儿也就笑了。烛光照在睡梦中的柱儿的小脸上，生动极了。

汪！汪！狗突然很凶地叫了起来。外面传来咚咚的敲门声，擂鼓一样。有人哭着问："太太在吗？"接着一伙人急急火火地向厅里拥来，脚步声杂沓而响亮。柱儿一骨碌从床上爬了起来，想一定是爹回来了。厅堂前的灯在寒气里倏忽闪了几下，险些灭去。

柱儿看见与爹一起外出的癞头长工突然直戳戳地跌跪在娘的面前。娘惊奇地问："长旺，怎么你一个人！大爷呢？你和大爷一起出去的，大爷呢？"

长旺哭道："都是我不好，我没有照顾好大爷，都是我不好！"娘着急地问："快说，到底发生了什么事？"长旺哽咽着说："我们在老虎滩遇险了！过渡时，天突然变了，风浪太大，掀翻了船。大爷水性好，救了很多弟兄，但他自己……二爷的胳膊也被水打折了……"下面说了什么，柱儿听得不太清楚了。

二婶裂帛般的哭声这时已盖住了一切。柱儿看到娘的脸在那一刻白得可怕，像刚漂过的布。娘目光呆滞地看着跪在地下的长工，久久无言。柱儿跑过去，拉着娘的衣襟问："爹呢？娘，爹爹呢？"娘一把将柱儿拉进怀里，娘的身子像风中的叶子，娘哭得厉害。柱儿起初不明白，娘为什么要哭呢？柱儿看狗，这畜牲也嘶嘶地哀叫，柱儿也便哇哇地哭了起来。

门前喜怒无常的汉阳河要了爹的命。

和尚一语成谶。

## 二

23岁，娘守了寡。

很长时间，娘的脸上不再有漂亮的红霞。娘总是默默地在凳子上发呆，有时会翻看爹留下的东西，自言自语："河、渡。河、渡。"

柱儿偶尔问："娘，爹怎么不要我们了呢？"娘的身子就一抽一抽的。娘把柱儿拉进怀里，用手整了整柱儿的衣服说："乖，你爹睡了，你爹要你好好听娘的话。"柱儿看到娘的眼里升起一层雾蒙蒙的东西，像河滩上腾起的水汽。柱儿说:"娘,我一定听你的话。"娘说:"乖,乖!"泪就忽然流了娘一脸。

月亮出来了。

院子里清爽了起来。河边刮来清新和凉爽的风。柱儿坐在矮脚凳子上托着下巴望着天空,天上星星繁密得很,它们像河潭里神秘而夺目的卵石,散发着明亮沉静的光。

娘在织布机前织布。

由于船祸,染房亏欠了很多的银两和布匹。好在都是一些老客户了,比较客气,允许缓些日子补赔。娘要求染坊里除了老人和孩子外一律开始织布,每人每月派一定的任务,超额奖励,亏欠了罚扣当月的薪水。

"我也不愿这样做。"娘有些酸楚地对下人们解释道,"但经过这么一场劫难,实在没办法。"

管家红着眼说:"太太,您放心,这些年,您和大爷对我们怎么样,大家伙儿心中有数,染坊就是我们的家。现在坊里有难,我们绝没有一走了之的道理。"

但当管家把话传给二婶的时候,却引起了二婶的强烈反对。这个来自四川的女人整天描眉画眼,嘴涂得像一团火。说话老子长老子短的,令人心烦。柱儿觉得二婶好像一直对娘意见很大。

听到娘的决定后,她先是惊讶得张大了嘴巴,接着发出了一连串短促的笑声。"织布?笑话。"二婶说,"天大的笑话!我自小穿衣吃饭,哪一样不顺手的。现在倒好,居然让我学起织布来了!再说,林建名是让我上门做太太来的,不是让我当丫鬟的。"二婶突然又没来头地高声喊道:"谁也别想把我当丫鬟使!"

管家将话传给娘的时候,娘笑了笑,说:"二爷身子骨受了伤,我原本也没想让她参与。"

娘身先士卒,率先在院子里支起了织机。很快便有几十架织机应和而出,只见织梭飞转,布线纵横,煞是壮观。

娘织布的手艺很好,布织得细密、结实和平滑,许多客户打心眼儿里喜欢，有的干脆已下订单定购娘织的布了。

柱儿坐在那里看娘织布。

娘坐在高高的织布机前，熟练地穿梭引线，咔嚓咔嚓，织布机像唱歌一样。柱儿说，"娘，给我讲个故事吧。"娘轻轻地拢了一下耳边的发丝，白皙的脸庞很有些劳累后的困乏和疲惫。娘说："好吧。"

"很久很久以前，有一个放牛的孩子，叫牛郎……"

娘一边讲，一边织布。柱儿听得津津有味。柱儿看到织机上的布像一匹月光，慢慢地向前伸长，娘的身子随着节奏轻轻摇曳。柱儿突然指着娘说："娘，你像天上的织女星哎！"

娘一下子就笑了。娘一笑，柱儿就觉得眼前亮亮的，像又多出了一个月亮。

笃！笃！笃！有人敲门。

不一会儿，管家领着一个人进来了。柱儿看见是街上保练团的王叔叔。

王叔叔是保练团的团长，和爹是拜把子兄弟，关系很好。爹在的时候，经常来家里做客。爹去世后，也是隔三岔五地到家里来。但柱儿感到，娘待爹的这个兄弟并不热心，总像隔着什么。

"哎哟，嫂子，几日不见了，还好吗？"王团长一边从头上摘下棉布毡帽拍打身上的尘土，一边和娘打招呼。

"托大人的洪福，我们孤儿寡母的还过得去。"娘停下了织机，把柱儿拉进怀里款款地说，"小红，给客人上茶！"

王团长接过小红姐敬上的茶，仔细品了一口，突然皱起了眉头，噗！将茶水喷了一地。

"怎么这么粗糙？"王团长说着从裤腰上拽过一方手帕，仔细地擦了擦嘴。柱儿看到王团长的脸上浮起一丝莫名其妙的微笑。

"团长大人深夜来访，不会是来我们民家品茶的吧？"娘身子突然一正说，"小民小户没什么好东西招待，令大人失望了。"

"哪里的话，我和阿贵毕竟是铁哥儿们嘛。"王团长盯着娘说，"虽说他现在丢下你们孤儿寡母的走了，可我……"

"如果没什么事，请大人自便吧。"娘突然打断了王团长的话，站起来说。

王团长没有动，跷着腿，一晃一晃的，好像是坐在街头的茶馆里。

"何必着急呢，嫂子。"王团长用手捋了捋胡须。柱儿看见他的胡须整齐黑亮，是用心剪过的那种。

王团长向院子四周瞅了瞅，院里很静，有不知名的小虫子在吱吱地唱着歌。突然他俯身对娘说："秋兰，业兄弟都已经走了，你何必再受这个苦呢？"

王团长说着就站了起来。柱儿发现他像一只黑熊，双目圆睁，嘴里喷吐着一股腥膻的热气，就要扑过来啦。

柱儿感到娘的身子像冬风中的树枝，有些细微的颤动。

嗵！嗵！屋里忽然传来舂米的声音，一下又一下，地皮都好像颤动了。柱儿看到狗熊王团长在震地的舂米声中凝了一下，渐渐恢复了人样，又极不情愿地坐了下来。

"嫂子，新雇了个伙计？"王团长问。

像微风过后的湖面，娘又恢复了刚才的恬静和自若。

"小丰！"娘叫了一声。

小丰叔叔很快就走出了柴房。

"我在舂米，太太！"

"这是街上保练团的王团长。你来拜见一下，今后或许能借个光！"

小丰叔叔长得膀宽背直身姿挺拔。柱儿看到小丰叔叔一出来，王团长就不再像狗熊了，有些像山里的矮猴子。

柱儿现在还记得小丰叔叔当初到家来的情景。他丢开包裹，紧紧腰带，然后在踩石周围走了一圈，最后俯身一使劲，三百余斤的踩石居然被他搬了起来，周围掌声一片。小丰叔叔后来就接替爹上了踩石。

王团长的脸一下子变歪了，嗫嚅着说："小丰！嗯，好！你要全心帮助主家做工，知道吗？"

"是，大人。"小丰叔叔轻轻地说。

王团长最后悻悻地站了起来，拂袖而去。

月光好美，星星好亮，周围纺织娘的叫声一高一低动听极了。娘把柱儿抱在怀里亲了又亲。

## 三

二叔的伤，很快就没什么大碍了。自上次老虎滩负了伤，他一直在家养着。现在吃完了早饭后，就四处逛荡。

他现在一反常态不再去泡街上的茶馆了，而是经常到作坊里转悠。其实，他并不懂染房的工艺。由于爷奶死得早，二叔一直由爹带大。爹从小一边做生意，一边供二叔读书，指望二叔日后金榜题名，光宗耀祖，可二叔在外读书从不用功，瞎子点灯白费蜡。直到年前带着二婶回来，宣布自己再也不去学堂了，这人才算拢了家。

二叔到作坊一般都虎着脸，拿眼不断地四处逡寻，有时还会对佣工们下一些指示。谁若表情上对他这个东家不恭，便上前应手什么来什么。所以佣工面子上都诺诺地应着，私下里谁都没有把这个林家二流子的话当真。

二叔最近特别爱到柜上去闲侃，云来雾去，他还会和佣工们拉拉家常，聊几句知心话："我大哥现在去了，作为家里的男丁，我不多操心，行吗？"说到这儿，二叔一般还会无奈地摇摇头，深深地叹一口气，"谁让咱是爷们儿呢，总不能赖母鸡打鸣吧！"二叔的话引得柜里的一帮人哈哈大笑。有人在背后感叹："二爷变了，待咱们可是比先前和善多了。"刘掌柜却用手背轻轻拂了拂算盘，沉沉地说："恐怕还会有大变呢！"

二叔待小红姐姐却是殷勤。小红姐姐汲水，他会赶紧挤过去帮忙拉绳。但小红姐姐对二叔的热心好像很不领情，每当二叔凑过来帮忙的时候，她要么像受惊的小鹿一样松开手，躲在一旁。要么她就直接拒绝道："二爷，不用了。"但二叔却依旧腆着脸说："我最喜欢帮你。"他凑过身一下把小红姐姐的手攥在手里说："我最不愿意看见你这样一双嫩手被这些粗东西糟蹋了。"小红姐姐像触电似地缩回手，转身跑开了。

二叔还想追，后面就传来了二婶懒洋洋的声音："难怪在屋里老说没劲没劲，敢情劲都在外面使了！"接着低声冲小红的背影骂道，"小骚货，敢在老娘锅里伸勺把子，仔细老娘剥你的皮！"

二叔这时红着脸，一声不吭。

春日很长很长，像一头慵懒的老牛，慢慢腾腾，一步一步地向前挪动。有时候似乎只顾着吃草，而忘了前行。

娘在河边浣洗布匹。

她的身边放着一个巨大的木盆，盆子里是刚从染缸里掏出来的布匹。新染出来的布匹必须经过清澈的河水的漂洗，才能除掉多余的碱性物质，变得光亮和洁净。这是印染中一道非常关键的工序。

河滩上树林茂密得很，有桃、榆、柳和枝叶繁茂的桑。蜜蜂、蝴蝶和一些不知名字的小虫热闹地飞来飞去。

柱儿就忙了起来，手舞足蹈地捕捉蝴蝶。蝴蝶们漂亮极了，它们像一群打扮入时的赶集的姑娘，在阳光里翩翩起舞，漂亮又机警。柱儿累得满头大汗，却依然两手空空。

小丰叔叔来了。他刚从家里的踩石上下来，一脖子、一脸的汗水，准备到河边来洗脸。

"丰叔叔！丰叔叔！"柱儿喊道，"快来帮我。"

小丰叔叔大跨步走过来。他看见柱儿被泥土涂抹得脏乱的脸，禁不住哈哈大笑："你怎么搞成这样啦？"

"还笑，还不帮我！"柱儿说。

"这太简单了！"小丰叔叔朗朗地说。转身折下一根柔韧的桑树枝条，变戏法似的绕成一个 Q 状，然后走到一棵老榆树下轻轻一挥。柱儿看见，刚才的圆圈上蒙上了一张精致的蛛网。柱儿高兴地叫道："给我！给我！"小丰叔叔微笑着，摸着柱儿的头夸道："真聪明！"

柱儿用这个新的捕蝶工具，蹑手蹑脚地走到一棵桑树下面。那儿一只漂亮的蝴蝶正在一棵蒲公英上面休憩，蝴蝶美丽的翅膀在阳光里自由地呼吸伸展。柱儿轻轻一舞捕蝶器。

"哇！网住了。"柱儿高兴地叫了起来。他迅速跑到娘跟前说："娘，你看蝴蝶。好漂亮哦！"

蝴蝶在蛛网上轻轻却又无助地颤动着如烟的翅膀。

"扔了它。"娘说。

柱儿好像没听清楚,柱儿看到娘的脸上渐渐地露出了一丝阴郁,眼里有一种稀有的难以言表的东西。

柱儿有些不服气,噘起小嘴说:"这是丰叔叔给我做的。为什么要扔掉?"不远处,小丰叔叔站在那里,眼睛往这里看。娘向他瞥了一眼,他的脸竟倏地一下红了,像秋天里沉甸甸的红高粱。

"太太,布已经压好了。"小丰叔叔低下头走过来说。

"小丰兄弟,这些天,你辛苦了。等忙完了这阵子,就歇息几天吧。"娘说。

小丰叔叔似乎露出了惶恐的表情:"太太,您说哪里去了?为主家分忧是我们做工的的责任。"娘有些感动,说:"有这个心,我就放心了。"小丰叔叔低着头向河边走去。

娘伸出白皙的手将那只蝴蝶拉出来,轻轻地剥掉蝶翅上纤细的蛛丝,然后一扬手,蝴蝶就飞了起来。

柱儿看到蝴蝶像一片风中的花瓣,在娘乌黑的发髻上翩翩起舞,娘的脸在那一刻又飘出久违了的迷人的红晕。

## 四

谁也没有想到,二叔会提出分家。

那天,吃晚饭的时候,二叔说:"嫂子一天太辛苦了,这个家实在令人费神,嫂子,您实在是太累了。"

娘没有吱声。

二婶却在桌子底下狠劲踩了二叔的脚。

"哎呀!"二叔痛得跳了起来。二叔叫了一声之后,停了半晌说:"嫂子,我,想分家!"

娘先是一惊,接着继续喝面前的一碗粥。二婶在旁边说:"嫂子,建名现在也成家了,不能老看着您一个人整天操劳呀!知道的说你长嫂如母疼我们,不知道的还在背后骂我们吃白食呢!我们也是替你在考虑呀。"

娘依旧没有吱声,直到把面前的那碗粥喝完,然后正了正身,用丝绢拭了口，问："决定了？"

二婶说："嫂子，建名怎么说也是一个爷们儿，爷们儿说出去的话，如泼出去的水，是收不回的。"

"我在问建名。"娘说。

二叔看了看婶婶。婶婶细如柳叶的眉毛，这时紧紧地蹙在一起。

"定了。"二叔说。

"好。"娘说，"我考虑考虑。"

那天晚上，娘很晚都没睡。柱儿看见，爹的灵龛前燃起了三炷香。娘俯身跪在龛前默默无语。明灭的香头里，好像有星亮的东西闪了一下，又闪了一下。

分家的事真正定下来，是在第二天早晨。

吃早饭的时候，娘意外地来得晚，坐定后环视了一下众人，二婶低头仔细地用手绢擦一只小勺，二叔避开娘的目光，思思谋谋地喝茶。

"建名。"娘喊。

二叔赶紧扭过头来，啪！手里的茶碗却在慌乱之间跌到地上，摔得粉碎。

二婶狠狠地剜了眼二叔，嘴唇动了动："窝囊厮！"

娘淡淡地一笑，说："昨天我考虑了一下，也征求了你哥的意思。既然你已经决定，那就分吧。吃完这顿散伙饭，就把舅老爷和族里八爷等长辈请来主议吧。"

二婶的脸上迸发出一片亢奋之光。

"另外，"娘转过身对侍立一旁的小红姐姐说："让管家和掌柜把各自的账本整理好，交上来。"小红姐点点头，正转身出去，却被二婶喊住了。

"等一下！"二婶忙不迭地从桌旁站起来，说，"我和你一起去。"

娘拿起筷子，开始吃早饭。娘用餐从来有条不紊，一丝不苟。柱儿不想吃饭，坐在一旁拿眼瞟着娘。娘给柱儿剥了一个鸡蛋。娘说："吃饭。人首先要吃饭。孩子，不吃饭怎么行呢？"

柱儿问："娘，今后我们和二叔不是一家人了吗？"娘美丽的眼睛闪了一闪，轻轻地说："不要胡说，只要相处好，这又有什么关系呢？"

第二天，族长八爷和舅老爷到了林家染坊。分家仪式就在厅堂里进行。

舅老爷已经很老，胡子雪白，眼也有些花，脸上缀着一些暗淡的斑点。舅老爷迈进厅堂，娘上前深施一礼，舅老爷见了礼，随后坐进了堂中的椅子上，那边族长已经就座。

舅老爷眼眶有些湿润。他清了清嗓子对众人说："当年，姐姐、姐夫去得早，留下了建业、建名两弟兄，家道中落。所幸建业这孩子，从小就踏实听话，长大后勤谨治家，还处处呵护着建名，眼看着家业兴盛了，没想到……"舅老爷说到这里，喉咙卡住了，浑浊的眼里蒙上了一层水雾。娘趋步上前，托起一盏茶擎给舅老爷，说："舅老爷放心。家虽分了，虽分犹合。"

"好！好！虽分犹合！"舅爷说，"虽分犹合！"

分家的程序简单而复杂。首先，由管家和柜上将账本交上来，当着族里人的面公示。然后拟定两份分单，当众宣读完毕。

族长问："有意见吗？"下面没人吱声。

族长转过身问娘："大太太有什么要说的吗？"

娘笑着说："一切均听族长主议。"族长转向二叔。二叔回头望了望二婶，摇摇头说："没有。"

族长点点头，朗声说道，既然都没有什么意见，现在做"志勤"二阄，由林家二兄弟焚香跪拜，对天拈分。林建业一份由其子林宝柱代理。

娘拉着柱儿给爹的龛前上了一炷香，叩了头，然后走向厅中的案桌。案桌上端放着一只洁白的瓷盘，上面是两颗圆圆的阄。

二叔早已站在那里了，冲娘干笑着说："让柱儿先抓吧。"但背后却传来二婶干巴的咳嗽声。

"抓阄决定，勿论大小。"娘轻轻地说，"柱儿是替他爹的，你先来！"

二叔首先抓了一个，展开一看，是个"勤"字。其实，不用再抓，就知道，剩下的那个一定是"志"字了。但柱儿感觉好奇，伸手把剩下的那个也抓在了手里，展开一看，却仍是一个"勤"字。柱儿指给娘看，娘却一把抓在手心，抬头笑着说，我们是"志"字。

族长八爷笑了笑说:"好。现在宣布分家结果:林建业得'志'字份,林建名得'勤'字份。从今往后,各炊其灶,各管其业。唯愿你们各个敬业,鉴前人之艰辛,作后嗣之鸿猷,幸毋以细微而存虞诈之心,因语言而起欺凌之衅,倘有稍萌异心,定以犯上罪鸣公理论……所愿家业虽分,心志孚合,扩增前绪,更振家声……"

族长还说了些什么,柱儿已记不清了。他老是在想那个"勤"字。分明是个"勤"字,娘为什么一定说是"志"字呢?柱儿感觉自己有些糊涂了。

分家的事情本来完全可以到此结束了。但二婶这时却站了出来,她强掩兴奋之情走上来,对族长和舅老爷说:"两位长辈,今天刚好本家宗族的人都在。既然已经麻烦大家了,索性就请再主一件事。"

族长、舅老爷和族人都一惊。

二婶这时伸手拽了拽二叔。

二叔的脸微微泛红,嘴巴有些打闪:"是这样的,既然拈份已经决定,'勤'份是我的。我想,我想,把它盘出去。"

啪!舅老爷拍了桌子。混账!你爹、你哥几代人创下的祖业怎么能卖?

二婶这时从二叔背后踅出来说:"舅老爷消消气,都怪建名没有把话说清。是这样的,现在兵荒马乱的,染坊生意一定很难做。俗话说,人挪活树挪死,我们想把我们得的那份盘出去,再去做其他事情,不是同样可以壮大家业嘛。"

二婶最后拈起手帕冲堂上一挥说:"反正做什么不是做嘛!"

八爷拈了拈胡须,说:"你们的家产,你们当然有权处置,族里自然不会干涉,但你自己都不想做,谁还愿意来做呢?"

二婶这时缓缓走到娘的身边,拉着娘的手笑着说:"嫂子是不愿意看见大哥辛苦创下的家业流到外面去,对吧?"

娘轻轻地拍掉二婶的手,说:"说吧,要盘多少?"

"当然了,如果嫂子要盘,我们尽可优惠,反正是肥水不流外人田,你说,是不是?"二婶撑开五个白嫩的手指,说:"雪银五千两。"

娘微微一笑,说:"恭喜你们。不要!"

柱儿听见娘的嗓子好像嗝了一下，但娘仍然坚决地说："不要！"

## 五

春一天天进入深处，天空中到处弥漫着一种泥土和花草发酵的气息。染坊的院子里，红的黑的蓝的布条在阳光的抚慰下显得安详而温暖。虽然分了家，但娘仍然坚持把染坊生意做了下来。

小丰叔叔在踩石上踩布。站在踩石上的他显得更加高大、魁梧。踩石是踩布的主要工具，它是一块重约数百斤的元宝形状的石头，俗称石元宝。踩布时，先将布匹卷于轴上，置放在凹形的承石上，再把踩石压在布轴上。踹匠站立于踩石的两个尖端上，双手扶住两边的竹竿，双脚不断晃动踩石，反复碾压布轴，使布面平整光亮。蹬踩石不仅需要绝好的体力，还需要精干的技术，要求速度快、平稳度高，这样踩出来的布匹才会平整妥帖。小丰叔叔很快成为这方面的行家，他碾压出来的布匹像无风的湖面，平整妥帖，得到了顾客们的一致青睐。

小丰叔叔像玩儿玩具一样蹬着踩石，踩石似一个不倒翁呼呼地滑动，看着快倒了，却又起来了。柱儿在一边看得有些痴了，便闹着也要上去。

"少爷，这是大人做的事情，你可不敢！"小丰叔叔拒绝着柱儿。

柱儿不依，一直闹着。小丰叔叔真的有些为难。

"让他尝试一下！"娘这时走过来说，"染布世家的子孙应该懂一些工艺的。"

小丰叔叔就高兴地抱起柱儿站在踩石上。踩石动了起来，柱儿感觉既像是在飞腾的马上，又像是在奔涌的舟中。刺激中含着惊险，惊险里蕴满了快乐。

柱儿高兴得大叫了起来。柱儿的叫声像一道嘹亮的冲锋号，划破了家里多日来沉默郁闷的上空。很多年后柱儿在回忆自己登上踩石的那一瞬时，依然记忆犹新。柱儿有时会说："飞呀，飞呀！"这是柱儿在重温那悠远而苍凉的时刻。

从那一天起，柱儿便对小丰叔叔多了一份亲近。柱儿总是跟在他后面，像一个尾巴或者影子。做工的闲暇，小丰叔叔会带柱儿到河边去玩。

小丰叔叔的水性棒极了，有时会沉入水底，很长时间不见出来，柱儿以为他被水怪吃掉了，就在柱儿憋不住要哭喊的时候，他又哗的一声钻出了水面，手里却抓着一条水淋淋活蹦乱跳的鱼。柱儿又惊又喜，经常能吃到汉阳河里新鲜的鱼，它们比街上买的死鱼烂虾味道好多啦。

小丰叔叔有时候还会在河边的沙滩上写字，一撇一捺，字像早春的树干硬爽而富有张力。柱儿跟着小丰叔叔学会了很多字，国、家、人、民等。

小丰叔叔有时会很沉默，他老用一种忧郁的目光望着天，望着地，望着水，望着花，一句话也不说。有时，还会很沉重地说："人应该为民主自由奋斗一生。"

柱儿不明白什么才是自由。但柱儿发现，小丰叔叔一见娘，马上会容光焕发，眼里燃烧起一股亮亮的东西，像换了个人。柱儿不知道那是不是自由。柱儿发现小丰叔叔踩石时，有时会迅速向娘瞅上一眼。而娘的脸上始终挂着淡淡的微笑，像秋天水潭上的一片红叶，明净而清醇。

在娘的打点下，染坊似一棵经霜的春树，慢慢恢复了生气，再次绽露了蓬勃的绿色。

顾客渐渐多了起来。数重大院已经不能满足染布的晾晒了，就在河边扯起了一根根长长的绳子，绳子上晾晒着五颜六色的织布，像一面面鲜艳的旗帜在温煦的和风里飘扬，好看极了。

娘整天在染坊里忙进忙出，染坊的事情好像总没个完。

一天，管家进来禀告："家里的印版坏了好几张。"娘说："那就差人去买吧。"管家面露难色地说："这一段时间路上不太平，没人愿意上路。"

娘停下了手里的活计，轻轻地叹了一口气说："靛可以用土靛，难道版就不能自制吗？"

原来，染坊染布都是需要版式的。一般染坊花布印染的品种要达百余种，版式要达近千件。染坊印版的花色品种质量直接影响着染坊的生意，这就像今天时装店里款式新颖的畅销时装一样。当时，染坊的版式大多都是请专业画匠制作或购买。自己制作版式，在一般的染坊里很少尝试。但娘却说："能不能自己制作呢？"

娘后来从笔架上抽出一管毛笔，笔头圆润洁白恰似一朵含苞欲放的玉兰。娘将笔毫伸向砚池里舔了舔，玉兰就倏地变成了一朵待放的墨菊。

柱儿看到娘抬起手腕，轻轻描了几笔，一幅生动的图画就跃然纸上。图案上一个比柱儿还要胖的娃娃，头上扎着两只角，结实的胳膊抱住一条肥美的鲤鱼，鲤鱼活蹦乱跳的，感觉随时都有可能刺啦一下跃过龙门去。

柱儿看得眉飞色舞，想起了小丰叔叔抓鱼的情景。柱儿突然说："娘，丰叔叔也很会画东西呢！"娘有些吃惊地问："你怎么知道？"柱儿说："他经常用树枝教我画画儿。一横一竖，很好看哩。"柱儿比画着说："真的！谁骗人是小狗。"

娘扑哧一声笑了。娘说："去请小丰过来。"

柱儿高兴地去喊小丰叔叔。小丰叔叔正在踩石上踩布。柱儿说："娘找你哩！"

小丰叔叔有些不相信自己的耳朵，怔怔地望着柱儿。柱儿说："真的！谁骗人是小狗。"

柱儿看见小丰叔叔呼地一下从踩石上跳了下来，样子像一只大鸟，鼓起的衣衫似一对张开的翅膀。小丰叔叔和柱儿一起来见娘。

娘坐在方桌边，脸色明净而安宁。

"听说你会画画儿？"娘问。

小丰叔叔愕然，无声地望着柱儿。柱儿急切地说："我看见的，我看见的，你在沙地上教我画画儿。"

小丰叔叔说："那是写字，不是画画儿。"娘讶异地问："你识字？"小丰叔叔笑笑说："读过一些的，后来家里生了变故……"小丰叔叔咬住嘴唇没有继续向下说。

娘再次轻轻地叹了口气说："谁让我们都生在一个乱世呢！就把这里当成自己的家吧。"说到这儿，娘的脸突然泛出了一些红晕。

娘顿了顿说："想请你来帮个忙。"

"您就吩咐吧，太太！"小丰叔叔回道。

"近些天，有人反映我们花布的样式有些陈旧。可眼下路上总闹匪，不便去省府购买新版。我想请你来，咱们自己制作。你怎么看？"

小丰叔叔低头思虑了一下，然后沉静地点了点头："可以一试！"

娘高兴地说："好，那就这样定了。另外，我这里有一幅现成的，你看能用吗？"

小丰叔叔接过娘的画，美丽的大眼睛里霎时露出了闪亮的光辉。小丰叔叔探询地问："是太太画的？"

娘的脸不禁涨起微微的红色，说："随手涂鸦而已，你别见笑。"

小丰叔叔没说什么，只是深深地看了娘一眼，那一眼似乎看进了心里。

小丰叔叔制作的第一块新版是"太平景象"。柱儿看到图案上画着一只长鼻子的庞然大物，怪物身上托着一个盛水的瓶子，上面插着两枝带露的柳枝。柱儿不明白那是什么。

小丰叔叔拿着画笔，指着画面解释，大象寿命可达百余年，被看作瑞兽；身上背的这个瓶子叫宝瓶，传说是观世音菩萨的净水神瓶，内盛圣水，滴洒能得祥瑞。整个版图取祈求太平景象之意。小丰叔叔说完，紧张地偷窥了娘一眼。

娘的眼睛在那一刻倏地亮起来，娘拍手说："好！明天就用新版。"娘的那张画也被小丰叔叔用了，起名"连年有余"，两块版一起投入了染坊的生产。

新版取得了出乎意料的成功。街坊和乡亲们都为新版的精美和新颖所吸引，来染坊送布的客人如春天采蜜的蜂群，络绎不绝。用独轮车推的，用驴马驮的，也有用挑担挑的，早晨起来推也推不走。

染坊又雇了一帮人，但他们像入水的泥鳅，哧溜一下就扎进活堆里不见了。

第一块版制作出来后，接着又出现了新的版样。有"凤栖牡丹"的，图案中将龙、凤、牡丹、团寿等组合在一起，隐喻"龙凤呈祥"；有"天地长春"的，图案上是天竺牡丹，取一个"天"字，同时竺与"祝"同音，寓意春光永驻，福泽长远；等等。

在那个风云际会的年代，林家染坊制作的新版，暗合了人民渴望和平安宁、幸福美满的心理需要，染坊的生意像天空的火烧云，红红火火。

柱儿看见院子里的染缸越变越大，数量越来越多，一口、两口、三口，柱儿最后数到了八口。八口缸，口口如床如屋。

工人们先把布放进漂缸漂成半白，然后放到染色缸里漂染，最后再放在河里浣洗。柱儿经常在染缸之间捉迷藏，庞大的染缸很轻易地就藏下了柱儿。柱儿有时会拾起小石块轻轻地敲击缸体，然后附耳倾听。他听到缸内发出嗡嗡的类似蜂鸣的声音，它们像一些报春的候鸟，在林家染坊的院子上空绵延不绝。

小丰叔叔已经不在元宝石上踩布了，有学徒接替了他的工作。他站在厅前做起了站柜师傅。

柱儿看见小丰叔叔站在长案子的后面，案子上放着剪、尺，还有一个提梁木盒，盒里盛着一种叫作印子的竹片。小丰叔叔接过客人送来的布，一边仔细地询问顾客的意愿，一边熟练地将布甩开，用手臂一庹一庹地丈量布匹。他的手臂像一把快捷的折尺，一开一合，布就量好了。量好的布被叠成一摞，然后用薄薄的印子拴系在布头合适的位置上，统一整齐地码放进案子后的柜子里。

柱儿从盒子里取出一个印子来，他看见竹牌一面刻了一个或两三个不等的同心圆符号，一面刻印着一些令人头疼的类似鸟爪的符号。柱儿不知道那是什么。

柱儿就问小丰叔叔："这是什么字呀，你怎么没教过我？"小丰叔叔俯身摸着柱儿的头说："这是'工字号'，一种记号，随同白布一同入缸染的，取布时阴阳两块印子相互对合，就不会将客人送来的布搞混了。"

柱儿瞪着水汪汪的大眼睛问："为什么分阴阳？"小丰叔叔直起身搔了搔头说："这个嘛，按照道家的学问，万事总有阴阳。"柱儿问："那人有阴阳吗？"一位送布的顾客这时插过来说："当然有，爹就是阳，娘就是阴嘛。"柱儿就低着头很长时间没有说话。

柱儿有些想爹，他走进娘的房间。

看见娘正对着爹说着什么。爹坐在墙上的镜框里，安详而宁静地看着娘，有点点的碎银样的东西沁在娘的眼里。

柱儿突然感到很难过。柱儿想爹什么时候能从镜框里走下来，那该多好呀！

　　劫后余生的林家染坊在当地的名声像一只高飞的云雀，飞得漫无边际。许多拉脚的、贩运的或者过路的人都会到染坊来落脚，远路上的人来送布，一天回不去的，也就在染坊里住一宿。染坊成了这些人的免费客店。

　　娘对这些来客既不问干什么，也不管什么时候走，尽管吃住。许多人连个招呼都不打，来了吃，吃了住，住完一拍屁股就走了。

　　有好事者送给家里一副对联。上联是：庙山叠翠财源广；下联是：阳水拖蓝利泽长；横批是：青出于蓝。对联把当地的自然景观与染业的特征与效果相比附，妥帖而生动。娘很喜欢，她让人将"利"字换成"善"字后就挂了出去。娘说，不能让利压了善，任何时候都要以仁义为本。

　　对联后来就挂在了店铺的门外，远远看去，每一个字都在阳光下熠熠闪光。

　　娘望着对联，脸上显出灿烂的光泽。娘说，现在该忙另一件事了。

# 六

　　小丰叔叔很有人缘儿，院里的佣工们放工之后，总喜欢窝在一起拉家常，谈天气，论收成，谝女人。小丰叔叔也喜欢和大伙儿一起闲侃。他很健谈，慢慢地，便掌握了每天的话语权。如果他不来参与闲侃，大家就觉得好像染布缺了靛，吃菜没了盐，家里少了女人，乏味得很。大家都喜欢听他讲一些故事。柱儿觉得，如果娘的故事是一些久远若风的言事，那么小丰叔叔的故事则是直接发生在身边的触手可及的实事。小丰叔叔懂得道理好像很多，一对浓眉下闪烁的眼睛像星星一样，时刻迸射出绚烂的灼人的光芒。

　　有一次，小丰叔叔随意拾起一缕边角布条轻轻一扯，布条应声而裂，他又将布条反复折叠起来，然后咬牙撕，没有撕烂。他让其他人撕，也都没有撕开。他说："知道为什么？这就是团结的力量。"小丰叔叔说："不团结怎么行呢？大家一盘散沙，怎样才能救国家？怎样才能救民族？"小丰叔叔激动地说："现在许多国家都在蚕食我们：俄罗斯在满蒙，日本占台湾，法兰西占广州，德意志占胶州。中国这么大，将来可能就被五鬼分尸完了。"人们盯着苦大仇深的小丰叔叔，呆呆地发愣。哧哧！突然有人忍不住笑起来："你说得这么带劲，与咱们有啥关系呢？那是官爷们考虑的事，我们能将婆娘孩子顾下来就不错了！"又有人接口说："就是！皇帝老子不管我们，我们自个儿管自个儿。咱们不管谁的天下，都他妈属鸡的命！"有人问："这怎么讲？"回答说："自刨自吃呀！"众人哄然大笑。小丰叔叔也跟着无奈地笑笑，眼里流露出一种疲惫和忧伤。

柱儿发现小红姐姐也喜欢听小丰叔叔的故事，但她不像柱儿那样专注，总会装作一边照料柱儿，一边漫不经心地倾听。她有时会趁人不备，迅速向小丰叔叔投去闪电似的一瞥，但又会红了脸扭头瞅着旁的地方。柱儿觉得这个姐姐真是奇怪！

闲暇时，小丰叔叔会带柱儿去街头的茶馆里坐坐。茶馆里总是热闹，丝竹声叫卖声闲侃声不绝于耳。但柱儿发现小丰叔叔对茶馆里的热闹总是心不在焉。一次，台上正在唱京剧《游龙戏凤》。一个老生唱："大圈圈里边有个小圈圈，小圈圈里面有个黄圈圈。"

柱儿听了不禁咯咯地笑了出来。柱儿咂嘴问："怎么会有那么多圈圈呀？"

小丰叔叔的眉头皱了一下，不屑地说："一些歌功颂德、粉饰太平的老腔老调。什么圈圈，早晚都要打破！"柱儿注意到他说这话时，炯炯的眸子里射出一缕金石样的光芒。

二叔也经常在茶馆里出现。这个林家的浪荡公子，总是眯着眼歪躺在椅子上，一边轻打着节拍，一边哼着堂子里的戏文消受时光，旁边总有女人替他掏着耳朵，好像他的耳朵里会掏出珍珠玛瑙似的。分了家后，二叔还是把自己的那一份家产盘了出去，开了一个专门炒川菜的酒楼，取名建名楼。但柱儿一直不知道，二叔的酒楼生意到底如何。

柱儿只知道被二叔盘出去的那一份家产，不久前又倒卖给了染坊。柱儿记得娘在接过买还的地契房产时，眼含泪花。"完璧归赵。"娘跪在爹的龛前说，"建业，完璧归赵。"

小丰叔叔和茶馆老板寒暄。

老板面露难色地哭穷:"都快关门了。"接着屈指估算,"我看这整条街呀,也就数你们染坊生意兴隆了。"

小丰叔叔微微笑着说:"哪里!哪里!都是过奖。"

王老板便啧啧称赞:"林太太可真是了不起,这远近的人都知道她。你看那边酒楼的生意就淡了吧?"

柱儿知道王掌柜这时提的酒楼,定是二叔开的建名楼了。

小丰叔叔奇怪地问:"你怎么知道?"

王老板嘿嘿地笑着:"当然啦,这些事呀,就如身上长的痦子,外人谁能说得清呢?"他又抬起右手冲脚地下绕了一个圈圈说,"不过,我这里可是有顺风耳和千里眼的哟!"

看来二叔的生意,一定不是很好了。

柱儿有时感到纳闷儿,这个人怎么会和爹是同胞兄弟呢?这个世界上的事情有时真很奇怪。他突然想起当初分家抓阄的事情,便将原委对小丰叔叔讲了。然后问:"娘为什么要那样做呢?"

小丰叔叔沉默良久,说:"真是一个非凡的女子!"柱儿看见小丰叔叔讲这话时,脸上浮起一片金色的亮光。

## 七

河边的桃花开了,绽放的花蕾像张张笑脸,千重万瓣,远处看来如烟似霞。一只黄莺在桃树林里唱着婉转的歌。

娘有时会在树下怅然地伫立。站在桃树下的娘着一袭粉色的长裙,明丽的裙子在阳光下闪着华丽的微光。柱儿发现娘很像林子里的一株妩媚而艳丽的桃花。

有一次,柱儿看见小丰叔叔悄悄地走到娘的身后,忽然从衣服里面掏出一大束鲜艳的桃花。小丰叔叔把桃花放在娘的怀里,看着娘,眼里含着热切的光芒。娘那一刻显得有些惊惶,白皙的脸一下布满了绸样的红晕。但仅仅是一会儿,娘就毅然把那把漂亮的花束掷进了水里。娘说,不喜欢,我不喜欢桃花。小丰叔叔脸色苍白,明亮的眼睛倏地暗淡了下来,嘴唇索索地抖动了一下,黯然走开了。

柱儿不明白娘为什么要把那么漂亮的一束花扔掉。柱儿曾亲眼看见娘在无人的时候，将一枝桃花斜插在发髻上，对着潭水仔细地照着。柱儿知道娘是喜欢花的。但娘这是怎么了？

一场突如其来的风雨，打落了满树的桃花。脚地上、河潭里，到处漂荡着血一样的乱瓣残红，凄清又惆怅。娘在那个风雨后的早晨久久地伫立着，美丽的大眼睛里蕴满雾一样迷离的东西。柱儿看到一瓣残花从娘的头上寂静地飘落。

雷雨过后，有树木被风掀翻在地。它们像俯身在地的孩子，露出了纷繁而新鲜的屁股。柱儿看见小丰叔叔用木锯锯掉了一截倒伏了的桃树，然后仔细地用手打磨着。柱儿不明白小丰叔叔要用桃木做什么。小丰叔叔笑着说："当然是用它来雕刻东西了。"小丰叔叔说，"你知道吗？桃木材质细腻，木体清香，经过蒸煮晤晾等处理后，历久弥新，是木雕的首选材质。"柱儿问："它有什么特别的吗？"小丰叔叔说："能避邪呀。"说着，仰头念了一句诗："千门万户曈曈日，总把新桃换旧符。"

柱儿弄不懂那是什么意思，只看到那些天，小丰叔叔一有空就会把那个东西拿出来，仔细地用工具刨，或者用刀子刻。柱儿感到稀奇，询问了几次，小丰叔叔都含笑拒绝了，有时甚至是有意背着他。柱儿愈发感到奇怪，有一次就趁小丰叔叔不注意，从他口袋里把那个宝贝掏了出来。柱儿看见那是一把制作得非常精美的梳子，上面雕刻着一对在水里游泳的奇怪的鸟。柱儿想那可能是一对鸭子，门前的河里确实有成群的鸭子在自由地游弋。但柱儿对鸭子不感兴趣，他感觉它们非常笨拙，而且叫声难听，嘎嘎嘎像被谁捏住了嗓子，远没有百灵和黄莺叫得好听。柱儿不明白小丰叔叔为什么要在这么漂亮的木器上，雕刻那么一对蠢物？柱儿感到非常可笑，不屑一顾地将梳子悄悄地放还了原处。

柱儿看见小丰叔叔最后把这个宝贝送给了娘。那是一个阳光明媚的午后，娘在河边洗头。娘散开的头发像一匹黑色的绸缎，在清凉的微风中随意飘拂。小丰叔叔就在这时，走到娘的跟前。他从口袋里迅速掏出了那把梳子，塞到了娘的手上。小丰叔叔说："这是专门做给你的，喜欢吗？"小丰叔叔的身体有些微微的颤抖，好像随时都有可能倒下。这时阳光洒在河面上，泛着点点金光，如丝的柳条轻拂着娘手里的那把木梳。

娘有些不知所措，感到取舍好难。娘不知道该不该将那把梳子再次扔掉。柱儿看见，有一滴泪水忽然从娘的脸上滑落，落在了那把漂亮的梳子上。

从那一刻起，娘好像就有了一些变化，经常一个人坐在织布机前痴痴地发愣。

柱儿发现在早起或者临睡的晚上，娘的眼光会很长时间停留在那把精致的小木梳上。娘将那把梳子小心地抚摸着，眼睛像水一样，把梳子瞟呀瞟呀。柱儿弄不懂娘为什么会对一把梳子出神。

爹依然坐在墙上的镜框里认真地端详着娘。娘不知怎么的，会冲爹不知不觉地流泪。柱儿听见娘说："业哥，我该怎么办呢？我该怎么办呢？"

柱儿不知道，娘为什么说这句话。这句话是什么意思呢？

娘又要去庙里进香了，柱儿高兴极了。不过柱儿感到有些纳闷儿，娘一般总是在节气时间里才肯去庙里进香的。这是怎么了？

但柱儿想，娘总有娘的道理。

柱儿跟随娘进了庙。上完香，娘却久久没有离去，她在烟雾缭绕的佛殿前踌躇不前。

一位身穿灰色僧衣的和尚走了过来。他瘦骨嶙峋，干涩的皮肤很像一把冬天里的灌木，不过眼里倒有一线难掩的光亮。

"施主有事吗？"

娘低下头说："师父，我，我……"娘的脸一下子红透了。

和尚双掌合十，蓦然长叹："阿弥陀佛！"

和尚说："我讲个故事吧。有一次我做梦，佛对我说，你的心上有尘。出家人是不能有尘的，我便用力地擦拭。佛说，你错了，尘是擦不掉的。我想了想该怎么办，最后我干脆将心剥了下来。但是佛说，你又错了，尘本非尘，何来有尘。"

娘静默地低下头，良久无语。突然又抬起头问："师父，佛是什么？"

和尚目视远方，幽幽地说："一次，有人问赵州禅师：'如何是佛？'禅师说：'赵州桥。'来人又问：'如何是赵州桥？'师曰：'渡驴渡马。'"

"桥！桥！"娘的眼睛在那一刻豁然明亮。

和尚说完哈哈一笑，朗声念道："一切有为法，皆梦幻泡影，如露亦如电，应作如是观。"

柱儿听得稀里糊涂的。他不明白和尚为什么会给娘讲这样一个故事。柱儿感觉，娘是因为那个灰尘而感到难受和憋闷，柱儿很想帮娘除掉。很多年后，一位伟人说过，扫帚不到，灰尘不会自己跑掉。但柱儿无师自通。柱儿当时就拿起墙角下的一把扫帚在娘周围扫来扫去。可是柱儿看到娘仍然一脸忧郁，他没能扫掉娘身上的那个灰尘。柱儿不知道那个灰尘藏在哪里。柱儿想，它到底藏到哪里了呢？

娘回来后的举动是让人吃惊的。娘将那把桃木梳子归还给了小丰叔叔。小丰叔叔正在踩石上踩布，背影在阳光的映衬下显得高大和挺拔。

"小丰。"娘喊。

小丰叔叔停下来，紧张地望着娘。

"这把梳子很漂亮，你把它送给你媳妇吧。"娘说，"她一定会喜欢的。"

小丰叔叔怔怔地望着娘说："我没有媳妇。"娘说："这个好办。回头给你说一门吧。"娘说完扭身走开了。

旁边的凳子上放着那把精致的桃木梳子。

# 八

八爷来了。

那天早上，娘正在院子里的染缸前看缸。管家急匆匆过来告诉娘，族长来了！

八爷带领一伙族人径直进了家。八爷留着三缕稀疏而单薄的胡子，穿一件藏青色的长袍，脑后缀着一条不入时的花白色的辫子，很像一只干瘪的山羊。

山羊八爷进了正房，径直往正堂的太师椅上一坐，然后垂眼扫视了一下环手而立的众人。娘走上前向八爷道了一声安。八爷"嗯"了一声，然后端起桌上的茶碗，掀开盖子，端正地呷了一口。

"林刘氏。"八爷开口说话。八爷称呼娘为林刘氏。

八爷说:"今天,我和族里的其他几位到你这里来,知道为什么吗?"

娘沉静而微笑地说:"我一个妇道人家天天在屋里,不知八爷来有什么要紧的事情吩咐?"

"客套话就免了吧。此次来有两件事情,一是最近祠堂需要维修,作为林家一户,你们也应按照份额,交上份子。原先建业在的时候,每次都是带头的。如今不在了,交多交少,全凭自己觉悟。这是全族的大事,作为族长,我不会强迫的。"

娘笑着说:"请八爷放心,一切都会和建业在时一样。请问另一件是?"

八爷清了清嗓子,从袖筒里抽出一页纸文,朗声念道:"林氏宗族规约第八条:凡丧偶居寡的妇人,在林氏门里必须安守妇道,悉心培养林氏子弟,否则,逐出林氏一门。"

柱儿看见娘一改往日的温婉和文静,美丽的脸庞霎时变得阴郁和可怕。娘说:"这第二件事情,请八爷收回!我从小在父母身边长大,父母之命、媒妁之言到了林家,自认为行为端正,没有做出什么有违门风的事情。"娘顿了顿说,"八爷说这话,难道是听了或者看了什么,请不妨直言。"

八爷的眼睛一下瞪得很大,很像两颗瓷白的鸟蛋。

二叔凑过去,打着躬,给八爷续了茶,说:"八叔息怒,嫂子的为人我们知道,相信不会对八叔有什么隐瞒的。况且一大家子人,都在看着呢,怎么会有事呢!"

八爷这时缓过神冷笑道:"没有什么最好。今天来,也不过就是提个醒,这也是族里的规矩,你也不必在意。"

但娘忽然打断了八爷的话,娘说:"请收回,我用不上!"娘最后势如断玉地说,"我用不上!"

族长八爷在我们家里的这次训诫,彻底以失败告终。这在八爷是第一次,在林氏宗族也是第一次,这在当时很大很大范围里也可能是第一次。八爷最后气咻咻地走出了家门。

二叔相跟着要出门的时候，被娘叫住了。娘喊："建名。"

二叔回头讪笑着："嫂子。"

"自从分了家，你也很少回来。本来想留你吃饭，但想到你不比先前了，开酒楼做大老板了，肯定吃不惯这里的粗茶淡饭。"

二叔急忙辩解说："哪里，我……"

但娘打断了他的话。娘笑着说："我要告诉你的是，虽然分了家，但都还是一家人，有什么要漂染的尽管拿来。你放心，你哥置办的染缸大着呢，不怕搅浑！"

柱儿听见娘说，染缸不怕被搅浑的！

二叔讪讪地点点头，干笑了两声，转身离开。

# 九

那匹白马到底是什么时候来的，柱儿已记不清了。反正柱儿那天出门一抬头就看见了那匹马。白马站在树下，高大雄壮，风吹起了它的鬃毛，白马迎风仰天长嘶，扬起的蹄子如量斗，笼头上的铜质嚼子在阳光下闪闪发亮。柱儿看得有些呆了。平时来往顾客牵的都是一些驴骡牛什么的，很少有马。即使有也是满身尘灰，哪有这样漂亮和俊美的。

柱儿就向那匹白马走去。

柱儿拍拍马脖子，马温顺地低下头不断地厮磨着柱儿。柱儿想准是谁遗失了这匹马。柱儿很想骑马，但够不上马背。柱儿急切地不明就里地拽着马的缰绳，马就跪了下来，马一跪，他就爬了上去。柱儿发现骑马的感觉和站在踩石上一样，真是高兴极了。柱儿想让娘和小丰叔叔看看自己骑马的英姿，但刚张开嘴，马却飞似的跑了起来。"啊！"柱儿喊了一声。但仅仅一声，柱儿就迅速地掠过了熟悉的飘满染织布的家院。

有人后来看见了一个漂亮稚气的小孩纵马狂奔。白马犹如一道白影迅速掠过城垣，钻进了河谷。但谁也没有觉得有什么异样，他们反而为小童迅捷的身手叫好。

直到午饭时候，小少爷走失的事情，才猛然在林家染坊表现出来。

吃饭的时候，小红姐姐怎么也找不到柱儿了。起初，以为柱儿在与谁捉迷藏，人们找遍了院子里的每一口大缸，依然无果。大家一下子慌了神，出门沿街四处寻找。有人提供了一个线索：早前看见一个小孩骑马进山了。

娘那一刻身子像风中的柳条。娘说："一定要找到柱儿，一定要找到！"

染坊破例停工。所有的人都外出寻找染坊的小少爷柱儿。

一天两天三天，一连三天，柱儿杳无音信。他就像一只轻捷的山雀，"唧"的一声飞来，又"唧"的一声飞得无影无踪，令人怀疑他是否真的曾经来过。

娘每天都在等待寻人的消息，眼里蕴满了热切的希望。娘不吃不喝，年轻的她一下憔悴了很多。

第四天早上，娘正要打发人上山寻找，门外却来了人，是八爷。

八爷仍然着一身藏青色的长袍，攥着一杆烟枪，在一帮族人的簇拥下进了屋，端正地坐在了正堂上方的太师椅上，一脸肃穆。小红姐姐上茶，被二叔接过来，转呈给八爷。

娘上来向八爷施礼，八爷理都没理。

八爷坐在太师椅上，如豆的小眼眯了一会儿又倏地一睁，问："林家建字辈的都到齐了吗？"下面回答："齐了！"八爷从袖口里抽出《林氏宗族规约》来，朗声读道："《林氏宗族规约》第一十三条：凡居寡而无子嗣的妇人，一律逐出林氏，家产作为公产分给族人。"八爷读完鄙夷地看着娘。娘怔怔地，好像没听明白，娘说："八爷，您说什么？说什么？"

啪！八爷拍响了桌子，桌上的茶碗应声而落。一些酱紫色的茶叶的残汁，溅落在娘素洁的裙摆上。

"林刘氏，你可知罪？"

娘一下子蒙了。娘说："八爷，我有什么罪？"

八爷喝道："我告诉你，林建业本来有后，而你断送了他。你是林家的罪人。现在念你在林家走了一场，就不与你追究。你可以走了。"

娘感到头好沉好沉，有些晕，娘不知道，八爷凭什么这样做？八爷又要让她到哪里去？

周围有族人起哄："赶她出去，赶她出去！"

二叔站在人堆里没有说话，板滞的脸上渗出隐隐的笑意。

两名壮如金刚的男人上来拉娘。他们粗鲁地抓住娘的胳膊、衣服往外推。

"慢！"突然一声断喝，接着一声孩子嘹亮的啼哭，宛如一道闪电划破了紧张的空气。大家看见小少爷柱儿站在门口，后面站着小丰掌柜和一个乡下人。

"娘！"柱儿哭喊着奔向了娘。娘一把就抱住了柱儿："小冤家！小冤家！你去了哪里？你去了哪里？"柱儿什么也没有说，只是一个劲地哭道："娘！娘！"

小丰叔叔说："少爷福大命大。那天，骑马进了山，马莫名其妙地把他掀翻，从坡上滚了下去。幸亏这位常来染布的老乡发现抱回了家。"

老乡从小丰叔叔身后走出来说："是的，太太！当时我上山挖些药材，没有想到竟然发现了小少爷。少爷福大命大，将来肯定有大作为的。"

八爷和二叔一起直直地盯住小丰叔叔。小丰叔叔昂着头，眼睛定定地落在庭中的一道木梁上，那里有一只燕子正旁若无人地叽叽鸣唱。

娘把柱儿紧紧地抱在了怀里。良久，娘抬起头来说："小红，给八大老爷看茶！"娘的话依然很轻，但每个字怎么看，都像一把明亮的锤子。

山羊八爷的脸红一块紫一块。柱儿看见他带着族人没趣地走了，像一群被赶跑的饿狗。

小丰叔叔这时趋身对娘低声地说了什么，娘便屏退了左右，只留下小丰叔叔说话。

"太太，您不觉得，少爷失踪得有些蹊跷吗？"小丰叔叔问。

娘一下谨慎起来，疑惑地望着他。

小丰叔叔说："有人看见少爷是骑一匹马走失的。少爷这么小，怎么上的马？那马为什么要往山上跑，而且偏偏在悬崖边尥蹶子？这桩桩件件不都有蹊跷吗？"

"这些我也考虑过。"娘就问柱儿。

柱儿说："我一顺它的脖子，它就听话地跪下了，可等我骑上去后就不听话了,好像谁牵着似的径直往山上跑,我拽也拽不回来。再说它跑得太快了,我光顾着抓马鬃,后来的事情就记不清了。"

娘抬起头问:"查清是谁家的马了吗?"

小丰叔叔回道:"按照那位老乡指的地点我查了一下,找到了马蹄印。"

娘的目光紧紧地盯住小丰叔叔。

小丰叔叔顿了顿,然后一字一顿地说:"那行蹄印最后去了林家祠堂。"

娘的头低下好久,最后抬起头来说:"这件事不要再提了,就让它过去吧。"

小丰叔叔望着娘疲惫的面容,几日不见好像老了很多,乌黑的头发有了些微的凌乱,美丽的眼睛里有两缕鲜红的蛛丝。小丰叔叔鼻子突然有些微微地泛酸,无言地冲娘点了点头,说:"那太太好好休息,我走了。"

"小丰!"娘突然喊了一声。小丰叔叔蓦地转过身注视着娘,柱儿看到他明亮的大眼睛里闪烁着两团灼热的火焰。娘想说什么,却突然又紧紧地咬着嘴唇说:"谢谢,谢谢你!"小丰叔叔眼里的火焰无声地熄灭了,继而注满了黑色的忧伤。

娘恹恹地看着小丰叔叔离去的背影,一丝亮闪闪的东西在眼角明灭可见。

十

白马事件后,柱儿与小丰叔叔的关系更加紧密,他们形影不离,俨如父子。这天柱儿散了学,又缠着和小丰叔叔玩耍。小丰叔叔笑着说,就去茶楼散散心吧。

到了茶楼,两人点了茶,刚喝了一盏,突然看到一位身材魁梧的中年人走到了小丰叔叔的身后。

"丰掌柜!"那人含笑叫道。小丰叔叔一回头,猛地站了起来。

"哦,啊!"小丰叔叔惊喜地叫道,"我等你好长时间了!"

小丰叔叔介绍说:"我表弟,姓王。"柱儿看到小丰叔叔的表弟向自己施了礼,露出了一个亲切的微笑。

两个表兄弟随即进了一个雅间。柱儿对楼下的戏感兴趣,便继续留在回廊里听曲子。

堂下唱的是京剧传统剧目《鱼肠剑》,刚劲嘹亮的胡琴声中,飘浮着一个老生苍凉的唱腔:

> 孤昨晚一梦真少有,
> 孤王我坐在打鱼一小舟。
> 见一个那鱼儿在那水上走,
> 它口吐寒光就照孤的双眸。

柱儿听着听着不觉笑了起来,没想到古人也会做这么稀奇古怪的梦。柱儿想自己前两天也做了一个梦,梦见小丰叔叔带自己到河边玩。小丰叔叔很会捉鱼,一会儿捉一条,一会儿捉一条。柱儿正在高兴,突然发现小丰叔叔也变成了一条活蹦乱跳的鱼,围在自己周围跳来跳去,柱儿在梦里都笑出了声。

一个熟悉的面孔,这时映入柱儿的眼帘。二叔林建名一如既往地歪躺在椅子上,眯着眼悠闲地打着节拍,旁边的女人正替他掏着耳朵。自从上次出事以来,柱儿隐约感到这个人与自己有着说不清的芥蒂。柱儿兴味索然,转身正要推门进雅间去,听见里面说:

"你那边的情况怎么样?"

"很顺利。本来都是一帮受苦兄弟嘛。"

"这我就放心了。"

"上面这次要来个大的,听说还要专门视察我们……"

下面声音越来越小,柱儿实在听不清楚,便推门进来说:"我想回家。"

小丰叔叔和表弟赶紧正了正身,开口笑了起来。

"怎么这么快就想回家了?"小丰叔叔问,"这里不是很热闹吗?"

"可是,"柱儿噘嘴道,"二叔也在这里,我不想见他。"

"二叔是谁?"小丰叔叔的表弟疑惑地问。

"一个花天酒地的浪荡公子。"小丰叔叔转头对柱儿笑道,"他每天都来这里,没什么奇怪的。"

但柱儿还是坚持着要回家。

小丰叔叔说:"那就回家吧。"

王叔叔轻轻拍拍柱儿的肩膀,笑着说:"少爷,再见!"

接着正色对小丰叔叔抱拳道:"多多保重!"

小丰叔叔回礼作别。

两人下了楼,刚准备出门,忽然听见后面有人招呼:"这不是柱儿吗?"

柱儿一扭头,正是二叔,站在自己身旁笑。这人不笑则已,笑起来特别地难看。柱儿感到有一些恶心。

"你现在可不能乱跑呀!小心再跑丢了。"二叔摘下帽子,掸了掸说,"你娘可是会伤心死的。"

"不会的!二爷。"小丰叔叔插过来说,"和我在一起,不会有事。"

"那样最好。"二叔拧过头盯着小丰叔叔,咬着牙说,"否则,我会揭了你的皮!"

"呵呵!"小丰叔叔这时大笑了起来道,"二爷说笑了,放心吧,什么事都不会发生。"

二叔气哼哼地反身进了茶馆。

茶楼里又一次传来月琴和二胡咿呀的声音,阵阵西皮快板的敲击声里,传来一个刚劲洪亮的声音:

    命中有来终须有,

    命里无来莫强求。

    鱼中暗藏剑一口,

    要把王僚一笔勾。

小丰叔叔笑着问:"你听懂那个戏文了吗?"

柱儿摇摇头说:"我只是觉得可笑,没想到古人竟然做了那么奇怪的梦。"

小丰叔叔说:"鉴古可以明今。"柱儿摇摇头。

小丰叔叔微笑着说:"你没有必要懂,只要长大用心读书就好了。"

突然小丰叔叔长叹了一口气道:"这个社会不仅需要英雄,更需要实务。"

<h2 style="text-align:center">十一</h2>

几天后,一条宛若闪电、状若惊雷的消息传遍了大街小巷。

柱儿听顾客们围在一起叽叽喳喳地小声议论着,他们讲得绘声绘色,犹如亲见。

到汉城巡视的巡抚,遭遇了刺客的攻击。那天,县老爷在驿馆设宴为巡抚接风,忽然驿馆里一间客房莫名其妙地着了火,黑烟滚滚,众人立即拥着巡抚逃出火场。但刺客却在这时出现,他像一只鹰从夜色笼罩的房上跃下直扑巡抚。众人皆哑了傻了,惊恐地看着刺客逼近。几个侍卫灵醒过来,上前拼死与刺客纠缠。刺客身手了得,很快放翻了几个侍卫。兵丁越围越多,刺客见一时难以摆脱,加之好像也受了伤,于是一扬手把一把寒光闪闪的匕首投向了巡抚。

有不知情的人惊恐地张大了嘴巴,问:"结果怎么样?"知道的便卖弄地擦了把汗说:"幸亏巡抚老爷缩了一下脑袋,捡回了一条命。但凛冽的刀刃却利落地削掉了巡抚老爷头上的那根花翎,刺客趁乱翻墙逃跑了。巡抚老爷大骂知县老爷无能,要求限期查处凶手,自己连夜返回了省府。"

柱儿想那个刺客太厉害了,敢刺杀巡抚老爷,真是胆大妄为!

街上乱糟糟的,保练团四处沿街盘查。他们挨门挨店地对人盘问,这些天到哪里去了,干了什么,有谁做证,等等。有迟疑发愣的马上就被抓了起来。

突然,一伙兵丁闯进了林家染坊。小丰叔叔正埋头在柜前料理生意。一个额头上长着铜钱大肉瘤的军士直直地盯着问:"你是丰柜头吗?"小丰叔叔抬起头问:"什么事?"

那人一挥手,兵丁立即用枪逼着,两个人上前捆住了他。"有人告你散布不法言论,怀疑你就是革命党的卧底,跟我们走一趟吧。"

"长官,出什么事了?"小红姐姐这时抢到军士面前紧张地探问。那个军士阴沉地一笑,一抬手:"搜!"几个兵丁,立刻如狼一样窜进屋内四处乱翻。

军士命令把小丰叔叔拉到厅中，询问："前几天，都去哪儿了？快给老子老实交代！"

"我哪儿也没去。大人，我一直在染坊里经管生意。"小丰叔叔平静地回答。

"老实说，倘有半点儿谎言，老子就崩了你！"军士声色俱厉。

"大人，我没撒谎。伙计们都可以为我做证的。"小丰叔叔回道。

周围有人附和说道："是的，丰柜头一直在店里。一直在柜上接生意的。"

"嚷什么！嚷什么！想吃枪子了，是吧？"军士不耐烦地拍了拍腋下的汉阳造，"惹老子烦了，老子的枪可是容易走火的。"

一个兵痞这时从厢房里面搜出了一本书，交给了军士。柱儿看见那正是小丰叔叔常看的书。军士脸上霎时浮现出一丝轻蔑的微笑："装什么蒜，你们敢窝藏革命党！"

天哪，好大的污蔑呀！在场的人都不由得打了一个寒战。娘已来到前厅，娘在那一刻依然娴静如花。军士嘿嘿地笑着，转身撸过枪，一边煞有介事地冲枪口吹了口气，一边粗喉咙大嗓地喝道："林家染房作为窝藏革命党的场所，今儿个就给我封了。什么时候再营业，那要看他的造化。"说完，一帮如狼似虎的士兵就要把人往门外赶。

"慢着！"娘轻轻地走上前说。所有的人都静了下来，不知道林家染坊的当家人会有什么办法。娘径直走到那位军士面前，在壮如铁塔的兵丁面前，娘像一枝风中的百合。

"军爷，"娘款款地说，"仅凭一本破书就断定我们窝藏革命党，未免太牵强了吧？我们这是做生意的地方，吃的百家饭，染的百家衣，来往的人多了，保不定是谁落下的，也不是没有可能。军爷这样做恐怕不太符合知县大人爱民如子的一贯作风吧？再说军爷的武功胆略这些人也是常见识的，他们又怎么敢在军爷的治下出格呢，这不是明摆着鸡蛋往石头上撞吗？"

军士嘴里嗫嚅着："那个当然，但……"

"小红！"娘喊。小红姐姐从屋里走出来，手里托着盘子，上面用红布盖着。娘轻轻掀开红布的一角,露出一摞明灿灿的银角子。娘说:"这是小店的一点儿心意,权给各位军爷喝水歇脚用,请一定笑纳。改日,我再去拜访王团长。"娘笑着说:"团长大人可是我们家大爷的结拜兄弟呀!"

"哦!"领头的军爷盯着盘子,脸上露出了一丝隐隐的笑意,"好吧。既然太太与我们大人是老熟人,那事情就好办多了。不过小的们是跑腿的,店可以不封,但人今天无论如何要带走。太太就请到团长大人那里领人吧。"

"当然可以。"娘说。

一个兵丁微笑着接过小红姐姐的盘子,保练团的人押着小丰叔叔随后鱼贯而出。

夜里,管家悄悄地来到上房,向娘禀告:"太太,据我私底下观察,丰掌柜的确有些……"但娘却打断了他,娘轻轻摇了摇手里的扇子说:"不要疑神疑鬼,忙事去吧。"

第二天,娘带着柱儿到了保练团。保练团门口布着重岗,一个士兵进去通禀。旋即,出来嚷:"跟我来!"

娘便拉着柱儿进见。

王团长的房间很大,色调华丽夸张。柱儿忽然看见房内紫檀木的方桌子上呈着一颗硕大的人头,吓了一跳,仔细一看原来是有人仰躺在桌后的椅子上,从前面看只能见个头。柱儿不由得咯咯笑了起来。这时桌上的一把团扇吸引了柱儿。柱儿看到团扇软软地搁在桌子上,无声地散发着温热暧昧的光芒。他感到很眼熟,一时又想不起来。娘好像也注意到了,但她的眼光却一瞥而过。

"大人!"娘上前作了个揖。王团长一下子从桌后站起来,大着嗓子叫道:"啊!嫂夫人到,有失远迎,恕罪恕罪!嫂夫人这次找小弟不知有何贵干呀?"

娘笑着说:"无事不登三宝殿,有事求大人通融。"

王团长哈哈大笑:"嫂子这就见外了,有什么事吩咐一下,兄弟办就是了,何劳亲自跑一趟呢?"

娘轻轻地一笑："恐怕非得我来不可。"

王团长故作惊奇地问："什么事，这么重要？"

"我想求大人放了丰柜头。"娘款款地说。

"他就这么重要吗？"王团长哧哧地笑了起来，"你看他重要，还是我……"

"大人身肩朝廷重职，为民保安谋福，当然重要。但小丰是我们的掌柜，染坊也离不开。"娘说。

王团长这时一步一步踱到娘的身边，抬起手轻轻地搭在娘的肩膀上，俯身问道："到底是染房离不开，还是你离不开？"

娘轻轻地退了一步，问："大人有什么条件吗？"

王团长的手搭在空中，脸一下子涨得绯红。他猛地折身坐回太师椅，抄起一份公文郑重地讲道："上面特别交代过，对于革命党要严加惩治，任何人不得通融。"

娘说："仅仅是嫌疑，并不等于就是。"

"可谁也不能保证他不是。"王团长说。

"我想保他。"娘直言不讳。

"这恐怕就难办了。"王团长身子向后一仰，又靠在了椅子上。柱儿看见他的脸一下变得阴沉狰狞起来。

娘顿了顿说："既然团长大人不愿意，那我就走了。不过，我会到知县大人那里去一趟的。"王团长轻蔑地笑了笑说："去吧，我恭候嫂夫人的佳音。"但娘这时却转过身来直直地盯着王团长说："我去他那里倒不是为这件事，而是向他反映一点点情况。"

"什么情况？"王团长警惕地坐直了身。

"宣统二年，当地乡绅林建业托某位大人向朝廷捐赠了一笔款子，但后来得知朝廷并未接到这笔款项，这笔银子到底去了什么地方呢？现在衙门经费这么紧张，我想知县大人定会感兴趣的。"娘款款道。

王团长的脸慢慢地变了颜色，先由青到红，再由红变白。"别说了！"他忽地站起来，使劲地捶了捶桌子，"你是在威胁本官！"

娘没有吱声，冷冷地盯着王团长。王团长的脸色苍白无力，肥胖的身体像一个被刺破的皮球,颓然而坐。良久,抬起头说:"好,我答应你。但是,必须要有保人,同时需要保银。"

"这个自然。"娘轻轻地笑着说,"我来担保。保银需要多少?"

"五百两!"王团长说,"上面是有规矩的。"

娘从袖口里抽出一张银票,轻轻地压在了桌子上:"这是六百两。那一百两就给大人做点儿茶水费吧。"柱儿看见王团长的脸上又挂上了可亲的笑容。

回来的路上,柱儿说:"奇怪!"娘问:"什么奇怪?""二婶的扇子!"柱儿说,"二婶的扇子怎么会在王团长那儿?"娘责怪道:"你肯定看错了。"柱儿说:"不会的。二婶的扇坠有一只燕子。"娘不耐烦地说:"扇坠是燕子的多了去了,不可能都是你二婶的吧!"柱儿焦急地辩道:"可那只燕子有我敲坏的痕迹,你不是为此还骂过我吗?"娘突然有些愠怒:"小孩子家应专心识字,别管那么多事。"柱儿感到非常委屈,想,奇怪,真是奇怪!

好多天过去了,那个震惊一时的刺杀当朝权贵的案件,像一口被咂摸得干涩无味的甘蔗残渣被人唾弃遗忘,人们开始念叨的又是朝廷最近新派下了什么赋税以及大米棉油的市价等。

但团丁巡逻得比过去频繁了些,经常有兵丁在大街上张牙舞爪地盘问路人,有的借机勒索几个银钱花花。人们敢怒不敢言。王团长有时也亲自上街来视察,但他大多走到一半,便拐进二叔的建名楼去了。柱儿有几次亲眼看见二叔哈着腰在建名楼前对王团长迎来送往。有时,夜很深了,人们还能隐隐听到建名楼上飘过的揉搓麻将的呼啦声、王团长畅怀的笑声,以及二婶甜腻的嗓音。

## 十二

入夏以来,天空绝少下雨,日头像一个火盆炙烤着大地,房后渐渐干涸的河滩、庭院里枯焦泛黄的梧桐树叶昭示着汉城县又一个旱灾来临了。

街上一下子拥来了很多衣衫褴褛、面容枯槁的农人,他们像一群苍蝇在大街小巷逡巡,黝黑的前额沿街一遍一遍叩击门店前的台阶。但他们得到的多是呵斥、怒骂和驱赶的棍棒。后来这一伙"苍蝇"黑压压地聚集在林家染坊的门前。林家与人为善、重义轻利的口碑使他们看到了希望。

小红姐让厨房端来剩余的饭菜,那些人像一群看见了羊羔的饿狼,咆哮着,一哄而上。那点儿剩饭对于他们来说杯水车薪,微不足道。他们总是在林家染坊门前不停徘徊。

小红姐赌气地说:"你们呀真是可恨,吃柿子拣软的捏。为什么老在我们一家呢?街上有那么多商铺,可以都去试试嘛。"小红姐指了指不远处建名楼上的旗幡说:"那边不是还有酒楼吗?说不定还能讨到酒喝呢。"

但灾民们仍然如一群苍蝇一样在林家染房前越聚越多。林家正常的生意秩序被打乱了,一些驮着布匹的车子无法运进来,里面染熨好的布匹无法送出去。

小红姐姐回禀娘。娘沉默了良久,说:"请掌柜们一起来议一下吧。"

不一会儿,小丰叔叔等来到厅堂里。娘请众人坐下,并吩咐看了茶后说:"请诸位来是商量门口围聚的灾民一事,想听大家的意见。"

王掌柜说:"干脆报官算了,官府一直在收税征捐,现在老百姓有事,自然是要找他们的了。"

李掌柜接口道:"报官是当然的,但估摸不会起啥作用,现在官府只知收税,哪里还顾及百姓死活?就算他们管,也不外一轰了之,这些人还会回来的。反正乞讨又不违王法。"说完无奈地摇了摇头。

小丰叔叔在一旁沉默不语。娘轻轻抿了一口茶,问:"丰掌柜有什么高见?"

小丰叔叔抬起头,目光炯炯地注视着娘说:"照我看,不妨管起来!"

"管起来?"在场的一片惊讶。

娘一愣:"怎么个管法?"

小丰叔叔慷慨激昂地说道:"老子讲,民以生为先,民众的生命是人世间一切的中心,我们不能只顾生意,而对这些嗷嗷待哺的灾民视而不见。我建议开设义灶,让他们先活下来。"

张掌柜接口说:"这当然是功莫大焉的义举,但这些人少至几十多则百人,就是一座金山也会被吃穷的。"

小丰叔叔反唇相讥:"生意生意,有生才有意!没有人哪有生意?没有生意何来金山?"其他几个掌柜顿了顿,欲言又止。

局面一时出现了僵持,大家都无言地注视着娘。

娘轻轻地摇着扇子,沉思了一会儿说:"就按丰掌柜的意思办。我补充一条,凡吃了义灶的人,愿意回乡的不拦阻,有生路的不拦阻。连续吃的,必须办一件事。"

"什么事?"众人问道。

娘站起来,缓缓踱到厅堂侧壁的窗前,轻轻一推,外面六月的阳光便如火一样喧嚣而入。娘说:"你们看。"

顺着娘的方向望去,干涸的汉阳河滩里,洇着一脉明灭的细流,一架载着沉重货物的马车深深地陷进了泥沙里,一伙人正忙着使劲往岸上拽。

"桥!您是说修桥?"小丰叔叔的眼睛倏地睁大了。

娘转身微笑着说:"这样不是更好吗?"

王掌柜赞道:"太太真是英明。修了桥,城北的生意可以直接用车载过来,不需要再雇人驮背转运,长期以来可以省下一大笔花销。"李掌柜接口道:"自古修桥渡人是第一功德……"

娘的脸有些微微泛红,娘说:"其实,这也是我一直以来想干的事情。"众人吃惊地望着娘。

"自大爷去了后,我一直想要在这条河里做一点儿什么,只是前不久,才决定要修桥。这样来往过河的人就少了舟楫之劳,出行会顺畅和安宁些。对大爷,也算一种祭奠!"

娘的嗓子有些些噎,没有接着往下说。下面几个掌柜此时撩开袖子,抹起了眼泪。

迟了片刻,娘说:"这件事就麻烦丰掌柜操心了。"

小丰叔叔那一刻僵直着身子无言地望着娘,眼睛熠熠闪亮。

在林家染坊的操持下,汉阳河大桥破土动工。难民们在林家染坊的义灶上放下碗筷,就兴致高昂地来到修桥工地上挥汗如雨地干起来。其实,他们都是些老实勤苦的庄稼人,要不是旱灾,谁会舍弃家园来吃舍饭呢?

现在，他们在修桥工地挥汗如雨之后，就着义灶喝汤嚼馍，已不再觉得难为情了，反而有点点的豪壮之气。远近的人都为娘的义举拍手叫好，几个商号里的老板，在娘的感召下也开起了义灶，支持大桥修建。娘叮嘱管家将捐献的银两登记好，定期公布用度情况。

这期间，汉城商界却出了一件大事。老商会会长病逝，县衙为了表示支持农工、劝办商会、推行民主的决心，决定公推一位士绅做商会的会长。

消息传出，街头巷尾立即炸开了锅。大家都在猜测谁会成为新一届商会的带头人。人们为此争论不休，但认为应该是林家染坊林刘氏的一派，渐渐占了主流。他们在茶馆里慷慨激昂地发表观点：林刘氏有报忠守贞的美德，有救人危难而不沾名的大义。如果这样的人不被推举，简直是商界的耻辱、汉城县公义廉礼的失败。

娘成了公认的最佳人选。

二叔这时却经常过来。连分了家就一直绝少见面的二婶，也殷勤地过来陪娘说话。这个女人在林家染坊门前，捏着团扇一摇三摆的姿容，逗引来许多顾客莫名其妙的目光。二叔小心翼翼地说："哥在的时候，给我改名为建名。"又说："商会会长也不是什么好差事，催粮要税，但却可以锻炼人。"还说："大人们讲主要看嫂子的态度……"

娘一直没有言语。娘后来对登门征求意见的公人说："承蒙大家的错爱，我一个女流实难胜任，况且民妇有孝在身，实不宜露面。我可以推荐一个人。"

不久，县衙敲锣打鼓地给建名楼的老板林建名送来了红红的商会会长的聘书，同时给林家染坊抬来了一块大大的匾额，题名：义气如兰。

## 十三

七月初七是"乞巧节"。汉城县"七夕""乞巧"风俗由来已久，据史料记载，旧时乞巧仪式是"七夕"，人们要把时令鲜果和酒肴供在院中或楼台上，然后讲述牛郎织女的故事，此时妇女们对月穿针进行乞巧或者绣荷包比赛。

清晨，小红姐姐高兴地跑到柜上来。小丰叔叔正在抹擦桌子，准备开始一天的工作。小红姐猛地堵在他面前，咻地笑了一声，把一个精巧的荷包轻轻地捧给小丰叔叔，脸若红桃。

小丰叔叔惊奇地问："这是什么？"

"你猜嘛！"小红姐说。

小丰叔叔摇着头说："我猜不出来。"小红姐生气地背转过身，高高的胸脯一起一伏，"人家让你猜，你就猜嘛！"

"巧！"柱儿冲小丰叔叔喊道，"小红姐姐乞巧得第一了！"

"哦，"小丰叔叔笑着赞道，"巧，真巧！"

小红姐姐的脸这时红润得有些异样，有些妖娆，却更添了几分光彩。她突然一转身像小鹿一样跑开了。

小丰叔叔怔怔地望着小红姐姐的背影，若有所思。

"你不觉得她怪吗？"柱儿问。

"怪什么？"小丰叔叔继续有条不紊地收拾柜台。

"刚说得好好的，怎么又跑开了呢？"柱儿有些疑惑。

小丰叔叔停下来，盯着柱儿，又无言地笑笑："小孩子家，怎么倒操心起大人的事了，小心我告你娘去。"

柱儿便不敢再说什么了，柱儿觉得这个姐姐好怪哟。

夜里，娘在绣绷前绣花，柱儿在旁边和小红姐玩。小红姐非常快活，她用剪刀给柱儿剪了一对兔子，一只长有长长犄角的梅花鹿，一个肥嘟嘟的小猪。柱儿乐得说："还要还要。"小红姐姐笑着问："还要什么？"柱儿想了一会儿说："我想要一头牛。"小红姐问："要牛干吗？"柱儿噘嘴说："不告诉你！"小红姐冲柱儿亮亮手里的剪刀："不说，就不剪。"柱儿想了想，凑到她的耳旁说了一句，她却一下子笑得弯起了腰。

娘这时停下手里的刺绣惊奇地望着他俩。小红姐姐冲娘嘻嘻笑着说，"太太，你猜柱儿刚才对我说什么？柱儿想当牛郎呢。"

柱儿一下子红了脸，背过身哇哇地大哭起来。娘也爽朗地笑了。娘抱过柱儿轻轻地安抚着，突然好像想起了什么，问小红："你今年也十六了，有中意的了吗？"

小红姐姐一下噤了声，低着头羞怯地说："我要永远陪着太太。"

娘的眼睛不禁有些湿润，用手绢轻轻点了点眼角，又笑了起来："傻丫头！哪有这样说的，迟早是要走的，果真没有合适的吗？"

小红姐姐的脸红透了，说："谁会看上我呀！"

娘微微笑着说："既然这样，我想替你保个媒，你看怎么样？"

"谁？"小红姐姐紧张地问。

娘抬起头，默默地注视前方良久说："丰——掌——柜。"

"啊！"小红姐失声地叫了出来，身子有些轻微的战栗，精巧的鼻翼渗出了细微的汗珠。

"怎么，不合心？"娘有些愕然。

"不！不！"小红姐激动地摇着头，突然扑通一声跪在了娘的面前，"一切均凭太太做主。"

娘看着小红姐幸福涨红的脸，郁郁地点点头："放心吧，我去说。"

娘选择在小丰叔叔汇报一天账务的时候，向他提这件事的。

娘翻开一页账册，不经意地问："你觉得小红姑娘怎么样？"

小丰叔叔有点没有反应过来，愣了一下，说："好！是一个巧丫头。"

娘又翻过一页说："把她许给你，觉得如何？"

"什么？"小丰叔叔在那一刻的反应超出了娘的预料，他愤懑地说："我不喜欢媒妁之言！自古至今就数婚姻包办害人最深。"

娘这时从账册里抬起头，笑着说："这怎能叫包办呢？她是喜欢你的。"

"可我，"小丰叔叔直直地盯着娘气呼呼地说，"我，我喜欢谁，你知道！"

娘避开小丰叔叔炽热的眼光，埋下头继续翻着账册说："这不可能。"

"怎么不可能！只要你我两情相悦，谁也不用怕。"小丰叔叔一步跨过来，抓住娘的手说，"别再骗自己了。我知道你对我有怀疑，但我可以向你保证，我绝不是一个坏人！"小丰叔叔激动地说，"知道我为什么每次都选择走在你的左边，坐在你的左边吗？"

娘疑惑地望着小丰叔叔。

"因为左边,是离心脏最近的地方。听人说,常走在一个人的左边,就能永远留驻在她的心里。"小丰叔叔一字一顿地说。

娘的头渐渐地低了下来,身子细微地簌簌发抖,但娘使劲地将手从小丰叔叔的手里挣出来,说:"修完这座桥再说,好吗?"

小丰叔叔急切地问:"为什么?"

"我得对他爹有一个交代。"娘说,"不能让他白死。"

"好!好!"小丰叔叔激动地冲娘点了点头,说,"我等你。而且……"

"而且什么?"娘问。

小丰叔叔笑着说:"桥的名字。我在考虑桥修成后叫一个什么名字好。"

娘说:"这个我倒没上心。"

"可我一直放在心上!"小丰叔叔说着再次攥住娘的手,他把娘白皙纤细的手捧在手心,像捧一件绝美的珍宝。他说,"你所有的事,我都放在心里。"

娘的眼眶涨满了潮水,娘这次没能将手抽出。

## 十四

天像一个会憋尿的顽童,雨迟迟不落。太阳,火辣辣地照着大地,似乎要倾尽全部的热量。

柱儿看到一个伙计向干燥的街面上泼了一盆水,地面便刺啦啦地响,如牛马渴饮,一下子就干了,只留下一圈潮湿的影子。旱情日益严重了。

染坊生意也大受影响。烈日炎炎,红火一时的染坊一度出现了冷清的局面。但吃舍饭的人有增无减,他们像一群嗅着花气的蜜蜂,在林家染坊的招牌下越聚越多。义灶的锅由原来的十口增加到了二十余口,它们像深不见底的地洞,不断吞食着林家储存的谷米柴粮。原来支持义灶的几家商号,这时已经陆续停办。

管家建议暂时停了舍饭。但娘没同意。娘说:"这都是些无家可归的人,停了饭他们怎么活呢?再撑一段看吧。"

但骄阳如火,何时才是个头呢?

大桥仍在继续修建，天气虽然大旱，却给桥梁施工带来了意外的便利。

娘有时候也会到建桥工地去看一看。烈日下，粗鄙的庄稼人赤裸着上身，在干涸的河滩上搬、扛、顶、靠，干得热火朝天，远处大桥已具雏形。它像一只展翅的雄鹰，踞在河床之上，英姿巍然。

娘吩咐管家，下午一人再加一个馒头。

管家为难地望着娘，低声说："家里储存的粮食已不多了。"娘沉吟了一下说："先就这样办吧。"

管家便硬着嗓子吼道："加把劲呀！太太吩咐了，晚上每人再加一个馒头。"下面工地上随之爆发出了一片欢呼声，人们干活的热情更加高涨。

从工地回来不久，小红姐找到管家，交给他一个盒子，悄悄叮嘱了一句："太太吩咐别让外人知道。"便红着眼，低头而去。

管家小心翼翼地打开盒子，里面是一些精美的珍珠首饰。管家不由得仰天长叹："大善人呐！"

二叔来了。这个担当了汉城县商会会长的人一下子精神焕发，到处催粮要款，威风得很。听说朝廷新近又调整了税目。那个年代税费多得像热天身上起的痱子，真是令人愤懑和无奈。

二叔有模有样地跟娘寒暄了几句，便切入正题，说："这次上面又下了任务，而且催得急，限五日内必须起交白银万两。军界都欠饷了，上面的压力很大呀！"

娘说："天下大事，不归你我左右，保练团发不了饷银，不是我们操心的事情。我只想知道，你又给我派了多少？"

二叔说："这么多银子这么短的时间，散收肯定难办。咱们林家染坊在当地也算首屈一指的大户，能否带个头，凑这个数？"说着向娘张开了五个肥胖的手指，"县衙也是等米下锅呢！"

娘笑着说："你的意思，我明白，我也不想为难会长。但我们小百姓看旗听令，知为人做事，无非顺应潮流，自求太平。林家是窗户纸外吹喇叭，空有名声。这个数我无法凑。"

二叔撂下脸来说："嫂子，我也不是不通情达理的人。但毕竟嫂子是人所共知的大善人，现在大街小巷都在传颂你的美德，连知县老爷都为你题了字，这是多大的荣耀。你就看着办吧。"

娘说："一码归一码。不是我不补你的台，我只能照章完税，你说的这个数字，我无法拿出。"

小红姐姐这时手托茶盘进来上茶。二叔就趁机拿眼偷偷打量了她一番。

"嫂子当真是没有办法可想？"二叔觍着脸问。

"实在没有办法。"娘说，"请会长大人见谅。"

二叔凉凉地干笑一声，拱手告辞。

柱儿听见他出门时低声咕哝了一句："哼！铁母鸡。"但柱儿不知道这是什么意思。

柱儿悄悄地跑去找小丰叔叔，伙计说，丰掌柜一大早就出去了。正说着，小丰叔叔大步走了进来。

柱儿便问："什么是铁母鸡？"小丰叔叔一愣。柱儿便把原委告诉了他。

"砰！"小丰叔叔一拳砸在案桌上，骂道："胡说！混账！"继而转过身，对柜上的伙计们高声问道："你们知道，我去哪儿了吗？我是去城外的白云寺了。"

原来，城外的白云寺也被催着捐银纳税。寺庙的收入向来仰仗香火佛事的。灾荒之年佛事少，香火不旺，白云寺没有办法，想伐掉庙前的那几株千年柏树变卖完税。事情被娘知道了，娘请小丰叔叔转告庙里不要伐树，庙赋由染坊代交。

等小丰叔叔赶到的时候，发现自己迟了一步。一棵几人合抱的千年古树张开庞大的枝丫，尖利地惊叫着呼啸而下，倒在山寺前。锋利的刀斧还想逼向第二棵树的时候，被他断然喝止。白云寺的大师听完小丰叔叔的来意后久久不语，用手仔细地摩挲着千年柏树粗糙的树皮，良久，念了一声："阿弥陀佛。"

小丰叔叔义愤填膺地诘问："你们说，像这样的人能说吝啬吗？如果这也算吝啬，那可真是社会之福、民族之福了！"

一副对联也就在这时在汉城县百姓中广泛流传。上联是：自古未闻粪有税，下联是：而今只剩屁无捐。谁也不知道这副对联由谁而作，但它的确在宣统三年，也就是公元1911年夏日的流火里被热情散播。

人们普遍预感天下将会有一场灾难或者变化，但到底是什么，谁也说不清，只是在心里默默地期盼。可是灾难却像雨水一样，被牢牢地锁在了天神的柜子里，迟迟未现。人们松懈了，认为它也许是一种错觉，一切都不会发生，它却劈头盖脸呼啸而来。

先是听说四川发生了什么，接着湖北也出现了什么，官道上驿马奔驰，街市上兵影幢幢，汉城县的大街小巷笼罩在一片惊惶之中。

灾难首先袭击了林家染坊。

一天晚上，柱儿突然被一阵压抑的哭泣声惊醒，他看见屋里站了很多人，个个面目狰狞，脸黑如炭。

一个人站在床前，拿着一把大刀，明亮的刀刃在幽微的天光里显出坚硬的光辉。盗匪的脸上涂抹着黑色的锅墨。他们首先把住大门，然后有条不紊地往外搬着东西。

柱儿害怕极了。柱儿紧紧地搂住娘，娘的怀抱温馨而柔软，钻进娘的怀抱，就好像进入了保险箱。许多人在屋里搬东西。布，成匹成匹的布被强盗扛走了，它们是染坊刚刚加工完等待顾客提取的货物。沉重而充实的货柜顷刻间变得轻巧和虚无起来。娘紧紧地搂住柱儿，一动不动，神情异常镇静。

突然一个拿马刀的盗匪将刀搁在了娘的肩上，用一种类似鸟叫的嗓音问："钱柜在什么地方？"娘没有吱声。那个人突然一把将柱儿从娘的怀里拽出来，狞笑着低声喝道："说！"

大刀口上逼人的甜腥味使柱儿嗅到了死亡的危险，柱儿害怕极了。

"哇——!"柱儿惧极而泣。暗夜里柱儿的哭声显得突兀和洪亮，像一面巨大的铜锣在人的耳边骤响。

强盗愣了一下，突然飞起一脚，将柱儿踹到了一边的角落。

娘这时像一头豹子猛地冲上去，狠狠地咬住了盗匪的手，盗匪惨叫了一声，马刀当啷一声掉在了地上。但他立刻反扑上来，他抱住娘，想把她摔倒。柱儿大惊失色，张嘴想哭，但嘴里突然被塞进了什么哭不出声来。柱儿似乎听见了娘黑发铮铮断裂的声音，柱儿看见娘很快就要倒地了。

就在那一瞬间，一个身影却像老虎一样扑了上去，残暴的盗匪应声倒地。屋里霎时骚乱起来，人群像一些皮影在晃动，但偶尔传出的铁器撞击声，拳击碰撞的声音，表明那不是台子上的一场单薄的皮影戏。有人这时冲出大门，在街上大喊："抓胡子呀！"

狗随之叫了起来，街上亮起了灯光，有陆续的人声传来。盗匪们一个个夺门而逃。

人们打着火把走了进来。柱儿看到满地满架凌乱的布匹，它们像彩色的布景，将屋里装点得光怪陆离。娘伏在地上，头发乱了，嘴角处渗出点点鲜红的血珠。

小红姐向娘的脸上倾洒了一些冰凉的水滴，娘就醒来了。娘的眼在人群里急切地搜寻，当她清晰悠长的目光被小丰叔叔稳稳接住后，就倏的一下汇聚成了一股明亮的光。小丰叔叔拨开众人，走到娘跟前，嘴里不住地喏喏着，有血从他的肩膀处汩汩地流出。娘忽然闭了眼睛。小丰叔叔一下把娘抱了起来，放在了床上。柱儿看到有一滴明亮的东西滑过娘美丽的脸庞。

一个受伤的盗匪，挣扎着爬起来想跑，但被死死地摁在了地上。"这些贼们怎么就盯上我们家了呢？"

娘歇息了片刻，随后挣扎着站了起来，洗漱了一下，走到厅堂。小丰叔叔已把俘虏捆了，令其跪在堂前。

娘问："你是哪里来的？"

盗匪嘴里咕哝了一下："老鹰嘴。"

"老实说！"小丰叔叔握着刀逼近了匪徒，"不然现在就让你见阎王！"

那人浑身像筛糠一样哆嗦不停："小的，小的讲的是实话呀！"

小丰叔叔的脸一下子变得冷硬，大刀在盗匪的头顶缓缓上扬。

"我说！我说！"盗匪忙举手求饶。

谁也没有想到，那个盗匪居然说出了一个令所有人不寒而栗的秘密，也正是这句话，引起了汉城历史上一次有名的暴动事件。

保练团。面如土灰的盗匪嘴里吐出了三个字："保练团。"

人们先是面面相觑，接着便发出了咆哮的呼喊，愤怒的人群迅速拥向保练团驻地。

保练团门前的几只风灯，将门前照得通明。大家迅速地向保练团集结。门口的卫兵瞅见来势汹汹的人群，一晃就不见了。一个卫兵慌乱中放了一枪，嘎叭！汉阳造的枪声在夏夜的热风里像一个潮湿的炮仗，声若蚊蝇。

人们手中的石块、铁器愤怒地砸向保练团的大门。咚咚嘭嘭锵锵！像擂鼓一样。大门在一阵暴响之后，终于打开。

一伙持枪的兵丁拥着王团长，出现在人们面前。

王团长打着官腔问："诸位深夜来访，到底所为何事呀？"

娘走上前禀明了情况。

"有这事？"王团长故作惊讶地叹道，"这些贼人也忒胆大了，居然敢在老子眼皮底下抢劫。请放心，本官一定会严加惩办。"

娘冷笑着说："我们已抓了一个，请大人明断。"

"好！好！"王团长显得有些意外，狠狠地剜了一眼站在一旁的团副，"把他交上来吧，我们严加盘查，力争顺藤摸瓜，一举端掉贼窝。"

"这样当然最好。"娘说，"不过……"

"不过什么？"王团长紧张地说，"哦，这个，请放心，我一定奏报知县老爷给你们请功。"

娘冷笑着说："有些蹊跷，这个贼匪说，他认识大人。"

"笑话！我会认识盗匪？"王团长气急败坏。

小丰叔叔抬手向前一挥，人群里有人将抓住的盗匪架到王团长面前。

盗匪浑身打战，望着王团长欲言又止，随后竟"嗵"的一声跪倒在地叩头道："大人饶命！大人饶命！"

"你是谁？"王团长声色俱厉。

跪地的盗匪先是一愣，继而更加猛烈地向王团长叩头求饶。

小丰叔叔这时大步上前，一把掀开盗匪黑色的外衣，惨白的灯光下，盗匪胸前身后刺目的"兵"字赫然在目。

"砰!"突然,斜刺里一声枪响,跪地求饶的兵勇应声仆地。

"果然是一个强盗!"团副狞笑着收起枪对王团长说,"大人,前几日我们这里丢失了几套军装,没想到居然是被这厮盗取。今天又来盗抢民财,反而栽赃我们,真是用心险恶,不杀不足以平民愤。"

王团长看着倒在血污里的兵丁冷笑道:"既然现在盗匪已经就地正法,我看,大家就先各自回去吧。"

小丰叔叔突然挺身上前喝问:"你刚才不是说要顺藤摸瓜吗?请问,现在把人打死了还怎么摸瓜,怎么查?"

王团长轻蔑地笑笑说:"怎么查是我们官家的事,用不着你来插嘴。"

"我看你们是蛇鼠一窝,杀人灭口!"小丰叔叔义愤填膺。

"大胆!放肆!"王团长勃然变色,"我看你是活得不耐烦了。再在这里妖言惑众,老子马上送你进大狱。"

小丰叔叔两眼冒火,钢牙紧锉:"你们这些狼狈为奸的满洲鹰犬,民众不会让你们猖狂多少时候了。看着吧,你们的丧钟很快就会敲响!"

王团长一怔,突然气极败坏地喊道,"来呀,把这个妖言惑众的革命党给我抓起来!"

那一刻,所有在场的人都有幸看到了小丰叔叔敏锐的身手。他先侧身躲过了一个敌人,接着一脚踹倒了扑上来的一个兵丁,顺手夺过了枪,随之一个箭步,等王团长明白是怎么回事的时候,一杆乌黑的枪管已经稳稳地顶住了他的脑袋。

小丰叔叔轻蔑地笑笑说:"现在只要我的小指头一动,可以马上送你进阎王殿。"接着厉声喝道:"让他们退下!"

王团长吓得面如土色,浑身如筛糠一样,结巴着喊:"退下!退下!全都给给老子退退下!"

围上来的兵士缓缓地朝后退缩。

"停!"团副这时突然喝止了退缩的兵勇,他眯着眼睛仔细打量了一会儿小丰叔叔,突然两眼放光,大喊道:"他就是刺杀巡抚大人的刺客!弟兄们,咱们抓刺客,立功受奖的机会到了,谁能拿住刺客赏银百两!"

缓缓后退的兵勇迟疑了一刻后,再次逼了上来,乌黑林立的枪管像一把打开的扇骨,将王团长和小丰叔叔围在了中心。小丰叔叔夹着人质步步后退,最后靠在了墙边,无路可走。王团长又惊又气地骂道:"你,你这个混账东西!退下!退……"

话还没说完,团副狞笑着抬手就是一枪。王团长肥胖的身躯像一个不堪重负的布袋应声倒地。

与此同时,小丰叔叔却轻轻一跃过了围墙,在一片杂乱的枪声里消失在夜色中。

## 十五

林家染坊真正的灾难来临了。

县衙以窝藏革命党的罪名逮捕了娘,染坊随之查封。柱儿哭着要和娘一起去,娘蹲下来整了整他的衣领说:"乖,和小红姐姐一起玩儿,娘很快就会回来的。"娘随后哑着嗓子吩咐,要继续修桥,不能功亏一篑。

染坊乱糟糟的,一团团看不见的乌云笼罩在人们的心头。

林建名这时不知从哪里闪了出来,讪笑着对众人说:"嫂子不听我的劝,硬要收容那个革命党,怎么样,吃亏了吧?"

小红姐姐冲他说道:"二爷,你来得正好,现在太太家里出了这么大的事情,你也应该帮忙想想办法呀!虽说分了家,但毕竟是亲兄弟呢,况且……"小红姐姐拉过柱儿说,"他可是管你叫二叔的。"

林建名匪夷所思地笑了一下说:"你放心,我肯定会管的,我怎么会不管呢!此时不管,更待何时?"

柱儿好像想起了什么,柱儿说:"不!不!他不是我二叔。他是大烟鬼、臭狗屎,我要娘,我要找小丰……"小红姐赶紧捂住了柱儿的嘴。

林建名狞笑着说:"看见了吗?我这个二叔毕竟抵不上人家的野老子呀!"

"闭上你的臭嘴!"小红姐姐怒目而视。

"怎么了,你也心疼了?"二叔冲小红姐咬了咬牙,"人家看上的不是你,而是刘——春——兰。"

林建名最后转过身对人们说:"我实话告诉你们,刘春兰涉嫌窝藏革命党人,迟早是要杀头的。你们等着瞧好吧,这里的房子,这里的人……"他突然扬手拧了一下小红姐的脸说:"迟早是我的!"

小红姐姐冲他啐了一口,他反而仰头哈哈大笑而去。

一伙等着吃舍饭的灾民在店门口不明就里地东张西望。他们不知道到底出了什么事。一些人嘟囔着问:"舍饭怎么没开,没有舍饭还怎么干活?"

小红姐正愁没处发火,便上前斥道:"吃!吃!你们光知道吃!现在太太被抓了,染坊没了,你们吃狗屎去!"

灾民们一下子呆住了。恩深似海的东家被抓走了,吃不成舍饭了,更别提修桥了。灾民中立即炸开了锅。他们奔走相告,不一会儿,一支约有几百人的队伍浩浩荡荡地把汉城县衙围了个水泄不通。小红姐姐这时也混在其中,她没想到这些平日蓬头垢面的灾民里竟然蕴藏有这么大的力量。

保练团将上访的灾民堵在县衙门口,宣读了知县大人严惩闹事者的命令,要求灾民马上离开,否则一律拘押。

但在饥饿的威胁面前,这种惯常的高压手段失去了往日的效果,反而火上浇油,激起饥民们更大的愤慨。他们击碎令牌,推倒衙门前的钟鼓,群集署前,大呼:"不放林太太,誓不回家。"

衙役见势不妙,赶紧进去禀告。

知县大人坐在槐树荫里品茶,听见衙役气喘吁吁的回禀,狠狠地将茶杯蹾在桌上,骂道:"一帮刁民,真是一帮刁民!"

衙门外饥民的呼喊声却像春雷一样一声更比一声高,震耳欲聋。

知县背起手焦躁地在庭里来回走动,如热锅上的蚂蚁。

旁边的师爷这时走过来说:"古人云:'饱暖思淫欲,饥寒起盗心。'这些刁民本来都是无耻浅薄之辈,现在林家管饭食,他们就感恩图报,如果不放林刘氏,恐怕很难说服他们。况且现在四川、湖北颇不太平,如果我们这时一味弹压,说不定会惹起祸端,激起民变。"

知县回头叹道:"我如何不知?只是这林刘氏涉嫌勾通革命党刺杀朝廷重臣,生杀予夺由朝廷说了算,本官岂敢私自做主?"

师爷捋了捋稀疏的胡须,凑到大人耳边嘀咕了几句,知县老爷的狗头如鸡叨米般地乱点。

后来，那天在场的人就看到县令大人的光辉形象。先是几个衙役抬着一口热腾腾的大锅走出来，随后汉城县百姓的父母官从衙门里迈出来。他身材肥胖，肌肤白嫩，俨如一位久藏深闺的妇人。

知县老爷站定后亲切地扫视了一下密集的人群，微笑着对大家说："各位，各位，我清楚大家的心思。本官要告诉你们一件事情，林刘氏德辉乡里，本县也深感钦佩，正据实向上申报，力求上官感其德行，网开一面。但你们这样闹下去不仅救不了林刘氏，反而会引起上峰的震怒。回去吧，我向你们保证，绝不在本县动林刘氏一根毫毛。"

"瞧！日头这么大，大家在衙门前站久了会中暑。本官特命煮了一锅绿豆汤给大家解解暑，喝完了该忙啥忙啥。"知县大人说完，微笑着俯视着下面的人群，像《西游记》中佛祖俯视掌上的孙猴子。

下面，人们面面相觑。

突然，人群里爆出一个声音："我们要继续修桥，不能功亏一篑！"人群里立刻传出共鸣："对！要修桥！要修桥！不能功亏一篑……亏一篑……一篑。"

知县明显有些意外，与师爷迅速地交换了一下眼神，两人的脸色都有些难看。

知县打起精神说："好！修桥嘛，本是一件好事情，本县自不会阻拦。既然此事一直由林家出义灶银两，可继续由林家出。"

小红姐姐这时走出来说："我是林太太的贴身丫鬟，既然大人责成林家继续修桥，我们要求见太太一面，转达大人的意思。"

知县揪住胡须，沉吟片刻说："好吧，就破个例。"

下面欢声雷动，喧嚷的人声里"修桥去""修桥去"的叫喊声此起彼伏，人们欢喜而散。

知县与旁边打扇的师爷在衙门前伫立良久，像两株误了时令的霜打的茄子，在古旧的衙门前散发着陈腐之气。

# 十六

残阳如血，暑风似浪，层层叠叠的瓦屋樵楼，浸在八月黄昏的暑热中，散发着燃烧般的气息。

牢头带着柱儿和小红姐姐到了天字号牢房。

几天不见，娘憔悴多了，看到柱儿仍然激动地跑过来，手伸出牢门档外紧紧地抱着柱儿的头说："孩子，想死娘了，想死娘了！"

柱儿便哭道："娘，我一定要救你出来，我一定要救你出来！"小红姐也俯身抱着柱儿低低地哭泣。

过了一会儿，小红姐把篮子里的糕点递给娘："太太，吃点儿吧！"

娘摇摇头："我吃不下。"娘问："桥还在修吗？"小红姐点点头。

娘高兴地说："这就好！这就好！"

小红姐姐哽咽着说："染坊已被查封了。听说官府要抵押给商会，具体交二爷经管。"

"这个，我已经知道了。"娘说，"林建名和那个女人到我这儿来过了。他们在想什么，我清楚得很！"

娘突然一笑，说："有机会，替我烧了它。"

"烧了什么？染房吗？那可是您用心血打理的呀！"小红姐姐惊讶道。

娘抬起头，良久无言。

牢头这时在外面催："时间到了。快出去！快出去！"

娘说："你把我的那点儿东西都取出来，断不能让修桥功亏一篑。"

小红姐姐含泪点了点头。

柱儿哭喊着要娘，但被粗暴地扯了出来。

娘双手无力地扶着牢门，默默地倾听儿子声嘶力竭的哭喊，一行玉泪从脸颊悄然滑落。

柱儿和小红姐从牢里走出来。

远处，白云寺的钟声咣咣地敲响，在暮云时刻更显得苍凉和悠长。柱儿想起和娘那好几次去寺里拜佛的情景，突然手一指说："去寺庙吧，我想烧炷香。"

黄昏下的寺院香烟袅袅，钟磬和鸣，庭里桂花怒放，宛若仙境。柱儿随小红姐姐径直进入大殿。佛陀坐在大殿深处，低眉垂目，手结法印，一泓洁净安详的天光洒下来，照亮佛像的半身。

"跪下吧,少爷!祈愿佛祖保佑太太遇难呈祥,早日出狱。"

柱儿乖巧地跪在蒲团上,认真地叩了三个头。小红姐伏在蒲团上虔诚地祈祷。柱儿想这些木偶难道真有这么大的能耐吗?他仰起头偷偷地打量了一眼佛像,佛容庄重,依旧露着神秘的微笑。

柱儿想娘正在受苦,它却笑,笑什么?到底笑什么?难道眼看着一个人要被杀头还值得笑!

柱儿倏地从蒲团上站了起来,嘟囔着说:"求他有什么用?到底有什么用呢?"柱儿闷闷不乐地走出殿门。

"小施主!"一个沙弥这时却喊住了他。沙弥双手合十,面带笑容,说,"你眉目清秀,骨骼清奇,似与佛有缘,不妨借你一本经书读读,或有好处。"

与佛有缘!真的?柱儿环视着周围的神殿庙宇,一脸诧异。

"阿弥陀佛。"沙弥神秘地笑笑,说,"请随我来。"

小红姐姐高兴地说:"快去吧,师父的话不会有假。"沙弥笑着说:"女施主也可以随往。"

"是吗?"小红姐姐犹豫了一下,便拉起柱儿小心翼翼地跟着沙弥进了后院。院内树木葱茏,藤萝叠蔓,空门的清静宏阔之气扑面而来,这里是香客的禁地。随着小沙弥七拐八转,到了一扇门前。沙弥微笑着说:"书在里面,请施主自便。"说完合掌退去。

两人正自纳闷,吱呀一声门开了。

小丰叔叔站在里面冲他们笑。柱儿愣了,继而一下扑进了小丰叔叔的怀里。这些天一直不知道小丰叔叔的去向,还以为再也见不到了呢。柱儿流着泪说:"娘,娘……"

小丰叔叔轻柔地抚摸着柱儿的头,说:"我都知道了。别担心,我一定会救她出来的。"

小红姐姐定定地瞅着小丰叔叔,半晌红着脸说:"让人担心死了。"

小丰叔叔笑着说:"放心吧,我有九条命的。"

小丰叔叔突然将柱儿的头从怀里拉出来,严肃地说:"我能否交给你们一件事……"

茶馆的生意照样清淡。

几个闲人在无聊地摆龙门阵，一人压低了嗓音说："听说了吗？湖北那边又出大事了。"一人说："听说是关于铁路上的什么事情，反正离咱们这里远着呢！"另一人说："朝廷这次下了大决心，皇上都惊动了，严令惩办……"

七岁的柱儿坐在包间里，神色有些紧张。他要在这里等一个人。

笃！笃！笃！有人敲门。柱儿打开门，一个头戴礼帽的人站在门口，深深的帽檐遮住了眼睛。柱儿不认识他。

那人侧身进来，利索地关上门，除去帽子，微笑地瞅着柱儿。

"王叔叔！"柱儿高兴地叫道。王叔叔就是小丰叔叔原来介绍的"表弟"。王叔叔在嘴边竖起一根手指，示意柱儿别出声。

"东西带来了吗？"王叔叔轻声问。

柱儿从衣兜里取出了一封信。

王叔叔接过，仔细浏览了一遍，高兴地说："太好了，早等着这一天了！"接着又严肃地说："现在是非常时期，朝廷在做垂死挣扎。小丰同志的身份已经暴露，你们一定要注意安全。"

柱儿坚毅地点点头说："没事，只要能救出娘，我什么都不怕！"

"好孩子，请你们回去告诉小丰同志，一切按计划进行。"

楼梯上突然传来一阵杂沓的脚步声，接着有人在嘭嘭地拍门，一声紧过一声。柱儿看见王叔叔一下将字条塞进了嘴里，然后示意柱儿开门。

门开了，二叔站在门口冲柱儿笑。

一伙兵丁拥进来，二话不说在屋内乱搜，可就是不见人。

"快说！人到哪儿去了？"带头的军士冲柱儿吼道。

柱儿答："我不知道。"

二叔在旁边打着腔："孩子，二叔怎么会害你？快说刚才那个人到哪儿去了？说了可以放了你娘。"

柱儿哭着拉着二叔的衣襟说："二叔，我本来就来找你，可你不在，我一直就在这里等你！"

林建名猛地推开柱儿,骂道:"小兔崽子想往我身上推,我刚才分明看见有人进来了。快说,他在哪儿?"

军士再次环视了一下屋子,屋里面除了一张茶桌几条茶凳,一口储满浆水的大瓮,什么也没有。抬头看,上面是结结实实的竹木楼板。

军士这时不耐烦地问二叔:"你到底瞅清了没有,是不是想钱想疯了?!"

二叔哈着腰说:"军爷,我可是看得真真的呀!"

"喊!真的。"军士突然发出一声短促的怪笑,"真真的,你老婆怎么会跟别人混在一起?"

二叔的脸上青一片紫一片,很难看。他突然一把抱起柱儿走到窗户前喊道:"革命党,你听着,你们不是讲人权吗,我数三下,如果你再不出来,我就将这个孩子从这里扔出去。一、二……"

哗!一个头顶水瓢的人从浆水瓮里站了起来。王叔叔被捕了。但他说,自己仅仅是一个胆小怕事的生意人而已。

柱儿恨死二叔了,真想上去给他一个耳刮子,可是这个人太高了,柱儿够不着。柱儿后来只能赏给自己一个耳光。柱儿就这样埋着头失望地走了回来。

小丰叔叔安慰柱儿说:"没事的,我再想想办法。"

小红姐姐关切地问:"真的,还有办法吗?"

小丰叔叔仰头叹了一声:"就是劫狱。因为小王在新军中很有威信,只有他才能调动新军,还这里一片民主的天空。"

小红姐姐急切地说:"那样多危险呀!"小丰叔叔坦然一笑:"革命党人以天下为己任,早已把个人生死置之度外。"

"就再没有其他办法了?"小红姐焦急地问。

小丰叔叔想了想为难地说:"有是有,就是很难办。只要能见到小王本人,请他说出在新军中联络人的名字,后面就好办了。可是,现在他们一定严加戒备,不会随便让人接近的。"

小红姐姐定定地瞅着小丰叔叔,美丽的眸子明一阵暗一阵,忽然她站起来说:"我有办法。"

小丰叔叔一怔，问，"什么办法？"

小红姐却凄然一笑，说："放心吧，会有办法的。"

小红姐姐背过身子，在桌前忙碌起来。过会儿再转过来时，柱儿惊呆了。他看见小红姐新梳了头，脸上匀了粉，像天上的仙女，漂亮极了。柱儿高兴地说："姐姐和娘一样漂亮！"小红姐姐嫣然一笑，对着发愣的小丰叔叔说："等我的好消息吧。"

小红姐姐走了之后，一夜都没有回来。

第二天，一个在狱里谋事的人，急火火地塞给街头叫花子一个馒头。这个馒头后来转到了小丰叔叔的手里。他轻轻一掰，一张宝贵的小纸片赫然在目。

夜里，乔装的小丰叔叔在接应下见到了王叔叔，王叔叔激动地说："我以为是他们的阴谋，没想到是真的。"

小丰叔叔低声说："快讲吧。"

小丰叔叔随后见了娘。娘已受了刑，虚弱地靠在牢房角落里的一捆麦秸上，瀑布般的黑发分散地披着，微微蜷缩的身子孤清而单薄。小丰叔叔紧紧地抓住牢门的栅栏，泪水如注。娘缓缓地睁开她美丽的眼睛，放大的瞳仁里闪现出一个青年悲痛欲绝的形影。娘轻声地催促："快走吧，这里危险！"

但小丰叔叔依然定定地注视着娘。夜静得厉害，彼此的呼吸声，如雷灌耳。"你要挺住！"小丰叔叔说，"这里很快就会是一片新天地了。"他突然从口袋里迅速地掏出那把木梳，一把塞到娘的手里，"拿着吧！让它帮你把所有的烦恼都梳理掉。"

娘的眼眶在那一刻突然湿润了。娘定了定说："带上柱儿吧，这是林家唯一的骨血，不能就这样绝了。"

娘随后低头绾过如云的黑发，只见银牙一闪，咯！一缕柔韧如缎的头发，捏在了娘的手里。娘无言地注视着小丰叔叔，说："带上它，我等着！"娘美丽的大眼睛里在那一刻射出明媚的光。

小丰叔叔颤抖着伸手接过。乌黑而柔软的头发静静地躺在他的手心里，宛如一掬清澈的水波。小丰叔叔无声地望着娘，泪在这个青年的眼里千回百转。小丰叔叔坚定地点了点头说:"知道我给大桥取的名字吗?"

娘问:"什么?"

"兰桥!我给它起名兰桥。"

"兰桥!"娘轻轻地念道,"兰桥。"

## 十七

汉城历史上第一次反帝反封建的革命爆发了。

已经干旱了一个夏季的天空,忽然下起了瓢泼大雨,雷声滚滚,雨水如箭一样射向大地,革命的枪声首先在汉城县北城区打响。革命军先攻克了团练所,并在那里补足弹药后,兵锋直逼南岸的县衙。

保练团一路败退。他们最后沿着刚刚修葺的汉阳桥,过了城市的南岸,并在那里据险顽抗,火力很强。革命军一时无法过桥。

有人看见小丰叔叔眼里燃烧起团团刺目的光焰,他手执大刀带领敢死队狂风一样冲了上去。革命军攻到一半,眼看就要过去了,突然桥头上却将一个人拉了出来,小丰叔叔一下子呆住了。

"娘!娘!"柱儿惊喜的尖叫声,穿过密斜的雨线,萦绕在迷蒙的硝烟里。

"放下武器,马上投降,就放了她。"林建名把马刀搁在娘的肩膀上,冲小丰叔叔颤抖着喊。他终于不再遮掩。

起义总指挥丰志鹏犹豫地弯下腰,放下了手里的枪。

但与此同时,一种棉布焦煳的气味却从一个角落里迅速蹿了出来,愈演愈烈,随之人们眼前一亮:桥南林家染坊的后院火光冲天。隐藏蛰伏的团丁们这时鬼哭狼嚎,方寸大乱。

"炸桥!快炸桥!"

保练团团副气急败坏地指挥士兵往桥头安置炸药包,炸药包长长的火线被兵勇们渐渐引了出来。一旦点火,大桥将毁,起义将败,一切将无可挽回。

娘的脸在火光的映衬下飘过一缕艳红的光芒,她双眸如水,定定地瞅着小丰叔叔,突然又露出了一个粲然的微笑,接着有一抹皎洁的白影从人眼前一掠而过。桥下洪水暴涨，娘翩然而下，无声地淹没在洪流之中。

嗨！嗨！小丰叔叔狂风般地向桥南射去了密集的子弹，几个准备上前点火的兵勇也扑倒在血泊中。

敢死队的勇士趁势冲击，势如破竹，顺利攻克了大桥。一些残兵败将纷纷退在街道两旁进行巷战，但他们败局已定，零星的枪声犹如迎接汉城县起义的礼炮。

革命队伍在欢庆胜利的时候，他们没有找到总指挥丰志鹏，有人说，他牺牲了，也有人说，他隐退了……但就是没有他的消息。

在后来打扫战场的时候，人们在断壁残垣的林家染坊的后院发现了一个披头散发的疯子，她声嘶力竭地喊道，别烧！别烧！我的！我的！有人说，她是挨了枪的建名楼老板林建名的太太，但显然没人对这个感兴趣。

人们感兴趣的是火烬中的另外两具不同的尸体。他们被烧得面目全非，只能凭衣着体形勉强辨别。人们发现年轻的女性为染坊林太太的贴身丫鬟小红，但另外一具尸体的辨认却颇费周折。经过仔细辨认，这是一个五十岁开外矮胖丑陋的男人，皮肤黝黑，浮肿的脸上泛着令人作呕的黑色斑点。一个过路的菜贩，突然睁大了眼睛说："咦！他怎么会在这儿呢？"有人问："你认识他？"菜贩子一脸不屑地说："咋不认识？这是县牢里专门做饭的刘师傅嘛，老顾客了。奇怪，这个老骚驴怎么会死在这儿？"

# 致富的童年

爸爸是个致富精。我八岁那年,就加入他的致富行列。

现在回忆起来,那时土地好像刚刚承包到户,用句教科书上的话说,农民群众的生产热情得到了空前的释放和调动。原来大集体里的社员们此时都憋住一口气,不分黑明地在自己的承包地里捣鼓。有些人干脆在田地旁搭起窝棚,吃住在那里。他们不厌其烦地给自己的庄稼除草、除虫、浇水、施肥,实在没什么做的了,便光着膀子俯身在地里捡石头。在大集体时代,地里的石头照样很多,但社员们置若罔闻,谁也不想弯下自己金贵的腰。现在不一样了,这些人用手将承包田里的泥土挨个揉搓,像抚摸自己的老婆一样,遇到石头便骂一句:狗日的!捡起来远远地扔到田垄上,像与石头前辈子有仇。我就是在这样的大背景下,跟随爸爸踏上致富的列车。

## 一 瓜 事

包产到户第一年,家家户户都迎来了大丰收。记得收麦的时候,如火的日头下,妈妈戴着草帽,奶奶头上覆一方手帕,两人在自家的场院里挥舞着连枷——啪啪!拍打着熟透了的小麦。汗水濡湿了头发,沁湿了衣襟,但她们的脸上依旧浮现出前所未有的开心的笑容。奶奶微笑着捧起一把小麦,乐滋滋地凑到嘴巴前吹了一口气,然后拈起一颗放到嘴里小心地咬一口,"真甜!"奶奶扬手冲我叫道,"这下俺们人有馍吃了!"奶奶那时一直管我叫"人"。

这一年,我们家所有的柜子、箩筐、簸箕等都装得满满当当的,连屋角的老鼠洞里都塞满了苞米、小麦和谷子。真是丰收了!家家户户吃起了白馒头、长面条,过去只是在过年时吃的饺子也能敞开肚皮享用了。说了你也许不信,八岁时我一顿要吃三大碗捞长面,不吃饱不撒碗。妈妈有时望着我狼吞虎咽的吃相,心有余悸地长叹:"真是一个吃胚呀!"奶奶却在一旁责怪道:"怕什么?能吃才能干,男儿不吃十年闲饭!"

第二年,爱折腾的爸爸便思谋着如何夺取更大的丰收。他在麦田里另辟蹊径,种上了一种不同于小麦的东西。那像扇子一样的叶片渐渐长大,秧子伸长,叶片下慢慢坠出一颗颗葫芦一样的圆东西,如吹起来的气球——那是西瓜!爸爸在承包地里种起了经济作物西瓜!这在当时的农村是一个多么伟大的创举呀!西瓜长到碗口大时,爸爸瞅着我穷凶极恶的吃相说:"狗日的,晚上跟我守夜去!"于是,我人生的第一个工作项目便开始了。

我那时虽然八岁,但体格好。俗话说,八岁男,狗也嫌。经常蹦蹦跳跳,惹得屋里鸡飞狗跳。爸爸提议后,妈妈和奶奶尽管担心我夜里的安全,但考虑到和爸爸在一起,也就没有过分反对。

我跟着爸爸住进了田垄边上的瓜棚里。后来有一部电影叫《瓜棚女杰》,如果你看过就能理解我当时的生活。瓜棚是用山里的原木和谷草搭建起来的那种人字形的棚子,简易得很,透过瓜棚的缝隙能看见天上的星星。清凉的夜风中,它们像天使的眼睛一眨一眨的,明亮而深邃。窝棚外蛐蛐的叫声,婉转细致,一浪高一浪低,像在合奏一支什么曲子。田垄不远处有点点的星火,空气里传来一阵阵辛辣的烟草的气息,那是爸爸的烟袋锅。与家里闭塞漆黑的卧室比,这里真是天大地大。我猛地想起大队部知识青年住地的墙上用仿宋体书写的几个大字:农村天地广阔,大有作为。我寻思这是个谁,写了这么一句伟大的话,竟说到了自己的心坎上,我一下子就喜欢上了这里。

家狗此时温顺地卧在我的脚边。它是我的忠实玩伴,一天到黑不离我的左右,我给它起名为"黑嘴"。一来它嘴帮子是黑色的,二来这个家伙有个恶劣的坏毛病——偷嘴吃。有几次,奶奶去鸡窝捡当日的鸡蛋扑了空,全赖这个家伙赐予。你别看它长得黑风骚脸、笨头笨脑,偷吃鸡蛋的技艺却是一流。它一般选择在母鸡刚起窝的时机下手。那时老母鸡刚刚走下鸡窝,正舒张羽毛、伸长脖子准备向主人邀功请赏,这家伙便一下子冲了上去,吓得老母鸡耷拉着翅膀,偃旗息鼓地躲到墙旮旯里去了。这家伙得意地蹿到鸡窝旁,叼起还热乎着的鸡蛋,扭身跑到没人的地方安心享用起来。为了保险起见,它居然连蛋壳一起吞进肚子里,真是个吃蛋于无形的高级杀手!难怪它毛色鲜亮,全身像刷了一层蜡。

但长走夜路碰见鬼。它在一次作案时,碰巧被我撞见了,我跟踪观看了它的整个作案过程。这个家伙慌忙向我求饶,尾巴摇得呀,像学校少先队员手里的花环。但我坚决不吃这一套,将它唤到鸡窝旁,一把薅住它的脖子,拈起一根针,冲它的黑嘴头就是一顿暴扎,直扎得这家伙嗷嗷求饶。从此,狗东西偷吃鸡蛋的毛病算是彻底治好了,见了鸡窝老远就跑开了,真是长了记性!

白天,爸爸总窝在瓜田里忙活。他侍弄瓜苗非常精心,像个月嫂。瓜苗们仿佛懂得感恩,长势很旺,叶子黑油油地铺满了一地。叶子下面的西瓜也一天天长大,圆滚滚的,如一只只吃饱了的小肥猪。瓜田上空渐渐荡起一股甜腻的西瓜的清香。爸爸嘱咐我看管好西瓜。我冲他坚毅地点点头,表情犹如电影银幕里的游击队员。我发誓一定要守好西瓜,保证一个不丢。

这时有一部电影很火,叫《少林寺》。里面有个觉远和尚,功夫了得,我被深深震撼。随后,我将一把镰刀塞到火炉里烧红掰断,拿到槐树下的磨石上打磨得刃口如霜,然后选配了一根上下通直的水竹做柄,并认真细致地扎上一条鲜艳的红布条,一根红缨枪便成了。我一边看瓜,一边操起红缨枪无师自通地练起武来。家狗这时也被我改了名字叫阿黄,只是这个家伙冥顽不化,只认黑嘴那个俗名,它摇着尾巴在我的周围,不明就里地窜来窜去。

白天,我将红缨枪笔直地插在瓜棚口,红缨枪鲜红的穗子迎风飞舞,很是醒目。许多路过我家瓜田的人都赞叹道:"哎呀!刘家老二成儿童团员了!"我躲在一旁抿着嘴乐:瞅见了吗?少打我们家西瓜的主意!爸爸却不乐见我操这个东西,他警告我说,要是我用它对人,就给我折了。我忙向他保证说,绝不会对住人的!其实我在心里暗暗发笑,精心准备这个东西为了啥?不就是要对付瓜贼嘛!

整个暑假,我忠于职守,坚持待在瓜棚里,哪里也没有去。但谁也想不到，我们家西瓜的第一个盗摘者，并不是外姓旁人，居然是我——这个守瓜人！

随着西瓜逐渐成熟，西瓜的香气日益浓郁诱人，经过我家瓜地的人都情不自禁地往地里瞄几眼。我时常捧起一个西瓜，学着大人的样子煞有介事地嘭嘭拍两下，依依不舍地放下，然后再去拍另外一个。爸爸嘱咐我说："西瓜现在还没有完全熟，等熟透了让你吃个够。"可我哪能等得及？整日面对着香甜可口的西瓜却不能动，那简直是一种折磨！

那天，日头很大，窝棚里很热，黑嘴的舌头都耷拉到了地面上，看着令人难受。爸爸去街上还没有回来，田野里空旷无人，只有日光映射在庄稼叶子上发出的耀眼的白光。我突然从窝棚里跑出来，猫腰冲进西瓜地里，挑了一个品相俱佳的西瓜抱了回来——样子很像黑嘴偷吃鸡蛋的模样。黑嘴知道我在干什么，撒着欢子撵在我的身后，汪汪直叫。我从窝棚旁拔出红缨枪，擦了把枪刃，然后杀西瓜。西瓜太沙，枪刃刚碰到瓜皮就"嚓"的一声裂开了，锋利的刃口一下裁到了我的手指上——哇！血顷刻涌了出来。我有些着慌。黑嘴也急了，跳起来汪汪大叫。我攥着手指疼得满头大汗，一时哭也不是不哭也不是，没有主意。突然窝棚口人影一闪，爸爸进来了。他二话没说，闪身在瓜田里捋了一把西瓜叶子，双手揉搓了一下，麻利地敷在我的手指上。我脸色绯红，额头上有汗珠啪啪直滚，但我不敢流泪，也不敢看爸爸的脸色。那个西瓜，最后还是被我吃掉了。我吃瓜瓤，黑嘴吃西瓜皮。鲜红甜蜜的瓜肉从口腔慢慢滑进干燥的肠胃，那种美妙的滋味至今令人难忘。

尽管我忠于职守，枕戈待旦，可田里的西瓜还是被盗了。那天早晨，爸爸起身去地里摘西瓜，突然惊叫一声："不好！失盗了。"我闻声跑出瓜棚，只见一片西瓜秧子凌乱纷杂地躺倒在地，身下圆形的草环上不见了胖胖的西瓜，像生完了孩子的孕妇。

怎么会是这样呢？我有些惊呆了。偷摘了这么多西瓜，显然不是路人普通的解渴之举，完全是有预谋的偷盗行为。爸爸盯着田里的那一串脚印，怔怔发呆。过了良久，他起身拍了拍手上的泥土说："算了，他们靠偷发不了财！"说完像没事一样，继续俯身在地里忙碌。我暗暗自责，到底是怎么了？竟然睡得那么死，被盗贼钻了空子。但黑嘴不是狗吗？它怎么会看不到，怎么不叫醒我呢？

"黑嘴！黑嘴！"我高声呼唤着，躬身捡起一块石头，准备砸破它的狗头。可黑嘴这次没有闻声而来，这真是破天荒的第一遭！奇怪，一早上都没有见到这个畜生的影子，它跑到哪里去了呢？我突然有一种不祥的预感，连忙去找。终于在距瓜田不远的一口旱水井里，找到了我的朋友——黑嘴。不过它不能再向我摇尾巴了，它腹胀如鼓，横躺在水洼里。"黑嘴！"我大哭了起来。爸爸赶来，用一根木棍将黑嘴挑了上来，我看见它的身体僵硬如铁，嘴角仍然残留着白色的汁液。"这些狠心的畜生！"爸爸气咻咻地骂道，"他们毒死了它。"

"黑嘴！"我不顾一切地搂住黑嘴的头呼唤着，但我忠实的伙伴和朋友，为了我们的西瓜事业，贡献出了自己年轻的狗命。这事过后，我不能再在瓜棚里住了，不是不想，而是奶奶坚持要我回去。奶奶踮着一双小脚，跑到田地里，粗糙的手一把薅住我的胳膊，将我从窝棚里扯了出来。我喊爸爸，但这个男人站在一旁，一声不吭。

那一年，我们家里的西瓜算是大丰收了。至于最终换回了多少钱，我不得而知。此后我再也没有去过西瓜地。第二年，我们家再也不种西瓜了，因为爸爸又恋上了其他的致富项目。

## 二 鱼 事

我们家承包地中有一块田，平时有水不断沁出，泥质丰腴，人称烂泥田。这是土地中天子号的田，绝对是旱涝保收的金地。放在别人都会种上水稻，这样管保一家人全年能吃上白生生、香喷喷的大米饭。

但爸爸不这样做。整个冬天他都在加高农田的田垄。爸爸喊来三叔帮忙，两个人一起用石夯将田垄一遍遍夯实加高。有人笑着问："老刘，你这是要修城墙吗？"爸爸笑而不答。

爸爸用宽宽厚厚的堤坝将田围了起来。随着堤坝加高，水位跟着见涨，渐渐地有半人深了。春天来了，池水蓝幽幽的，映照出白云缭绕的天空和田垄旁洁白的杏花、粉红的桃花，以及金灿灿的油菜花，很有诗意。

我那时正好学了一首诗,其中几句是:半亩方塘一鉴开,天光云影共徘徊。我感觉这个姓朱的人真是太伟大了,在几百年前,就将我们家的小鱼池写活了。

天气渐渐暖和了起来。等到村姑们挽着竹篮、亮出白嫩的赤脚下田割青草的时候,爸爸托人从几十里外的水库运回几大木桶活蹦乱跳的鱼苗放下了池塘。我这才知道,爸爸是要养鱼了。看到成百上千条鱼踊跃着飞进我家鱼池,我的心别提有多自豪了。我们家有养鱼池了!这在当时也是想都不敢想的事呀!

鱼儿一进水,爸爸就将窝棚移到了池塘边,黑明白夜守着鱼塘。我很想和他一起护鱼,但奶奶和妈妈这次立场一致,坚决反对。所以我只能偶尔站在池塘边,落寞地望洋兴叹。

你不要小瞧养鱼,这里其实有很大的学问。水温、水深、鱼食等任何一个环节都马虎不得。就拿水深来说,一般的草鱼、鲫鱼只需半米深的水就可以了,但鲤鱼不行,它是一种比较讲究的底层鱼,非要一米多深的水不行,否则,就要跳龙门。在野外,人们手持筛子,蹲在河旁守株待鱼的,多半就是这种宝贝。可人工养殖的池塘,绝对是要杜绝类似的事故。

养鱼的最大问题还是鱼食。那时节的鱼食纯粹是自己加工的纯天然绿色食品,有玉米、杂粮、蒸熟的红薯、土豆、麦麸、豆饼,以及食品加工厂的边角废料等。我看见爸爸每天剁两桶鱼食,挑去池塘。起初一趟就可以了,慢慢地得跑两趟,接着跑三趟,鱼们的胃口变得越来越大。家里储存的粗粮,在这些大肚皮面前,很快就见底了。那时节人们刚从温饱线上过来,不可能拿白米细面喂鱼。奶奶反复叮嘱说,拿精粮喂畜生是要遭报应的。这时有人建议爸爸废物利用,喂厕所里面的蛆虫。出这个主意的,好像是个专家。他瞪着眼冲爸爸讲:"你不要嫌这个鬼东西脏,营养丰富得很!在日本国,小鬼子每餐都要上这道菜,鱼们吃了膘也长得快!"

他的话,很让人恶心。我常常暗自琢磨,难怪日本人那么坏,你瞧一天都吃的什么东西!爸爸最终还是采纳了这个土专家的意见,他做了个渔网,在茅坑里捞了半粪桶,倾进了鱼池。鱼们果然群聚而来,很快就消灭了"美食"。但家里茅坑的蛆虫产量毕竟有限,爸爸作为老爷们儿,也不可能成天往别人家的茅坑跑。于是,这个光荣的任务,自然而然就落在我的肩头。在别人眼里这是一个臭活,但我却乐此不疲。如果那时,你到我们村里来,会看见一个半大小子,头戴草帽,肩扛一杆渔网,提个塑料桶,像贼一样奔跑在大家小户的茅坑里,那一定是鄙人。我最大的乐趣就是提着蛆虫去喂鱼。时间长了,那些鬼东西,能感受到我的脚步声。只要我一走近,便撅起小脑袋,如狼一样聚拢过来嗷嗷待哺。看见他们撮起嘴巴蹀躞吞食,我的内心会涌上一种从未有过的成就感。

捞蛆虫的过程,有时也会碰上令人沮丧的事。一次,我正蹲在一个茅坑边捞蛆虫,这家的小媳妇,突然急火火地跑了过来。我因为个子矮,加之周围有草木掩蔽,她竟没有发现我,只是麻利地褪下裤子,亮出白花花的胖屁股。见她那个样子,不知为什么,我突然莫名其妙呏地笑了起来。小媳妇闻声,惊慌地提起裤子:"妈呀!剁头的碎东西,你在干啥哩!"说着提着裤子就来撵我。我一时慌张,丢下渔网和桶,撒开丫子逃了。等我沮丧地跑回家,小心地向爸爸叙说原委时,本以为他会严厉地训我,没想到爸爸仰起头,捋着络腮胡子哈哈大笑起来。他拍了拍我瘦小的肩膀,呵呵笑道:"傻小子!"

为了养鱼,我们还尝试过上山捡拾牛粪、下田逮泥鳅等各种方式。小鱼渐渐地长大了。阳光很好的晴天,站在堤边,能看见背鳍长如竹筷的鱼儿在水里自由自在地来回游动。端午过后,就有人隔三岔五地来我们池塘买鱼。我们那里本来驻有一个军队上的什么单位,他们有时候会来我们池塘采买一些鱼。这时,爸爸便将绊桶扛出来,推到水面上。绊桶本来是我们那里用来打谷子的木器农具,一米见方两尺多高,形如一只倒扣过来的马蹄子。爸爸手持竹篙,登上绊桶,荡到池塘中间,然后伸出一只长柄鱼筛浸入水里。不大一会儿再扬起来时,鱼筛里便有扑扑啦啦的声音,几只活蹦乱跳的鱼就到手了。那些当兵的年轻人稀奇得不得了,有时候,会要求自个儿登上绊桶捕鱼。他们颤颤巍巍、小心翼翼撑船的样子,往往引得同伴和围观的群众大呼小叫,池塘上空萦绕着欢乐的笑声。

我们那里,有些半大小子比较坏。他们有时趁人不注意,将家里的罐头瓶、脸盆等东西,蒙上纱网,再开一个小口,里面放上诱饵丢进鱼池里。鱼儿们钻进去吃诱饵，却很难找到出口出来，用这样的方法，他们经常有些收获。爸爸如果发现了，就将他们的东西没收了，故意恫吓他们不要再来了，否则就找他们的家长理论。那些半大小子都不太害怕，顶多是不敢当面搞这些鬼把戏了。爸爸也从不和他们较真，多是睁一只眼闭一只眼。

但谁也没有想到，我家的养鱼池，差点儿闹出了人命大案。夏天，农村那时没有空调，唯一避暑的方式就是游泳。农村孩子游泳从没有正经拜过师，都是靠自己摸索，大部分孩子都是无师自通地学"狗刨"。他们一般先在比较浅的河溪里学游泳，等到有一点儿感觉了，再到比较深的池塘里练习和玩耍。我们家的鱼池蓄水深，水面广，自然就成了一些半大小子验证自己游泳技艺的理想场所。

有一天，太阳很大。老舅来了，爸爸回来陪他吃中午饭。老舅爱喝两口酒，菜上来时，也就斟上了家酿的甜秆酒。老舅喝酒慢性，两个人正在推杯换盏，突然鱼塘方向有人喊："救命！"爸爸脸色刷地一下变了，扔下杯子就往池塘跑。几个半大小子此时在池塘边乱作一团，池塘里一个人影正在水里翻滚和扑腾。

爸爸冲上堤岸，一头扑进了池塘，揪住那个家伙的头发提了上来——竟是村长家的大公子长江！村长老婆披头散发地跑到塘边一边跺脚，一边哭天喊地。我看见长江面部青紫，鼻孔上挂着一串鞭炮一样的红色泡沫，整个人像只口袋一样吊在爸爸的肩膀上。爸爸倒背着这个家伙在池塘周围来回奔跑。长江突然哇啦一下吐了一泡水，接着嘴里的水像小瀑布一样往下淌。这家伙难怪叫长江，真是名副其实！

爸爸这时放下他，啪地赏了他一记耳光。这个家伙没站稳，一屁股跌坐在地上号啕大哭了起来。村长的婆娘跑过来，指着爸爸大骂："刘老大，你个地主狗崽子，翻天了你？土地到户才几天，就没王法了，竟然要对贫下中农革命后代下毒手！"这时池塘边围了一圈人，爸爸挥手将这个泼妇挡在一边道："谁要害他？你让乡亲们看一看，我到底是在救他还是害他？"这个娘儿们一副泼妇骂街的气势，根本不容爸爸分辩，上前揪住衣襟撒泼哭闹。她的嘴巴很大，嘴叉子一撮一撮，牙肉也跟着一抖一抖的，像一只聒噪的蛤蟆。爸爸伸手推她,她却一把夺过爸爸的手指,如一只母狼——咔嚓!竟然将爸爸的小手指咬断了。"地主狗崽子!呸!"女人将爸爸的断指唾进了鱼池。

鲜血立刻从爸爸的手指喷涌而出,爸爸手捂伤口,汗水从他的脸上咕嘟咕嘟冒出来。爸爸想扑进鱼池里夺回自己的断指,但那些水生动物早一拥而上,将它扯进了水底,当作美食了。

妈妈扑上去要和那个泼妇拼命,却被爸爸拦住。爸爸冲围观的人群亮起血淋淋的手指说:"老少爷们儿,你们都瞧见了,心里都跟明镜似的,今天到底是谁救了那个狗崽子?到底是谁姓狗!"我见不得爸爸那个样子,一头顶过去,将那个女人撞进了鱼池。水没及女人的脖子,女人在水里大呼大喊。我知道她是在喊他们的当家人——李天贵,此人当然也是当时我们全大队的当家人。但人们看到,李天贵仅仅在自己的家门前晃了一下就不见了,整个下午再也没有出现。女人干号了一阵,灰溜溜地上岸去了。

鱼池风波过后,我们家的人对于养鱼充满了怨恨。妈妈几次劝爸爸别再干了,将鱼捞起来卖了算了,和人家一样种稻子,一点儿心也不用操。妈妈担忧地提醒爸爸:"李队长说不定会找麻烦的!"

爸爸双目圆睁怒斥道:"怕他干啥?我救了他儿子,他不感激,还放老婆咬断我一根手指,我没报公安抓他已是仁至义尽了,还想咋的?"

妈妈叹了一口气说:"就你犟,人家可是大队长哩。"

"大队长咋了?我又没犯王法!"爸爸梗着脖子说,"邓主席说致富光荣,我怕谁?"

但时间证明,我们的养鱼事业并没有得到很好的发展。原因不是李队长找啥麻烦,或者说,还没等到他找麻烦,鱼池就迎来了一场灾难。

起因是一场洪水。那个时候雨总是很多,尤其是夏天,暴雨说来就乌云四起,呼雷闪电,恨不得立时将大地翻一个个儿。我们那里是山区,雨来得急,走得也急,雨水过后大沟小渠都涌满了洪水,一时山呼海啸。其实在建鱼池之初,爸爸已考虑到了排洪问题,修了调洪口。可谁能想到,那一场雨竟然那样大!用官方的话讲,是三百年一遇。洪水如暴怒的野猪,一群群蹿进了我们家的鱼池,水面疯涨。爸爸将调洪口提到了最高,也毫无效果。他急红了眼，冒雨冲下去，双手抵着堤坝，想把堤顶住，可人力毕竟太小，水如无恶不作的贼一样还是冲倒了堤坝，鱼群被激流挟持而出。辛辛苦苦养的鱼，顷刻跑得没有了踪影——我们家的养鱼事业，毫无疑问地失败了。

这事过了许久，爸爸都没有缓过神来，见谁都不搭腔。许多人背后窃窃议论，刘老大疯了。但奶奶和妈妈不这样看，她们知道这个男人是不会那么容易被击倒的，只是一时没拐过弯子来而已。

那一年的春节，我们家过得不是很好。吃年夜饭的时候，一家人冷冷清清的，爸爸闷头喝了一盅酒后，突然开了腔："明年咱接着干！"

妈妈探询地问："还养鱼？"

爸爸笑着，抄起筷子夹了一块鸡肉送进嘴里说："鸡。我们养鸡。是人就离不开鸡，是人就得吃鸡！"

## 三 鸡 事

爸爸养鸡的方式比较特别，他没有从外面购小鸡，而是从零做起——孵小鸡。这个活路就在今天来看，也具有一定的技术含量。

我那时刚好十岁，喜欢鞍前马后地忙活。春节刚过，看见爸爸拎着瓦刀砌墙，便撵在屁股后面递个砖、端盆水什么的。孵小鸡的温室很快就砌好了。这是一种外形类似桌子抽屉的小房子，加温工具主要依靠两根碗口粗的铝制管子，它们斜插进温室，出口微仰，铝管的下端是蜂窝煤火炉，这样火炉的热气能通过铁管辐射进暖箱，而煤气什么的却从出口排在了暖箱以外。我觉得爸爸确实是太聪明了！妈妈私下对我讲，别小瞧你老爹，他可是秀才哩。我那时就觉得爸爸太了不起，真是太伟大了！

温室做好后，下面的一个环节就是收购鸡蛋——孵小鸡。收购种鸡蛋有讲究，必须仔细观察，认真甄别，否则很可能收上来无精蛋，那种过程类似于中医大夫的望闻问切。

天气晴好的早晨，许多媳妇们挎着盛得满满的又大又圆的鸡蛋的竹篮子，来敲我们家的院门。由于土地到户后粮食充足，吃得好吃得饱，她们个个脸膛红润，肥胸胖臀，如刚出笼的热馒头。这个活计，妈妈总是要从爸爸手中接管过来。她一般先问家里有多少只蛋鸡，有多少只公鸡。年长的媳妇们就一五一十地告诉她，有的小媳妇却羞羞答答地说不痛快。妈妈就会派我去人家的鸡栏里查看。鸡栏里那些公鸡顶着血红的大冠子，迈着方步，耀武扬威的。你看它正低着头挥着铁镐一样的尖喙啄泥，眨眼间便扑棱一下蹿到某个母鸡身上猛啄一番。我那时感觉公鸡真是太霸道了，仗势欺人，觉得妈妈也太麻烦，收蛋就好好收蛋，管人家有多少只公鸡干吗？公鸡又不生蛋！长大后才知道，妈妈的做法确实有她的科学道理。在自然状态下如果交配的话，公鸡与母鸡的科学配合比大概是1∶10左右，超过这个比例，有精蛋的数量和质量就会大打折扣。当然，公鸡个体的强弱，对这个比例也有些微影响。

妈妈从这些肥壮的媳妇们手中接过篮子，浸泡在盛满硫磺水的大缸里，这样一是为了消毒，二是便于检查。将浸湿后的鸡蛋托在手上，就着阳光仔细瞧看。那时阳光嫩黄炽热，如纯粹的金子。阳光下有一种蛋轻薄透明，中央呈现出婆娑的黑影，像个明晃晃的月亮，那是无精蛋。它们是银样镴枪头，漂亮但不中用，是典型的无花果。但有精蛋的情况却截然相反，它们气室分明，在阳光下能看到鲜红的血管网从胚胎中心向四周扩散，头部往往有一个黑色的眼点，那是名副其实的"鸡眼"。虽然没有无精蛋好看，但它却真真实实地蕴含着活蹦乱跳的生命！

蛋收回来后，要及时进温室，否则就可能坏掉。我们将温室的"抽屉"拉出来，将鸡蛋一个个竖立着放进网状的格子里，再关上门。俗语说：鸡孵鸡二十一，下面就是长达二十一天的耐心等候了。这个时候非常关键，一般要做好两件事情。一是把握好温度。孵鸡的温度是37℃，超过或者低于这个温度都不行。温室外面有一个小玻璃窗户，镶嵌着一支温度计。当红色的煤油升至37℃以上时，就必须调整好火温。另一件是保持湿度。房间内要时刻放一盆水，这个好理解，水是生命之源嘛。那些正在做生命化学反应的小家伙也离不开水。我因为年幼，帮不了什么大忙，父亲给我安排的活计就是瞧温度计，随时调节温度。这个工作其实也很简单，当温度高时赶紧扣上蜂窝煤炉子的风门，反之就拉开。这个工作看似简单，其实一点儿也不轻松，需要耐心和细致，否则极有可能将事情搞砸。

爸爸妈妈那时候都年轻，可以轮换值班，但二十一天呢，有时候也需要休息一两天。这时候，我和奶奶便发挥作用了。祖孙二人围坐在火炉旁守候。奶奶是个老文盲，不会认温度计，于是我便发挥检察官的作用了。祖孙俩拥炉而坐，奶奶会给我讲一些古经，比如，叫花子娶了个桃花女、杀猪匠点了头名状元什么的稀奇古怪的民间故事，听得人津津有味。这期间奶奶间或让我去瞅一眼那个温度计，然后调整一下火温。夜深了，我的眼皮就会打架，再有趣的故事也提不起兴趣，就伏在奶奶的膝上呼呼大睡。奶奶便催促我去床上睡觉。我那时昏头黑脑地爬上了床，早把那个检察官的责任忘了个一干二净。第二天，想起来问奶奶怎么掌握温度的，她却神秘兮兮地说："保密！"我心里纳闷儿，奶奶不会瞎蒙吧？

我们那里有一个农妇，不识字。她家里有一个钟表，有时候别人问她："老嫂子，现在几点了？"她假装回去看了表，出来望望天色说："两点多了。"这种办法，有时候也能蒙对，但时间一长，就露馅了。人们上当之后，便送她一个外号叫"两点钟"。奶奶不会也是这样的吧？我心存疑虑，但也不好说破。后来，妈妈告诉我，奶奶并没有失职。"你瞧这里！"妈妈指着温室外面的玻璃窗户说。只见温度计的玻璃窗外有一条不显眼的细细的痕迹，正画在37℃上。哦！我明白了，奶奶用针在最佳温度外的玻璃上做了一个小标记，这样就可以鉴别温度的高低了。奶奶虽然没有文化，却很有头脑。

熬过了辛苦的二十一天，就到了小鸡出窝的时候了。小鸡出窝有先有后，不是齐刷刷地一下全从蛋里钻出来。这时候，一定要保持高度警惕。一旦听到温室里面有悦耳动听的唧唧声，你就要赶紧拉开抽屉，小心翼翼地将破壳而出的小生命捧出来。如果不及时取出，温室里的高温，会使它们迅速窒息。小鸡捧出来后，一般先放在干燥松软的棉花铺成的笸篮里。这样一来能迅速烘干它们身上湿漉漉的胎液，二来可以使它们得到较好的休息。毕竟在蛋里待了整整二十多天，闷坏了，必须要认真休息一下，养精蓄锐，以应对它们已经来临的简短而漫长的一生。

养鸡过程中，我长了不少见识。一次我发现有几个蛋很久没有动静，便将它们取出来，准备扔掉，突然听见里面有嚓嚓声，似乎有小鸡要破壳的样子，忙又放了回去。可过了几天，仍不见动静，于是我又将它们从温室里拣出来丢在一旁。第二天发现，小鸡群里居然多出来几个长相怪异的家伙，明显比小鸡魁梧一些。我喊妈妈来看，妈妈笑着说："怪了，居然孵出鸭了！"我恍然大悟，这几个丑陋的东西居然是鸭子！几个家伙饭量明显比小鸡大，步子也大，总是多吃多占，而且不听指挥。我唧唧呼唤，它们居然充耳不闻。妈妈笑着说："你唤的音不对。"我搔头问："这是怎么回事呢？"妈妈说："狗唤汪，牛唤哞，鸡唤唧唧，鸭唤丽丽。"我试着嘟起嘴发出"丽丽"声，几只家伙果然闻声跑来，真是动物传奇呀！

我们家的养鸡项目，基本上是成功的。那些小鸡还未满月，就被四里八村的乡亲们哄抢一空。仅这一下，爸爸就赚了一笔，还不算我们圈养的那一批公鸡和母鸡。母鸡下蛋，公鸡换钱。这一年腊月二十三，爸爸坐在家里的方桌前数钱，数了一遍又一遍，最后他用手帕将钱反复包好后，说了句令人心惊的话："明天去买台电视机！"

那时候，电视还是个稀罕物件，十里八村也仅有一两台，我们村仅张老大家有一台。他儿子在电业局上班，家里有钱。哎呀！天天晚上不等黑，村里的半大小子就在他家的场院里疯跑嬉闹，张老大一家人却坐在屋里不紧不慢地吃着晚饭。渐渐有老爷们儿提着凳子，婆娘媳妇们胳膊下夹着女工聚拢而来，场院上人越聚越多。张老大这时摇着蒲扇踱出来，站在房檐下望着黑压压的人群，高声地和人打招呼，并不急于放电视。有些后生耐不住性子问："大伯，该开始了吧？"张老大故作严肃地问："你娃子又想看人家漂亮姑娘了吧？我告诉你，看也白看，金凤凰要金豆豆喂哩。你有金豆豆吗？"那个后生面红耳赤，接不上话。旁边有人嬉笑道："他有肉豆豆！"人群哄的一下笑了起来。张老大在笑声里一努嘴，便有两个年轻后生争先恐后地抬来桌子，安置在屋檐下。张老大这时从里屋抱出那个用锦缎盖住的物件——电视机，小心翼翼地搁在桌子上。其实，电视机并不大，荧屏也仅十四英寸，像一只展开的小手帕，但里面却能发出蓝幽幽的光。电视一开，人群立刻静穆下来，大家都像鸭子一样伸长了脖子，目不转睛地瞪着电视荧屏，这个姿势往往要持续到电视节目结束。时间长了，张老大一家嫌麻烦，有时会自个儿躲在屋里看电视不开门。这时，便有人冲他房脊上扔土坷垃，他的婆娘会站出来操着四川话骂娘。人们高兴而来，败兴而归。有人悻悻地撂下话，有什么了不起，俺回家也整一台。但电视机在那时是稀缺资源，属于高档消费品，不是田里的土坯，也不是农家里的桌椅板凳，谁想打就马上打一个，——你得首先有钱。

那一年春节，我们家却有了一台电视机，而且是十六英寸的，比张老大家的还大那么一圈。每到晚上，妈妈便早早泡好茶，摆置好板凳，支使爸爸放电视。来我们家看电视的人非常多，屋里屋外围挤得密不透风。那时候电视节目不像现在没完没了，一般到夜里10点多屏幕上便会出现两个字：晚安！人们这时意犹未尽，聊着对节目人物的感受，踩着月光回家。但这样的聚会也并不是场场都欢喜。有时候爸爸妈妈累了想早点儿休息，但看着街坊们来了，只得忍住疲乏，赔着笑脸苦苦支撑。当然，这些都是幸福的烦恼。总之，养鸡过后，我们家的确有些发家的样子。人们羡慕得不得了，许多人开始当面喊我们"万元户"。这在当时的农村可是一件了不得的事情呀！

第二年，我们那里一下子蹿出了很多养鸡的专业户，鸡子也不值什么钱了。爸爸像一个驾辕的高手，及时长鞭一舞，将我们家致富的车驾又轰赶到另一条道上去了。

## 四　粉　事

爸爸这次选择的致富项目是吊粉条。

粉条又称粉丝，是由红薯、马铃薯等原料加工而成的丝状或条状的干燥淀粉制品，在中国大概有千余年的历史。粉条是中国人的最爱，不论逢年过节还是大事小事，都离不了它。它柔润嫩滑，爽口宜人，管你是王侯将相、下里巴人，见了都得喜欢。我小时候最喜欢吃粉条，到了谁家坐席，见了粉条就不撒手。

粉条的主要原料是红薯。中秋节过后，正是挖掘红薯的季节，成堆的红薯在地里码放得如小山一样。因为食物充足，老百姓对这种粗粮作物看得不再金贵了。红薯出来后，先在外面堆放一段时间，然后入地窖。入窖的红薯必须要验明正身，类似于参军入伍前的体检。凡有伤带残、歪瓜裂枣的一律不准进入地窖。一来不具有多大收藏价值，二来带伤的红薯容易发霉变质，影响窖藏质量。游离在地窖之外的红薯，便是栏里老猪们一个冬季的口粮。啃了一冬新鲜红薯的"天蓬元帅"们，在年节前个个膘肥体壮，为履行最终使命奠定了丰厚的物质基础。可以说，正是红薯撑它们上了农人的餐桌。

在地窖里藏了一冬的红薯，到了腊月也必须现身。它们要履行另一件重要的使命——变成粉条，这需要走两步。一是化身为粉。这个过程比较琐碎复杂。先将红薯洗净，剁成小块和水一起送到粉碎机里粉碎，用大盆装好，再分批用滤布将红薯渣滤出。过滤后的白色溶液用容器盛好，放置一段时间，待水澄清后将水倒出，沉淀在最底下的就是红薯粉了。

第二步，即变身成条。在我们那里吊粉条历来是农家一件非常隆重的事，一般要前三天后四天的忙活。你首先要提上礼品登门约请粉师。在吊粉条的季节，粉师都很忙，请他们就像今天各大企业请明星出场一样，得提前排队挂号，如果赶不上档期还弄不成。粉师请好后，这才赶紧回家收拾水缸水桶，满满地储满水，劈好柴火早早地晾干，搭置好粉条架子等等，然后静待师傅上门。粉师一般带两个徒弟，师徒三人分工有序。一个徒弟负责烧火，一个徒弟负责搅拌熟粉，师傅当然是亲自掌握瓢把子。这个活路最关键，是粉条加工中的卡脖子工程，直接关系着粉条的质量。只见在乳白色的水汽中，师父一手持瓢，一手持锤，飞快地捶捣，粉条便从瓢中渐渐滋生出来，落进冰水中，到了一定长度后，师父叫声："好！"便有人"咔嚓！"一剪，用筷子一挑搭起来晾在外面——粉条就成了。这样的吊粉工艺有一定的局限性，一是它必须在夜晚进行，要依赖夜晚的低温，使粉条急剧降温，不至于黏糊。二是费时费工。一般吊一百斤粉条，需要四五个壮劳力马不停蹄地忙累整晚上，同时消耗掉几百斤上好的木柴，也不利于环保。

爸爸正是看中了这一点，才选择来吊粉条的。

我们家吊粉，并没有走老路，而是响应国家号召，走了时兴的机械化道路。我们家凑了一笔钱，好像还向农村信用合作社借了一点儿款子，购回了一台粉条机。机器回来后，马上面临一个新问题——三相动力电。因为普通两相电,只能照明带不动机器。这个事情得找大队协商,那时候大队的权力虽不像土地到户前那么集中,但也很大。像庄基地审批、自留地划分、动力电引用等,都需要大队研究确定。自鱼池风波过后,爸爸很少和大队长打照面。现在要求人了,确实有些为难。

妈妈准备了一条工农牌香烟、一瓶汉阳粮液酒、一只鸡和两包红白糖。这是四色礼,是我们那里非常重要的送礼方式,暗含一年四季完美幸福之意。爸爸闷着头坐在场院里吸烟,不言语。"要不……你去?"爸爸抬起头,探询地问。母亲说:"我去也可以,但你不去,人家会认定是跟人家赌气,恐怕不妥!"

爸爸又垂下头,闷声抽烟,一支两支三支,最后终于起身拎着四色礼出了门。但不大一会儿,我听见院门"砰"的一声被撞开,爸爸气哼哼地回来了。他将那些东西噼里啪啦全部扔在了院子里,"人不求人一般大!"爸爸的脸扭曲得厉害,"人不求人一般大哩!"

后来听说,长江他妈将爸爸堵在门外,不阴不阳地说了一箩筐的话。爸爸终于受不了,扭头就回来了。

"要不,我再去试一试?"妈妈探寻地问。

"不用了!"爸爸站起来扔掉了嘴里的半截烟头说,"少了红萝卜照样做席哩!"

过了几天,爸爸从外面拉回来一部柴油发动机,实际上就是当时流行的手扶拖拉机的车头。爸爸请人将它安装调试妥帖后,引上皮带,然后发动柴油机——昂!粉条机如一只野毛驴嚎了起来。

这是一个圆筒形的机器,由木架子支起来,形状类似于一个导弹发射架。人从机器上口送进粉渣,经过短短五六秒的时间,原本生冷的红薯粉便被高温蒸熟,接着被螺旋机送到出口。出口有一个碗口大的铁箅子当关,上面全是孔眼,粉条便如上百条蚯蚓从里面争先恐后钻出来,整个过程煞是精彩,仿佛人生长头发的缩略版。很多秃头的人,看这个场景晚上就会做一个好梦,梦见自己的头上长满了像粉条一样的青丝。

吊粉条关键在于拌和粉面,来加工的粉面首先要揉碎,然后根据干湿程度洒上适量的水。这个水不是普通的水,里面加有适量的明矾。只有这样,粉条才能迅速膨胀起来。许多营养学家反对人们过量进食粉条,就是基于这个原因。

一般机器吊出的粉条起初总是黏糊在一起的,像一匹高温的泛着光泽的绸缎,但等到它们在场院外晾干了后,你用手轻轻一搓,原来黏糊在一起的粉条立刻条分缕析,非常漂亮整齐。

我们的粉条机主要承揽对外加工业务,也就是人家将粉面挑来,我们负责将其加工成粉条,然后收取一定的费用。这在当时改革开放的农村是非常时兴的一件事情,当时有很多村子买了面机、米机,这和我们同出一理。我们家的粉条机不仅可以吊红薯粉,还可以吊土豆粉、玉米粉、绿豆粉,以及几种粉的混合料,极大地满足了人们的需求。这些粉条颜色各异,红薯粉是暗褐色的,土豆粉是纯白色的,玉米粉是金黄色的,挂在我们家院子里的粉条,像五彩斑斓的绸缎,煞是惹眼好看。

来我们家加工粉条的客户络绎不绝,家里一天到黑都挤满了前来加工的客户。有时候我会帮着妈妈晾晒粉条,其他的大人不允许我插手。渐渐长大的我,对此很不甘心,很想在大人面前显示一下自己的本领。一次,爸爸临时外出,有人来加工粉条,要得很急。妈妈苦于无法发动柴油机,只能干着急。我决定试一试自己的能力,便找来一根长铁筒筒在摇把上——照杠杆原理,这样省力。然后站在柴油机前闭起眼睛,深吸一口气,附身使劲一摇——嘣嘣嘣!柴油机居然发动了起来!自此以后,我成了家里排在爸爸之后第二个能发动柴油机的人。奶奶高兴地冲妈妈说:"怎么样,我说过俺孙子不吃十年闲饭的。"妈妈笑而不语。

但这种柴油机很笨重,夏天气温高,还好发动。到了冬天,天寒地冻的发动起来就难上加难。你得不厌其烦地抓一团棉絮或者其他什么东西,凑到空气过滤器口点燃加温。这时柴油机像得了痨病的老人,呼呼哧哧地,那一团火也被吹得如一个大火把。运气好一个棉絮就够了,运气不好的话需要反复点好几次。我们棉田里收的几斤棉花,一个冬天差不多都被这样糟蹋完了。

一天,村上突然通知爸爸去开会,爸爸回来后说,上级组织要派人来我们家参观,要求做好准备。我们一家人,搞了一场大扫除,将屋里屋外整理得干干净净、有条不紊。爸爸觉得还不够，拿起毛笔在大门前写了几幅标语。记得一幅是：热烈欢迎上级领导检查指导！一幅是：坚决拥护改革开放国策！还有一幅好像是：吊好粉条劳动致富！几幅红通通的标语立刻将我们的院子打扮得热烈喜庆，像那么回事。

第二天上午，一大群人在大队长李天贵的带领下来到我们家参观。李天贵那天异常热情，看见我奶奶老远就打招呼。奶奶招呼说："贵娃子，你可是个大稀客呀！"李天贵忙别过脸冲我爸爸介绍：这位是刘书记，这位是赵区长，这位是企业办刘主任，那位是张股长，等等。带头的刘书记人很壮实，方脸大耳，戴着一副黑框眼镜，操外地口音，他一把握住爸爸的手说："老刘呀，你给我们这里的农民带了个好头！今天我带着干部群众来向你学习取经，你可不要保守呀！"爸爸比较激动，嘴巴有点打闪："放心，这个……请……领导放心！"

一行人在爸爸的带领下，参观了我们家的粉房。爸爸向前来参观的领导和群众详细介绍了我们家粉条的加工工艺，包括怎么拌和粉面、怎么下料、怎么挂粉，以及要注意哪些特定环节等。前来学习和培训的人听得认真细致。突然有人提问："粉条机一定要用柴油机带动吗？"

"这个……"爸爸为难地望了一眼李天贵，不知道怎么回答。

李天贵脸上有点儿挂不住，扭过头望向一旁。

"用动力电也好，只是动力电审批程序比较复杂，我们一时半会儿还没报审。"爸爸结结巴巴地解释道。

"这有啥复杂的！"刘书记接过话头，扭头冲李天贵说："老李，这个事情你要落实好。我们当前的最大任务就是要解放生产力，发展经济，为致富带头人服好务！"李天贵像鸡叨米一样，嗯嗯直点头。

参观团走了没有多长时间，我们家就用上了动力电。听前来接线的电工说，区上刘书记亲自指示电管站给我们家接动力电。连拉电的电线、电瓷壶什么的都是免费提供。动力电通上那天，爸爸高兴地拉着电工一起喝酒。爸爸喝醉了，扯开嗓子吼起了歌：解放区的天是明朗的天，解放区的人民好喜欢……电工说："老哥呀，都80年代了，你还唱这歌，也不嫌土！"爸爸像个孩子似的嘎嘎大笑，仍然高唱不止，歌声充满了快乐和欢欣。

我们家吊粉条可以说狠赚了一笔。快到年关的时候，爸爸购回来一辆摩托车。记得是一辆弯梁摩托，全身红如火焰，再高的陡坡，吼一声就上去了。那时摩托车是家庭富裕的象征，比现在驾驶奔驰、宝马车的感觉还要好。摩托车买回来那天，我家门前场院里挤了不少人，大家轻轻摩挲着摩托车明灿灿的灯、把手，啧啧赞叹，有半大小子偷偷摁一下喇叭——呱！车子叫了一声，逗引得大家伙儿笑成一团。幼小的我从大家伙儿的眼里，看出了羡慕之光。

过了年，我们家就没有再吊粉条了。原因和养鸡的情况一样，周围一下子添了好几台粉条机。凡事物以稀为贵，爸爸很快将粉条机转手卖了出去，又选择了一个新的致富项目。

## 五　油　事

榨油是一个非常传统的产业，因为人都得吃油。相传黄帝得到一本名为《河图》的书，如饥似渴、不分昼夜地读。为了解决夜晚照明的问题，命令部下一个叫力牧的人采集树木果实来制造油，用丝绸做油芯，点燃了来读书。这是关于榨油最早的源头。但这只是传说而已，人类真正吃植物油，要追溯到秦朝以后了。按照字面意思，榨即是压出物体里的汁液，所以，榨油应该就是榨取含油物体的油分了。

爸爸选择榨油是有原因的。过去困难时期人们吃饭只求果腹，吃油就更没有提到桌面上。现在不一样，大家吃饱了，渐渐就有了对油的渴望和需求。饭饱生余事嘛。我们那里原本有一家老油坊，是木榨。榨木得三个精壮后生合抱，每次开榨声动三村，香飘十里。后来到了饥荒年代，油坊废了，榨木也被劈成块塞进了大炼钢铁的火炉里。建议劈榨木的人正是李天贵，这个大队部的当家人当时披着衣服站在几人高的炼钢炉前，豪气冲天地吩咐道："去！把榨油的原木拉来，第一炉火一定要旺！"据说，榨油原木燃烧起来的确很旺，烈焰熊熊。但我们那里的小土炉子，像一个不会生娃的妇女，自始至终没炼出一块钢来。

和吊粉条一样，我们的榨油机主要承揽对外加工业务。

四五月间，地里的油菜籽熟了，乡亲们便把菜籽收回来，晒干，装在一只麻袋或蛇皮口袋里，背到我们这里来加工成食用油。我那时承担了一项工作——捣油料。榨油机上有一个喇叭形状的漏斗，这就像人的嘴巴，主要功能是将油料作物送进机器。这些油料作物如菜籽，往往首次入斗时很滑溜，自己会钻进去，但经机器压一遍后就变成又干又粗糙的饼渣，再进去时，就需要借助外力了。爸爸准备了一根一尺来长、形如鼓槌的木棒，用它将油饼捣进去。这个活儿不需要多大力气，所以就落在我的头上。十一二岁的人了，也该干一点儿事了。

那时来加工的人很多，像吊粉条时一样，是推不开门的。机器一天到黑都在轰鸣，弄得人耳朵像钻了个苍蝇，始终得不到清静。我一般放学后先做完作业，然后就给父母帮忙。日子长了，我也基本掌握了榨油的技巧，也能独立承担榨油的任务了。有时父母临时外出碰巧别人来加工油料，我便私自将活计接过来，收的加工费自然就落入了我的小腰包。但这些钱都没有正经用途，很多都被我用来满足自己的口腹之欲。我经常买糖果和点心，由于吃得太多，以至于现在牙齿总是不太好。

暑期里榨油的活计最忙。那时夏季农作物都收了，地里的秋庄稼还没有长起来，庄户人都喜欢拣这段空闲时间办理一些家事，如给孩子相亲、给老人看夏、走亲戚等。去的都不能空了手，捎上一壶金黄透亮的油，便是最好的面子。暑假期间，我一般不得闲，必须整天窝在家里榨油。在外人看来，这个项目很不错，机器一响，黄金万两，其实，也是一件非常枯燥的事情。看到小伙伴们成天上山放牛、下河洗澡自由自在的，心里不禁憋屈得慌。

有时候，也有小伙伴来找我玩儿，其中来的最多的是眯眼。叫他眯眼，主要因为他眼睛不好使，有些近视，要看清东西非得将眼睛狠狠地挤在一起才行。一天，邻村有位姑娘来我们这里榨油。这时眯眼也来了，他主动帮我捣送油料，我当然高兴了。长期捣油料，胳膊困死了，难得休息一下。我惬意地坐在一边看眯眼捣送油料的动作，因为不熟悉技巧，他完全用的是蛮力，一下一下像要将机器捣塌。突然我发现，每当姑娘蹲下身接油饼的时候，眯眼总会俯下身使劲眯起眼睛来看。我纳闷地凑到跟前一瞧，原来夏天里姑娘穿着圆领衫，俯身低头的时候，胸脯便露出了两丘雪白得如兔子一样的乳房。我那时什么也不懂，感觉有些奇怪，那有什么好看的呢？眯眼见我发现了他的秘密，脸唰地一下红到了耳根，当下丢开木棒急慌慌地逃远了。这个家伙！

有一次，我帮妈妈去商店里买醋。我们村里有两个商店，一个是眯眼家开的，另一个是长江他们家开的。眯眼他们那天不在家，我只能到长江他们家的商店里去打醋。长江他妈那个母老虎杵在店里，身子如一口石磙子，冲我一脸笑容："碎狗日的行啊，帮家里打油哩。"我没有理她。她操起醋提子给我打醋时嘟囔："成天在家里打油，累不累？你看我们家长江人比你大，一天到黑天上地下地玩多好！"见我没有出声，又说："给你出一个主意，保管你今后不用再困在家里打油了。"我不禁翻了她一眼问："啥主意？"她压低声音说："你拿八磅锤冲那个机器咣咣两下，接下来就什么也不用干了。"我惊叫道："爸爸会打死我的！"她哧哧笑了两声："你是他的独子，能真把你怎样？最多就是打一顿，可今后不必再困在家里打油了，有啥不好喽！"长江他妈的话让我困惑了好多天，我觉得她的主意虽然好，就是未免成本太大了。有时站在机器旁闷得慌，我就真想捡起家里的铁锤，冲机器猛砸一通。

为了解闷，我后来发明了一种消遣的方式——唱歌。榨油机的声音其实很有规律的，就像火车运行咣当咣当的声音。我一般就借这个节奏唱歌。那时我最喜欢当时热播的一部电视剧《霍元甲》的主题曲《万里长城永不倒》。我声线比较好，自认为唱得还可以，加上榨油机慷慨激昂的昂昂声，真还有几分韵味。

时间长了，我发现榨油机的声音完全可以变动和调节。如果需要雄壮有力的伴奏，我便将油料捣进去多一些，机器负荷大了，声音自然就会铿锵有力。反之，如果需要轻弱一点的，自然就少喂一点儿料。这样一来，榨油机真成了我的伴奏乐器了。许多来加工油料的人都喜欢我的歌声，当然也有反感的。但不管你喜不喜欢，我都是唱个不停。

榨油的利润主要在于赚取加工费，同时自己吃油也方便。有一句俗话说得好，榨油没利，全靠扫地。每当完成一天的榨油任务后，妈妈总要操起一个篾刷子在机器周围扫来扫去清理油料残渣,很多时候都能清理出一小捧来。你别小看它,时间长了可不得了。自从有榨油机后,我们家吃的油全靠这个供给,而且还吃不完。

夏天的时候,我们家通常吃油盘凉面。真正的香油,哇!倒在盆里,再将晾好的面条倾进去,再配上豆芽、大蒜、醋汤……哎呀!那个味道,不用说了!奶奶经常有事没事地叹一气:"现在真是过去地主家都享受不了的日子呀!"我反问道:"人家都说您是地主婆,您不会故意骗人吧?"奶奶笑着冲我的小脸拍一把道:"碎崽子!过去是空背了名声,现在才是名副其实呀!"

可惜这种日子很快被打破了,起因与我有关。佛家说,一切全是因果。那天我正在榨油机前忙碌,长江进来了。自从爸爸的手指被他妈咬断后,我对他一直不怀好感。他笑嘻嘻地跟我说话,我假装听不见。他也不恼,凑上来帮我上料。渐渐地,我不好再冷脸了,毕竟伸手不打上门客嘛。真是黄鼠狼咬病鸭子——活该倒霉,我的肚子这时突然有些胀,便跑着上茅房去了。

问题就出在这里。当我还在茅房的时候,突然听见机器里面传来一阵儿咯吧咯吧的声音,好像有巨人在嚼吃胡豆。我忙提起裤子,跑了出去。传动皮带这时被噎得如一条扯面忽闪忽闪,像随时会被扯裂。加工油料的人,直起身冲我喊:"坏了!漏油了。"我看见榨油机的出饼圈崩了一个大口子,如豁开牙齿的嘴巴,未经碾压的黏稠的油饼正往外涌。我赶忙关掉电闸,这是怎么回事?

我跑到地里去找爸爸。爸爸在稻田里抽稗草,闻言立刻跳上田垄,跟我回来。他弯腰仔细检查了机器的进料口,发现饼渣里面有铁屑。

"有人往机器里面塞了铁东西,将机器崩了口子。"爸爸肯定地说。我回头找长江,却不见他的踪影。"刚才谁来了?"爸爸严厉地责问我。我不愿看到爸爸的手指再次负伤,闭起嘴巴,使劲摇了摇头。

爸爸竖起巴掌,想抽我。爸爸的巴掌又宽又大,如一块砖头,我害怕得浑身打战。但是那块"砖头"始终没有落在我的身上。他随后长长地叹了一口气,那口气像来自心灵的最深处,令我浑身发冷。油坊的机器声暂时停止了,许多来我们这里加工油料的人,又将油料挑走了。我成了个十足的败家子。

## 六 仇 事

那件事过后,我们家消停了一段时间。一是因为机器坏了,另外一个重要原因是奶奶辞世了。我奶奶是宣统元年生人,辞世时八十多岁,也算是寿终正寝。奶奶临走时吩咐爸爸,给她的老枕头里塞满谷子。奶奶说,她这辈子饿怕了,只有头枕着粮食,才睡得踏实。

奶奶走后,爸爸苍老了很多。我们家很长时间没有了欢笑,家里沉闷极了。

我虽然从榨油的桎梏中逃出来,但我的心一点儿都高兴不起来。这期间,大队长李天贵家却购回来一台榨油机,成天昂昂地响个不停,像跟人示威似的。妈妈有时会轻叹一声,爸爸却一声不吭。

有一天,他突然从外面又拉回来一台榨油机。这是一台立体式液压榨油机,有两米多高,是一个纯粹的铁疙瘩,动力全靠一个手摇式液压泵,类似于现在汽车的千斤顶。原理和过去的木榨一样,通过升起千斤顶将油料中的油一点一点挤出来。这是个庞然大物,肚量太大,一次要吃足四五百斤的油料,一般的农户根本满足不了。李天贵仿照我们买的那个小东西根本没有办法和这个比。我觉得爸爸是不是脑子出问题了,别人已经有了的东西,怎么还要弄?不是明摆着给自己添堵吗?妈妈说,你爸爸是咽不下这口气呀!

这种液压榨油机结实耐用,不用再担心有人搞破坏。我们家油坊也不再承揽对外加工的零活了,而是对外收购菜籽、芝麻、桐籽等油料作物,集中加工对外出售。

这种榨油机需要一个特殊工艺——包饼块子。这是一个颇为繁杂和细致的活路。就是用棕、麻等编织物将芝麻、菜籽、桐籽等油料包裹进一个圆形的铁环之中。铁环是用纯钢打造,厚度约为两厘米的样子,一个饼包得用两根铁环。包裹好后,用一页轻薄的圆形铁片端起来送进榨油机里。一次开榨一般安装三十个饼包。包饼块子的活路当然是爸爸来干,我的主要任务是搬动气压手柄——榨油。香油，头茬子香油，在千斤顶的强力掘进下，渐渐游离、汇聚、积少成多，最后顺着油槽子奔涌而下，如暴风骤雨嘶嘶有声。哗哗！注入油桶里发出唱歌般动听的声音。

这个时候，爸爸会坐在干坎上，点燃一支烟，咝——！使劲儿地吸一口，那烟分外地长，只有进声，没有去影。妈妈会将早已准备好的油桶放在接油槽旁，随时准备接换。此时方圆一二里，都飘着油坊香油的气味。刘老大油坊又出油了！许多人都会这样赞叹。一些无事一身闲的老人们会拄着拐杖过来观望。爸爸会给他们敬上一支烟，与他们攀谈些闲话。加工芝麻的季节通常在冬季，也是红薯熟透的季节。有些看客会捏一个烤红薯，将中间钻个窝，伸过去接住一窝香油大口饕餮。那种吃法，现在看来真是暴殄天物！

但长江一家给我们带来的损害，一直埋在我的心底挥之不去。我曾经背着父母跑到长江家里去质问，他为什么搞破坏？这个杂种仗着自己比我高大，拿胳膊肘顶我。李天贵从里屋端着个茶杯踱步出来，微笑着制止了长江。他的大门牙上箍着两块亮闪闪的金片片，冲我直放光。"你爸让你来的？"他饶有兴致地问。

"我爸爸才不会和你们一般见识。我爸是一个——品格高尚的人！"我突然想起了这样一句话。

"哦！"李天贵伸直了身子，从兜里摸出了一根纸烟点上，"品格高尚的人？"他哧哧直笑，突然脸一拉，冲我讲，"凡事讲究证据，你小子有证据吗？没有证据就是诬赖！"

"我没有诬赖！油料里怎么会有那么大的铁块？而且现场也没有旁人，就是你们家长江！"我几乎哭着喊道，"你该管一管他！"

"去，滚出去！要是再在这里造谣生事，小心捆了你去派出所！"李天贵冲我恶狠狠地骂道。

看见长江挥动着拳头，朝我扑来，好汉不吃眼前亏，我匆忙夺门而逃。君子报仇，十年不晚。我在心里发誓，有朝一日一定要报这个仇！

机会是在三年后出现的。

那时，我已经上了初中。家里的油坊还在开，而且生意很好。城里的饭店、化工厂等着上门来收购我们大作坊的油料。反观李天贵他们的小油坊，由于机器小出油质量不稳定，加之竞争太激烈，基本上处于停摆自用状态。我真的是打心眼里佩服爸爸的致富头脑。我本想留在家里帮忙，但爸爸不让，坚持撵我去上学。"书中自有黄金屋！"他冲我甩了这么一句。

中学离家大约有十公里的样子，跑学自然是不行了，我只能住校。有一次，回家经过长江家门前，看见这个家伙甩着臂膀往院子里面卸草料。他们家买了几十头猪崽子，正想发猪的财。我忽地发现自己报仇的机会来了。原来我上学的地方，正闹猪瘟，那里的猪得了一种猪丹毒的病，腹胀如鼓，嘴里吐出白沫。反正猪一旦得了这种病，基本上算是判了死刑。我经常在学校下面的阴沟里，看见有人埋染毒而亡的猪崽子。

一天晚上，我在学校周边掏出了一只死猪，由于埋的时间长了，死猪散发出一股令人作呕的臭味。我尽力掩住鼻子，将它丢进蛇皮袋子里背回来，丢在长江家院子的墙根子下。回家后，我兴奋地对妈妈说："报仇了！"

妈妈疑惑地问："怎么回事？"我坐下来慢条斯理地喝了一盅茶，然后道出了自己的复仇过程。"十几头猪崽子，够他们狗日的喝一壶！"妈妈叹了一口气："娃子，你怎么学坏了？"我说："那都是他们教的！"妈妈拉着我的手说："恶有恶报，善有善报，一切都有老天爷管着哩。他作恶，我们不能学，会受惩罚的。去，赶紧把那个取回来。"我梗着脖子不愿去，正僵持着，爸爸突然从外面推门进来，我看见他的手上脚上全是泥土。爸爸过来拍了拍我的肩膀说："不用了！我已经处理了。"

第二天早晨，爸爸领我到一个小土包前，土包上是新鲜的黄土。"你猜这下面是什么？"爸爸扬起铁锹在土包上铲出一个小坑，然后掏出一枚新鲜的桃核，一脸严肃地对我说："不管下面是啥，只要种这个下去，一切都会变……"

几年后，我们家盖起了两层小洋楼。又过了几年，村里选举，李天贵卸任了，老家伙一下苍老了很多，头发白了，腰身驼了，说话的声音也小了，整个人瘦了一圈。我们家油坊开榨的时候，他和一帮老人坐在旁边观看。我看见爸爸和他们一起抽烟、喝茶、谝闲传，一群人说说笑笑的，好像岁月从来没有流逝过,只有油盘里的香油在哗哗流淌,芳香宜人。

我结婚那年,长江开着皮卡车帮我拉媳妇的陪嫁。他冲我塞牙笑道:"你媳妇要是生了闺女,咱们两家打亲家好不好?"我笑骂道:"狗日的,净想好事情!"我们说这话的时候,一只布谷鸟在田野"咕"地叫了一声飞远了。

又过了若干年,父亲、母亲相继辞世,我也住进了城里。可童年的生活,一直令人无法忘却,它们有时候清晰如昨,有时候又如梦依稀。

但每到春天,我总会领着孩子回老家,去看桃花。

# 砸　　墙

## 一

老表陈思礼是一个典型的美男子，瘦高的个子，突起的眉弓，尖尖的下巴与独特的鹰钩鼻子配在一起，很像香港的那个天王刘德华。很多时候我们都直呼其华仔。时间一长耳顺了，别人不喊华仔，他还不应声。但老表虽然长得像天王，唱起歌来却似老鹰叫，没有谁请做广告赚出场费，只能每天提把瓦刀片进城砌墙。

这天中午下班，工友们吃完饭，三五一群地围在一起打扑克，老表独自早早地下楼将摩托车从木棚子里推出来，看样子要出去。

"华仔！恁大的太阳干啥子去？"工头从二楼阳台上探头问。老表赶紧把车支好，咚咚地跑上楼来，敬上一根黄山，"王哥，我妈让给家里送一袋化肥，等着插秧哩！"

工头接过烟架在耳朵上，斜吊了他一眼："你们家怎么恁多事？利索点儿，两点钟不见，你知道咋办！"

"那当然。王哥放心，咱是啥人，能不算话？"老表拍了拍胸脯。

"啥人？"工头将目光从手里的牌上掉开，斜瞄了他一眼道："你不是刘德华。"周围的工友哄地笑了起来。老表跟着嘿嘿干笑了两声，转身跑下楼来。

老表确实不是给家里送化肥，他在外面又搞了个兼职——砸墙。现在城里对住房都讲究精装，许多业主对自己花巨资购来的居室横挑鼻子竖挑眼，拆东补西。老表有时候也挺纳闷，这些人是不是吃多了没事闲得慌？好好的墙说砸就砸，说拆就拆。后来渐渐也想通了，人家叫砸就砸，有钱人的事想不通也甭想。

砸墙这活路不像砌墙，尚带那么一点点技术水准，简直是个粗糙辛苦的闷力气活，有时候抡一中午铁锤，胳膊像要折了一样，瓦刀都拎不起来。所以那帮工友们，宁愿中午丢扑克睡大头觉，也不愿受这个苦。但老表对此付之一笑，没人干正好自己干，人这辈子只有享不了的福，哪有吃不了的苦？砸墙虽说苦，但也是计量收费，搞得好中午两小时能挣四五十块，抵得上耍瓦刀的半日工钱。那帮工友贪生怕死，就是到了下辈子，也注定发不了财！

老表前天揽了个活计，业主工期催得紧，要求尽快完成。上午还在架子上时，就打电话问能不能今天完工，说装修单位等着要进场。老表说不行，按进度得两个中午。业主问他现在能不能过来干？老表说不行，有活占手。业主问，在干啥？老表回答说砌墙。那边啥也没说就挂了电话。

老表放下电话，想了想觉得自己其实挺可笑，一边砌墙，一边又在砸墙。突然又莫名其妙地想起了一句话：砸掉一个旧世界，建设一个新世界。这句话好像很老，记不清谁说的了。但老表心里嘀咕：这人真是伟大，居然说到了自己的心坎上。

老表这些年没黑没明四处揽活也挣了些钱，家里盖起了三间两层、敞明大亮的小洋楼，在当地也算有些颜面。只是婚姻问题阴错阳差地一直还挂着。年前媒人登门提说了一个，两人基本算是对了眼，商量着年内将婚事办了。

姑妈曾为老表的婚事伤透了脑筋，私下里几次对我抱怨说："你哥太痴，要不是那个女妖精挡道，现在绝不是这个样子。"姑妈信誓旦旦地冲我点头说，"一准在军营里登大皮鞋跨跨地当官哩！"

## 二

姑妈说的那个女妖精叫小菊，是老表中学的同学，人长得漂亮。老表说最勾人的数她的眼神，专注聪颖，像一对清新明媚的野菊花。

中学时，老表有两大愿望。一是参军入伍，这是当时农家子弟除考学外的另一架天梯。在乡镇中学简陋的体育场上，你经常能够看到老表挥汗如雨锻炼身体的形影，他两条黝黑健壮的长腿似一把开合自如的大剪刀——"嚓嚓！"在芳草萋萋的跑道上如风而行。老表的另一大愿望是有一天能拉上小菊的手,做她的知心爱人。老表觉得如果这两大愿望都能实现,那他就是天底下最幸福的人了,这辈子做牛做马也值了。

其实,小菊的家就在本地的小学校里,和老表家的距离并不算远,一袋烟的工夫就能走到,两人隔天也能碰上一面。但对老表来说,小菊却是天上的月亮,常常见面,却很难走近。

那个年代流行送贺年卡。年底时分,学校的小卖部前,各式各样的贺卡便在雪花里迎风飞舞。两岸四地青春靓丽的明星们在贺卡上搔首弄姿,冲人们摆各种各样古怪的POSE,一时成了少男少女们的最爱。当时送贺年卡有一条不成文的规矩,男同学可以任意给自己顺眼的男生送,但绝不能送女生,否则,就要被怀疑谈恋爱。老表曾私下里给许多女生写过贺卡,尤其想给自己的美女同乡送,可惜一直没有这个胆子,直到参军入伍前的那个周末。

老表接到入伍通知书的时候,正是贺卡泛滥的季节,校园里明信片满天飞,一帮同学揣着写满滚烫情话的明信片如贼一样蹿来蹿去。老表也收到了一摞弟兄们送的贺卡,但他懒得理会,独自窝在宿舍里一边整理东西,一边长吁短叹:若再不表达,恐怕今生都不会有机会了!

老表最后咬紧牙关,决定来个守株待兔。他悄悄地摸到了女生宿舍楼前,缩身躲在一株粗大的梧桐树后面,像一只在水边等待羚羊的猎豹。一些女生三三两两地从宿舍楼里走出来,踏上回家的路,老表的心跟着怦怦直跳,手心里攥满了汗水。

突然,他瞥见自己的梦中情人甩着马尾辫,拎个网袋清清爽爽地走了出来。老表唰地冲出来,一把抢过她手里的包袱:"我帮你!"

一帮女生鬼头鬼脑地冲这里张望,但老表不由分说提着网袋,埋起头就前面走了。

小菊惊讶地望着老表,迟疑了一会儿,还是慢慢跟了上来。两人一前一后走在了乡间的小路上。老表嗅到了一股淡淡的香气,从身后飘散过来,那是小菊头发衣服上散发出来的香皂的清香,它们似一缕幽魂,将老表的心拨弄得锣打鼓敲。老表听见自己的呼吸如牛喷,心脏怦怦乱跳,可喉咙却干燥得说不出一句话来。临分别时,老表麻利地掏出了那张花尽心思挑选的贺卡，塞给了小菊，然后像兔子一样跑开了。老表长舒了一口气，像完成了一次伟大而神圣的使命。

入伍不久，老表就收到了一张漂亮的贺卡。打开贺卡，映现一行娟秀的字迹：华仔，祝新年快乐，早立军功！

是小菊的贺卡！老表的心差一点儿跳出了胸膛，霎时觉得天大地大，自己是天地中最幸福的一个！部队里没有贺年卡，老表灵机一动照了张手握钢枪、英姿飒爽的戎装照，并在背面写上了滚烫的话语，寄了回去。

其实，老表在连队里是个猪倌，但用部队首长的话说，养猪也是保家卫国呀！小菊很快就回了信。此后，两人便开始鸿雁传书。老表渐渐得知小菊的父母办了离婚，小菊心情不好，考试成绩也不稳定，老表就在信中好言劝慰，鼓励她抬起头来往前看。小菊也在信中经常勉励老表好好学习，早立军功。

这时的老表像一个高倍数的灯泡，对生活充满了希望和热情，不仅向组织递交了入党申请，还踌躇满志挑灯夜战，备考军校。但小菊的来信后来却日渐稀少，最终杳无音信。老表几乎问遍了所有的人，也弄不清小菊的去向。

失恋的老表顷刻像一只撒了气的皮球，失去了生活的目标，觉得天地无颜、日头失色，常常独坐无语。但他手下管的那帮猪大爷却不管主人的苦楚，到了饭点不见开饭，就扯起嗓子赛起了山歌，歌声震林樾。几个家伙还蹿出猪舍跑到营房旁边老百姓的菜地里，大口饕餮。连队领导派人来查看，发现老表醉倒在地，一帮二师兄围着他直哼哼，一个色胆包天的家伙居然用热烘烘的嘴撕扯他的衣裤。要不是战友们及时阻止，那天老表没准会吃大亏。此事惊动了部队首长，老表的组织问题、考学问题等，后来都统统被挂了起来。老表只得在边塞喂了两年猪后，光荣退役。

## 三

摩托车穿过工农路，绕过安全岛往西行驶到了解放路上，再往前走几百米，从人民医院往右手一拐就到了业主的小区了。老表暗自嘀咕，刚才上楼给工头敬烟耽搁了工夫，一会儿上去得把活路撑紧点儿，将时间挤回来。

嘘！身后突然一声哨音，紧接着有人在喇叭里喊："9184号靠边！"老表手一抖，赶紧将车弯到马路边。扭头一看，一名警察微笑着向他走过来。老表的心里咕咚一下。糟了！怕什么来什么。现在社会上流行一句话："天不怕地不怕，就怕交警来说话。"老表的脑袋一时有些乱。

警察来到面前，双腿立正唰地冲老表敬了个礼。老表头"嗡"的一下，下意识地抬起胳膊，想把这个礼还掉，就像平时给亲戚朋友们还"礼"一样。但又觉得不妥，手走到半道上拐进上衣口袋，摸出了半包烟。"同志，请抽烟！"老表殷勤地递烟。

"对不起！上班期间不抽烟。"警察板起面孔问，"为什么不戴安全帽？"

"这个……"老表说，"刚才出来急，落在工地上了。"

"驾驶摩托车必须佩戴安全帽，这是基本常识。请出示你的驾驶证。"警察一副公事公办的样子。

汗珠子立刻从老表的脑门上吧嗒吧嗒地渗出来：驾照刚刚丢失，总想去补办，因为工地上的事丢不开就一直耽搁下来了。"哎……这个……有！"老表结巴着说，然后在兜里翻，可裤兜都翻遍了就是没有找到。

警察是老警察了，四十多岁，见多识广，他抱着膀子冷静地注视着老表，并不着急。"需不需要到前面厕所里，把裤子拉下来找找？"他替老表支招道。

"可——可以，"老表讪笑着说，"也可——可能丢家里了。"

啪！警察从裤兜里掏出一个小本子拍在手上问："啥名字？"

"华仔！"老表随即应道。

"啥？"警察终于有些生气了，用笔敲着本子道："我问你的姓名，身份证户口簿上的姓名，懂吗？给我扯这个！"

"哦，陈思礼。"老表机械地答道。这个名字他感觉有些陌生了，今天交警不提醒，自己差不多快忘了。现在连工头每日记工簿子上都是记他华仔的。

警察利落地开好了单子。"这是留置单，将车留下，取来驾驶证，按持证办理。"

老表接过单子，小心翼翼地问："那……要是取不回呢？"

"就是无证驾驶。"警察抬手指了指对面。马路对面的两棵樟树间此刻悬挂着一条红色的宣传条幅，上面红底白字：无证驾驶摩托车的，一律罚款两千元并处拘留十五日。横幅在阳光下威风凛凛，气势汹汹，夺人眼目。警察蹙起了眉头问："你到底有没有驾驶证？"

老表脸都白了，舌头有些不听使唤，"牛…当然牛。"

"那就好！"警察又冲他敬了个礼，扭身将摩托车骑走了。

## 四

老表怔怔地注视着警察的背影，眼前出现了幻觉，仿佛自己喂了多年的毛驴被人骑跑了。

妈的×。老表念了句三字经。他当然不是在骂警察，这个他还没有胆量，他是骂自己的车哩。"忘恩负义的叛徒。别人骑，你就叫骑。跟别人跑，看老子找回来不收拾你！"老表愤愤地坐在马路牙子上，耷拉着脑袋，想辙子。

当啷！一枚钢镚像一个醉汉在地上晃了两晃滚到了老表的脚边。他惊讶地抬起头，只见一个身穿海军衫、嘴里叼着冰棒的小男孩被母亲扯着走远了。

老表拾起脚边的那块钢镚，举到眼前仔细端详：五角。这是啥意思？老表百思不解，突然他感觉手中的钢镚像一块烙铁烫得他难受。老表嗖地一下跳了起来，几步蹿到街角的垃圾箱前，将钢镚用力掷了进去。"把我当啥人了！"老表狠狠地嘟囔道，"到底当啥人了？"

老表摸出手机给那个业主挂了个电话，告诉他今天中午来不了了。业主非常焦急，问为啥？老表说啥也不为，车让交警骑跑了，自己得先想法子取车。业主好像很生气，嘟嘟囔囔的，老表也没有心情听，就挂了电话。看了看时间，已一点多了，再有个把小时得上下午班了。只得叹了一口气，一步步挨回工地。

"华仔回来啦！"工友们饶有兴致地大声跟老表打招呼，好像他刚从新加坡或者马尼拉等地开完个唱,走下飞机舷梯归来。老表懒得理他们,知道这伙人纯粹是闲得慌找乐子开心。自己闷声不响地拣了个地方坐下来愁眉苦脸地想,到底该咋办哩?

工头吊眼觑了他一下问:"咋没听见你的摩托车声呢?"这句话像个信号弹,立即激起了工友们的高度关注,他们呼啦一下全部围了上来。

老表抱着头沉默不语。一个工友倒了杯水,顺手递给他。老表只得接过来,勉强喝了一口,瞅了眼周围的一群,终于禁不住叹一声,讲出了自己的委屈。

"这事犯在公安手里,不好办呀!"一个工友叹道。

"狗日的两千块,还要关,真黑!"另一位工友跟着骂了一句。其他工友也都跟着谩骂了起来。

一个瘦猴工友这时鬼鬼祟祟地凑上来,试探着问:"要不,咱们搞个假的?"

老表眼里一亮,一下坐直了身子,"哪里有办的?"

瘦猴工友咽了口唾沫,正要接话,却被工头喝断:"你狗日的,竟出馊主意!那样糊弄得行?你以为公安跟你一样都是笨蛋?现在所有的证件都得在电脑上核!"

一听这话,老表立刻如霜打的茄子又蔫了下来。两千元,还要关。这可咋办?更要命的是下个月就要和对象摆结婚酒了,这要传出去还不丢死人了!想到这里,一时眼窝子有些酸。工友们面面相觑,周围一时鸦雀无声。

"狗日的光撒狗尿有啥用?"工头嘴角一扯,点燃一根烟,瞅着老表。大家的目光此刻唰地一下,像一个个探照灯立刻罩住了工头。工头虽然无职无衔,却掌握着工友们的命脉,给谁定大工,给谁定小工,标准是个啥,啥都由他口上清。他一定有办法!

老表的眼睛这时紧紧地盯着工头,仿佛要伸手从他的嘴里掏出话宝贝来。

工头吸了口烟,含在嘴里,然后像《上海滩》里的强哥,徐徐吐了个烟圈:"据我所知,丢证三个月内可以视为有证,他们收你车是不对的。"

工头一句话拨云见日,说得老表眉开眼笑,像鸡叨米一样点头附和:"就是!就是!"

"但是,"工头话峰一转,"你也别高兴得太早,政策在人家手里,人家硬向你要证件,你也莫尿办法。"

这不是等于没说嘛!老表的愁苦才下眉头,又上心头。

"还有一个办法。"工头大手一挥,做了一个快刀斩乱麻的手势。

"啥办法?"大家异口同声地问。

工头吸了一口烟,缓缓地说:"信访解决。"

## 五

下午2点,老表准时来到县城公安局,见院子里密麻麻地排了一院子的警车,不由心里发怵,在门口盘桓了半天,不敢迈步进去。

"找谁?"一个梳着大背头、带着金丝眼镜的人踱步出来问。老表讪笑着凑过去说:"找——张会东。"

大背头眯起眼睛,仔细打量了他一番,问:"你找张局长?"

"我……是他表弟。"老表无师自通地撒谎道。

"哦。"大背头绷紧的脸渐渐松弛,嘴里露出两颗黄亮亮的金牙,"那,来登记一下。"

老表跟着他来到登记桌前,抄起笔工工整整地写下自己的名字。这次没敢写错,直接写了大号。

"领导一天都很忙,在不在办公室很难说,你自己上去看吧。"大背头说。

老表轻手轻脚地进了门,仰头一看,不禁又有些犯难:面前这栋大楼少说也有二十层,威风八面的,那么多小窗户,局长大人到底圪蹴在哪儿呢?这么寻思着,不由回身小心地问:"首长,请问张局长在几楼?"

大背头的脸上漾开了一朵花:"叫我老张就行,人家张局长才是首长。这样吧,我带你上去。"老表忙点头致谢。

二人上了楼,老张引着他径直进了一间办公室,一个矮胖的中年人,正在办公桌前怒不可遏地打电话。

老表想上前敬烟,刚才他在街面上特意买了包芙蓉王预备着,但看眼前这个阵势,终究没敢动。中年男人冲着电话里发了一通脾气,终于撂下话筒。

"王主任!"老张这时探着身子,小心翼翼地汇报,"这位找局长。"

王主任抬头扫了一眼老表,啪!丢下笔:"我说老张,你怎么啥人都往机关领。早就给你讲过,门房是机关的重要岗位,你就是不听……"

"是,是!"老张勾着身子,迭声应道,又指着老表小声道:"这位,把局长喊哥哩。"

王主任瞥了眼老表,然后冲老张不耐烦地挥了挥手,老头诺诺地扭身下楼去了。王主任坐回办公桌前,抬手轻轻抹了一下桌面道:"一天简直不让人消停!"

老表哆哆嗦嗦地摸出芙蓉王,准备上前敬烟。突然,一个五十上下、高个儿、秃头的人,夹了个皮包抢步走进来,气喘吁吁地问:"王主任,局长回来了嘛?"

王主任拉开抽屉,慢悠悠地翻出一盒烟,弹出一根扔给他:"你老哥咋就是不信我?领导这两天忙得很,我都没有见到人影。你就是不听,硬要亲自跑一趟!"

夹皮包的点燃烟,狠狠地吸了一口:"不是我不信兄弟,局长一天忙大事,但这小民的事,也得在个心不是?我这里万事俱备,就差张老爷的大印了!"说着,一屁股坐在了椅子上,"今天你老弟无论如何得给我指条道,我得要见大老板。"

主任嘿嘿直笑,没有言语。

看着他们两人在那里说话,自己被晾在一旁,老表的心里不禁有些着急。自己的事虽然没有夹皮包的大,但两千元罚款外加关黑屋子,也算天大的事了。凭什么后来的先说,没这个道理!想到这里忙上前给王主任敬了支烟。王主任二指一撮,夹了烟。老表转身给夹皮包的递,那人瞅了他一眼,摆了摆手。

老表一下有些火。明明我先来的,你先说,给你敬烟,还不要,明摆着欺负人嘛!警察我害怕,你跟我一样是来求人的,怕你?想到这里嘴边实在压不住:"同志,你……认识列宁吗?"

夹皮包的一愣,盯着他:"啥意思?"

老表鼓足勇气说:"伟大领袖列宁当年办事情都要排队,讲究先来后到,你咋一来就说?"

夹皮包的定定地瞅着眼前这个年轻人半晌,突然嘿的一声笑了起来,扭头问主任:"这是哪路的神仙?"

王主任捏住香烟在桌面上顿了顿,笑眯眯地问老表:"你找局长又有啥事?"主任的微笑像三月的阳光,映得老表浑身暖酥酥的。他正要开腔,腰里的手机却不合时宜地响了起来。

老表的手机是黑市上买的那种山寨机,铃声响声音大,像个小广播。老表将手机捂在耳朵上。

"你在哪里?"手机里声音很响。老表一愣,没有吱声,心想这是个谁?

"下午到底还能不能过来?"手机里追问。

哦!是那个叫他砸墙的业主。老表灵醒过来,"对不起,老板我真的来不了。"

老表解释说:"我的摩托车让警察收了,我正想取出来呢。"

业主停了半晌问:"你现在在哪儿?"

老表说:"在警察局。"对方挂了电话。

王主任这时紧紧地盯着老表,眼神犀利得像要把他看穿,"你跟谁通电话?"

"一个业主,让我去干活的业主。"老表讪笑着又殷勤地递了一支烟。王主任这次虎着脸没接:"我告诉你,这里是人民公安,不是旧社会的警察局,知道吗?没文化!"

"是,是!"老表讪笑着说,"我有个事求领导。"

"讲!"王主任随手扯过一张纸,抄起笔将老表的事记了下来。然后搁笔说:"可以走了,七天后来给你答复。"

"怎么这么长时间?"老表瞪大了眼睛,"那这几天我怎么进城做工?一天可一百多块钱呐。"王主任沉着脸,冷冷地望着他,一言不发。

"我想见局长。"老表吞吞吐吐地说。

"就你这鸡毛蒜皮的事还要见局长？局长一天忙得过来？"王主任气咻咻地盯着他，"这位比你事大得多的，还没见到呢！"

老表瞅了瞅夹皮包的，此时正耷拉着眼皮定定地坐在那里抽着闷烟。他想了想，觉得也没有其他好办法，只得走出来，灰溜溜地出了公安局的大门。

叮铃铃！兜里的手机又响了。

"车取出来了吗？"手机里仍然开门见山地问。老表听出来了，还是那个业主，便没精打采地说："没有。人家说七天之后通知。"

手机里停了半晌说："你来砸墙，我帮你取。"

"啥？"老表好像没有听清，紧盯了一句，"说话算数？"

手机里说："算数。"

## 六

赶到业主家时，业主正背手立在门口，见了老表劈脸就问："怎么说话不算话？"业主五十岁上下，身材矮胖，肚子里面像藏了一个聚宝盆，样子很威严。

老表讪讪地上前，小声解释："我也没想到，摩托车要被警察收……"说完赶忙掏出一支烟来敬。业主瞥了一眼，横手挡了，自个儿掏出包中华弹出一支叼在嘴上。老表眼尖，忙掏出打火机给点上。一边又探询地问："俺摩托车的事？"

业主吸了口烟，烟雾罩住了脸。老表顿了顿，没敢再开口，低头收拾妥铁锤、铁钎家什，往手心里啐了一口唾沫，撩开了膀子。

老表干活从不惜力，手上的铁锤，像古代武士的大铜锤呼呼生风，水泥墙面在铁锤面前纷纷溃退。业主在房里踱来踱去，对他的工作表现似乎还满意，渐渐地脸上已不似刚进门时那种黑不透风的样子了。业主有些忙，兜里的电话像一个蝈蝈叫个不停，不得不常常掏出来嗯嗯唔唔一番。

老表于是又发了感慨，自己也是有手机的，但平时也就那么几个人给自己打，不是爹妈，就是工头，还有就是工友有时打牌三缺一喊他去凑个数。没尿意思，寡淡得很，哪像人家？

"小伙子！"业主这时喊。

老表停下手里的铁锤，扭头望着业主。业主扬了扬手机，"我有点儿事得出去一下，你在这儿干，一会儿我回来验收。"说完，转身出门。老表忙撵了两步问："老板，那俺车的事？"

业主头也没回，撂下一句："活收拾干净，一切好说！"

"一切好说。"老表咂摸着这句话。这人世间的事情如果像砸墙一样抡一锤是一锤，真的就好说了。但那显然是一厢情愿。小时候，爷爷曾告诉他，人世上一加一不等于二。他不明白，觉得爷爷老糊涂了，犯这样低级的错误。一加一怎么会不等于二呢？后来，进入社会后，才渐渐觉得老家伙还是英明。譬如现在，虽然业主答应活收拾干净，一切好说，但这里面依然存在很多的变数。什么叫干净？什么又叫好说？即使业主说话算数给取了车，那自己还好意思再要人家的工钱吗？想到这里，老表的心里不由一阵焦躁。臂膀上暗暗加了劲，嗵！嗵！墙面一点点向后退缩，老表想用这种办法将脑子里的烦闷问题逼出去。

"你是我的玫瑰你是我的花。"是《两只蝴蝶》的歌曲！老表一激灵——那是他专门为对象设的手机铃声，当即扔下铁锤来接。

"喂！"对象在电话里向他打招呼。

老表应了一声，浑身立刻热血沸腾。

"后天……有空吗？"对象吞吞吐吐。

"啥事？"老表问。

对象有些羞涩，"后天俺们家插秧。你……"

"唔……那我一早就来！"老表说。在老家，婚前青年男女联络感情讲究个四五八节，如果没有赶上节，男方就瞅机会上门来给女方家帮忙侍弄个农活。一来讨得丈人家的欢心，二来也好私下里与未婚妻拉个手亲个口，增进些交流。有些二愣小伙子，自定下亲后，便成了丈人家的常住户，恨不得将户口直接迁到女方家去。老表在这方面显得迟钝，有些迂阔。

"那……"对象欲言又止，"路上慢点儿！"

老表闻言，脸不由得腾地一下红了起来。上个月，他骑车送对象回家,半道上车子颠了一下,两人一下滚到了路旁的草窠里。老表的手就莫名其妙地搭在了对象的胸脯上。对象的身体像块吸足了火焰的砖头温馨迷人,老表一时有些迷醉。虽然最后用尽全力将手抽了回来,但每次一想到这里,脸上总是有些臊。

嗯!他冲手机里使劲儿点了点头。

放下电话,老表的心情似乎好了很多,索性丢开衣服,亮出一身黝黑的腱子肉,高举铁锤——嗵!嗵!一下一下夯在墙面上。泥屑纷飞,墙面节节败退,老表像一匹灌满了油的发动机,突突向前开。

当剩下半扇墙面的时候,老表停了下来,抬手擦了擦汗,坐在地板上,从裤兜里掏出烟,凑到鼻下狠劲嗅了嗅,烟草的清香透过鼻孔涌进喉头,再萦绕进了肺腑。他惬意地摸出打火机,点了烟舒心地抽了几口,觉得浑身通透多了,干劲又一寸寸回来了。

汪汪!门口突然传来几声狗叫。老表回头一看,不禁吃惊得站了起来。

## 七

一个臂弯里抱着只雪白京巴狗的女人站在门口。女人皮肤白皙,上身套一件紫色的圆领T恤,下身穿着奶油色的紧身热裤,浑身紧绷绷的,像一个高倍数的灯泡,刺得老表眼前一阵眩晕。女人冲老表爽爽地笑了下说:"你忙你的。"

老表不好意思地套上汗湿的T恤,继续抡起了铁锤。女人抱着狗,在屋内踱了一圈,逐个打开窗户通风。老表注意到女人的胸脯很高,屁股沉甸甸的,脚趾上全涂了鲜艳的颜色,像五彩缤纷的蝴蝶,从老表的眼前一一飘过。老表的心里咕咚一声,这人和业主会是啥关系?老表暗自纳闷,不会是社会上常说的那个小三吧?那只胖狗这时伫立在一旁,觑着老脸,瞪着一对圆鼓鼓的黑眼睛,警惕地瞅着老表。

畜生!老表在心底暗骂了一声。放在农村,像这样的鬼东西早就一脚甩远了,还允许它四处招摇吃闲饭?小三是什么?是破坏人家家庭和睦的狐狸精!老表一边闷声不响地砸墙,一边暗自嘀咕。

大约在下午 5 点的时候，该砸的墙面基本砸完了，比预想的要快半个小时呢。女人这时从里间走出来，递过来一瓶水。老表没想到，女人还是个好心眼的女人。老表整理好家什，挥了把汗，从兜里摸出烟，刚想点上，那只狗，却突然很凶地叫了起来。

这个畜生，居然怕烟熏了它！老表悻悻地收回烟。女人冲他笑了笑，露出一抹碎银似的牙："抽吧，没事！"

这时，兜里的电话又响了起来，是《上海滩》的主题歌。老表掏出电话，"你狗日的，车子取了没有？"电话里劈面就问，"我是王启贵！"

哦，是工头！老表灵醒过来，"王，王哥，快了！"

"什么快了？"工头不耐烦道，"狗日的羊吃屎了，说话不利落。懒得管你。明天到底能来不？"

"来，能来！"老表的心里不禁涌起一丝暖意。这个貌似凶煞的家伙，没想到还把自己放在心上！世界上的人呢，真是难以说清。

放下电话，老表问女人："大姐！大哥一会儿回来吗？"

女人摇了摇头说："不，他出差了，今天恐怕回不来了。"

"什么？"老表感到不可思议。"说得好好的，怎么就不回来了？"

女人笑了笑说："没事，一会儿我给你付工钱。"

"不是钱的事！"老表着急道，"是车！我的摩托车！"

女人有些吃惊，一双漂亮的大眼睛定定地看着他。

老表涨红了脸，只得捺着性子将情况又给女人说了一遍。

女人点了一支烟，湿润的红唇像一个陷阱，从里面徐徐吐了个烟圈。老表不禁有些恍惚，原来女人也抽烟！

女人冲他笑了一下，拨了个电话，"喂……"女人说。

同样是一声喂。女人的喂，荡人心魄，像一条小溪，九曲回肠，老表浑身不由得打了个战。

"墙收拾好了。"女人说，"你答应给人取的车呢？"

电话里面的声音听不清楚。女人听了一阵儿，然后放下电话，"让你一会儿去公安局门房取。"老表听罢，高兴得差点儿跳了起来，当下提起包就要出门。

"等一等!"女人叫住了他。女人的话很轻,却很有魔力,老表被定住了。

"擦把脸再走吧。"女人递过来一块毛巾,毛巾柔软洁白,像一朵棉花。

老表乖乖地走到卫生间里粗略洗了把脸,擦了把身子,察觉女人在很注意地盯着自己看,老表不禁有些心虚,低着头道了句谢谢,慌忙出门。

"华仔!"女人在背后喊。老表身子猛地一怔,回身紧张地注视着她。

"你真的不认识我了?"女人有些失望。

老表懵懂地摇了摇头。女人难过地闭上了眼睛,"你怎么不问我姓名?"

老表的大脑这时像一台高速运转的计算机,将自己的经历迅速地梳理了一遍。"呀!"老表突然惊叫一声,"小菊!"

## 八

久别后的重逢令彼此激动万分。老表当即决定找家酒馆或者餐厅什么的,一起好好攀谈攀谈。但小菊却拦住了他,"你先取车,然后直接来我店里吧。滨江路三十八号,我等你!"

老表赶到公安局时,门房还在,但已明显不如早上那么热情。老表敬烟也不接,径自捧着个茶杯转到一边去了。老表这时也顾不了那么多,尴尬地笑了笑,骑上车迅速出了公安局的大门。这个时候,警察们已经下班,完全可以放心骑了。

太阳依旧有力,道旁的梧桐树绿意深浓,像刷了一层蜡。街上的节奏明显缓了。有挺着大肚子的孕妇,携着孩子的青年夫妇,还有夹着包的中年男人在步履散漫地走。一群孩子在吹泡泡玩,突然不知为了什么哄闹起来,惊得街角觅食的麻雀纷纷飞上了树枝,不安地打着旋。老表惬意地打了几声短笛,摩托车愉快地穿梭在繁华大街上。

滨江路是老城区,街道很窄,与新街相比,判若云泥。老表将车停在外面,徒步走进来。街面上罩着一层薄雾似的,两旁的店面房檐低矮,有的甚至连招牌上的字都模糊难辨,但熙熙攘攘,人气很足。老表纳闷,莫非政府要把这里当作电影业的外景地?

他在街上仔细寻觅了一阵,终于在一个开满紫薇花的花坛旁找到了三十八号。这是一家茶叶店,门脸不大,口气倒不小,紫檀木的门匾上书着四个持重的金色大字:凤凰仙毫。

老表推门进去,一位身着蓝色连衣裙的店员笑吟吟地迎了上来:"先生,您需要点儿什么?我们这里有新上的翠峰、毛尖、红茶、黑茶,还有珍藏多年的极品茶王。"

老表环视了一圈,店内古色古香,壁上挂着字画,墙角摆着几大缸盆景,一只巨大的木雕茶台耀武扬威地踞在厅中,上面摆满了煮茶用的茶炉、茶碗、茶刷等器具。一个秃顶男人,正埋头坐在一旁浏览报纸。

老表移身坐在木凳上问:"小菊在吗?"

"先生贵姓?"姑娘小心地打量了他一番问。

"姓陈。"老表回答。

"那请稍等!我这就去请李总。"姑娘扭身进了里间。

茶桌前看报的男人,这时忽然抬起了头,冲老表笑了一下,"列宁同志……"

老表定睛一看,不禁愣住了——竟是中午在公安局碰见的那个夹皮包的!当下不好意思地笑道:"真巧!你——买茶?"

"哦……随便转转。"夹皮包的点点头说。

小菊这时从里面快步迎了出来。虽然仅隔了一会儿,但还是重新化了妆,身上新换了一套紫色印花旗袍,领子和下摆上,都滚着精美细致的花边,将身材烘托得凹凸有致。原来披在肩头的黑发,这时也整齐地盘在头顶,显得脖颈更加秀挺洁白。

"来,里面请!"小菊笑着一摊手,两人一起穿过一个小天井。老表发现园子虽然不大,但盆景葱茏,绿意蔽日,很是雅致。小菊这时伸手一推,老表的眼前豁然开朗。只见屋里宽敞明亮,地面铺着淡黄色的实木地板,当中置一座门面大小湖绿色的玻璃茶几,上面摆着镶着金黄色花边的细瓷茶具,后面半围着一套鹅黄色的精绒沙发,对面的墙上挂着一大面液晶电视,其下是几盆精心摆放的绿色盆栽。老表不认得那些花草,单看花盆就知道非名即贵。

小菊拎过来一双凉鞋让老表换，老表担心自己汗脚露丑，一时有些犹豫。小菊笑着说："没事，换上冲个凉吧。"

老表只得脱下沉重的运动鞋，换上凉鞋，走进卫生间。卫生间里干净光洁，梳妆台上整齐地排列着种类繁多的洗发膏、沐浴露、啫喱水、眼底霜、精华乳等化妆品，以及一些女人们用的稀奇古怪的镊子、夹子、剪刀等小东西。一股似有似无的香气，在空气里徘徊缭绕，熟悉而陌生。老表的脑袋不禁一阵恍惚。

冲完凉出来，小菊正在茶几旁弯腰沏茶，招呼他过来坐。沙发太软了，老表呼地坐下去，竟如同跌在一堆棉花上，有点儿失重。老表尴尬地摩挲了一下沙发驼色的真皮扶手，觉得有些气短。

小菊用竹撮撮了茶叶，倾进杯中，沸水一冲，一簇簇鲜嫩的茶叶，如接受检阅的士兵整齐地悬浮在玻璃杯中，随后慢慢沉入杯底，但依然如茅似针竖直不倒，杯口则香气氤氲。

"来，喝杯茶！"小菊招呼道。

老表伸手去接，不小心碰到了小菊的手。小菊的手白皙柔软，老表的脸腾地一下红了，忙捧起茶杯，呷了一口。

小菊舒心地笑着问："能品出是什么茶吗？"

老表咂摸了一下嘴："汉阳的翡翠青吧？"

小菊哧地笑了，捧起杯子道："瞧这芽头、这汤水、这品相，都不是汉阳茶能比的，这是正宗清明前的凤凰仙毫！"

哦！老表叹了一声，随口念道："白云峰下两旗新，腻绿长鲜谷雨春。"

小菊又哧地笑道："好酸哟！你什么时候开始作诗了？"

老表笑道："哪里是我做的。是苏东坡先生赞叹杭州白茶的，距离我们这里千里之外哩。"

小菊噘起嘴巴，惊叹了一声："你好爱学习哦！"

老表的脸，不由唰地红到了耳根。现在谁还提什么学习，是不是太幼稚了！其实，自己平时不爱打牌，不爱喝酒，中午人家打牌闲聊，自己就坐在一旁拣些废报纸瞅一瞅平个心焦。那首诗刚好是前两天在一张废旧包装盒上撞见的。

"怎么啦？"小菊停下来，奇怪地凝视着他。

老表尴尬地笑道："没什么。"

小菊笑笑，取过电视遥控器，打开电视，一个身披蓑衣的野人举着一杆标枪正撒着脚丫在森林里狂奔。小菊笑着扭头问："现在还跑吗？"

"啥？"老表一时有些蒙，惊讶地望着她。

小菊扑哧一声笑了，"当年常见你绕着操场一圈一圈像推磨一样跑，现在还锻炼吗？"

"现在，哪有那个闲心？"老表不好意思地搔了搔头，"干完活，累得要死，回家只恨枕头短了。"

两人一时间都不言语，静静地注视着电视画面。良久，老表终于捋了一把黑漆漆的头发问："这些年，你都去了哪儿？"

小菊端起茶杯抿了一口，盯着他的眼睛问："真的想知道？"老表点了点头。

嘟嘟！有人敲门。一个穿着白色炊事服的青年，提着食品盒子，立在门口。

小菊起身笑道："来，边吃边谈。"

## 九

餐桌上摆满了从酒店采购来的菜盒，宫保鸡丁、肥肉炒粉条、小炒黄牛肉、铁板烧大虾，等等。小菊搓着手说："对不起！时间仓促，没有来得及现做，你千万别嫌弃。"

老表笑了笑："这么多，怎么吃得完呢？"

"一定不要客气哟！"小菊笑着，从一旁的酒柜里拎出瓶红酒，倒了两杯，"来，帅哥，干！"

两只玻璃杯轻轻一磕，发出一声清脆的乐音。老表有些恍惚，觉得眼前的一切，似乎有些不真实。他举起杯子，慢慢凑到嘴边，突然一仰脖子干了。

小菊哧地笑道:"量还不小嘛!来吃点儿菜,慢慢喝。"

老表没有吱声,取过酒瓶自己斟了一大杯道:"来!为我们今天的重逢,干杯!"说完,仰起头再次一饮而尽。

小菊端着酒杯,瞪着大眼睛看他,没有言语。老表抬手擦了一把嘴,再去捞酒瓶时,被小菊挡住了:"别这样喝!不好。"

老表放下酒杯,目光炯炯地盯着小菊,"为什么不给我来个信?"

小菊没有吱声,起身到茶几的小抽屉里翻出一包烟,抽出一支叼在嘴上,划了根火柴点燃,"都是命!"说完,端起杯子转了一转,也一口干了。"妈妈死后,我万念俱灰,学也不想上了,成天圪蹴在家里,抱着黑镜框以泪洗面。爸爸过来劝我,胖子也提溜着一串蔫葡萄跟着来了。"

"胖子是谁?"老表问。

小菊捋了一下头发,咬牙道:"就是爸爸后来找的那个骚货。进了门四处溜达,一双眼睛跟贼一样东瞅瞅西望望。我就知道她没安什么好心,坐在那里一直没有动。果然,一会儿她过来给爸爸说,一个丫头住这么大一栋房子瘆不瘆?"

"你爸爸怎么说?"老表问。

"爸爸老实,望着她半天不知什么意思。胖子说,老刘虽然去世了,但你这个爸爸还是亲爸爸,就不能将女儿接回家去住?爸爸听她这样说,立刻像孩子一样高兴,忙劝我回家住。"

"好像也是为你好呀。"老表说。

小菊冷笑了一下,"我冲爸爸说,自己今年已18岁了,法律上成年了。妈妈给我留了这所房子,这里就是我的家,我哪儿也不去。您老就别操心了!"

"那你爸爸……"老表问。

小菊垂下头,默默吸了口烟,"爸爸眼窝里噙满了泪。胖子这时在一旁帮腔说,要不我和你爸一起搬过来,也好给你做个饭什么的有个照顾。爸爸在那里殷切地望着我,我当时心有些软,便咬牙点了点头。"

"那后来呢?"老表继续问。

小菊凄然一笑:"和我预料的一样。胖子来了后,根本不在乎我的学习，成天支使我干这干那，稍有不好就指桑骂槐。爸爸窝囊，只能在一旁抽闷烟。高考失利后，我原想再复读一年，但胖子坚决反对，坚持要让我出去打工。其实，我早就看透她的鬼心思，就是想早日撵我出来，好独自霸占妈妈留给我的房产。"说到这里，小菊又给自己倒了一杯酒，仰起头来喝了一大口。因为喝得有些急，眼泪被呛了出来。老表忙从茶几上的纸盒里抽出纸递给她。

小菊擦了擦眼睛说："我这一辈子感到最对不起的，就是爸爸。"

"知道这个就好！"老表安慰道，"现在尽孝也来得及。"

小菊抿了抿嘴，使劲挤了一下眼睛："不……晚了。"

老表惊讶地问："难道……伯父他？"

小菊摇了摇杯中的酒，嗫嚅着说："有一天，我和胖子在屋里厮打，互相抽嘴巴子，爸爸拉劝不住，便从窗口跳了下去……后来胖子搬走了，我也不想再住在那里，就卖了房子，到广州打工。谁知祸不单行，进了家传销组织，钱全套了进去。"说到这里，小菊突然苦笑了一下，将烟蒂在烟缸里捻灭，"不说这个了，说说你在部队上的情况。"

提起部队上的事，老表一时无言。能说什么呢？说自己在部队当生活兵，喂了三年猪，党也没入上，干也没提上，军校也没有考上，就光荣退伍，有意思吗？再说，现在还有这个必要吗？老表点了支烟，抽了一口，埋着头很久没有说话。屋里一时很静，只有屋角柜子上的那只黄铜色的小座钟在嚓嚓地走。

铃——！茶几上的电话这时响了，小菊走过去接电话："哦！不是说今天不回来吗？什么……马上过来？"小菊扭身瞄了一眼老表。电话里依旧在叽叽咕咕的。

老表这时迅速站了起来，快步走出了门，身后似乎传来小菊的呼喊，但他始终没有应声。

夜色下的汉阳河流红溢紫，妖冶神秘，一些情侣躲在岸边斑驳的树丛里亲昵，树丛里不时发出类似于鸭子衔泥的"梆梆"声。老表蹲在一块石头上，静静地凝视着面前匆匆流过的河水。突然，他一脚将自己心爱的摩托车蹬倒在地："要你干什么？"老表气咻咻地吼道，"到底要你干什么？"

## 十

早晨，太阳从城东边的山峦后跳了出来，大街小巷的夜影纷纷逃窜，最终躲进了钢铁丛林的最里面。一座建筑塔吊如一头巨大的长颈鹿，旁若无人地摇动着头颅，在钢铁丛林间四处觅"食"。一群工人正站在其下的脚手架上挥舞着瓦刀，"叮叮当当"——瓦刀敲击砖块的声音此起彼伏，宛如"长颈鹿"脖颈下的铃铛，动听悦耳。

老表是这无数铃铛中的一个，由于昨晚没有休息好，他的脸如鸟粪一样灰白，嘴角紧紧地抿紧，似乎牙疼。但经过他身旁的人会听见他在小声哼唱一首歌：

给我一杯忘情水，
换我一生不伤悲。
就算我会喝醉，
就算我会心碎，
不会看见我流泪……

中午歇工的时候，工友们聚拢过来饶有兴致地打问老表昨天车的事，但老表埋着头抽烟，谁也不理。

一个胖子工友接口道："看看他的车在不在工棚不就清楚了嘛？"说着趴在窗台上冲楼下扯起嗓子喊："9184！"

楼道里回声嗡嗡的，下面好像没有听清。工友再喊："9184——"

一个瘦猴工友嬉笑着，冲胖子说："你这个家伙恶心死人了！"其他工友都不明就里地望着他。胖子工友也一脸茫然。

瘦猴工友故意抬手掩了一下鼻子："要拉屎，还不赶紧上厕所去！"

周围哄的一声笑了起来，一个家伙笑得牙肉都抖动起来。老表感到这伙人一天真的是好无聊好无趣！

今天中午，他没有出去觅活，打算休息一下养好精神，下午去把驾照补办了，也算亡羊补牢。

这时工头背着手走了进来，老表忙起身给他敬了支烟。工头接过烟在手里捻了捻问："车子取回来了？"老表冲他点了点头。工头笑着点了烟火，瞅了瞅周围双双艳羡的眼睛，心中微醺。

老表趁机向他请假："想下午去公安上将驾照补办一下，免得再麻烦。"工头微笑着注视着老表，轻轻吹了一口烟灰道，"准！"

工友们这时在一旁叽叽喳喳的，有的交口称赞说工头英明，办法得力；有的议论说可能出门撞见了哪个菩萨保佑了的；有的摇头猜疑道是不是当官的是个女的贪我们华仔靓，故意放他一马。众人饶有兴致地议论着，高潮处又是一通大笑。

老表摇了摇头，朝墙上一靠，闭目养起神来。突然兜里的手机响了起来，老表将手机扣在耳朵上。"你在哪儿？"老表听出来，还是那个业主，心里有些不舒服："砌墙。"

"请到我这里来一下！"业主生硬地客气道。

"啥事？"老表问。

"来了不就知道了。"业主说，似乎不容商量。

老表一下直起身来，警惕地问："到底是啥事？"

"我在房里等你。"业主说完挂了电话。

老表扬起手机，恨不得一下当破砖头扔掉。他点了支烟，寻思这个家伙找自己到底会是啥事？突然脑袋一闪，心脏咚咚直跳，手跟着莫名其妙地有些抖。老表倏地扔掉烟头蹿下楼，跑向车棚去推摩托车，半道上又拧回身跑到街上拦了辆出租，奔了出去。

业主的房门敞开着，老表进去时，见他和小菊站在一起，正比画着什么。看见老表气喘吁吁冲进来的样子，业主肥嘟嘟的圆脸上，浮出一丝春天般的微笑。他将双手叠放在隆起的腹部笑道："不错嘛！这次来得倒挺快。嗯——还是摩托快哟。"

白痴！老表暗暗地骂了自己一句。业主没有察觉出老表的反应，亲热地对小菊说："你——来给交代一下。"

小菊笑着，踱步上前说："大哥，你看这里，就是进门的地方需要补挖一个面，便于存鞋子、雨伞什么的，另外那边过道的顶头也得再挖个面，可以嵌上个酒柜。"老表怔怔地望着面前的这个女人，感到熟悉而陌生，觉得自己刚才的猜度是那样的滑稽和可笑。

"这点工程量虽小，难度却挺大的，我们商量就给你 500 元保底，怎么样？"小菊说着冲老表眨了一下眼睛。

老表冷冷地说："对不起！我今天不干这个！"说完转身出门。

站住！背后突然传来一声厉喝，声音威严，有点地下党对叛徒的口吻。老表当过兵对这种口气当然有职业的敏感，他唰地停下脚步转身回头，一对眼睛如钉子一样盯住业主。老表的脸有些发红，但他没有发作。

"摩托车取了吗？"业主像一个魔术师，又换上一副笑脸。见他这样问，老表只得点了一下头。

业主突然瞪眼道："你是农村人，农村人最讲实在。昨天我帮你取了车，今天请你来给收拾下房子，还不是白干，照价付钱。如果是一个知恩图报的人，他不会跟我扭来扭去，早就应承下来了。"

知恩图报！知恩图报！老表的耳朵嗡嗡直响，他觉得自己体内的血一下都涌上了脸。

业主并没有看老表，而是从兜里掏出包烟往手里倒了一下，凑到嘴边咬出一根，又掏出一个明晃晃的打火机，"啪嗒！"点上火，意味深长地抽了一口，徐徐吐了烟气。

老表的心中酸甜苦辣五味俱全，胸口像堵了一团棉花憋得慌。他想发作，但有心无力，觉得被人堵在一个死胡同里了，进退两难。他偷偷瞥了一眼小菊，女人此时偏着头，正仔细地捋额前一缕黑得发蓝的发丝，仿佛此刻她站在自己的梳妆台前，眼前的一切和她无关。老表的胸脯猛烈地起伏，最后牙关一锉道："好！今天就还你这个人情，我……不收你一分钱！"

业主的脸笼在烟雾里，隐隐露出一丝得意的笑容。

## 十一

老表从工棚找出砸墙的家伙出场的时候，看见工头站在门口。要是被工头察觉自己请假是去干私活，明天就别想再来了。老表只得硬着头皮回身将摩托车从木棚里推了出来。

外面阳光非常刺眼，到处明晃晃的，老表一时有些不适应。现在他很喜欢防护栏网里的生活，有时觉得自己生下来就属于那里。虽然苦，但踏实自在。砖头呀、泥浆呀，也都听招呼，挑抹敲打，想怎么摆置就怎么摆置。不像出来在外面，人心里没底，生怕一不小心就有倒霉事找上门来。

为避免再次接受警察的"非礼"，老表这次走了一条偏僻的小巷。摩托车像个逆来顺受的毛驴，任他驱使。想到昨夜冲这个老伙计莫名其妙地撒气，老表的心里不由得一酸，怜惜地在车头光滑的漆面上摩挲了一阵。但人世间有些事，就是邪乎。譬如闪电，有些人不躲不藏毛发不伤，有些人东躲西藏却照样挨劈。老表出巷口的时候，偏偏就有一个警察宛如天神降临，突然横过来拦住了他，吓得他浑身直冒冷汗。

警察摘下帽子，慢条斯理地弹了弹帽檐上的灰，伸手指了一下街角。老表只得将车弯到那里停下。

警察指着车头，严肃地问："这是怎么回事？"

老表俯身一看，车子前灯出现了一个小小的豁口，一柱灯光正从里面明晃晃地射出来。老表想起来，一定是自己昨夜摔车造成的。

"车灯就好比人的眼睛，人无眼不行，车无灯也不行。"警察讲道。

老表赔着笑脸说："同志，您看现在……太阳多大。"说着手打凉棚，故意做了个眺望的姿势。一个过路的小孩儿在一旁哈哈大笑，因为老表的那个姿势，令他联想到了花果山上的那个动物。

"太阳是太阳，车灯是车灯，车灯不能代替太阳，太阳和车灯也没啥关系。"交警板着脸说，"你老实告诉我，是不是肇事了？"

"肇事？"老表的脑袋嗡的一下。"不！我不是故意的。不对……是我故意的！昨夜高兴，就砸了它一下。"老表一下子变得语无伦次。

警察直直地盯着老表，怀疑他是不是脑残还是有其他什么毛病。忽然他果敢地抬起了右手，向老表敬了一个礼，"请出示你的驾照！"

驾照！老表的耳畔仿佛有一万多个声音在冲他喊：驾照！驾照！驾照！声音像紧箍咒，催得他的脑袋一阵疼痛。

警察突然伸手摘掉了老表摩托车上的钥匙，手法异常熟练，就像老农民在玉米地里掰玉米。嚓！钥匙就到手了。摩托车离开钥匙，便成了铁疙瘩，一步也动不了了。老表怔怔地望着警察，窝了一下嘴巴，又狠劲咽了一口唾沫,"妈的!"

"你骂谁!"警察厉声质问道。

"没骂你。"老表猛地捶了一下车头吼道,"妈的!我取驾照去。"说着逃也似的跑远了。

老表觉得自己真是太失败了,事业不成功,感情提不起,处处不如人。突然他又有些恼恨那个业主,为啥就不能一次将活计交待完,显然不把自己放在心上。他在小区外逡巡了很长一阵,实在不想再走上去,但业主那句忘恩负义的话像一把锐利的尖刀,逼着他最终一步一步迈上了楼。绝不能让人小瞧!老表最后一边走,一边告诫自己。

大肚子业主这时可能已外出了,只有小菊一个人在屋里。老表进了门二话不说,收拾起家伙就砸了起来。嗵!砖屑四溅,扑了他一脸一脖子。但他不管不顾,如一个视死如归的战士,向着坚硬的墙壁发起猛攻。嗵!嗵!

"还生我的气吗?"小菊走过来问。

老表没有吭气,依然奋臂砸墙。突然,小菊从后面紧紧抱住了他,"算我的错,不行吗?"

老表的身子顷刻僵住了,呆呆地站在那里。他仰起头紧咬牙关,但少女温润如玉的肌肤像电流涌遍了他的全身。他感到浑身上下,都被看不见的绳索捆住,连一点点挣扎的力气也没有了,周身的关节此时发出可怕的嘎嘎声。当啷!手里的铁锤掉到了地上,老表猛地转过身如一只老虎扑向了小菊,两人随后紧紧地拥在了一起,迅速卷进了风暴的核心。

好久以后,一切才平复下来。老表发现自己躺在里室的床上,小菊蜷着身子,如一只猫,藏在自己的怀里。老表觉得多年梦想的东西,在这一刻全然冰释。

他仔细地端详着怀里的女人,皮肤依然那样白皙,乳房依然那样饱满,头发依然那样黑亮,眼睫毛依然那样浓密细长,并随着呼吸微微颤动。七八年过去了,她竟然还是这样漂亮!老表又有些恍惚,怀疑过去发生的是否真的发生,自己好像一直要与小菊这样相拥下去,直到永远。

小菊这时缓缓睁开眼睛,老表瞅见她微红的脸上,瞳仁如万丈的深潭纯粹幽深,令人看不真切。小菊粲然一笑:"傻想什么呢?"

"哦……没什么。"老表笑了笑,禁不住问,"你……是怎么认识这个业主的?"

"这是你最想知道的吗?"小菊笑着问。老表使劲儿点了点头。

女人笑了笑说:"情人关系。"老表像被蛇咬了一下,身子猛地一抖,惊诧地望着女人。女人的脸那一刻埋在黑发里,看不清楚。

"他是公安局长,一个好人,要养我。"小菊喃喃而语,好像在说一件与自己无关的事情。

局长!老表有些不可思议。就是那些给自己敬礼的警察的老大?就是昨天自己上门要找的那个重要人物?老表一下子从床上跳了起来:"这算什么好人!我没有驾照不能骑车,妈的,他一把钥匙倒开几把锁——"说到这儿,突然又卡住了,意识到自己不该在心爱的人面前爆粗口,于是喘了一口气悻悻地道,"养小三的官僚,算啥鸟好人!"

老表抽出一只烟,可夹烟卷的手有些微微打战。小菊帮他点上火,一丝烟圈像一个裸体的美人在他的指缝间环绕。老表哑地吸了一口,突然扔掉烟,一把抱住了小菊:"跟我走吧。我养你。养你一辈子!"

小菊眯起眼睛,撩了下眼前的秀发,妩媚地笑了,"拿什么养?靠铁锤吗?"

老表怔了怔,觉得眼睛涩得难受,接着滚烫的泪水,从眼窝里咕嘟咕嘟地冒出来。小菊将他的头搂进怀里,轻轻地抚摸,像母亲安抚自己的孩子:"傻小子,你就当什么也没有发生过。"

门外这时响起了脚步声,有钥匙插在锁孔里的声音。小菊抱起那只哈巴狗迎了上去。

"回来得这样早?"女人走上前问。男人呵呵笑了一下,伸手将女人揽进怀中接吻。

老表觉得一阵恶心,在后面使劲咳嗽了一声。

业主回身吃惊地望着他,"你怎么还没有走?"

"活儿刚收拾完。"老表收拾起家伙,转身朝门外走。

"等一等!"业主笑道,"正找你哩。"小菊紧张地盯着业主。

业主背着手,在屋内踱了两步说:"无照行驶,还谩骂警察,是你吧?"老表懵懂地点了点头,又摇了摇头。业主冷笑了一下,从兜里掏出手机来拨打电话。小菊忙上前拉住他笑道:"能不能看在他给咱们干活的情分上,饶他这次?"

"什么?"业主忽地甩掉小菊的手,大声斥道:"饶了他,交通安全谁负责?再说了,对付这些无法无天的刁民,就该让他们长长记性。无证驾驶,谩骂警察,哼——简直无法无天!"

"无法无天!"老表的嘴里跟着嘟囔了一句,感到热血再次涌上了头顶,他猛地冲业主举起了铁锤。与此同时,他的眼前再次出现了幻觉,仿佛自己挥动的是一阵风。但尖叫声随之响起来,锐利的叫声里,老表失去了站立的勇气。

被执行的那天,天空一直下着雨,姑妈在雨水里哭得死去活来,一帮工友们来给老表送行。但老表对眼前的一切视若无睹,他的视线执拗地穿过人群向上眺望,但天空雨雾重重,什么也看不清楚……

没人知道老表在那一刻眺望什么,因为枪声响过,一切戛然而止。

# 危　机

## 一

　　桌上的日历在早晨被打开了，像开了塞的酒，有徐徐的喜气伴着希望和憧憬而来。你洗了手脸，泡了杯茶，坐在窗前。外面雪花纷飞，广场上有大红标语和喜气洋洋的气球，孩子们在奔跑和呐喊。

　　你呷了口茶，是冰箱里珍藏的碧螺春。胡天八月即飞雪的西北，汉子的手中通常没有茶，只有烈酒和女人。偶尔涉及，也是粗如婆脸的大片茶，喝法如手抓羊肉，哪里有半点儿雅的影子。你却是个例外。

　　好不容易挨个节日，老婆孩子还在昏天黑地地睡。可你夜不能寐。现实似一面刀锋，劈面而来，你虽然左支右挡，但已显疲态，觉得有生以来遇到了最严峻、最困难的局面。

　　滚烫的开水注入洁白的细瓷茶杯，发出细碎动听的声音。你的思想有些抛锚，恍恍惚惚的，端起杯子来又呷了一口，胸膛胀鼓鼓的，如灌满了铅块。你搁下茶杯，不安地踱起步来。突然就想出去走一走，到飞瀑流泉、牧牛炊烟的野外去走一走。

　　你是个急性子的人，说走就走，目的地是城外几十里外的一座佛山。车停在山脚下，人拾级而上。山道上羊群如天空的野云，闲散不羁。蓬蒿乱草，似野地里的孩子，向你点头致意，任由欣赏和抚摸。你感到文人实在是无病呻吟，误人不浅，谁说冬天里就是一片死寂呢？那山的褶皱里，分明看见有迎春花明媚的影子。

　　微风吹过，你禁不住又叹息了一声，但周围老树苍松，不用担心会被人听见和在乎。仰起头看了看山巅，一朵白云正在湛蓝的天空缓缓飘移。孤云独去闲，只有敬亭山。你想起了李太白的诗，觉得此时自己与诗仙的距离并不遥远，似乎触手可及。

尘世中的块垒，在白云蓝天中好像消融了一些。

<h2 style="text-align:center">二</h2>

中秋刚过，父亲就病了。

那天，你和一帮朋友坐在江边的柳树下闲话，朋友们正在探讨一个颇为深刻的历史话题：老子和孔子会面到底讲了些什么。一个朋友说，孔子向老子执弟子礼，请教的问题包罗万象，并举《南华经》为凭。另一位立刻反唇相讥：《南华经》不过是道家自抬身价、诋毁儒家的伪作。《史记》中关于孔、老两人的见面也仅是在孔子适周中一笔带过，并没有什么实质性的内容。双方互不相让，局面一时有些僵。

你哧地笑了一声，"俺知道孔、老两人见面后说了些啥。"朋友思忖了一下，皱眉道："史书上对此历来讳莫如深，莫非老兄有爆料？"你抄起桌上的茶杯，缓缓转了两转，又浅浅呷了一口。朋友们纷纷将脸扭过来盯住你："愿闻其详！"

孔子见老子。孔子问："子近日如何？"老子说："不过尔尔。"孔子问："听说子在带学生？"老子曰："吾不过以己昏昏，使人昭昭。"孔子叹道："先生真是高人，用词何其典雅，全是叠词！"于是来了酒兴，对老子说："与余小饮如何？"老子说："好呀，咦，我的杯杯呢？"

几个朋友当下笑喷，都说你这是胡诌。你舒心地笑了一下，也不辩解，朋友们在一起就是寻个轻松，钻那么多牛角尖干吗？此时天空高蓝，江面上波澜不兴，一只布谷刺啦一声展开翅膀，钻进明亮的阳光里。你觉得，生活真是一件有滋有味有趣的事呀！

嘟——！桌上的手机这时响了。抄起来一看是老家的电话。"平娃吗？你爸犯病了，赶快回来！"电话像一把锐利的剪刀，"咔嚓"一声，将你的生活一分为二，你的心情立刻沉重了起来。父亲罹患肺心病，这种病犯起来就气势逼人，令人揪心。你忙和朋友们告别，起身往家里赶。

老家在城郊，距离市区三十多里地，一条高速公路正在这里建设，大型载货车辆将沿途的公路碾压得千疮百孔，加之不久前才落了一场雨，道路更是泥泞，车如蜗牛一样缓缓爬行。你的心里一时非常着急。

成了家后，因为工作家庭上的琐事，和父亲聚在一起的时间越来越少，一般十天半月才能回家一次。自母亲去世后，父亲就有些孤寂，见谁也不太搭腔，一般人很难接近。原本想接父亲进城来和自己一起住，但一来自己住的小区没有电梯，上下楼不方便。二来父亲也不愿进城，他总是固执地说，城里的空气有毒，每次进城来，都捂着大口罩，来去匆匆。

你曾想过将父亲送进养老院里。但刚一提话把儿，就被挡了回来，父亲大发雷霆："狗日的，把你养大了，老子倒成了孤老！"其实，私底下你也去养老院查看了一番，国家现在有钱了，舍得在这些方面投入，院子总体修建得不错，偌大的场院，崭新的两层小楼，倒很气派。只是住进去的老人并不多，稀稀拉拉的屈指可数，几个无儿无女的孤老们袖着手在院子里不安地走来走去，冷清彻骨。不管怎么说，父亲毕竟还有自己这样一个儿子。你不好意思再劝说父亲，于是四处张罗给老人请保姆。保姆是换了一茬又一茬，现在一提保姆这个字眼，你就有些过敏。

上次父亲和保姆生气，打电话要你回去。进门看见老父独自拥着电火炉坐着，昏黄的灯光下，身形像一块冷硬的岩石，毫无生气。一只猫在你推门的时候，嗖地蹿上父亲的肩头，喵地叫了一声。你给父亲敬了一支烟，掏出打火机准备点上。父亲往里屋瞄了两眼，冲你小心地摆了摆手。李姨闻声从屋里出来，眼睛红红的，似乎哭过。见你给父亲敬烟，嘴唇动了动，终究没有出声。你端来椅子，让李姨坐下来，缓了缓问："最近还好吧？"

李姨直起身，大着嗓子道："就是我不该管他抽烟。人家医生说，他这老毛病嗅不得烟，但你爸一天照抽不误。今天还躲到厕所抽，我说了两句，他竟然吵我！"

你瞄了眼父亲，他这时像做了错事的孩子，埋起头一言不发。你温言劝父亲："李姨也是好心，就听了吧！现在年轻人都主张戒烟，国家马上也要出台法规限制吸烟了。"

父亲两个手指怜惜地摩挲着你敬的那支烟，良久，抬起头看看儿子，又瞅了瞅满腹委屈的保姆，将烟缓缓凑到鼻前嗅了一气，终于一抬手丢进一旁的痰盂里笑道："你们都关心我呐！好，戒！"李姨被父亲的举动逗得扑哧一声笑了。两个人后来竟然如孩子一般哈哈大笑了起来,震得老屋的房梁上扑扑直往下掉灰。这才是几天前的事,看来父亲的身体真的是每况愈下,经不住一点儿风雨了。

车子进场院的时候,满脸络腮胡子的三叔跑上来冲你吼:"怎么才回来,你老子这次差一点儿就走了!"你慌忙奔进屋,看见父亲仰靠在沙发上,嘴上扣着氧气罩,胸脯急速地起伏,像拉风箱一样。春上出院的时候,医生说,病人离不开氧气罩,你就托人从省城购回了这台制氧机。父亲很倔,平时很少戴,坚持要吸自然氧,现在看来是不戴不行了。

父亲的脑子依然清醒,见你回来,浑浊的眼睛忽地绽出一丝亮光,像小孩瞅见了母亲。你俯身握了握父亲的手,安慰他不要紧张,又小心查看了一下氧气罩戴得是否妥帖,转身催促李姨收拾衣服洗具等准备去医院。当年母亲在的时候,家里井井有条,到处充满了阳光和笑声,可现在一切都已暗淡无色。你走进父亲的房间,伸手摸了摸铺盖被褥,一转头撞见了床头柜上的母亲。母亲还是原来的样子,坐在镜框里,眯着眼慈祥地注视着你,像要急于走下来招呼自己的儿子。你鼻根一酸,禁不住簌簌地涌出泪来。背起父亲往车边走时,感觉父亲又轻了不少,和一个半大小子差不多,远远超出你的预想。车子发动后,李姨从后面撵上来说,自己得先回趟家收拾一下,随后就来。你急慌慌地点了点头。

父亲是老病号了,值班医生对他的病情熟悉,很快做了相应的处置,护士们为他插了氧气,带上生命监视仪,挂了液体。父亲很累,闭上眼睛沉沉地睡了。你从病房出来,想到外面去买一些水果和纸巾。

这时一伙人亦步亦趋,紧紧跟在你的身后,弄得你势头很大,不知情的,还以为是某位下来视察工作的大人物。你停下来,回身扫视了一眼那群人:一律五十上下的中年男女,这时全部眼光热切地注视着你。

"你们……有事吗?"你不安地问。

一伙人立即拥上来,冲你手里塞名片。一个妇女俯身凑到你耳边,亲热地说:"给你介绍个人侍候老爷子,咋样?"

噢!你明白过来,小心地问:"多少钱?"

"现在行市都摆在这儿,一天一百块。找的人长年干这个,精心得很,包兄弟满意!"女人不容置疑地说。

好高的工资!你不由暗吸了一口凉气,自己一个月也就这么点儿薪水,全给他们了,自己还吃什么?于是斟酌了下语气:"我们……这里暂时还用不上。"

这群人依旧不依不饶地啰唆个没完。哗!楼道口的玻璃门这时突然掀开,一个病号被推了进来,这伙人像看到了猎物,立即呼啦一下又全围了上去,算是替你解了围。

回来时,医生喊你到值班室去。主治大夫是个三十出头的年轻人,戴着一副质地很好的银色纯钛镜框,显得文质彬彬。你认识他,这是本地医院高薪引进的医学博士,心脑科专业人才,曾经会诊过老爷子的病。

"病人情况很不好,这次很可能出不了院了。"他一脸严肃,递给你一张纸,"这是病危通知书,请签收,思想上要有个准备。"

你心里咕咚一下,如丢进了一块巨石。"不……不可能吧?"你嘴巴有些打闪,"今年春上刚……刚出院呀!"

医生扶了扶镜框,苦笑了一下:"病情演化过程就是这样。老人的肺经过反复折腾,像一个废气球,已没有任何弹性了。情况确实不容乐观!作为家属,你一定要提醒病人积极配合治疗。"

"这个,当然!"你小心翼翼地应道。

## 三

再往上走,依然是鸟鸣绿树,没有人声,揪一把松针在手,仿佛掬一把千年的碧玉,令你不舍丢弃。山道上,火红的枫叶、金黄的龙须草、赤果盈枝的柿树,都令人瞩目留恋。你坐下来,歇了口气。

记忆中父亲仅仅住过一次院。还是上大一那年,父亲突然闹肚子,医生要求剖腹待查,妈抹着泪给你挂了电话。你匆匆从学校赶回来时,父亲已上了手术台。面对手术室沉重的大铁门,你深深地自责,懊悔没能亲自送父亲进去。术后,父亲苏醒过来,见你坐在床边不禁皱起了眉头:"回来干啥,你是医生?还不快回去!"父亲倔强地催你回校,还一个劲儿埋怨母亲不该告诉你。你勉强在父亲床前侍奉了几天后,匆匆返校。那时,父亲年轻，身材高大硬朗，笑声呱呱的，如五月田野里的青蛙。那时，母亲也在。可现在……

父亲已不再逞强了，对你这个唯一的儿子是那样的依恋。每次看你，暗淡浑浊的眼睛里便充满了喜悦，像个懂事的孩子，令你都有些不好意思。

回到病房，见老爷子还在沉沉地睡，裹在被子里的身子显得那样瘦小。你坐在床栏边，仔细地端详起父亲：老人头发已经花白，枯黄的脸上布满了青黑色的老年斑，眉毛稀疏，颧骨后面的太阳穴凹陷得令人恐惧……你的心里一酸，过去那个健壮爽朗的父亲到哪里去了呢？

你给妻子挂了个电话，告知老爷子病了，晚上得住在医院了，孩子功课什么的拜托夫人代劳了。那边洗衣机的声音轰隆隆的，也不知道老婆大人听清楚了没有。

夜里，躺在医院过道的走廊里，外面风雨交加，病房里不时传来病人的妄语和呻吟，像来自南极千年冰层的最深处，令人毛根发凉。你觉得，医院其实是最易悟道的场所，在这里人会看透一切，所谓名利如浮云，琴弦似井绳。你想，凡、圣的区别其实就在一个"守"上。走出这里还能坚持，那就可能得道。

清早，单位通知你去开会。临出发时，你拧了热毛巾给父亲洗了手脸，勉强喂了些八宝稀粥。父亲没有胃口，紧皱着眉头，一副极不情愿的样子。你劝说多吃一点儿，没想到老人突然发了火，一把推掉了你手里的碗，汤汁泼洒了你一身。

等医生查过房挂了针，你溜出来给李姨挂了个电话，她儿子在那边说，老娘身子不舒坦来不了。你不禁有些恼火，老爷子这次出院后一定不再雇请她了。人好时，成天围着火炉烤火做吃的，没二话，住院了却连个照面也不打。你在走廊里走来走去，实在想不出个辙子。家里就三口人，老婆要上班，儿子要上学，都不得空，要是有个姊妹该多好呀！你心中感慨，可现实哪容改变。你抬手拨拉了一下嘴唇，从口袋里搜出一张名片，咬牙拨了过去。

一会儿，一个五十多岁的高个儿男人阔步向你走来。他身形魁梧，方面大耳,鼻梁上扣着一副厚重的四方眼镜,乍一看还以为是哪个机关部门的重要领导。来人自我介绍说姓贾,价格一天一百块,像受物价部门批准了的铁价!你叮嘱他在父亲面前不要多话,就说是我的朋友临时来帮个忙。老贾笑着点了点头。你将他领到父亲床前仔细交代了一番,这才出来开会。

赶到会场时,会议已经开始,是一个关于城市旅游规划的研讨会,分管市长在主席台上发表重要讲话。这样的会议官方语言通常是重要很重要相当重要,其实,不外乎是集思广益,听听相关部门的意见和建议,然后派活。现在各部门的精力大多放在自己的一亩三分地里,对这样的会议一般不太热心,本来要求部门领导参加,大多却只派了中层来。笔记本安安静静地摊在面前,可你一个字都没有写,思绪仍然盘绕在父亲的床前。唉!怎么办呢?

市长的讲话高屋建瓴,与会同志个个正襟危坐,一副凝神聆听的模样。你终于调整了一下坐姿,准备也做些笔记。嘟!桌上的手机又不安分地震动起来,抄起来一看,是局办公室的号码,俯身将手机扣在耳朵上。

"刘科,在哪里?"话筒里传来办公室主任曹大炮急促的声音。这家伙本名曹强,人们私下见面就喜欢喊他曹大炮。

"政府开会。"你压低声音说,"你不知道?"

曹强愣了一下,"看我都急糊涂了。快请个假回来!"

你怔了怔,问:"出啥事了?"

"你们科捅娄子了。"曹强急乎乎地吼道,"回来就知道了。"

妈的!你咕哝了一声,收拾了笔记起身去会务组请了假,气咻咻地走出了会议室。

你们工程管理科编制四个人,目前一个副主任下乡蹲点去了,一个美女又在家生产,长驻人口就你和老赤一老一少。现在科里最大的事情就是天河大厦的招标工作。这项工程项目大、任务重,社会关注度高,预审公告已发出快十天了,近日陆续有投标单位来问询。早上你还嘱咐过老赤一定要细心,不能有什么纰漏,老赤还冲你嘭嘭地拍胸膛:"领导放心,没事!"

老赤的女儿马上大学毕业了。前些日子，老赤找你问能否让女儿赤云来科里实习锻炼一下，为今后打个基础，你想了想就应下来。一来，老赤是你的手下，兢兢业业工作了一辈子，应该照顾。二来，科里也确实缺少人手。为此老赤对你充满了感激，工作更加卖力，应该不会有事的。

那么，到底会出什么岔子呢？

## 四

一只野兔这时趴在草窠里，机警地注视着你，一身灰毛很好地掩蔽在草色中，考验你的视力——你挡住了它回家的路。你扬了扬手，它却没有动，仅仅缩了一下细长的耳朵。山上无处不在的食物，把它喂得太饱太懒了。兔子黑溜溜的眼睛依旧专注地盯着你，似要看透你的心思。你点上一支烟，抽了一口。

你焦虑地奔回机关，走出电梯间的时候，迎面就撞见几个人喧嚷着走过来，正准备下楼。曹大炮被裹挟在中间，左右为难。科里老赤在一旁小心地赔着笑。

"曹主任！急着将卑职召回来所为何事呀？"你迎上前，故意高声问道。

刘科回来了！曹大炮像见了救星，一把拉住你介绍道："这位就是我们项目科的负责人。诸位有什么事，现在可以直接找他。"几个人这时停下来，板着脸打量着你。老赤从人堆里挤过来，小心翼翼地招呼："科长，这……"

你冲着这伙人拱手道："各位老兄，项目办无论大小错都是兄弟的错，今天即使犯了砍头的罪，也请各位兄台让老弟做一个明白鬼。"说到这里，你冲一旁愣怔的老赤说："快给客人沏茶呀！"曹强也在旁边劝道："石头扔上天，总要落个地儿。有话先跟科长讲讲嘛。"

一行人相互看了看，终于重新走回办公室坐下。你从抽屉里摸出一包中华，给每人散了一根。

"刘科今天吃细粮了！"曹大炮不失时机地打趣道。

你解嘲说："犯人临刑还有一碗断头酒，兄弟不赶紧吃，恐怕没得机会了。"

一个大腹便便的中年男人这时站起来,慢条斯理地说:"刘科长这话言过了。不过这件事牵扯到我们企业的名誉和效益,某种程度上说,也关系着社会主义法制的公平正义。今天说得好,也就罢了,说不好俺们要上纪检监察部门去说清楚!"

你蹙起眉头问:"这位怎么称呼?"

一个矮个子的年轻人起身介绍道:"这是俺们远大公司的夏总。"

哦!你热情地起身上前握手道:"夏总请坐。不急,请慢慢讲。"

夏总坐下来,扶了扶金丝眼镜道:"刘科长,你是懂政策的,你说投标人的标书在开标前是不是应该保密?"

"这个当然。按法律规定,投标人的标书在开标前不得拆封。这个,有问题吗?"

"这就对了嘛!"夏总双手一摊说,"今天上午俺们递标书时,你们这位女同志却当着众人的面拆开标书。请问这种行为是不是明显损害俺们公司的权益?"

你注意到,赤云站在一旁眼圈红红的,似乎刚刚哭过,此时低着头一副领罪的摸样。

原来是这样!你心里嘀咕。国家为了防止招标投标过程中的弄虚作假行为,规定所有标书开标前一律不得拆封。小赤刚来业务不熟,不懂政策,但今天当面拆封,完全可以排除投机的问题。这事说大就大破天,说小也小得没品。可如果处理不好,会给整个招标带来不必要的麻烦。科室犯这样的低级错误,说出去也会令同行笑掉大牙。弄清了情况,你的心里有了底。瞄了一眼曹大炮,这家伙也在暗暗打量你。

你掐灭了烟,笑道:"听夏总的口音是山东人?"

夏总奇怪地瞅着你,半晌道:"是,俺是德州人。"

"老乡呀!"你呼地站起来笑道,"没想到,在西北居然碰见老乡了。俺是德州故城人。"

"是吗?"夏总半信半疑,"您这口音好像变了不少。"

你笑着点了点头说:"俺祖上是德州人,西进干部,俺在德州长大。

中庆集团的王祥彪就是俺德州甲马营的发小。"

"哦！王董呀……"夏总的脸上露出了一丝惊讶，神色一下缓和了不少，"他……那也是俺的好兄弟。"

你点了点头，严肃地说："请夏总放心，此事我们一定严肃处理，请问贵公司的标书在哪里？"

夏总答："我们将标书收回来了。"

"很好！但如果您信俺这个老乡，请重新评估上报，费用由俺们来出，现在距离预审的日子还有几天，也耽搁不了您的事。您看，怎么样？"

夏总沉思了一下说："那就这样吧，三天后我们重新递标书。"说完起身要走。你忙上前劝住说："老乡见老乡，两眼泪汪汪。既然您给老乡这么大的面子，中午就请再给一个机会，一起吃顿便饭，怎么样？"

夏总的脸上露出了一丝笑容，他使劲拍了拍你的肩膀："放心吧，俺们是老乡，这事到此为止。中午俺真的要飞青岛。下次我们再找机会好好聚聚！"

送走夏总一行，你不由长嘘了一口气。回到办公室，看见曹大炮架着二郎腿坐在沙发上，似在专意等你。

"感谢曹主任！"你给他递了支烟。

"客气！"曹强大方地笑道，"咱们弟兄还分彼此？"

你邀请道："中午一起坐坐，点个甲鱼给老哥滋补一下？"

曹强嘿嘿地笑道："我们这个年龄，哪能跟你们年轻人一样当饭吃？"

"三十如狼，四十如虎，老兄现在可正是操枪弄炮的年龄。"两人嘻嘻哈哈说笑了一阵。

曹强突然话题一转，低声道："给你说个事儿。"

"啥事？"你问。

"听说市里最近要机构改革调整干部了。"曹强压低声音，神秘兮兮地说。

这事其实你早就听说了，现在许多人整天都在关注这件事，自己的很多同学兄弟伙计哥们儿散落在各行各业，他们都是小灵通，不想知道都难。

"调就调吧,不是经常在调吗?"你端起茶缸喝了一大口,不以为然地说。

"老弟难道就没有啥想法?"曹强一脸迷惑地看着你。

"没有!"你断然道,"真的没有。你看我一天忙得鬼吹火的。"

曹强仰起头,吐了一口烟圈:"好干部!好境界!"说完笑眯眯地走出了办公室。

你低着头,坐在办公桌前寻思:仕途中人,谁不对前程有所期许?老曹今年四十多岁,按现行的组织政策,如果再不提拔,这辈子恐怕就无缘处级了。但若前进一步,这个年龄却还有一定的优势,正所谓进一步海阔天空。现在机关里资格比较老的就数自己和他了。老曹今天告诉自己这个消息是什么意思,投石问路?

你暗暗地摇了摇头。

## 五

老子讲:俗人昭昭,我独昏昏;俗人察察,我独闷闷。你深深地吸了一口烟,仰起头,天空依旧是深邃明亮的蓝,没一点儿杂质。你想,老子是高人,总是与众不同。自己昏昏闷闷是常有的,但绝对不是老子口中的那种大昏大闷。自己是俗之又俗的俗人。

中午去医院,走进病房,看见父亲沉着脸,一言不发。老贾站在一旁,也不吭声。

"怎么回事?"你气喘吁吁地问。

"医生交代,这病要佩戴呼吸机。但老爷子嫌那个东西太把捉,坚持不戴。好说歹说刚戴了一会儿,就要取下来。我劝了两句,他居然一把将氧气罩扯飞了。"老贾气呼呼地说,"老爷子脾气太倔,我实在搞不了!"

父亲此时靠在被褥上闭目养神,恍若入定。你拍了拍老贾的肩膀,两人随后走出住院部的大门。站在院子里,你给他敬了支烟:"病人嘛。咱们不能跟他较真,你说嘞?"

老贾笑眯眯地接过烟,自个儿点上:"你这个儿子脾气倒不赖。"

你无奈地笑了笑:"还能有什么办法?"

老贾美滋滋地吸了一口,"这个我能理解。那,你在这里再劝说下老爷子……我去吃午饭。"

你看了看表,12点多了。想了想,自己到现在好像还没有吃上早点呐,但你只能冲老贾点了点头。

回到病房,给老爷子掖了掖被角问:"中午想吃点儿什么?"

父亲盯着你看了半晌说:"让我想一想。"护士这时进来换了一瓶液体,父亲仰起头噘着嘴唇,专注地盯着那瓶新换上的淡黄色的药液,良久说:"那就吃……红薯稀饭。"

红薯稀饭?你不禁有些犯难。这饭是农家的普通食品,这种东西初尝还好,吃多了胃里就会泛酸胀气,心头发烧。城里人对这个饭食不感兴趣,自进城来这些年,自己也没留意哪里有卖的。

隔壁病床边一个三十岁左右的女人,正给自己的父亲喂饭。老人也是肺出了毛病,整个肺被割去了一半。女人举起明晃晃的汤匙,敲了敲碗沿说:"老人们都属土,喜欢捡吃土里长的东西。"你看见女人的碗里盛着当地的面疙瘩泡菜。女人冲你笑了笑,露出一副耐看的糯米牙:"去农贸市场那里找找,兴许有卖的。"

你于是骑上车四处去找,城里的几家农贸市场几乎跑遍了,最后终于在一个角落里看到,一口大铝锅威风凛凛地坐在个炭炉子上,锅口氤氲着一片稀薄的白气,一伙人围在周围,或蹲或站大口饕餮。空气里飘来的正是久违了的红薯稀饭的香气。你长嘘了一口气,吩咐摊主盛了两碗,自己当下五爪金龙送一碗进肚,另一碗忙给老爷子端了回来。

老爷子见你端回来红薯稀饭,眉开眼笑,张开嘴猛吃了几大口,就又别过头去。你问要不要再喝点儿鸡汤什么的,老爷子摆了摆头。你不敢再劝,于是去水房洗了碗筷,擦了桌子,收拾完后,瞄了眼墙上的表,已是午后一点半了,很快要上下午班了。

这时老贾剔着牙,满面春风地走了进来,看样子中午喝了两杯。"你走你的。"他冲你挥了挥手,大气地说,"这儿,有我!"你有些哭笑不得,不知道你们之间,到底谁是雇主。

父亲住院半个月后,姑姑们来了。

父亲姊妹四人，他为老大，下面有三个姑姑。大姑几年前下世了，现在就剩下二姑和小姑。此时姊妹三人三颗花白的头颅，紧紧地凑到一起，不停地抹眼泪。你担心父亲太过激动不利于病情，便调侃说："联合国把人的年龄重新做了划分，八十岁以下的为年轻的老年人，九十岁以上的才算老人，你们都算小年轻哩。"几个长辈闻言，渐渐收起了泪。小姑接腔说："前两天在电视上看到云南那个啥子地方有个老人活了一百二十岁，还喝酒。过生日时，儿孙们光酒席就摆了十几桌。"小姑的话立刻得到父亲和二姑的响应，三人的话匣子慢慢敞开来，渐渐扯起了家常，时不时还爆出了笑声。父亲的脸上微微露出了笑意。

姑姑们来了，其实你最高兴。这个世界上，她们是你为数不多的亲人。姑姑提出将陪护辞了，你刚好就坡下驴，一天一百元的工资着实压力太大。更让你闹心的是，陪人根本没有责任意识，时间长了对于病人的招呼装聋作哑，消极懈怠，简直是磨洋工。

结账时，双方发生了争执。老贾坚持要你多付一天工资，说你违约，要辞工得提前通知，这样影响他揽活。你觉得这简直是无稽之谈，双方事前并没有这样约定。老贾不依不饶，拎把椅子端坐在病房的门口，一副和你耗到底的样子。

医生、护士们都来劝你。你怕父亲动气，只得忍气吞声多付了半日工钱。老贾拿上钱，笑眯眯地走了。谁知过了半响又通过护士把钱退给了你。你追问为什么？护士笑道，人家说宽大处理。你站在那里愣了半天，嘴唇抖了抖，竟不知说啥好。

姑姑们劝你不要生气，不值得。你笑了笑，摇了摇头。姑姑们的挎包里装满了红薯、土豆、绿豆、两掺面、玉米糁子，一个大玻璃坛子里还窝着泡菜。看来，姑姑们是有备而来的，父亲终于不用再为吃不到合口味的东西发愁了。

姑姑们说，你瘦了，劝你回家休息。这些天你像茫茫人海中的一叶孤舟，风雨惊涛，孤军奋战，没有抚慰和帮助，甚至没有批评和责问。姑姑们的关怀，令你热泪盈眶。

出了医院，你决定去接一下儿子。自父亲住院以来，你很少过问儿子的学习和生活,现在突然想好好看看自己的这个血脉传人。

到了学校,抬手看了看表,还差五分钟放学。此时校门口人头攒动,摩托车、电动车、自行车到处都是,不知道的还以为进了菜市场。你注意到接孩子的多是六十多岁的老人。这些夕阳红们还在不遗余力地为家庭建设发挥余热。你想要是父亲身体健健康康的该多好呀!校门这时哗地打开了,一队小学生排着队唱着歌走了出来。人群霎时出现了骚动,人们争先恐后地向前挤。一个老头的帽子被挤掉了,他艰难地回过头,捡起帽子嚷嚷:"挤啥嘛!先进去的就能接走两个?"你不由得被老头的话逗乐了。可爱的老头儿,你自己不是也在挤嘛。

儿子是小学二年级的学生,他们是六班,应该得等一阵子。你站在街对面的一处高坎上,耐心地等待。终于看见儿子的班级唱着歌走出来,儿子佩戴着红领巾,挺着小胸脯,站在门口四处张望。

嗨!你冲儿子使劲摇了摇手。人太多,儿子没有看见。身旁的同学一个个拉起家人的手欢天喜地地走了,儿子的脸上渐渐露出了失望之情。你的心里不由得一阵疼痛,这几年自己一直忙工作,家里照顾得不够,接儿子的机会也不多,这么尴尬的场面不知儿子遇见了多少次!

你挤过人群悄悄走到儿子身后,一下将他举了起来。

"老大!"儿子惊喜地叫道,"真是你呀!"

"不是我,能是谁?"你放下孩子,笑着问。

"我以为是郑校长呢。"儿子玩笑道。

"嗯,郑校长今天有活动,派我来接你。"你故意皱起了眉头,"不会有意见吧?"

"哪能呢!"儿子笑道,"我特开心。今天我又得了小红花啦!"说着从裤兜里掏出两朵红彤彤的剪纸,亮给你看。你看见一朵是胖胖的长耳朵的兔子,另一朵是一只振翅高飞的天鹅。你高兴地接过儿子的书包,牵着他的手,"我们得好好庆贺一下!"

你们父子俩来到小区门口的一家菜馆炒了两个菜,开心地大吃了一顿。吃罢饭,儿子打着饱嗝说:"老爸,我想喝苏打水。"

你拉下脸来,平常最反感孩子在吃饭的当口喝水,这样会冲淡胃液,不利消化，对儿童的健康很不好。儿子见你这样，突然低下头小声地说："咱俩可以做一个交易。"

"哦，交换什么？"你盯着儿子问。

"我可以告诉你一个关于我老妈的秘密。"儿子神秘兮兮地说。

你疑惑地瞅着儿子，这个小脑瓜里面到底装着什么呀："你……可别打什么歪主意哟！"

"哎呀！老大，我什么时候骗过你呀？"儿子做痛苦无奈状。

"就信你一次。"你扬手叫了一瓶水礅在儿子面前，"说吧。"

儿子迫不及待地拈起吸管，美滋滋地吸了一口，吐了一下舌道："老妈夸你呐！"

你纳闷起来。老婆是城里姑娘，心气高傲，近年当了学校的领导，虽说仅是一个副职，可手下也管着一干子人，比自己这个小公务员威风多了。现在想从她嘴里得到一句表扬，那真是比登天还难。

"那……你妈夸我什么？"你有些不好意思地问。

儿子深深吸了一气，瞥了你一眼道："夸你有一个聪明的儿子。"

"兔崽子！"你伸手去夺儿子的水瓶。儿子忙躬身抱住，哈哈大笑："别这样嘛，老大！我还没说正题呢。"

"快说！"你攥住瓶子，"要不然……"

"好好。I服了you！"儿子抬起头，认真地看着你说，"老妈让我向你学习。说你虽然没有我帅，但忠厚孝顺，做事踏实认真。"

你的胸口莫名其妙地一动，像被谁重重敲了一锤。你确实没想到，老婆居然会这样夸自己！

回到家，儿子进房间写作业去了，你为自己泡了一杯花茶，然后打开电视，舒适地靠到沙发上等老婆。这一段时间，自己内忧外患，和老婆一起说话见面的机会不多，连应尽的那点儿丈夫责任也没有尽。掐指一算，足有半个月没有一起亲热了。最近有新闻报道，婚姻美满的夫妻较少患感冒。原来做爱也是在打流感预防针呐！你决定晚上和老婆一起好好亲热一下。

不知为什么，你突然觉得老婆还是很好的，给自己生儿子，挣钱养家,也非常关心支持老公,真是打着灯笼也难找呀,自己为什么对她还有非分之求呢?

电视上一家卫视在上演一出清宫戏,你觉得没意思,将台调到了CCTV4。你一直喜欢这个台,什么《走遍中国》《海峡两岸》《全球新闻》等等,都对你的胃口。得抓紧时间看,要不然一会儿儿子出来,就得忍受那个可恶的灰太狼了。

看电视的间隙,你还去厨房洗了几个梨子苹果,老婆出外应酬,回来一定要吃点水果。你原先最反感女人喝酒。贵妃醉酒,实际上是一帮俗人为满足阴暗心理,戏弄皇上老婆的一出闹剧。现实中,有谁愿意让自己的老婆在人前卖醉?一首歌唱得好:不愿别的男人见识你的妩媚,你该知道这样会让我心碎。

老婆现在怎么说也算个领导,出去应酬沾点儿酒在所难免,关键是掌握个度。老婆其实还是有一点儿酒量的。记得两人谈恋爱那会儿,一起出去郊游,水喝完了,就把啤酒当水。老婆喝了足足一瓶,居然还脸不红心不跳。但现在不行,老婆是自己的人了,能让她这样喝吗?绝对不行!等你将水果等收拾停当,门咯噔一声开了——老婆回来了。

"爱妻!"你笑着迎上去道,"让寡人守寡呀!"说着就要来个西式的见面礼。

去去去!老婆冲你挥挥手,放下包,扭身上洗手间洗漱了。女人就是穷讲究,一天至少得洗八次脸。你忍住激情,坐在沙发上苦等。卫生间里水声哗哗,你的心就跟猫挠一样。

# 六

不忍心让那只野兔在寒风里受冻,你起身继续登山。这时风里有钟声传来,很细很弱,你不由得一怔,随之加快了步伐。山路崎岖,不时有葛藤调皮地攀你,有胳膊粗的松树枝桠拦扯你。你耐心细致地一一拨开,与它们辞别。雪花抖落了你一脖领子。

父亲的病情时好时坏,阴晴不定。所幸的是,有两个姑姑在身旁轮流陪护,你的生活暂时不像过去那样纷乱。天河大厦的招标工作进展顺利,九家单位通过资格预审,其中包括那家远大公司。这家公司本来级别高,实力强,在业内有较好的信誉,通过预审也是意料中的事。科里原本要承担它那部分重新上报的费用,但老总坚辞不让,你也没有勉强,对于一家资产十多亿的大公司,万把块的费用确实算不了什么。接下来就是等着开标出结果了,届时人也能放松一下。

单位在这时组织了一项活动——去扶贫点慰问。机关今年帮扶的地点比较偏,在一个边远县的小乡村。因为路况的原因,中层以上干部分乘六辆越野车浩浩荡荡地向目的地开拔。一辆苫着厚厚篷布的皮卡紧紧跟随,上面满载着此次下乡扶贫的见面礼——猪崽。这些宝贝是单位从种猪场高价购买的,听说它们的祖先来自吉林长白山,能吃肯长,肉味鲜美,市场上的价钱比普通猪要高出很多。你粗略算了一下,一头猪按三百斤出栏,依现在的市价,少说也能卖到四五千块。对普通农家来说,确实是一笔不小的收入。

天气阴冷,外面飘着雪末子。这些"天蓬元帅"的子孙们,此时暖暖和和地挤在篷布下面,舒舒服服地打呼噜。老子讲,能者劳而智者忧,无能者无所求。看来做人有做人的苦,畜生们自有畜生们的幸福。

到了村委会,村民们早早地在会议室里候着。见你们走进来,呼地一下全站了起来,惹得屁股底下的板凳咣咣直响。领导们坐下后,会议随即开始。开头照例是场面上的现成话。你肠胃不好,天气一冷,就容易呃逆,坐了一会儿,起身去外面上厕所。一个村干部样子的人,冲你指了指坎子下的一个窝棚。窝棚外没有男女的标识,甚至连个门帘都没有。你慢慢凑近,又站在外面使劲咳嗽了两声,见里面没有回声,这才放心地走了进去。

正在大解,电话响了,是老婆打来的:"快回来!"你的心一揪,手机差点儿掉进了茅坑里。"是不是老爷子的事?"你紧张地问。老婆说:"别着急,是老爷子的事,但不是你想象的事。"你忙提起裤子,急急火火地从厕所里跑出来。你找到曹强让安排个车,你要马上赶回去。

曹强扬起眉毛,伸出两指轻轻揉搓了一下你的耳垂说,"车子好办,问题是猪崽子还没有找到他妈哩,现在走,合不合适?"

你想了想，这是一次集体行动，大老板亲自出马，班子成员悉数到场，下面的头头脑脑差不多都来了，足见对此事的高度重视。如果自己此时单独离开，会留下极为不好的印象。在机关、在公务员的行当里，领导的印象意味着什么，你当然清楚。

仔细思忖了一下，你暗暗咬了咬牙，掉头走进了会议室。会议依然有条不紊地进行，地方的同志对会议准备得非常充实，大领导讲了，小领导讲，小领导讲完，还有各方面的代表等着发言。你如坐针毡，冷汗顺着发丝往外淌，不知道父亲那边到底出了什么事，到底有多严重？你越想越着急，终于硬着头皮再次起身走了出来。

曹强正和会议上的几个工作人员在屋檐下说笑。

"兄台！"你走上前急急地说，"我实在等不了了。"

曹强吹了一口烟灰，慢条斯理地问："真的有事？"

"看俺这样子像骗人的嘛！"你气咻咻地说，"能不能现在把帮扶对象喊出来？"

曹强思忖了一下，挥手叫来一个村干部，冲他嘟囔了一声，村干部扭身跑了进去。

你来到卡车旁，解开篷布，伸手去捞。这些小东西在车厢里蹿来蹿去，竟一时够不着。你只得跳上车，俯身扯起一个猪崽的腿提了起来。这家伙认生，咧开嘴帮子直嚎，猛地滋了一股热尿，浇了你一脸。你的手不由一抖，鬼东西趁乱跳出了车厢。你慌了神，顾不了身上的尿水，赶忙跳下车撵。这个来自长白山的野百姓，别看岁数小跑得却风快，几次眼看就够上了，它却一折身从你胯下逃了。你气得牙根痒痒，恨不得立刻揪住它，赏几个耳光，然后直接丢进火炉里去烤了。坡上的荆棘，把你的脸、衣服挂扯得五麻六道的。

帮联的农民这时撵了过来，他看起来很有经验，从衣袋里掏出来半截烤红薯冲小家伙扔了出去，瞅它停下来嗅吃的时候，一把薅住后腿丢进随身备好的编织袋里。你直起腰，擦了一把额头上的汗，上前冲帮联户手心塞了几百块钱，匆匆告辞。

回来后才知道，父亲今天昏迷了过去，两个姑姑害怕，这才让老婆给你打电话。二姑这时将你拉出来小声说:"你爸这次可能不中用了。"说完眼眶红了。你心里咯噔一下,没有吭声。

医生喊你到值班室里去。有点儿秃顶的老主任示意你坐下,然后严肃地说:"你父亲的病情很严重,今天出现昏迷就是一个不好的兆头。当务之急,需要立即输血支持。"

"那就快输嘛!"你催促道。

主治大夫苦笑着说:"老爷子不同意。"

"这为啥?"你有些惊讶。

医生往上推了推眼镜,叹了口气,"老爷子担心血浆里有病菌,会染病。我给他解释了,这种几率仅有1%。再说,一般病菌经过杀毒,活性会大大降低,即使不幸感染,潜伏期也足有十年。老爷子今年都78了……"医生没有继续往下说。

你明白他的潜台词,其实,你也知道父亲为什么要这样做。在老家父亲其实有一个不雅的外号,起因是有一次村里人见父亲躬身在地上寻什么东西,旁人不知道他找什么,父亲也不说,看了半天,父亲突然兴奋地举起一根火柴说:"找到了,找到了!"原来父亲点烟划火柴,失手将一根火柴掉在了地上。于是"火柴梗"的外号便上了父亲的身。

走回病房,父亲这时已醒了。由于缺氧,脸颊像醉酒一样红。

你坐下来,掏出自己的献血证说:"真是好运气,输血都不用花钱,看,这些指标都为你备着哩!"

父亲将你的献血证接过来,翻来覆去看了好半天,半信半疑地问:"真的?"你拍了胸膛。

父亲最后终于点了下头说:"那就少输一点儿吧。留着,也许……"父亲没有接着向下说,你知道,他忌讳,他是希望自己的孩子终生平安健康。

血浆挂上后,你吩咐妻子带两个姑姑回去洗个澡,好好休息一下,自己留下来值班。

你打来热水,想给父亲洗个脚。掀开被子,脱掉袜子,发现父亲的脚已经浮肿,手指轻轻一按就一个小坑。你心里发酸,强忍着将泪水禁锢在眼眶里。摊开热毛巾使劲捂住脚心，小心仔细地按摩擦洗。前段时间有一个名人给自己的母亲洗脚，网上议论纷纷说是故意炒作。你不以为然，即便是炒作，那也是一种值得学习的大孝呀！

洗完脚，掖好被子，你坐下来想和父亲聊一聊。你预感今后和父亲对面而坐的日子可能不多了。你凝望着父亲，父亲却别过头，把目光投向窗外。枯坐良久，他突然吃力地从贴身衣袋里摸出一包东西，哆哆嗦嗦地递给你："把这个带好！"那是一个用塑料袋子反复裹缠住的纸包。你不知道里面是什么，但你清楚这个蕴藏着父亲体温的东西，一定比世上的任何东西都金贵！

后来，你打开来看见那里面收着父亲的身份证、社保证、工资卡，一张与母亲的合照，还有一个定期存折。一张雪白的小纸片上清晰地写着一串存折密码——你的生日。

## 七

再往上走，鸟儿的叫声益觉古怪。"叮！"如钢琴的滑音，"剌啦！"又如扯布一样。你噘起嘴唇跟着学叫了几声，林子里立刻传来鸟儿扑棱棱拍打翅膀的声音。你劈开一段枯枝做杖，继续前行。

父亲输了一些血浆后，病情稍稍稳定下来。可时间长了，姑姑们都有些吃不消。先是二姑的儿媳要坐月子，表弟在电话里面催了好几回，要二姑回去帮忙。二姑有些为难，对你讲："儿子是亲生的都好说，就怕那媳妇，毕竟是外姓人。再说，人家是给咱们立功哩……"你想这是人命关天的大事，得让二姑走。

又过了几天，小姑夫来了，说家里槽上的猪没有吃食了。小姑父是甩手掌柜从不管这个。你就有些生气，没好气地问他："是猪重要还是人重要？"小姑夫一脸无奈，沉默半晌说："人没有猪也不行。"你怔了半天，不知道这句话有没有什么地方说错？小姑没有办法，最后也跟着姑夫回去了。

你只得再次雇陪人。白天上班，晚上守夜。

单位里此时关于机构改革的风声越来越紧，许多人都在找领导汇报思想，找同志交流感情。但你一直没有这个精力，你觉得，这些年自己忠于职守，兢兢业业，组织上应该对自己有一个交代。

那天去药店买人造血蛋白。这种药，医院里很紧俏，一般开不到。药店里售价680元，还不开发票。你正与药店理论，电话这时响了，掏出来一看居然是大老板的。"首长好！"你忙接道。

"国平呀！"老板很和蔼，"下午到我办公室一趟，找你商量个事。"

你心里一惊。虽然都在机关楼里，早不见晚见，但上面有分管领导，自己真正给大老板汇报工作的机会并不多。大老板这次主动约见自己不知是啥事？莫非是关于机构改革的事？你的心禁不住突突直跳。

下午，怀着忐忑，你到老板门前敲了敲门。

"进来！"里面传来老板惯常的声音。你推门进去，老板正在办公桌前批阅文件，见你进来，摘下眼镜，招呼你坐。

你转身拘谨地坐在靠墙的沙发上。秘书进来给你倒了一杯茶，转身带上门出去了。

"国平！"老板起身揉了揉太阳穴，走过来挨着你坐下，"到机关多少年了？"

你心里一紧，老板怎么突然问这个，"十年了。"你忙不迭回答。

"哦！"老板点了一支烟，吸了一口，"这些年忙于工作，把你们这些年轻人都耽误了。不会有怨气吧？"

你尴尬地捧着手里的杯子，一时不知怎么回答。这些年自己在机关过得很压抑，人到中年了，同龄的同学、同事、朋友一个个高升的高升，成名的成名，自己却一直在小科的位置上动都未动一下。如果说没怨气，那是假话，但自己从没有向外显露，工作上始终兢兢业业，任劳任怨，领导怎么突然这样问，这是怎么啦？

老板笑了笑，似乎看透了你的心思，"我们都是从年轻时代过来的嘛。全市很快就要进行机构改革了，组织上对你们这样的年轻人还是很关注的。"

"请组织放心，我一定努力工作！"你挺起胸脯说。

"嗯！"老板望了你一眼，伸手在烟灰缸上弹了弹烟灰，不经意地问：

"这次招标的工作怎么样了?"

你的心猛地一抽,当下明白过来,上次标书纰漏的事一定有人捅了上去。"嗯,预审已经完成,目前投标邀请书已全部发出去了,各投标单位正在编制投标文件,我们将按规定时间开标评标……"你强自镇定道。

老板点了点头,眼镜后面仍然透出温和的光芒:"天河大厦是全市的一项重点工程,投资规模大,施工周期紧,省、市领导和社会各界都非常关注。招标的成败,不仅关系着项目的质量和效率,而且关系着我们部门的信誉和形象。一定不能马虎!每一个环节都不能有纰漏!"

"请首长放心,我们一定不负重托!"你使劲地点了点头。

老板又从茶几上抽出一支烟,你忙抄起打火机凑过去。老板点了烟,轻轻拍了拍你的手说:"工作上要有原则,有担当。年轻人嘛,就是要加强锻炼,这样才能早日成熟进步。"

你忙点头说:"请领导放心!"

"那就这样!"老板猛吸了两口烟,又在烟灰缸上掐灭了说,"有什么事直接来找我。"

从老板那里回来,你的情绪一下跌到了冰点,你意识到,老板今天找自己谈话的严重性。可以讲,这是一次善意的提醒,也可以说是一场诫勉谈话。令你不安的是,自己不该在机构改革的这个节骨眼上掉链子。虽然是人就会犯错,但此时此刻对自己着实太不利了!你觉得,多年来的辛苦极有可能竹篮打水。你嘘了口气,仰靠在椅背上,无力地闭起了眼睛。

"嘟!"桌上的电话这时又响了起来,你条件反射,身子猛地一抖,抄起来一听,脸色就有些变,忙拿起包奔向医院。

# 八

远远地就看见了山门,"青岩寺"三个字在雪光里突兀而空旷。"思入空门妙,声从觉路闻。"你想起了这样一句诗。

身穿灰色僧服的小沙弥,在阶前扫落叶,"唰!唰!"声音居然那么和谐有韵律,如人间绝响。见有施主上山,小和尚立住扫把,双手作个,念了声佛。你赶忙还礼。小师父眼眸如泉,头顶上有腾腾的热气冒出。

待你赶到医院时，情况有些变。隔壁的老头身穿一套崭新的紫色绣花唐装，安静地躺在那里，脸上轻覆着一方锦巾，喉咙里不再有如雷的哮音。他的女儿静静地坐在身边，双手紧紧地兜住老父的下巴，脸上木木的，找不出悲伤和泪痕，一层薄薄的锦巾，已注定父女二人阴阳两隔。殡仪馆的人这时走进来，熟练地将老人抬上灵床，推出了病房。老头去了另外一个世界，那里不会再有病痛。

你注意到父亲的神情有些异样。父亲对自己的病情其实还是有些自信的，但病友的骤然离世对他的打击不小。你注视着父亲，父亲也注视着你，不发一言。你的心里充满了深深的悲哀，上前抚摸了一下他枯瘦的额头问："想吃点儿啥？"父亲摇摇头，不说话。"喝点儿水吧。"你倒了杯水倒着凉了，插上吸管凑到父亲嘴边。父亲呷了一口，一行浊泪竟顺着眼角滚下来。你忙用纸巾帮他轻轻擦掉，调侃道："不好喝，就说嘛，生啥气哩！"

"想回家！"父亲嗓子沙沙地有些哑。"好！金窝银窝不及老窝，过两天天气暖和些，俺们就回去。前两天，俺回家见门前的橘子黄亮亮的，将树都压弯了。俺们回去，就吃甜橘子。"父亲的脸上这时露出孩子般神往的表情。你鼻子一酸，眼泪差一点儿就滚出来。

"歇一会儿再喝。"父亲松开吸管，你放下杯子，提上水瓶去打开水。回来听见监护仪器嘟嘟直响，忙去喊医生。

陪人说："老爷子太敏感脆弱了，经不起一点儿冲击。"

"谁得病都一样。"你硬着腮帮子说。

父亲这时要尿，你赶紧将便壶递过去，父亲的手直抖握不住，你忙伸手帮他。父亲那里萎靡得如荒草里的一枚栗子，你用手轻轻拈起来对住便壶口。父亲有些羞涩，脸上不自然，下颚不住地抽搐着，像要说话。你俯身去听，但喝喝拉拉的，听不清楚。

医生这时进来叮嘱父亲要静养，要坚持戴呼吸机。父亲罕见地笑了笑，乖巧地配合医生戴上了机子。父亲一辈子都很倔强，任人摆布，对他来讲是一件多么无奈的事呀！

呼吸机呼呼作响。父亲躺在那里一动不动，生命如风中之烛。你觉得时间像个勤恳的缫丝工,一刻不停地抽茧剥丝,直到抽尽人最后的一缕气息,但你束手无策。

凌晨两点多,父亲醒来。冲你做了个手势,你明白父亲要你跟他一起睡。这些天你一直睡在过道里,父亲知道,父亲疼你!你含泪点了点头,合衣小心翼翼地躺在父亲脚边。那一刻,你想起了一个词:舐犊情深。

刚过五点,闹钟就响了,你赶紧起身摁住。突然看见父亲嘴巴半开,下巴一抖一抖的,眼神痴痴地注视着你,豆大的汗珠滚下来,样子非常艰难。你赶忙去喊医生。

医生进来瞅了眼监护仪器。"氧饱怎么只有38了?刘大爷!"他俯身凑到父亲耳边喊。但病人没有答应。

"刘大爷!"医生伸出细瘦的手指使劲掐父亲的眉弓,依然无反应。医生扭头吩咐跟班护士:"马上注射呼吸兴奋剂!"

医生随后将你叫出来嘱咐:"你都看见了,情况很不好。氧饱已经持续低于60。你要做好后事准备。"

"快抢救!"你喊道。

医生说,实在很遗憾,肺心脑病是肺心病最危险的并发症,病人神志恍惚、昏睡以致昏迷。药已用上了,现在只能是观察。可能一两天就醒来,也可能……

"抢救!"你直着嗓子吼道,"一定要抢救!"


走进山门,里面廊檐翘脚,庙宇庄严。殿前香烟缭绕,不多的几个香客在行礼。一位身着黄色僧袍的老和尚盘腿坐在地上,手捻佛珠,口里诺诺有声。

你在殿前徘徊,不敢进去,怕佛的眼光看透你的小。来了就要上香的。一个老香客,过来对你讲。他双鬓如银,笑容温煦,就像父亲。你不好意思地笑了笑,走到供桌前拈起三支香燃了,插进殿前的香炉里。释尊坐在殿中微笑无语。

你不知道自己为什么要上香,也不清楚为什么要俯身跪拜。但一切似乎都在情理之中,顺理成章。

走出大殿,你背手立了很久,一如唐人。只是唇上没有胡须,不能捻须吟诗。地上的黄叶在脚下噼啪有声,风吹动廊下的铃铛,泠泠如山泉般清脆。

出了月门,来到崖边上的千步廊,扶栏而立,脚下即万丈悬崖。手机此时"嘟"的一声响,进来一条短信:定于下周一上午八时,在机关会议室召开机构改革动员大会,请准时参加!你苦笑一声,准备关机,偏偏一个电话又挤了进来,是父亲的主治医生:"……刘大爷已昏睡了这些天,我们断定很难醒过来了。这样长期打针输液,实在没有什么意义。建议……"你无声地挂断了电话。

此时山崖边松云浮动,惊流飞泻,远处群山如阵,小城如一只耳蜗,汉水洇默而出……

# 铁 链 枪

## 一

早晨，霞烧满了天。人们看到红彤彤的霞光中，一个少年正在村街上飞快地跑，少年的胸前抱着鼓囊囊的书包，一只手在包里摸索着，嘴里不停地嘟囔："铁链枪，我的铁链枪呢？"的确，人们后来在热议少年棋时，总提到那把系着红长穗子的铁链枪。

奔跑的少年正是棋。那天刚好是九月一日，开学的第一天。但就在开学的第一天，棋却迟到了。棋抱着书包气喘吁吁地跑到教室门前喊报告。教室里的混账东西都幸灾乐祸龇牙咧嘴地对棋微笑。世界上的笑千种万种，但棋受不了教室里的那种，那总令人联想起童话故事中大尾狐的微笑。历史教师陈大牙朝棋点点头说："你还行，还记得教室的门。进来吧。"棋刚跨进教室推开半掩的门，一把扫帚一只畚箕就落在头上肩上。棋听见教室里一片哄笑，棋注意到前排癞头的那张瘦猴脸笑得变了形。天杀！棋小声嘟囔了一句。这全是混账教师陈大牙唆使同学干的。陈大牙一贯混账，你知道他是根本不配教马列主义历史科学的。

棋抹了抹头上的灰，忍气吞声地找到座位，突然发现同桌是个女的，而且是鼓眼睛刘美丽。棋的气就更不打一处来，凭什么让我跟班上最脏最丑的刘美丽坐呢？上课的时候，棋不断用胳膊和腿把刘美丽往外面拱，一直拱到"三八线"的外面，刘美丽就木呆呆地向外面移，最后差不多坐在过道里了。棋低头望望书桌，突然瞥见上面刻着一行细微的字：谁看到这一行字谁是孙子。"臭虫！"棋不禁暗骂了一句。但他对这种小伎俩历来嗤之以鼻。我的铁链枪呢？棋继续想，早上明明是放进书包里的。这时，陈大牙突然提问起来了。他把前排的"癞头"叫起来问："'四大家族'是哪几位？""癞头"说："蒋、宋、孔、陈。"陈大牙说："回答完整些。""癞头"搔了搔毡片似的头发说:"蒋,蒋介石;宋,宋江;孔,孔老二;陈,陈……陈世美。"教室里哄堂大笑,但棋没笑,棋很怕抽查到自己头上。棋的脑袋一塌糊涂,眼前老是那把擦得油光锃亮系着鲜艳红穗子的铁链枪。棋的头尽可能地缩着,活像一只乌龟。

"哇!"木头人丑八怪刘美丽忽然张大嘴哭起来,大家都惊讶地望着她。"你怎么啦?"陈大牙走下讲台,他看看刘美丽又看看棋,"是不是你把她惹哭了?""我没惹她,她自己爱哭,有什么办法!"棋反驳说。陈大牙就去拉刘美丽坐在原来的位置上,刘美丽却僵硬地仰着头,夹紧了双腿依然大声哭号。有人突然惊叫:"哎呀!她流血了!"同学们都注意到刘美丽的椅子上果然有血,殷红的,像红墨水。"又是你!"棋本能地举起双手护住头,果然手背上被狠敲了一记。"给我滚出去!"陈大牙一边怒骂,一边揪住棋的耳朵往外面扯。棋被刘美丽搞迷糊了,愣头愣脑地出了教室,站在窗外听着,刘美丽哭了一会儿又戛然而止。

棋想今天碰到鬼啦。但是不让我上课也没有什么可担心的。棋沿着学校的围墙走,九月的阳光白花花地照下来打在地上,令人头晕。棋转身躲在一棵常青树下。我的枪呢?我的铁链枪呢?早上明明是放进书包里的了。天知道为什么那个季节流行铁链枪,反正那时候,你在街上碰到的大多数男孩,手里提着腰里别着的大都是一把铁链枪。棋的那一把是它们中的佼佼者。那不仅因为他为自己的爱枪配了一条鲜艳的穗子,更重要的是他的铁链枪枪管比一般的要粗大得多,装的火药更多,爆声更大。一般的铁链枪用的是自行车的链子,而棋用的则是拖拉机的。为了那几颗链子,棋曾在废旧收购站山一样的铁器中翻了半天,而且差一点儿被"泥鳅"的老爸逮住。不会是小林偷走的吧?棋想。每当他晚上别上铁链枪出动时,弟弟小林总是仰着一双大眼睛艳羡地望上半天。但棋不喜欢他的弟弟,笨头笨脑的。只有当弟弟像一只母鸡,缠着他"哥哥、哥哥"地叫上半天,或者把妈妈留给的香点心捧给他时,他才准许弟弟伸出手在铁链枪柄上摸一小会儿。不,不会是他干的,他不敢!棋否定着自己。棋曾经瞪着眼警告弟弟,"如果胆敢背着我,动我的武器,"棋摇着手里的一根细铁丝说,"小心我用它穿透你的鼻子。"弟弟惊恐的神情赫然在目。弟弟是断不敢偷自己的铁链枪的,那又是谁呢?不管是谁等查找到了决不轻饶他。棋拾起一块瓦片狠力一掷,瓦片飞碟一般越过绿绿的足球场,落在一边的跑道上。棋看到瓦块在煤渣铺成的跑道上弹了一下又跳到了一只脚上,脚的主人正与几个人谈着话。"你在干什么?"脚的主人冲棋吼道。棋一愣,呆住了,真是狭路相逢啊!棋看到,脚的主人——校长,怒气冲冲地朝这边走来。棋就在这时候,一溜烟跑出了汉阳中学的校门。学校的老传达后来回忆说,棋边跑嘴里边咕哝着:"不干什么,我不干什么,铁链枪,我要我的铁链枪。"

二

棋在村街上漫无目的地走着。这个时候是万万不能回家的,父亲也许还未下地哩。一想起父亲,棋就头晕,父亲那蒲扇般的大手仿佛正呼啸而来,棋打了个愣怔,转身向河街走去。

路过废旧收购站的时候,棋停了下来。不会有人捡到自己的枪,顺手当破烂卖了吧?棋忽然有些莫名其妙的担心。你知道现在大街上经常会有一些无事可干的闲人,提个袋子四处拾荒。他们多数时候捡的确是破烂,但有时候却很会"淘宝"。棋探头朝废旧收购站的院子里看,收购站的早晨人影孑然,没有惯常"叮当、哗啦"的噪音,显得安宁和祥和。

女主人套着橘红色的罩衣和天蓝色的大裤衩子,正蹲在树荫下洗衣服。她半身匍匐在洗衣盆里,屁股撅得老高,从后看活像一只粗壮巨大的虎纹蛙。这里的男主人姓王,人们就很方便地叫他"破烂王"。那是一个名副其实的酒鬼,整天喝得红脖子涨脸,过人之处在于无论喝得多高,总能一眼认出你拎的酒瓶是什么牌子的,倒卖的破烂有没有捣鬼。

棋当然和他们很熟。棋敢肯定,他们的儿子"泥鳅",现在正坐在教室里挖鼻孔,或者张大了嘴巴听天书。那是一个粗笨愚蠢的家伙,经常拿一把毫无新意的双截棍在人前摆弄。棋有时候想,"泥鳅"这家伙白生在破烂国里了,按理说手里早该提一把手工制作的铁链枪了。这家伙的手真是能让猪咬,笨到家了。棍棒什么时候能比上枪?

"破烂王"这时从屋内走出来,提着一只小凳,挨着女人坐下,嬉笑了一句什么,棋没有听清。突然他看见"破烂王"抬起一只粗大的手猛然往老婆圆溜溜的屁股上抓了一把。女当家身子乱颤,扭身嗔骂了一句。"流氓!"棋咕哝了一声。"破烂王"嬉笑着为女人换了水,拎起空桶进屋去了。

"Good!"棋高兴地叫道,蹑手蹑脚地溜进了院子,熟练地绕到那一堆破烂后面。但眼前是一堆黑不溜秋的钢铁垃圾,自己的铁链枪油光闪亮,鲜艳夺目,怎么可能与它们为伍?棋有些气馁,但转念一想,如果能再找到几颗拖拉机的链子也算不虚此行。棋埋下头,小心仔细地翻找。

"你在这儿干什么?"突然身后有人喝问,接着腰被什么东西重重地捣了一下。棋吓了一跳,回头一看,只见"破烂王"的手里正抓着一根细长的竹竿,怒视着他。

"铁链枪,不,是铁链子。就是拖拉机的链子。"棋咕哝着说,"你……听清楚了吗?"

"破烂王"的脸上渐渐露出了一丝阴郁和恼怒,他挑起竹竿朝门口一指道:"滚出去!"棋没想到他居然发这么大的脾气,忙说:"我给你钱。"棋翻开口袋,抽出几张毛票说:"一颗链子一块怎么样?"

"滚出去!""破烂王"这次大声吼道,"老子这里都让你们这帮贼东西翻朝天了。"说着挥起竹竿像轰鸭一样,把棋赶到了门外。

逃到门外,棋万分沮丧,心里很不是滋味。但他仍不死心,停了一会儿,又将脚试探性地往门里跨了一步喊:"两块钱一个,怎么样?"棋想,这应该是一个大价钱了。

"破烂王"这时起身端了一瓢水,似要浇地,却忽地向棋泼了过来。棋没有防备,慌忙一闪,可惜衣服上早溅了一些讨厌的水花。

"不可理喻!"棋禁不住嘴里咕哝了一句。转身气恼地拾起一块石块丢向大门——咣!收购站的大铁门发出了一声空洞的声响,像校园里的钟声。棋被这种响声震得一愣一愣的。

"破烂王"一下子丢掉水瓢,撵了出来。棋拔腿就跑,一直跑到了大街上。

## 三

喧嚣的大街人来人往,汽笛声、叫卖声不绝于耳。棋漫无目的地走着。真是丢了！棋自言自语。街上行人匆匆，谁也没有注意到这个满怀沮丧的少年棋。

到底丢哪儿了呢？棋靠在一株梧桐树旁自言自语。他烦躁地抬起手，用两个手指无聊地拨拉着嘴唇，又揉搓了一下耳郭，耳根处仍然麻生生地疼。谋财害命！棋捂住耳朵咕哝着，眼里渗出一丝银亮的东西。"男儿有泪不轻弹"，棋告诫自己。

也许真是丢了。棋后来想，该怎么办呢？棋皱起眉头，突然一拍手说："有了！"棋兴冲冲地向汽车修理场跑去。

修理厂是汽车公司修理车子的地方。这里经常停放着一些出了毛病的汽车或者坏了腿的农用拖拉机，说不定能找到几颗较新的链子。

汽车站门前的售票口人头攒动。棋甩开胳膊跨进大厅，径直穿过候车室，出了后门，然后来到了潮湿油腻的修理场。

但偌大的修理场此时却空荡荡的，停放着为数不多的几辆面包车，几个人蹲在一旁抽烟。棋低下头，眼睛像雷达一样，四处搜寻。但修理场异乎寻常的干净，油乎乎的地上有扫把留下的细微的痕迹，哪里有什么链子？棋的眸子里霎时蕴满了失落和忧伤，他茫然地伫立在修理场良久，最后很响地擤了一下鼻子悻悻离开。

棋匆匆往学校赶。陈大牙的课早就结束了，下来该是语文课，那是棋最喜欢的课了。棋觉得学校里最好的莫过于语文老师。语文老师美丽大方，待人和善，不像陈大牙动不动就和人耳朵过不去。

棋发现陈大牙对语文老师心怀叵测。那一次，学校开元旦联欢会，青年教师陈大牙紧挨着语文老师而坐，面色通红，脑门上都憋出了晶莹的汗珠。他还有意无意地冲语文老师展露一下自己那两颗耀眼的大门牙，但棋发现语文老师好像无动于衷，她总是把脸执拗地扭向一旁，与旁边的女教师欢快地说笑。棋感觉陈大牙是那么滑稽和可笑！

语文课上，棋从来没有三心二意过，并且努力使自己坐得端正，保持着一种好学生应有的姿态。那些匪夷所思的知识怪物们，在语文老师的讲解下像水一样都乖乖地流进了棋的心里，被消化吸收。棋到现在仍然清晰地记得语文老师对自己的关怀。

那次自习课，语文老师来教室辅导作业。老师竟然抬起白皙的手抚了一下他凌乱的头发说："该洗头了呀。"棋的脸一下子红到了耳根，呼吸和心跳顷刻变得盲目和混乱起来，最后慌乱地点了点头。当天晚上，棋就用了整整三大盆水，洗濯了自己肮脏的头颅。自此以后，棋就养成了爱整洁的习惯，不像癞头，整天脏兮兮的，头像开了厕所。

棋这时抬手撩了一下眼前的秀发，可惜它们已被早上兜头而落的灰尘弄得污脏不堪了。如果现在能洗一下头，该多好呀！棋在迈进校园的那一刻，突然改变主意，扭身走了回来。他想到河边去将头洗干净。

经过游戏厅的时候，棋停了下来。里面传来的喊杀声和键盘的敲击声，如钢针刺进耳鼓。棋的心像猫挠一样，七上八下，想弃之不顾，但没有成功，他最终还是溜了进去。

老板娘胸大腰宽，挑一双人字拖鞋堵坐在门口，像庙里的如来佛祖。"交钱！"她盯住棋喊。棋摸摸口袋，有些犹豫不决，最终挠了挠头说："我，找人。"

"找七爹，还是你八爷娘？"老板娘冷冷地说，"少糊弄人。"

"弟弟！"棋装出一副苦大仇深的神情，"真的。要不然我爸会亲自来请他的。"棋记得有一次，一位同学的老爹到游戏厅里寻人，不仅揪走了儿子，还有意无意地撸倒了几台游戏机。当时的热闹劲儿，令人记忆犹新。

老板娘回头瞅了一眼黑洞洞的大厅：一二十个半大小子正匍匐在游戏机前，手舞足蹈。"好吧。"她犹豫了一下说，"找到就立刻出来。"棋乖巧地点点头，心里暗暗发笑着大步跨进游戏厅里。厅里人太多，酷热难耐。什么年代了，居然还在用吊扇。天花板上两片细长的扇叶如两把大刀，在头顶挥舞得呼呼生风。

棋站在一个低年纪小男孩的身后。这家伙正在玩《三角洲》，这是一种早已过时的低级的游戏。小男孩手艺太臭，总是挨炸弹挨枪子挨刀子，鲜血飞溅连游戏屏都染红了，惨不忍睹。棋伸手在小家伙的背上拍了拍说："我替你打一圈如何？"小家伙歪过头斜吊了他一眼："能过关吗？""试试不就知道了。"棋鄙夷不屑地说。

小男孩让过身，棋迫不及待地将屁股塞进了座椅，快速地投入战斗。

棋确实算一位勇士，枪法极准，左右开弓，那些从轮船上下来的，从飞机上空降的，从坦克里钻出来的全副武装的敌人，在棋面前不堪一击。勇士棋面前的阵地上，很快尸横遍野，血流成河。最后显示器上轰的一声，显示出一个大大的"胜利"字样，接着出现一行像铁锤一样粗大的英文：game over。

"嗨！"小男孩高叫了一声，瞪着游戏屏，久久未回过神来。"小样！没见过这么厉害的吧？"棋漫不经心地说。

"你是小林的哥哥吗？"小男孩突然若有所思地问。棋的脑袋一下大了。

老板娘这时冲过来，大声问："你找的人呢？"棋抬手摸了一下耳朵，然后指了指身边的小男孩嘟囔了一声："他不愿回去，我也没办法……"说着噔噔地逃出了门外。

"兔崽子！"身后传来老板娘尖厉的嗓音，"兔崽子……"

棋飞快地向前奔跑，跑过美工店，穿过工农路，再拐进一道小巷，终于来到了河堤上。棋仰头靠在堤边，长长地吐了一口气，突然又禁不住咯咯地笑了起来。早晨的不快像一阵轻风从耳旁掠过。

棋站在堤上向下望，汉阳河水碧波荡漾，宛若流银。一群大白鹅嘎嘎排着队从对岸游过来，几个姑娘正蹲在河边列石上洗衣服，洁白的胳膊浸在清水里灿烂如玉，捣衣的木槌此起彼伏，画着纤柔的弧。棋沿着石阶走下河堤，穿过疯长着艾菊、香椿和蒲公英的河滩，来到河边认真地洗起头来。一遍、两遍，棋连续冲洗了整整七遍，然后一屁股坐在了草地上。此时天色蔚蓝，一群大雁正在高空缓缓飞行。一会儿排成"人"字，一会儿排成"一"字，真和书上描述的一样。棋暗想，如果自己是一只大雁该多好呀，高飞云天，来去自由。

棋拧回头朝学校的方向眺望，这时语文课早已结束，下一堂又是令人讨嫌的化学。棋折身慢腾腾地向学校走去。

## 四

过天桥的时候，棋不得不再次停了下来。一个地摊吸引了他。摆摊的是个中年人，满脸络腮胡子，坐在一个小马扎上，面前铺一块藏青色的四方布，上面蹲着一个精巧的鸟笼子，一只羽毛鲜丽的小鸟在笼子里闪转腾挪，跳个不停。棋见过很多鸟，诸如黄雀、山雀、喜鹊、斑鸠，但从未见过这样稀奇漂亮的。鸟的头羽和背羽呈明黄色的条纹，犹如虎皮，腹羽为浅蓝色，闪闪发亮。棋的脚步禁不住向那里挪动。

"这是什么鸟？"棋饶有兴致地问。

络腮胡子翻了他一眼，没有理会。

棋伸出手指，冲鸟钩了两钩，"唧唧"逗了几声。鸟依旧不理，并拿一边黑黑的眼睛悄悄地打量他。

棋有些来气，禁不住拍了拍笼子，"哑巴，你是个哑巴吗？"鸟受了惊，张开翅膀在笼子里惊恐地蹿来蹿去。

络腮胡子这时不耐烦地拍掉了棋的手说："安静点儿！"棋说："生啥气来，我只想知道它会不会叫。"

"叫！当然会叫。"络腮胡子冲棋露出了一个罕见的微笑，"只要你往这里塞钱，它管保叫。"络腮胡子指着的是地上的一截泛黄的竹筒，竹筒的上口挨了一刀，露出了一个扁长的难看的嘴巴。

棋看不出这张口和那张口之间有什么必然的联系。棋问："真的吗？"

络腮胡子笑着说："试试不就知道了！"

棋想起自己前几天上山里摘金银花卖的十几块钱，刚好带在身上。棋是采摘金银花的一把好手，每到星期六，他便提着篮子与伙伴们一起漫山驾岭地采摘这种美丽的植物。一斤金银花能卖十多块呢。这些钱棋一般不舍得花，除非用来买笔纸什么的。但有时就很例外。如前些日子，学校里一个同学病了，老师号召大家献爱心，棋毫不犹豫地捐了自己珍藏的八十多块钱呢。

棋这时从口袋里小心翼翼地掏出一块钱，塞进了那张嘴巴。

"唧！"鸟儿叫了一声，像一阵微风，轻轻过耳。只是有些太短、太淡了，棋还没有回味过来。棋等着鸟再叫一声，可这家伙却像一个骄傲的绅士，端起了架子，像刚才一样扭起脑袋，用一双黑色的眼睛注视着棋，一声不吭。

"怎么就一声？"棋抱怨道，"我还没有听清呢！"

络腮胡子笑着说："它识数，你塞一张它当然就叫一声了。"接着又小声冲棋说："如果你再塞，它还会再叫的。"

"能不能让它先叫，我再塞钱？"棋问。

络腮胡子笑了一下，"其实，你也不用塞。你把钱交给我，它也会叫。"

"真的吗？"棋惊奇地问。

"当然了！"络腮胡子笑着回答。

棋从口袋里掏出钱，递给络腮胡子。

递一张，鸟就叫一声。棋没想到鸟的叫声这么动听，清脆悦耳，像风吹树叶，又似溪水叮咚。棋高兴得手舞足蹈，感觉比坐在教室里读书有趣多了。

但快乐很快就结束了。棋猛然感到有些不对劲：自己辛辛苦苦从山里挣来的钱，现在全跑到了络腮胡子的手里了。

棋停了下来，鸟也停了下来，络腮胡子依旧抓着棋的钱不放。棋定定地看着络腮胡子抓着钱的手，一言不发。

络腮胡子笑着问："还听吗？"

"不听了。"棋说，"现在你可以把钱还我了。"

棋说完去夺络腮胡子手里的钱。但那只手早有准备，倏地一闪，随之钻进了胸前的口袋里。棋扑了个空。待那只手再出来时，干干净净的，什么也没了，像一个销了赃的小偷。

棋着急了，俯身去夺蹲在地上的竹筒。但迟了一步，那只手仍然占了先机。

"还我钱！"棋喊道，"要不然……"棋本想说，找我老爸来收拾你，但他忽然打住，没有说出口。

棋有些急了，又去抓蹲在地上的鸟笼。络腮胡子眼明手快，先他一步将笼子高高地拎在手里。

"日你娘！"棋骂了句脏话，接着上前拽络腮胡子的衣服。络腮胡子手一挥，棋一个趔趄摔到地上，屁股硌得生疼。等爬起来的时候，络腮胡子早已架着鸟笼，转到另一个街口去了。

棋觉得自己太没本事,忒窝囊了。棋后来靠在一个街角怔怔地发呆,像一只受了伤的豹子,独自舔舐着伤口。如果有功夫,也许今天就不会这么受人欺负的。一个念头在棋的脑海中忽地一闪:"学功夫!"棋最后大声地说,"学了功夫,看谁敢欺负我!"

## 五

棋爬上村街东边的那座山头,向东瞭望,重叠的山峰在乳白色的云气里隐约浮动。棋听人说,群山的背后有一座寺庙,一位须发银白的和尚隐在那里,身藏绝技,法力无边。棋热血沸腾,决定不再上学了,到那里去拜师学艺!

棋瞥了一眼山弯里热闹的村街,脚下升起一股腾腾的热气,飞奔了起来。山道两边虬藤缠绕,树木参天,太阳从头顶照下来,撒满了细碎的金子。各种各样的鸟在周围鸣叫。有硕大晶亮的露水落在鞋面上,鞋很快就湿透了。大约中午时分,棋来到了一堵奇高的峭壁下,崖壁铁黑,石缝处渗一细流,在崖缝间蜿蜒,潺潺作响。一座庙宇正踞在峭壁之上,像鹰,有磬钟之音从耳边吹过。棋的心狂跳不已,恨不得马上飞上去,但崖壁下方的水潭却拦住了去路。潭水澄澈,潭底的细沙和淡黄色的卵石清晰可见。棋想庙里的师傅,会不会像电影里一样在此双臂做担挑水呢?

棋迅速脱掉衣裤,随手扯一根柔韧的草枝捆了,尽力掷向对岸。然后站在一方高高的岩石上,晃晃肩,然后屈膝,做了一个漂亮的107B,纯净的身躯划出一道优美的弧线。棋落水的声音很小,水面轻轻一张,像一个嘴巴,把嬉水者咽了下去,待一会儿又吐出了水面。棋像一只白鲸,不断地尝试着各种泳姿,蝶泳、蛙泳、仰泳,姿势流畅而漂亮。水面上卷起道道波纹,拍及岸沿。忽然潭边的草丛里动了一下,好像有什么东西下了水。棋定睛一看,一条三尺多长的蛇向自己游来,丑陋的蛇头高高地擎离水面,吐着猩红的芯。

棋认识这是一种叫作叶青的毒蛇,毒性剧烈。他气急败坏地逃到岸上,拾起一片鹅卵石,尽力一掷。卵石以一条优美的弧线从蛇头上滑过,但蛇咻溜一下不见了。棋很有些懊恼,但转念一想又乐了,这家伙不会是在提醒自己不要玩物丧志吧。棋迅速穿好衣服，甩了一下湿润如缎的黑发，开始爬山。

爬到庙坪前时，棋缓了口气，回头望了一眼身后，不禁痴了。只见群山叠嶂，浮云在青翠欲滴的山峦中随风飘动，如带似纱，变幻莫测。山风徐来，万木如琴。"无限风光在险峰！"棋驻足良久，突然想起了这么一句话来。

庙前草肥径瘦，一树桂花正吐着清净的香气。庙门半开，棋轻叩了一下门环，无人应。推门进去，见个老僧正在凳子上打盹儿，一只瘦瘦的花猫眯着眼伏在他的肩上。阳光从树的缝隙间漏下来，照着他们。棋不能确定他是否就是要找的大师，老和尚干瘪的嘴角正拉下一条闪亮的银线。棋不知道该不该打扰他们。他想了想，仍然大步走到和尚面前，学电影里的样子双手合十说："阿弥陀佛。"老人被惊醒了，抬起头诧异地望着眼前的陌生少年。棋看见他的眼睛干涩浑浊，两粒黄黄的东西缀在眼角若即若离。棋突然有些松懈和气馁。

"师父，这里有人懂功夫吗？"棋问。老僧瞪着棋良久说："出家人四大皆空，没什么懂与不懂。"棋以为老师父没有搞懂他的话，又大声问："你会不会功夫？"和尚这时别过头去用手抚了抚花猫说："该吃斋了。"然后起身向后院走去。棋有些不甘心，跟了进去。和尚从院后的一间斋棚里拿出一块馒头来，掰成碎块喂猫。棋问："师父，这里就你一个人吗？"老僧看也不看棋一眼说："阿弥陀佛，菩萨众多。"他把那块馍掰得很细，猫吃得细致而优雅。棋又有些不懂了，有些焦躁地说："师父，你把馒头丢下去就行了，它自己会吃的。"老僧没有理他。棋听说心诚则灵，师父会不会在考验我？和尚一直在那儿喂猫，棋就一直在那里坐等。猫真能吃，吃了一个，又吃了一个。等老和尚手里握着第三个馒头的时候，猫吃饱了，"喵"地叫了一声，"嗖"地一下蹿上了树。棋想这下他该回我的话了，没想到老僧自己却吃了起来。和尚很瘦，两腮深深地凹下。每吃一块，脸都要迅速地抖动，很像一只聒噪的田鸡。他同样吃得很细，一小块一小块，太阳就在这期间落下了山。等他把馍吃完的时候，夜终于拉起了黑色的帷幔。

和尚起身进殿，点燃了佛龛前的灯烛。微弱的烛光，忽明忽暗，殿堂霎时笼罩在含混可疑之中。烛光里，和尚的脸发出清白的光，周围泥塑的力士似乎站了起来。棋的腿禁不住有些发抖，一下，又一下，棋最后"噌"地一下跑出了寺院。站在门外，望着日渐混沌的四周，心里漫上了一层深深的悔意。棋不知道自己该不该来拜师。等回头的时候，身后的寺门吱呀一声关了，接着传来了木鱼梆梆的歌声……

棋缩起身子，靠在寺院旁边的桂花树下托着下巴愤愤地想，有机会一定要好好教训那只鸟。如果在自己手里，要先饿它十天半月看它叫不叫，不然就拔它的毛，敲它的嘴，然后下锅里煮。这时什么地方传来咕噜咕噜的声响，棋抬头四望，最后确定声音来自自己的肚皮，棋已经一整天没吃饭了。"坚持住！"棋攥了一下拳头说，"坚持就是胜利。"

# 六

黎明时分，棋从山上跑下来，气喘吁吁地奔向学校。昨天逃了一天，今天还得来。棋愤然地想，世界上的很多事情怎样才能逃掉呢？

学校的门口围了一圈人在叽叽喳喳地议论。棋看见游戏厅的老板娘也扎在人堆里观望，她的手里拎着一个漂亮的鸟笼。奇怪！鸟笼怎么会在她的手里呢？棋看见笼里的那只鸟，无精打采地耷拉着脑袋，全没了昨日的精气神。

校门前修鞋的摊贩一副惊魂甫定的神色，一个劲摇头说："太疯狂了！这些家伙太疯狂了！"棋钻进人堆里，探看究竟。地上淌了一大摊血迹，它们蜿蜒在上午的阳光下，很快就显现黑褐色，犹如大地上的裂缝。鞋匠的手里抓着一把铁锤，在人们的不懈追问下，断断续续地讲述了早上发生的一切。

早饭时分，街对面过来一个摆摊算命的，戴着墨镜，一脸络腮胡，胳膊上架着一笼鸟。他用一只鹦鹉，给人测算凶吉，很能挣，一会儿就有几个人朝他摊子上的小竹筒里投钱。"他妈的！"鞋匠愤愤地说，"比我修这些破鞋挣得多了。后来那边又过来了两个人，一高一矮，高个子的留着小分头，在鸟摊子前转悠，我一看就知道是不怀好意。果然，其中一个瘦子突然一把夺走了络腮胡子面前的那只竹筒。络腮胡子起身来追,最后就打了起来。瘦子突然跑过来,抢过我摊子上的螺丝刀乱戳了一通。络腮胡子当场躺倒,肚子都被戳破了。后来警察来了,你们都看见了。"

"竹筒里会有多少钱呢?"有人这时不解地问。鞋匠突然显得有些焦躁,他抓起锤子叮当敲了一下,不耐烦地说:"我怎么会知道?我又不是警察。"

人群渐渐消散。地上的那摊血迹,这时已显露出枯竭的褐色,要不了多久,它就会被脚印磨灭。

棋感到自己真是太不妙了,在学校里老师不喜欢,出来了还总遇见这些烦心的事。棋就嘟哝着走向学校。迎面却看见游戏厅的老板娘挑着一双人字形的拖鞋,拎着鸟笼笑眯眯地往回走。棋赶紧低下头躲过去。但老板娘显然已经不记得棋了。像棋这样的半大小子,她见识得多了,怎么会记住呢?她正为今天早上的意外收获而高兴。

鸟!棋兴奋地一下子跳了起来。棋飞一样地奔了过去,一把夺掉老板娘手里的鸟笼,飞快地跑走了。老板娘在后面咆哮地呼喊,但她只是望洋兴叹而已,怎能追赶上我们的追风少年呢。

棋一阵风跑上了山,然后蹲在一块大石头上,认真地端详着怀里鸟笼里的鸟。它通体仍然泛着宝石一样蓝色的光辉,尾羽延长如箭。现在,主人已不在了,鸟显得有些孤清。棋想昨天你是多么骄傲,今天怎么啦?

棋使劲拍了拍鸟笼,训道:"叫一个。"鸟惊恐地在笼子里无助地扇动着翅膀。可惜它的空间太小了,像一个任人宰割的东西,即使反抗,也显得那样苍白和无助。原有的愤恨,渐渐在棋的心头融化。棋一屁股坐在石头上,闷闷地注视着笼子里的小鸟。棋看见鸟的羽毛微微颤动,它不会是饿了吧?

棋不知道它吃什么东西,棋只知道八哥、鸽子的食谱很杂,什么都吃,但一律喜欢吃虫子。棋俯身在草壳子、石缝里摸了两条松毛虫、三只小蚂蚱,还有一只张牙舞爪的蜘蛛,捧给小鸟。可是鸟仍然倔强地将头扭了过去,黑溜溜的眼睛,小心地打量着他,就是不动。棋将食指伸进笼里去触碰鸟喙,但鸟淡漠地躲开,紧紧地缩在角落里。

棋感到有些松懈和无奈，抬头看了看天：幽蓝的天空，白云缓缓飘移，一只花喜鹊拖着长长的尾巴在轻巧地滑翔。他突然有些心酸和难过，一把扯开了鸟笼上的盖门，然后悄然离去。

鸟在笼子里紧张地跳来跳去，显得烦躁不安，笼门洞开，使它一下无所适从。有几次就要走出笼门了，又不安地折身跳了回去。棋在灌木丛后，静静地注视着这一切……

激动人心的一刻终于来临了，小鸟最后试探性地蹦出了笼子，然后歪起小脑袋瞅了瞅四周：林木葱茏，芳草依依。"唧！"它突然欢快地叫了一声，随即勇敢地展开了自己漂亮的翅膀。棋注意到鸟的翅膀像一把利落的剪刀，"咔嚓"一剪，就冲上了蓝天，消失在明亮的阳光里。

棋如释重负，脸上露出了灿烂的微笑。他踱到石头前，俯身看了一下那只精致漂亮的鸟笼，又仰头望了望湛蓝的天空，"啊！"突然大吼一声，将鸟笼踢得没影了……

## 七

太阳快要落山的时候，棋拎起衣服晃晃悠悠地向家里走。落霞与山鸟齐飞，炊烟共白天一色。棋随口吟道。棋便在一队队鸟雀成群往树林里飞、各家屋顶上繁荣昌盛起淡蓝色的炊烟的时候往家里来。

快到家的时候，棋看到弟弟端着一只碗正从家门口出来。"哥！爸找你哩。"弟弟朝他喊道。"看到我的铁链枪了吗？老实说！"棋瞪着一对虎目问。通常情况，弟弟的小把戏是逃不过他的虎目的。这次虎视的结果和他预想的一样，弟弟嘴里包着一口饭，拼命地摇头，明亮的黑眼睛里闪现出惊骇与委屈的神色，弟弟没有拿他的铁链枪。棋折身朝屋里走去，就在这时，他听到弟弟神秘低下的声音，"哥，'泥鳅'那一把枪像……""什么！"棋忽地拧过头盯住弟弟，他看到弟弟狠狠地咽完了口里的饭，"像……像是你的。真的！一样的红穗子……"棋的眼前立刻闪现出"泥鳅"那张黑巴巴蠢笨的脸，贼眉鼠眼。"你亲眼看到的？"棋问。"昨天下午，我还看见'泥鳅'用布擦拭那铁链枪哩！"弟弟歪仰着头，讨好地说。一股火焰在棋的身上燃烧，棋慢慢地提起右手，一掌砍在门前的梧桐树上。"杂种！原来是他！"棋开始向"泥鳅"家门口走去。"站住！"棋听到背后一个熟悉而冰冷的声音，棋回头一看，正是父亲。父亲脸上挤出一丝笑容，父亲冲棋招手，"回来，回来有话说。"父亲的话有一种震魂慑魄的力量，棋想挣脱但腿却软沓沓地不争气地往回挪。棋不知道父亲要给自己说什么。棋想今天自己一没有偷家里的鸡蛋去街上换纸火，二没有赏弟弟耳光，不可能有事吧？棋就这样想着进了家门。

"你的书包呢？"母亲一边拨拉着面前的一畚箕干腌菜一边问。弟弟迅速地跑进里屋，抱来书包说："哥哥的同桌把书包送回来啦！"棋这时才意识到了危险性，"该死！"棋扭身想跑，但已经来不及了，门"哐"地一声关住了。接着耳朵便被一只大手捏住，拧着。棋本能地一手护耳朵一手护脑袋，但不管用，父亲蒲扇般的大手一下又一下有力地落在他的脸上屁股上脊背上。"打！往死里打，不争气的东西，开学第一天就惹是生非。"母亲教唆着自己的丈夫。"我没有惹事，我，我只想找到铁链枪……"父亲旋风般的耳光已经使棋失去了申辩的勇气，最后棋便咬着牙忍受着一下两下直至最后一下。

当棋躺在床上的时候，浑身麻生生地疼，但棋并不想对父母亲今晚的"政治课"做过多的纠缠，他几乎习惯了。

棋拉上被子盖在身上，被子很轻，但棋仍然感到有一层厚重严实的东西压着自己。棋噩梦不断，甚至听见了自己骨骼断裂的声音。他猛地从床上跳起来，一把扯开窗帘，月华倾泻，远处的群山似一个婆婆的幻影嵌在月亮之上。那只漂亮的小鸟找到自己的家了吗？棋想它一定是自由而愉快的。棋的嘴角露出了一丝微笑。

但很快，他的眼前又晃出"泥鳅"的贼眉鼠眼和自己那把长穗子的铁链枪。"狗杂种，竟敢偷我的！"棋咬牙切齿道。一个念头便像水一样浮现在棋的脑海里。

午夜，一个黑影闪进废旧回收站的院子，然后顺着漏水管子向上爬。这是一座两层的土质木楼，人字形的屋顶上，苫一层牛毛毡，下面是两扇打开的窗户。"泥鳅"和双亲住在木楼的第二层，左边是"泥鳅"父母的居室，右边才是"泥鳅"的。黑影正朝左边的那扇窗户爬去，他想看看

"泥鳅"的父母是否熟睡。黑影正是棋，棋把头伸在左边窗户的窗台上。

微弱的台灯下，"泥鳅"母亲赤裸丰满的身体呈现蓝色，棋奇怪的就是她在夜间为什么发蓝。她为什么发蓝呢？棋搞不懂。棋看到"破烂王"一次次撞击着妻子的身体，妻子的身体像波浪一样起伏。他们到底在干什么？房间里涌起一股浊重的气息。棋闻到了这种气息，它使人联想到汉阳河上漂浮的那些杂物。棋险些被这种气息所迷幻。棋无声地向右边窗户游去。棋壁虎似的掠过漏雨管，向今晚的目的地攀去。棋来到"泥鳅"的窗前，伸头向里看。借着熹微的天光，棋看见"泥鳅"仰八叉躺在床上，大张着嘴，胸脯一高一低。一缕熟悉的光芒刺痛了棋的眼睛。棋看到瘦猴"泥鳅"的床头柜上放着一把带红穗子的枪，多么熟悉，尽管光线昏暗不清，但棋仍然能够断定那就是自己的。狗日的，什么时候，把我的枪拿走的？棋确实不明白"泥鳅"是在什么时候拿走了自己心爱的枪。棋努力地往上攀，努力地去抓"泥鳅"窗户上的那根窗棂。悲剧恰恰就在这一瞬间发生了。

整个村街的人都被惊醒，他们听到"咔嚓"一声木器断裂的脆响，接着，一个少年穿透力极强的尖叫响彻在午夜村街的上空。

当棋的父母、弟弟和左邻右舍赶到时，棋已躺倒在血泊中，头下枕一块石，血汩汩地流着，像一簇簇刺目的鸡冠花。棋右臂半举，苍白的嘴唇翕动着。"铁链枪！爸爸，哥哥说要铁链枪。"棋的弟弟叫道。"狗杂种！狗子吃屎……"爸爸低吼一声，转身进屋从箱子底下把从棋书包里搜走的枪取出来，沉沉地塞给那只颤抖的手，棋的手就在那时落了下来。

后来有人说，看到棋最后离开时，脸上挂着一丝微笑。还有人说，看见一只漂亮的小鸟，从少年棋的身旁轻捷地飞过。

## 布谷鸟和金银花

狗熊闹钟响起来的时候,棋已经起床了。棋整理完书包,坐在窗前发呆。窗外梧桐树上阳光的脚步由树顶慢慢挪移到了整个树冠,一窝喜鹊在树枝上跳来跳去喳喳地叫。远处,早霞像一条巨大的丝巾,在明亮幽蓝的天边熠熠闪光。多好的天气呀!棋感叹道。

妈妈又在敲门:"都几点了,快上学去。"

棋突然感到有些烦闷,悻悻地起身,出了家门,向学校走去。棋穿了一套袖子和裤腿上缀着白杠杠的运动服,戴一顶软边的太阳帽子。棋说烦死了,真的烦死了。棋就这样嘟囔着向学校走去。

这一走,就永远没有回来。

棋跨进教室,发现气氛与过去有些异样。许多同学回过头莫名其妙地向他探头张望。棋看到同桌章小惠面前竖着一本书,正埋头在那里津津有味地嗑瓜子。章小惠扭头对他说:"上周我们班体操比赛得红灯了。"棋很瞧不起自己的同桌,年龄不大,就爱臭美。棋不屑一顾地从书包摸出书本说:"这与我有关系吗?"但棋猛然想到,自己上周没有参加学校的体操比赛,心里不免有些惴惴不安。几个女生,还在那里窃窃私语。虽然听不清一句,但现在看来那些话语确是冲他来的。棋大声辩道:"我又没有来参加比赛,与我有关系吗?"

棋拿起英语书,叽里哇啦地读了起来:"Long long ago, there lived a king……"接着又拿起语文书朗声读道:"先帝创业未半,而中道崩殂;今天下三分,益州疲敝,此……"

棋正读得兴奋,突然发现教室里忽然静了下来。棋觉得有些奇怪,一抬头,就看见班主任陈大牙了。

陈大牙站在讲台上,目光炯炯地盯住教室的屋顶,样子很有些像电影里领袖站在西柏坡或者黄土高坡上瞭望北京的方向。棋也就抬头向上看,可屋顶上除了人字形的木架子之外，什么也没有。

棋记得，春天的时候，曾有一对燕子闯过这间教室。它们"叽"的一声，从外面飞来，然后停歇在木架子上。燕子的嘴里衔着一根草叶，可能是在做窝吧。棋很长一段时间就看着那两只燕子衔泥做窝。窝做成后，一只燕子整天躲在窝里，很少露面，另一只却匆忙地飞出飞进。棋很想知道，那只燕子躲在窝里干什么，后来就用扫帚把窝捣了下来。窝里的燕子"叽"地叫了一声飞了出去，然后有羽毛和鸟蛋落下来。棋伸手去接，没有接住，鸟蛋就碎了。鸟蛋黄黄的，有些像鸡蛋。它们落地的一瞬，像一朵朵盛开的太阳花。棋把其中一颗鸟蛋的残骸小心地拾起来，放进了同桌章小惠的书包里。章小惠在伸手去书包里取书时，"妈呀"一声哭了出来。棋看到章小惠惊恐莫名的神色，禁不住哈哈大笑。棋说："你真是一个胆小鬼，你有什么用？"

那对燕子最后再也没有回来，现在屋梁上什么也没有。那么陈大牙在看什么呢？

"刘棋、章小惠，站起来！"棋感到有些突然。

棋木呆呆地站了起来。

"你们两个为什么不来参加学校的体操比赛呢，你们还有没有组织纪律性？"陈大牙义愤填膺地说，"回去把你们的家长请来，我要知道他们还管不管了！"

章小惠又嘤嘤地哭了起来，眼泪像断了线的珠子。棋说："窝囊废，叫回就回，有啥大不了的！"棋背起书包，径直走出了教室。

棋上周确实没有参加体操比赛，他和村里猫蛋他们一起去水库学习游泳了。棋当时想，那么多学生，一个人没有去有什么关系呢？但没想到，陈大牙竟然动真格的了。陈大牙呀，陈大牙！棋竖起手掌，猛地一下砍在了路旁的一株榆树上，粗糙的树皮硌得手麻生生的疼。棋心里暗骂着陈大牙，然后一屁股坐在了路旁的田埂上。

正是红飞翠舞的五月，空气里到处弥漫着泥土和花草发酵的气息。棋抬头看天，天空高蓝，极目之处不见一丝云霞。棋很喜欢看天上的云霞，常常坐在院台上看天上的云卷云舒。棋发现数早晨的霞光最清灵和多变，它们一会儿像狗,一会儿像屋,一会儿又像漫山驾岭的映山红,一下子就红了半边天。那种感觉像飞一样。棋想,有一天能像云霞那样无拘无束、自由自在该多好。但现在天上没有云霞,太阳像离开了起跑线的运动员,越跑越快,满世界里都是刺目的阳光,令人眩晕。棋突然就有些莫名其妙的忧伤。

该咋整呢?棋这时看见同桌章小惠出来了。

章小惠背着书包,眼睛红红的,低着头,不知所措地在校园门口徘徊。棋感到有些可笑。棋突然想起班上有些同学喊章小惠为章小媳。因为棋与章小媳同桌,自然而然就被当作章小媳的老公。但棋从来就没有承认过这个。棋对这种爱臭美的女生,从来不正眼瞧。但现在,他感觉章小惠和自己是同一个战壕里的了,忍不住拿眼多瞟了几眼。棋发现章小惠确实像一个受气的小媳妇,不由暗暗地想笑。

棋喊:"章小惠,章小惠!"

章小惠抬起头,望了望棋,然后走了过来。章小惠说:"我上周去剪金银花了。"棋问:"你剪那些干什么?"章小惠突然扑哧一声笑了,说:"不告诉你。"棋说:"我也不想知道。我问你,你打算回家请家长吗?"章小惠脸上的笑容一下子凝结了。章小惠说:"妈妈知道了会骂我的。"棋说:"那怎么办?我也不想回去。"棋说:"这样吧,咱们先到哪里去玩儿一下,等放学了就回家去。""那明天咋办?"章小惠瞪大了眼睛说,"陈老师会把我们轰出教室的。"棋摇了摇头想,是呀,明天该怎么办呢?但棋忽然一挥手说:"明天咱们给陈大牙写一份检查外加一份保证,态度尽量诚恳一些,兴许他会同意的。今天他在气头上,肯定通不过。"

棋看到章小惠苦闷的脸一下子晴朗了起来。章小惠笑了一下,露出了一排晶莹的牙齿,"你真能!"章小惠问,"那……我们现在去哪儿?"

太阳已开始显现出它的热情和活力,天已经很热了,这时候当然水库边最凉快。棋一拍手说:"有了!"

棋和章小惠迅速走在了去水库的路上。两人都很兴奋,有说有笑的,但走着走着,就沉默了起来,谁也不说话了。棋发现章小惠今天头上戴着一只精致的蝴蝶发夹,蝴蝶振翅欲飞,漂亮极了。棋差一点儿伸手去把它摘下来。若放在平时，他会毫不犹豫地这样做的，但现在棋忽然拘束了起来。棋看到章小惠嘴角噙着微笑，两眼凝望着前方。棋突然发现章小惠的胸部像藏着什么东西，鼓鼓囊囊的，从侧面看，很像一个倒扣的碗，那只碗随着走动规律地震颤。棋看到那里颤了一下，又颤了一下。棋突然感到有些害臊，慌忙把眼睛从那里挪开。

章小惠这时神秘地凑过来问："你知道我上周干什么去了？"棋说："你不是说去剪金银花了吗？"章小惠的脸有些微微地泛红。章小惠说："知道我剪花做什么吗？"棋搔了搔头说："不知道。"章小惠说："冲水喝呀。"棋常听人说金银花可以治病，便问："你们家有谁病了吗？"章小惠突然低下头，拉了拉书包，神情黯然地说："是我奶奶，她整天咳嗽。"章小惠眼睛突然有些湿润，"你知道吗，奶奶对我可好了。"

水库到了。

水库像一个巨大的水瓢，周围树木围绕。一只鸟伸展着翅膀在水库上方的天空下盘旋。天上一只，水里一只。

"问渠哪得清如许？为有源头活水来。"棋记得语文课本里有这样一句，便随口吟了出来。

"诗兴挺高的嘛！"棋扭头看见章小惠站在身边。章小惠美丽的脸庞，由于爬山略显出淡淡的红晕。棋夸张地瞪着眼睛问："高，到底有多高？"章小惠仰头想了一下说："大概有三四层楼那么高吧。"说完，嘴角抿得紧紧的。"三四层不够，至少也要有十多层吧。"两人终于憋不住咻咻地笑了起来。棋发现早上的不快像穿过林子里的清风，此时不知跑到什么地方去了。

章小惠说："休息一会儿吧，我快撑不住了。"章小惠从衣兜里掏出一方手绢铺在草地上坐下来。然后，再掏出一方手绢铺在身边对棋说："坐吧。"说完又取出一张作业纸，变魔术似的从书包里掏出一把瓜子、一把花生、两块面包还有几颗糖果。棋有些不明白，章小惠的书包里竟然有这么多乱七八糟的东西，棋看得眼花缭乱。

棋没有坐在手绢上，而是转身蹲在一个石块上。章小惠递给他一块糖。这是杂货店里摆放的一种品位比较高的糖果。棋奇怪地问："你怎么有这种糖果?"章小惠说:"我自己买的。"棋有些惊讶:"你看起来很有钱。"章小惠一下子露出了开心的微笑:"我给你说过了,我去剪金银花了。"棋问:"金银花能换钱吗?""当然了。"章小惠说,"我已经剪花偿还了奶奶的药费,我还要剪花治好奶奶的病。"棋看到章小惠美丽的大眼睛里充满了幸福的憧憬的光芒。棋突然觉得章小惠其实并不是那么讨厌。

四周长满了茂密的柏树、乌桕、桑树和高高的白杨。大团的蒲公英、杜鹃、金银花和不知名的花草在热烈地开放。茂盛的桑叶缝隙里挂着串串红透了的桑果。

棋起身说:"我去给你弄点儿吃的去。"

棋去了一会儿,就回来了。他的衣兜里装满了又黑又红的桑果,手里拿了几片桑叶。他把桑叶铺在了地上,然后细手细脚地把桑果摆放在桑叶上。棋看到章小惠的眼睛有些直了。棋说:"吃吧。"

章小惠先用精巧白皙的小手将桑果一个个拈起来捧在手心里,接着噘起湿润的嘴唇轻轻地冲桑果吹一口气,然后才一颗一颗吃起来。章小惠吃得整齐而细致。棋看得有些呆了。章小惠的嘴角很快被丰润的桑果汁液洇染成了紫红色。棋突然很想帮她拭掉那种红色。棋感到血液里有一股从未有过的东西,在汹涌奔流,有些难以自持。

"章小媳!"棋突然脱口叫了一声。棋惊呆了,他不敢相信自己的耳朵。

章小惠正在咀嚼一颗桑果,但就在那一刻呆住了。她美丽的大眼睛惊恐地盯着棋,棋的脸一下子红到了耳根,像早晨的红霞。棋感到自己的心咚咚直跳,像擂鼓一样。如果有地缝的话,他会一下子钻进去。

"嘴,嘴。"棋的声音像一只蚊子。

"你的嘴被桑果染红啦。"棋终于使了很大的劲喊出来。

章小惠冲棋不好意思地笑了一下,乖巧地掏出手绢擦了嘴。

"讨厌!"章小惠说。棋感到有些吃惊,棋不敢去看章小惠的眼睛。章小惠冲棋笑了一下,下巴一突说:"没有说你,是那个。"

棋看到在坡下水库边,不知什么时候来了一个钓鱼人。钓鱼人戴着一顶鸭舌太阳帽,一边漫不经心地放着线,一边向这里莫名其妙地张望。棋看不出有啥异样。棋想，自己这是怎么啦？

这时，一只布谷鸟从头上飞过，接着有一些东西从天而降，"簌"地一声落在了他们面前。棋看到摆放着桑果的桑叶上淌着一摊灰白稀松的鸟粪。章小惠"哎呀"一声跳了起来，"真倒霉！怎么会有鸟粪呢？"

棋看到章小惠衣服上沾了斑斑难看的鸟粪。人们常说，身上撒落鸟粪不是一件好事。棋突然感到心里难受极了，一股火焰在他的体内迅速升腾。棋说："你等着！"

棋看到那个该死的布谷鸟向一棵枝叶繁茂的柏树上飞去。棋就拾起一块石头，迅速地撵了过去。棋正要投掷，鸟像预感到了什么，"咕咕"叫了两声，飞离了树枝。棋就这样与布谷鸟赛着跑。林间的地面又湿又滑，但棋没有气馁。布谷鸟在天上飞，棋在地上跑。棋跟随着布谷鸟几乎跑了整座山头。最后，他终于看到鸟停在了一个枝头上，勾起头安静地梳理着羽毛。"该死的，竟然欺负她！"棋使劲抡起一片石块。石块"嗖"地一声从布谷鸟身边的树叶里面穿过，布谷鸟受了惊。棋看到布谷鸟的翅膀像一把剪子，"咔嚓"一下剪破了天空，然后就飞起来，消失进刺目的阳光里。

棋由于用力过度，脚下一绊，跌了下去。

坠落的过程似乎很漫长，棋看到水库边的鱼竿和鱼篓安静地在那里等待，钓鱼人这时不知去了哪里？

棋似乎听到有人喊救命。但他不能肯定那是不是林子里的一声鸟鸣。

"扑通！"棋掉进了水里。像一颗炸弹，水花溅起老高。棋像一只鸡一样在水里扑腾，可惜他还是没有学会游泳。过了一会儿，棋消失了。水面很快恢复了刚才安静的蓝色，像一面没有褶皱的绸。

过了很多天，一伙郊游的人们，在水库里发现了两个人。不过，他们已经躺在水里很久了，都有些微微的发胖。经仔细辨认，他们是几天前汉阳中学失踪的两名学生：棋和章小惠。章小惠胖得有些厉害，肚子鼓鼓的，老远看很像一个孕妇。警方到现场勘察后认定，这是一桩严重的奸杀案。

凶手是谁？人们一时议论纷纷。

几天后，镇派出所的老黄和小李来到棋和章小惠的家里，通报了案情。

大家猜得出凶手是谁吗？对，是那个钓鱼人。

钓鱼人在向警方交代时说，那个女孩儿正在采一朵金银花。钓鱼人赞叹道："她采花的背影实在太美了！"提到棋时，他轻蔑地一笑说："那是个傻瓜。一直在追一只鸟，他是摔死的。"

事情就是这么简单。棋确实是在追一只鸟的过程中，摔死的。

# 僧　兵

淳空自八岁来嵩山学艺，寒来暑往，已逾十个春秋。十年来，在这座天下闻名的寺庙里，终日晨钟暮鼓，与佛经、拳术为伴。

现在，他必须回去了。师父说，时间到了。

## 第一回　忆童年僧兵出关　救"蓝衣"竹笛惊情

行囊里是几件僧衣、一卷常诵的《金刚经》、一支精致的竹笛。淳空拎起包袱，与师兄弟们一一辞别。十年了，这里的一砖一石，一草一木，都留下太多的故事。就要离开了，心底忽地涌出些莫名的酸楚。

出寺门的时候，师兄向他手心塞了一个东西，展开一看，是一枚小小的玉观音。师兄三十多岁，身材瘦高，在庙里的日月，两人一起习武诵经。这些年除了师父，淳空就和师兄最亲。

师兄神色清峻，目视淳空，欲言又止。

淳空合掌恭敬地说："阿弥陀佛，我会很快回来的。"

师兄双手合十，露出了惯常神秘的微笑。

山下大片的庄稼枯焦不堪，在烈日的映衬下，玉米和绿豆的叶子发出了惨白的光。黄尘滚滚的山道上，淳空风尘仆仆而行，家现在会是个什么样子呢？他的眼前恍然出现了一幅画面……

隆冬腊月，朔风劲吹，雪如鹅毛，故都洛阳笼罩在白色的轻纱大幔中。一所大宅的后花园里，有只筛子斜斜地支在空地上，筛下撒着金黄的谷粒，一只满身喜气的画眉站在松枝上，歪着脑袋警惕地打量着四周。禁不住美食的诱惑，它终于飞下松枝，蹦蹦跳跳地靠近了筛子，欢快地啄食起谷子。"噗！"筛子突然倒了，鸟被扣在筛下。"捉住了！捉住了！"两个七八岁大的孩童兴奋地呼喊着从灌木丛后跑了出来。女童头扎羊角辫，穿着紫色的碎花旗袍，男孩留着文明头，身着深蓝色的国民校服。"我来！

我来！"两个人争抢着去揭筛子，忽然扑棱一下，机灵的鸟儿瞅了个空隙，"唧"地叫了一声逃走了。

"都怪你！都怪你！"两人互相指责，扎着羊角辫的妞妞呜地哭了起来。

"怎么又欺负妹妹了！"背后传来一个中年男子浑厚的声音。男孩立刻垂手站立，俯首谛听。中年男子叮嘱了一句什么，匆匆地向外庭走去。

男孩见父亲走远，拉起女孩的手哄道："莫哭了，我们到书房玩儿去！"女孩破涕为笑。两人随即像两只兔子，跑进了书房。书房里放着大本大本的书籍和一些古旧的瓶瓶罐罐，两人乱翻了一阵，觉得无趣，便在储物架间捉起了迷藏。"砰！"一只瓷器突然掠过女孩的肩头，坠地而碎。"呜！"女孩再次哭了出来，血从她的肩头不断沁出。"你受伤了！"男孩惊叫道。家人们闻讯赶来，父亲冲儿子大发雷霆，罚跪。大雪纷飞中，男孩跪了足足半日，腿脚都失去了知觉，最后竟晕倒在冰冷刺骨的雪地里……

男孩醒来时，迎面撞见一个银髯拂胸的老僧。他猛地跳下床来喊："娘！娘！"却发现自己身处一所禅房之中。"咣"的一记钟声，宛如空灵出穴，吓了他一大跳。男孩怔怔地站在那里，心绪起伏难平：难道要用这种方式，惩罚他唯一的儿子？和尚这时踱步过来说："从今天起，你叫淳空。"和尚就是师父，寂一法师。

想到这里，淳空从怀里摸出一张照片，照片很小，由于时间久远，有些微微泛黄。照片里娘坐在一株芭蕉树下，温和地冲他笑，淳空就笑了。在庙里青灯黄卷的岁月，他每天晚上都会拿出娘的照片，告诉娘这一天，自己练了什么拳，识了什么字，诵了什么经。娘总是认真地聆听，仔细地端详着他。

在庙里的头几年，淳空对师兄们光洁的头颅、灰色的僧衣和清虚的修为实在难以理解。一次在殿堂里打坐，一大群乌鸦栖息在屋檐上哇哇乱叫，叫声凄厉刺耳。淳空偷偷瞟眼过去，看见两只乌鸦竟然不知为什么打起架来，一时黑云翻飞，煞是好看。淳空禁不住奇怪地问："师父，您知道乌鸦为什么打架吗？"周围传来师兄们哧哧的笑声。师父翻开眼皮瞄了他一眼说："因为你。"真是不可思议！淳空常常逃跑。一次他偷偷溜出寺门跑到了后山上，可夕阳西下，林海莽莽，乡关何处？密林深处不时传来狼群的嚎叫，黑暗里闪现出几双阴森森、绿幽幽的狼眼，令他嗅到了一股死亡的气息。"嗖！嗖！"突然有东西破空而出，随之传来几声低吟，狼群瞬间消失进黑暗之中。淳空惊喜地回转身，发现师父竟站在身后，手心里卧着几枚石子。自那以后，他便整日安心地待在师父身边礼佛、诵经、习武。

师父有时会骂淳空六根未净，永远不会开悟。但淳空才不管这些，其实，他的心里一直憋着一个问题：人为什么要开悟？难道开悟就要忘记自己的感情吗？这个问题淳空一直不敢问，现在却要离开了。但爹还会惩罚自己吗？

"砰！"远处突然传来一记枪响，接着便是阵阵马蹄声，由远及近。淳空微微一愣，飞身上树藏进一片浓荫里。前面尘影里，几匹马铁蹄翻飞旋风似地奔将过来。前面的一个匍匐在马上，好像受了伤，后面几个正追得紧。

"砰！"又是一枪，最前面的突然滚下马鞍，后面的赶了上来，"格路、格路"地叫骂着。这种腔调淳空从未听过，感觉像一些生硬的石子在滚动，令人牙根发痒。

追上来的人身着黄色军服，应该是军人。坠落马下的人穿着山下百姓惯穿的蓝衣，仰躺在地上，好像死了，血从他的裤管里慢慢渗出来。一个兵"格路"了一句什么，便上前端起刺刀，冲这人猛扎下去。

说时迟那时快，地上的人突然翻身而起，只见寒光一闪，端枪的士兵像醉了酒一样，不情愿地倒了下去，脖颈处迸出了一道血泉。

"小鬼子，老子和你们拼了！"奋身而起的蓝衣人放声吼道。

啊，日本人！淳空惊了一跳。听师兄讲，倭寇已占领了半个中国，而且已经到了中原。淳空仍然记得师兄语重心长地告诫他的话："有机会，一定要向当年寺里的大脚和尚学习，痛杀倭寇。"可没承想，倭寇现在居然就在眼前。

这时下面已打成一片。蓝衣人的身手，淳空看得出来，练的是八极拳。这种拳动作简洁，长短相兼，发劲迅猛，"撞、靠、捆、跌"突出，长于实战。

转眼间,两个鬼子倒在了地上。剩下一人趁乱拔出一只匣枪顶住蓝衣人的脑袋,狞笑道:"你的,死啦死啦的!"

"噗!"突然有东西凌空飞去打在军曹的手上,匣枪应声而落。与此同时,蓝衣人手臂一扬,军曹诧异地瞪大眼睛,极为不甘地倒了下去。

蓝衣人丢下兵刃,疲惫地靠在树干上。猛然看见地上的那支竹笛,他明白正是此物救了自己一命。俯身想把它捡起来,想要弄清楚它的来历。

"嗖!"淳空从树上跃下,先一步将竹笛握在手中。本来他不想现身,但竹笛是母亲送的,自己一直视作宝贝,绝不允许外人碰。要不是刚才情况紧急,才不舍得用它来做兵器呢。淳空仔细地擦掉笛子上的尘土,扫了一眼面前的蓝衣人。此人四十岁开外,身材高大,国字形的大脸上卧着一对浓眉,一双眼睛烁烁闪光。

"你怎么会有这种竹笛?"蓝衣人一脸疑惑地注视着淳空。

"阿弥陀佛!"淳空念了一声佛号,将笛子收进包袱中。

蓝衣人笑了笑,露出了一排雪白的牙齿,说:"知道嘛,笛子的材质分好多种,有水竹、苦竹、紫竹,还有湘妃竹,其中以湘妃竹为最佳。这种笛壁厚孔细,声音悠扬不失厚重,悦耳悠长。你那把笛子,属于湘妃笛,是笛中上品。"

啊!淳空惊异地望着他,没想到此人对笛子竟有这样精到的研究。

蓝衣汉子此时低下头,咬牙掀开裤管。淳空看见他的小腿有一处伤洞,血还在往外涌。庆幸的是子弹穿肉而过,未伤及骨头。于是,麻利地走到路边的草窠里,拔了几株刺儿菜和野红花一并递给他。

蓝衣人呵呵一笑,接过草药,合掌揉搓了一下,敷在伤处,又斜身撕下一缕布,包扎了伤口。

他最后直起身,又盯住淳空问:"小师父怎么会有那支竹笛呢?"

淳空别过头,没有言语。

蓝衣人"嘿嘿"地干笑了两声,俯身拾起了掉落在地上的枪,然后利落地剥了日本兵的外衣摊在地上,挨个搜查遗物。小鬼子的口袋真大,地上很快聚集起一堆东西,有眼镜、照片、地图、糖果,等等。

蓝衣人从里面拣出一支水笔,递给淳空,说:"留个念想吧!"

"不!"淳空拒绝道,"出家人从不受人财物。"

蓝衣人仰头哈哈大笑,说:"这些东西都是战利品,送给你,不必推辞!"

淳空坚辞不受。

蓝衣人无奈地笑了笑,打了个呼哨,刚才的那匹骏马应声奔来。蓝衣人抄起包袱,拍鞍上马,冲淳空抱拳道:"大恩不言谢,后会有期!"说完一蹬马肚,伏腰勒缰,绝尘而去。

## 第二回  俊少年妙计戏僧  恶小二星夜借笛

淳空整理了一下僧衣,正欲前行,"咴!"道旁传来一声短促的马嘶,一匹高头大马迎风嘶鸣。它的鬃毛和尾巴剪得很短,阳光下暗红的毛皮闪烁着油润的亮光。只见它不断用厚实的嘴唇拱扯着地上的一具尸体,显然那是它的主人。

阿弥陀佛!淳空默念了一句佛号,心头涌出一层如水的悲凉。可怜呀!他重重地叹了一声,然后把那些尸体一一拖到土坡下,扬土而葬。那马侍立一旁,垂首敛尾,状如默哀。

好有情义的畜生!淳空的眼眶不禁有些湿润,叹道:"愿送贫僧一程吗?""咴!"骏马昂首长鸣,扬蹄如立。淳空大喜,飞身上马,捋缰直奔孟州。师父叮嘱他下山后,先去那里拜谒一位姓刘的老居士。

黄昏时分,驻马黄河岸边。但见夕阳下,黄河金涛翻滚,气势磅礴,一群赤身露膀的壮汉正在烟水影里将一艘大船斜斜地撑过来,浑厚的号子声震人心扉。

船到码头,淳空随着渡客牵马登船,但觉凉风拂面,视野宽阔,可见山门之外,真是别有一番情趣。难怪古人说要读万卷书,行万里路!正怡然自得,恍然觉得斜刺里有目光不时袭来,一扭头,不禁呆住。左近站着一位约莫十六七岁的少年,面容润泽,长相俊美,眉宇间竟难掩几分英气。淳空冲他笑了一下,少年也礼节性地向他点点头,启齿问道:"师父,这是要去哪里?"

"随便走走。"淳空笑着说。

"既是佛门弟子,何不在庙里一心参佛,四处乱闯做什么?"青年含笑诘问。

"这个……"淳空没承想会招人抢白,一时语塞,顿了顿说,"佛曰云游顿悟,参佛何必拘泥于形式呢?"青年没有吭声,放眼眺望远方。

船至中游,船身随着水势颠了一下,淳空觉得身子被人一靠,猝不及防,一个踉跄跌向河里。好在他反应机敏,一把抓住了船舷上的一根木桡,但人却悬在了船外,脚下踩着湍急的浪涛。由于长年在山上修行,淳空是个十足的旱鸭子,如果跌进河里,就麻烦了。危急中,船工伸来一只桨,将他拖上了船。

不会是谁给自己使坏吧?淳空惊魂甫定地上了船,暗自寻思。身旁忽然传来一个阴阳怪气的声音:"不如马呀!"扭头一看,是适才与自己搭讪的少年。此刻他正站在船舷边,一副若无其事的样子。自己骑乘的那匹枣红马此刻也昂首船舷,宛若一位迎风傲立的将军。

一股无名之火腾腾而起,淳空想上前与他理论,但猛地想到,人家也可能是无心之举,只好无奈地苦笑了一下。自己刚出门就往河里掉,真是罪孽!随之转念一想,佛祖当年不是常到尼连禅河边洗浴吗?念及此不禁又哑然失笑,躬身使劲绞了一下衣服上的水,心底居然泛上了一层淡淡的快意。

弃舟登岸时,天色已近黄昏,只能在岸边的村街上就宿。村街不足一里,由于得了舟楫之便,也热闹繁华。酱坊店铺,米行酒肆,沿街铺排,样样不缺。淳空找到客店,小二热情地上前抢过马缰,仰头高呼:"净房一间。"

吃完饭,要了热水,淳空关起门窗痛痛快快地洗起澡来,一路风尘,也着实想好好休息一下。突然,外面似乎有一阵细微的脚步声,到了门首戛然而止。淳空不由生疑,暗暗跳出澡盆,换好衣服,一个箭步趋至门外,却见外面空无一人。只有小二拎着个茶壶"咚咚"地跑上楼来,满脸堆笑地招呼道:"客官,要茶吗?"

"放屋里吧!"淳空闷声道。小二进屋将茶壶摆在桌上道:"客官慢用!"两个伙计随机进来收拾了澡盆。

怪事!淳空来到桌前倒了盅茶,浅浅呷了一口。踱步窗前,"吱呀"一声推开窗牖,只见清空之中一钩银月,正静静地泻着清辉。远处的树叶、屋脊上,都闪现出一片圣洁的光泽。十年了,爹娘他们都还好吗?等拜过刘居士,自己就能回家见爹娘了。想到这里淳空不禁兴奋异常,折身从包袱里取出竹笛,对月而歌。笛声如溪,在明月冷照下,孤独地寻找属于自己的光明,淳空的思绪随着笛音飞回到了洛阳老家。一曲终了,余音绕梁。

"真是个多情的小和尚!"对面窗户处斜倚一人,突然冲他笑道。声音虽轻,静夜里却清晰灌耳。

淳空定睛一看,正是船上遇见的少年,不觉兴味索然,索性闭了窗户,和衣而卧,不觉间入了梦乡。夜半,有黑影闪进了房间,四处乱摸,似要找寻什么东西。"咣啷!"凳子被绊了一下。黑影一愣,转身就逃。刚蹿到门口又被什么撞了回来,抬头一看惊住了:淳空什么时候合十立在门口。"阿弥陀佛!施主半夜来访,不知为了什么?"黑影并不作声,后退一步,挥拳猛扑上来,却早被淳空一脚踹到了地板上,半天没有爬起来。

淳空掌过灯,撩开他的面纱一看,却是店小二,正趴在地上"哼哼"。不禁笑道:"这么晚了,不会又是给贫僧上茶吧?"

小二不住地叩头道:"大师饶命!大师饶命!"

"你笨手笨脚的到底想干什么?"淳空喝问。

小二满脸通红地说:"是……是想向小师父借……借件东西。"

"一件东西!"淳空惊讶地问,"出家人四大皆空,能有什么东西令你上眼?"

"就是……就是师父夜里吹奏的那只笛。"小二哆嗦着说,"有人想让小的借去看一看。"

"谁?"淳空问。

小二勾下头,顿了顿,说:"这个小的不敢说。"

"不说是吗?"淳空伸出罗汉手在他锁骨处轻轻一掐,小二当即龇牙咧嘴连连告饶:"我说我说!远在天边,近在眼前。"

淳空眉头一皱，不由想起了昨天在船上和窗口遇见的那个无聊的少年。

"他给了你多少好处？"淳空好奇地问。

"五块大洋。"小二哆嗦着说，"不过还没拿到手哩！"

瞅见他可怜兮兮的样子，淳空觉得既可气又可笑，挥手道："你告诉他，本僧的宝贝甭说五块，就是五千块也休想拿走。去吧！"

小二哆嗦着爬起身，冲淳空战战兢兢地拱了拱手，一跛一跛地走出门去。

## 第三回　谒旧人振华还乡　悉噩耗长者言笛

晨晖下，山峦起伏，沃野上蒸腾起一片稀薄的白雾。昨夜，由于店小二打扰，淳空睡意全无，鸡鸣三遍，便打马前行。一路疾驰，日头偏西的时候，终于到了刘庄。只见一片桐树影里簇拥着百十来户人家，夕阳下鸡鸣鸭叫，好不热闹。淳空在庄口下了马，向一位赶车的汉子打听刘光的府邸。汉子放下缰绳，热情地领着淳空穿过一座小桥，过了道雄伟壮观的石牌坊，在一座府第前停了下来。这是一所三重的青砖大院，青黑的屋瓦在阳光里泛着清幽的蓝光，一株槐树撑在院门上空，浓荫婆娑，一看就知道是大户人家。谢过汉子，淳空趋步上前敲门。

不一会儿，门启了一条缝，露出一双稚嫩的大眼睛。

"请问刘施主在家吗？"淳空问。

"大眼睛"上下打量了淳空一番问："您是谁？"

"小僧淳空。"淳空双手合十道。

"请稍等！""大眼睛"说，"容我通禀一下。"

不一会儿，门开了。一名清秀的少年，扑闪着大眼睛笑道："师父有请！"说着上前接过淳空的马缰，拴在了马桩上。

迈步进院，但见花木扶疏，十分雅致。淳空随着少年绕过砖雕"福禄寿"的大照壁，向南拐进一个月亮门，又进了一重小院，只觉竹篁森森，爽气逼人。面北正屋的门楣上书着三个大字"见月堂"，两边挂着黑底金字的楹联，上联是：莫嫌茶当酒，下联是：偏居竹为林。门楣垂着竹帘。

师父让自己来拜见的到底是一个什么人物？淳空暗想，竟然颇有些势头。

"请进！"此时一个苍老的声音从中屋传出，声音悠远沉静，如莲花照水。淳空举步上前，小心地掀开门帘，躬身进屋。屋内布置简约，一张书桌，两把太师椅，壁上挂着古筝，角落花架上一盆清幽的兰花正默默地吐着馨香。一位身着蓝布长衫、留着花白胡须的老者端坐在太师椅上闭目养神。淳空双手合十道："老人家……"

老者掀开眼皮，看了看他，半晌款款地道："振华！"

淳空惊讶地问："老施主，您怎么知道小僧的俗名？"

"孩子！你可回来了。"老人的胡须这时迅速地抖动，努力地压抑着自己强烈的感情。他颤巍巍地站起身，走过来使劲拍了拍淳空的肩膀，眯着眼又仔细打量了他一番，含泪说："孩子，你爹娘若在世，一定会大喜过望的！"

什么？淳空心头一惊，似被人敲了一闷棍。

"你看我这张嘴，怎么这么不知轻重呢。"老人颤抖着嗓音，"你刚回来，就告诉你这伤心事。"

淳空急促地问："老施主，我的爹娘远在洛阳，应该是好好的，您不会弄错吧？"

老人从袖筒里摸出一块手绢揩了揩泪道："这人命关天的大事……"说到这里不免长叹了一声。

啊！淳空的身体猛烈地摇晃了一下，宛遭晴天霹雳。他努力强迫自己镇定，继而睁大了眼睛急切地问："老施主，请您告诉我，我爹娘是怎么死的？"

老人拉淳空坐下来，长长地叹了口气道："论理，你该叫我爷爷……"

老人激动的心情溢于言表，初逢故人之子，他很是感慨，继而将自己与淳空父亲的渊源一并道出。

原来老人是晚清秀才，由于清末科举制度废除，他觉着功名无望，便专营私塾。可惜兵荒马乱，人们无暇顾及子女的学业，私塾经营不善，老人只好到洛阳府谋生。也是在那里，机缘巧合，老人被淳空的祖父专程请回家给淳空父亲做老师。老人家室凋零，见淳空父亲天资聪颖，便悉心调教，师生二人愈益投缘。后来淳空父亲留学日本，老人便也执意回乡。待到淳空父亲学成归国，思挂老人，屡次欲侍奉老人颐养天年，可惜，老人心系乡野，不肯移步。

正当此时，有一少年进来敬茶。老人端起茶碗，浅浅地呷了一口道："好人多难呀！你爹留学回国后先是在东北、山东学堂授课，因不满当局昏庸，辞职回乡。后来参加国民政府河南省议会，又因政见不和，辞官赋闲。唉！空有一身报国志，只能闲话弄桑麻！"

淳空紧紧地盯着老人，恨不得伸出一只手从老人的嘴里掏出爹娘的死因。

老人继续诉说着那段惨痛的历史，情到深处，一行浊泪模糊了双眼。他极力压抑着自己的感情，缓声道："孩子，为了这一天，爷爷可是等了很久啊！十年前的一天，你爹突然到我这儿。这次，我发现他与以往不同，眉宇之间似乎藏有心事，郁郁寡欢，沉默不言。我十分着急，努力地开导他人伦世事自有天命，凡事尽力了就行。你爹笑了笑，什么也没说，盘桓了几日，便离开了。"

"那后来呢？"淳空迫不及待地问。

老人神情怆然地叹了一口气，说："谁知回去不久，就出事了。一天晚上，你们家莫名其妙地发生了火灾，你爹和你娘都……"

泪水霎时模糊了淳空的眼睛，他咬紧牙关，久久无言。

"爷爷！"屋外突然传来一声清脆的喊声，接着竹帘一动，一个姑娘悄步走了进来。她约莫十六七岁，清秀脱俗，身形婀娜，容色照人。

"快过来！"老人微笑地招呼着，"看谁来了？"

姑娘早已瞥见了淳空，在与淳空对望之时，美目一闪，霞飞双鬓，十分妩媚。

老人笑着问淳空："你还认识她吗？"淳空懵懂地摇了摇头。

老人扭头问姑娘："你可认识他？"姑娘也羞怯地摇了摇头。老人不禁笑了起来道："也难怪，你们毕竟十多年未见了。"

莫非是小兰？淳空一下子站了起来，姑娘这时也惊喜地望着淳空。淳空猛地向前跨了两步，想去拉姑娘的手，但见姑娘眉间眼角，晕红流霞，又傻傻地呆住了。时光如梭，弹指之间，他们已都不再是懵懂少年了。

经过老人的郑重介绍，两人再度熟络了起来。尽管两人的经历自分别之后便有着天壤之别，然而相逢的喜悦使得时间的间隔也显得不那么重要了。两人相互询问了各自的境况，淳空更多地是在倾听，小兰则不知疲倦地讲述了淳空一家遭逢变故的种种细节，以及自己如何为他担心乃至茶饭不思。

老人似乎不甘心被晾在一旁，他使劲地咳嗽了一下，接过小兰的话匣子继续讲述变故的凄惨："当日我闻讯赶到洛阳，四处打听你们的下落，刚好在一个佣工家里碰见了小兰，就带了回来。后来打听到你被一位高僧救走了，心里顿感安慰。今年春上，有位云游的和尚上门来告诉我，年内会有故人来访，我心里默想，一定会是你，今日一见果然是你！"

淳空默然地坐在凳子上，内心如江河奔涌，佛曰，出家人要上报四重恩，可十年来，父母被害自己竟浑然不觉，何谈报恩呢？淳空使劲地擤了一下鼻子问："爷爷，我爹走时有没有留下什么话？"

老人想了想，说："他临走时倒是送我一支笛子，嘱托我好好收藏。"

"那笛子呢？"淳空眼前一亮，惊喜地问。

"唉！"老人叹了口气道，"那次我去洛阳回来后，发现家里遭了贼，屋里被洗劫一空，其中就包括你爹让我收藏的那把笛子。"

淳空的眼神一下黯淡了下来，少顷他觉着遗漏了什么，忙取过包袱，从里面抽出笛子，递给老人，焦急地问："爷爷，您仔细瞧瞧，是不是这支？"

老人接过笛子，眯起眼睛仔细端详了一会儿，道："非常相似！"

这就奇了！淳空心里暗想。难道自己这支笛子就是爹当年留下的那支？若真如此，怎么又会在我这里呢？莫非两支笛子，仅是品相相近，容易使人误认？不对！不对！如果爹爹故意将笛子留在刘爷爷这里，那又是在暗示什么呢？念及此，淳空觉得整个脑袋都要炸了。

## 第四回　得使命宫本交心　失联络鬼子扰心

烈日炎炎，洛阳城外军车如龙，一队队日本兵背着包裹、扛着枪，整装待发。与此同时，日军驻洛阳司令部却静悄悄的，几辆油光闪亮的小卧车安静地停在院子里，一队全副武装的日本兵像树桩一样肃立在树荫下，一动不动。

司令部的一间房内，两名日本军官端坐在榻上聚精会神地下棋。屋内正中的墙上写着四个怪异的黑字"武运长久"，其下一把东洋刀耀武扬威地供放在桌上，留声机里播放着日本名曲《君之代》，小曲呢喃，令人昏昏欲睡。

一个高个子军人，这时呼地站起来，冲对方"嗨"的一声，鞠躬道："将军阁下，你技高一筹，卑职认输了。"

另外一个军人抬起头，不以为意地笑了笑，推开棋盘，缓缓地站了起来，踱步到窗口。蓝天如洗，几片白云随意地飘浮在空中，柔和恬静，一切显得温和而安宁，谁曾想到这里刚刚燃烧过血腥的战火。

"多美呀！"被称作将军的人感叹道，"和富士山上的蓝天一样美。"

"嗨！"另一个连忙快步上前附和道，"这里是大日本天皇开拓的崭新疆土，当然和国内的没有什么不同了，都是一样美丽。"

两人对视一眼，不禁哈哈大笑起来，墙根边梧桐树上的蝉，也不甘寂寞地吱吱直叫。

这两个日本军官，隶属于华北方面军直属部队第六十三师团。被称作将军的是师团长野副昌德少将，另一个是他的部下宫本俊二大佐，二人都是手染中国人鲜血的日军侵华将领，野副昌德更是杀害中国抗日英雄杨靖宇将军的刽子手。

似乎忘记了布置什么，野副昌德立马严肃地说道："宫本君，司令部来电，北平方面八路猖獗，急电我速速前往，今日我便要启程。"说到这里，野副昌德又顿了顿，刻意压低了声调说："我向军部推荐你全权负责洛阳战后的警备安全，军部已经批准，希望你不要辜负我的期望。"

"嗨！"宫本俊二霍地立正，挺胸抬头道，"请将军阁下放心，卑职一定会尽忠职守！"

野副昌德满意地望着这个自己一手培养起来的部下，难掩骄傲地说："宫本君的武功韬略，我是知道的。我们不仅要从军事上战胜支那，还要彻底击溃他们仅存的文化上的优势,让他们真正折服于大日本天皇!"

"谨记将军阁下教诲!"宫本再度挺直身子应道。

"洛阳乃九朝古都,"野副昌德继续叮嘱道,"这里是支那文化的源头,宫本君一定要有所作为。"说完,他掏出一张字条递给宫本道:"这是军部转来'东方史馆'的01号任务,天皇陛下高度关注,你一定要完成使命!当然,会有人来帮助你的。"

"嗨!"宫本俊二难掩兴奋地答道,"请将军阁下放心,卑职一定不辜负您的重托!"

野副昌德突然抬手揉了揉太阳穴,身子摇晃了一下。

"将军,您怎么啦?"宫本俊二急切地上前询问。

"没什么,只是没有休息好而已。"他摆摆手说,"那个叫杨靖宇的恶魔昨晚又缠着我……"

"将军要不要休息两天再启程北上?"宫本俊二劝慰道。

野副昌德抬手制止说:"圣战弥艰,谈何休息?"

"嗨!"宫本俊二迎合道,"将军此言甚是!"

野副昌德冲宫本点了点头,转身大跨步走出屋子。场院上的小车此时无声地滑过来,一个副官上前打开车门,野副昌德猫身钻进了小车,车子随即在日军护卫下驶出了洛阳司令部。与此同时,洛阳城外的日军向北开拔。

送走了上司,宫本俊二回到了警备司令部。他闲庭信步地走到军用地图前,仔细地端详研究起来。

自"九一八"随队到中国以来,宫本俊二已参加了无数次战斗。中国人的顽强抵抗,并没有令这个狂妄的日本军曹对大东亚圣战的光明前景产生丝毫的怀疑。但自中原突进战以来,由于中国军队的顽强抵抗,日军步步受阻,每前进一步都要付出巨大的代价。狂妄并且喜怒无常的战争狂人不得不提醒自己必须谨慎小心起来,否则,棋差一着便再也难以挽回败局。

在日军攻占洛阳后的第二天,宫本俊二所在的第六十三师团曾向日军驻中国派遣军总司令部发战报称:"截至5月25日20时,已查明,洛阳进攻作战之战果与损失为支那中央军遗弃尸体4386具，被俘6230人；日本皇军损失为战死80名，战伤281名……"

这样的胜利再次昭示了大日本皇军战无不胜、以一当十的神话。但宫本俊二和野副师团长心里都明白，仅六十三师团在洛阳攻击战中实际死伤的将士何止千人！

战争往往只需要求得最后的胜利，洛阳最终还是被攻下来了。日军西进虽然暂时受阻，但是他们坚信支那人最终还是会灭亡。四百公里外的西京长安，那里不单单是一座城池，而是整个支那民族的根，十三个朝代曾在那个地方兴亡交替。现在东都洛阳已经被攻下，八百里秦川迟早会被踩在铁蹄之下，唐明皇的华清池迟早会成为大日本皇军的饮马地！

想到这儿，宫本俊二不由得激动起来。丢下铅笔，转身走到刀架前，"唰"地抽出了军刀。这柄刀窄长锋利，刀柄处有一朵用黄金镌刻的菊花。这是他和野副昌德一起活捉中国抗联首领杨靖宇后日本天皇的御赐宝物，也是他屡立战功的见证。

宫本取出手绢，爱惜地擦了擦军刀锋利的刀刃，得意地舞了个刀花后，一股凌厉的血腥之气肆虐开来。作为宫本家族的第十一代传人，他对自己的剑道从来不曾怀疑。有生之年，他确实仅仅败过那一次而已。

军士的"报告"声，这时打断了宫本的沉思。"什么事？"他头也不回地问。

"五天前，我们的一支小分队在追踪一名中国特工时失踪了。"日本军曹紧张地回答。

"八嘎！"宫本俊二气咻咻地将刀插进刀鞘中，上前甩手给了军曹一记耳光，"五天了，怎么现在才来报告？"

"嗨！"日本军曹点头道，"我们一直在派人寻找，可是至今连尸首都没有找到，所以一直不敢上报。"

"蠢猪！"宫本俊二背起手在屋里来回踱了两步，然后气冲冲地命令道，"立即严查！立即严查！"

"嗨！"日本军曹转身匆忙地跑了出去。

## 第五回　设家宴老者留情　借宿地他乡遇亲

星空如洗，夜风掠过黄河平原，泛起一股令人舒服的泥土的清香。刘爷爷设宴为淳空接风。失亲之苦摧肝沥胆，淳空不禁打破戒条借酒浇愁。老人着小童取出琴来，让小兰弹曲给振华解闷。小兰满脸娇羞，款款坐到琴前，调弦按徽，玉手轻轻一划，清新活泼的板头曲《剪剪花》就扑面而来，淳空心头的凝重为之一变。一段板头曲过后，小兰抬头瞅着淳空轻轻一笑，纤手再抚，《高山流水》的名曲便倾泻而下。

淳空不自觉地从袖口里抽出笛子，凑到嘴边，一时琴笛和鸣，令人忘忧。刘爷爷眯眼静坐一旁，似乎完全沉浸在如水的音乐之中。一段水乳交融的音乐过后，小兰娇羞地瞅着淳空，似要诉说什么，却又不知如何启齿。由于在寺院里习惯了满是同性陪伴的日子，甫与异性接触，淳空也极为不好意思地扭过头，直望那轮残月。

"太好了！"刘爷爷如梦方醒道，"有朋自远方来，不亦乐乎？今天我老头子也来献献艺。"说笑间，要来淳空的笛子，理了把胡须，径自吹了起来。淳空觉得老人的曲子有些陌生，但笛声高亢，犀利如矛，催人奋进。

"唉！"老人突然长叹一声，仰头念道，"山河破碎风飘絮，身世浮沉雨打萍。'九一八'以来，倭寇等昔日小国都蹬鼻子上脸，欺辱到了家门口，九朝古都洛阳已经失陷，听说不日就会渡过黄河，兵犯潼关，辱我泱泱中华古都长安啦！"

淳空和小兰蓦地被老人的悲怆所感染，呆坐一旁，一言不发。

"这是怎么啦？"小兰终于起身笑道，"爷爷！振华哥哥回来了，您不是挺高兴嘛，怎么尽讲这些伤心的事呢？"

刘爷爷这时从思绪中醒来，笑着说："你看我老糊涂了，净拣这些事败兴。来！来！兰儿再弹，让我们好好饱饱耳福。"

小兰于是重新坐下抚琴，琴声淙淙，如珍玉归盘、溪川入海。但刘爷爷的感叹，淳空再也无法从心间挥去，内心像落了铁块似的十分沉重。

在刘宅勉强住了几日，淳空遂以重回洛阳为由提出辞别。老人倏地睁开眼睛,端详了他一阵道:"你想寻仇?"

淳空咬了咬嘴唇,没有出声。

"有种!"老人点了点头,激动地说,"不愧是昊天的儿子。不过,你得答应我一件事。"

"什么事?"淳空问。

"先不告诉你,完事后必须回来。"老人捻须笑道,"有一件喜事等着你呢!"随后,老人吩咐下人准备了些干粮细软,待一切收拾妥当后,淳空便与刘爷爷、小兰等人一一告别,跃马东去。

过了黄河,已是日暮,雷声隐隐,大风撩起尘灰烈烈扬扬,似有盖世之态。要变天了!淳空不免十分焦急,催马登上一面土坡四处瞭望,见坡下白杨树丛里藏着一间土屋,忙疾驰而去。

到了屋前,上前叩门,一位头发斑白的老妇人迎了出来。"阿弥陀佛!"淳空双手合十道,"老施主,小僧是行路之人,能否借您的宝地避避雨?"

老人眯眼打量了淳空一阵,笑道:"快请。"

雨这时噼噼啪啪如炸豆一般落下。老人倒了碗水递给淳空,叹道:"没想到在家里就碰上高僧了!"

淳空羞赧地摆摆手说:"小僧浅陋,何敢妄谈大德。"

老人笑眯眯地说:"现在不是,将来终会是的。"

将来?淳空望着老人,欲言又止,将来的事有谁能说得清呢?

老人从屋内端出两碟菜和一盆稀饭,搁在案桌上,说道:"饭菜粗陋,若不嫌弃,就请高僧将就吃吧。"

淳空忙起身谢过。

吃饭时,老人问:"师父要去哪里?"

"洛阳李家村。"淳空随口应道。

老人眯着眼,高兴地说:"俺娘家也是李家村人,今天可算是遇上老乡了。"

淳空一愣,居然这样有缘!难得有高僧到访,老人一下子打开了话匣子,她把自己的遭遇悉数讲了一番:丈夫死得早,膝下留有一子,自己独自抚养。如今终于长大了,也还孝顺,就是整天在外与一帮狐朋狗友溜达,至今还没讨上媳妇,等等。

淳空漫不经心地问:"老施主可认识刘昊天?"

老人眼睛倏地一亮道:"当然知道啦!那可是个大善人呢。俺妹子就是嫁到他家的呀!"

淳空惊喜地问:"可是姓李?"

"正是!"老人高兴地说,"师父认识她?"

"听说而已。"淳空诺诺应道,心里一阵狂喜,二姨娘竟还活着!看来此次回洛阳,终于可以见到一个家人了。记忆里二姨娘人很好,曾亲手给自己做过鞋,只是未给刘家生下一男半女,在爹面前不敢高言。但她和娘处得好,两人平日里以姊妹相称,无话不谈。

雨下了一夜,当夜淳空就借宿在老人家里。淳空只想早日回到老家一探究竟,所以在老人家中歇息一晚之后便告辞离开了。等到牵马之时,却不见了马的踪影。昨夜明明是拴在院子里的!淳空扭头四望,四周哪儿有马的影子?心里不禁一颤,本想问一句,但瞅着老人幸福的神情,只得悻悻作别。

薄暮时分,终于回到了故土洛阳。记忆中宽大繁华的街道,早已不见。街上逼仄破败,到处是日本兵,他们三三两两地盘查着路人,稍有怠慢就枪托相加。淳空凭着记忆,小心翼翼地寻找多年前的家。终于在绕过一个街角后,见到了记忆中古宅前的大槐树。它已不再繁茂,半边树身似已枯死,只剩下另外半边歪斜着撑在夕阳里。

淳空奔过去,摩挲着古槐粗糙的树皮,脑海中依稀浮现出儿时的光景。儿时他经常与小伙伴在树下捉蟋蟀斗蛐蛐,或者手持弹弓比赛射树叶……而现在,大树像一位被遗弃的老人,孤独地守望着残垣断壁的家院。

十年前,这里到底发生了什么,凶手是谁?淳空抹了一把头上的汗水,缓缓坐到青石阶上,凝望着残垣断壁、蓬蒿乱草,心头不禁漫过一层深深的悲凉。

记忆中家院是雄伟的,雕梁画栋,气宇轩昂。记忆中,娘的头发很黑,眼睛湿湿润润的,像澄澈的潭水,一笑脸上便会现出一弯月牙来。娘教他吹笛,淳空肚皮小吹不动,娘就教他如何养气。在这个院子里,娘像一只大蜜蜂一样领着他这只小蜜蜂,飞来飞去……可现在,娘的尸骨已寒,而她唯一的儿子仍是懵懂不知。淳空起身,来到院中的石井前,俯身往下看。井水深邃而清幽,泛着神秘的光芒。这是生养自己的水呀!爹娘喝过,童年的自己喝过。淳空解开辘轳上的井绳,"扑通"一声放桶下去,然后打满一桶水上来。阳光下井水温润透明,淳空俯身,小心地掬起一捧准备一饮而尽。

"小心有毒!"身后突然冒出了声音。

淳空心下一惊,抬头望见乱墙间人影一闪,忙飞身追去。待到近时,只见蓬蒿扶摇,竟空无一人。他只觉蹊跷,怅然转回,再俯身仔细端详那桶水,怎么会有毒呢?"噗!"有什么东西掉进了水里,定睛一看是师兄送的玉观音。"阿弥陀佛!"淳空忙伸手将玉坠捞了出来。

菩萨依然宝相庄严,但座下原本亮闪闪的银饰顷刻间暗成了黑灰。淳空心下一凛,一脚踢翻了水桶。这哪里是水,完全是杀人的毒药啊!

淳空郁郁地坐回台阶,泪水再次涌了出来,这一切到底是怎么回事?抬头望,夕阳渐沉如水。

## 第六回  旧庄宅僧兵遇袭  众败寡"黑衣"遁离

夜空幽蓝,一轮上弦月在寂静地滑行,树荫里一只乌鸦"呱"地叫了一声,重重地拍了一下翅膀飞离了枝头。远处的笛声似有似无,如泣如诉。

"谁家玉笛暗飞声,散入春风满洛城。此夜曲中闻折柳,何人不起故园情。"淳空靠在故居的一堆破烂边念叨着。师父说,中国的诗词从不缺禅意,今天他才真正地有些体悟。

"咚咚!"耳旁突然传来怪响,淳空睁眼一看,几个人鬼鬼祟祟地在院子里走来走去,他们手持一根长长的竹竿,正往地下戳。这种东西淳空从小便认识,是洛阳探铲,专门用来探取埋于地下的古董宝贝。可他们怎么跑到我们"家"来探宝了?难道还嫌我们家受的灾难不大吗?淳空屏气凝神,准备探看究竟。"嗖!"一支火把突然向他飞了过来,他忙一侧身,将火把踢到一边。

"哈哈!"随之传来一通大笑。接着从残垣断壁的后面,蹿出几条黑衣大汉,为首的提一把匣枪,旋风般跃到淳空面前。

"什么人?"提匣枪的大汉喝问。

淳空合掌答道:"这句话,正是在下想问施主的。"

黑衣大汉又哈哈大笑了一通道:"看你这模样,像个和尚。听说当年豪绅刘昊天的宝贝儿子刘振华投了佛门,不会就是你吧?"

淳空心下一惊,仍故作平静地道:"阿弥陀佛!贫僧不知施主所云。不过,我佛慈悲,劝善戒恶,历来是我等分内之事。"

"给老子捆起来!"黑衣头领脸色一凛喝道。

几个黑衣人立刻向淳空逼近。淳空站在那里一动不动,听凭捆绑。这伙人见他竟无反抗之意,也就利索地把他绑了个结实。

"施主和刘施主是否曾有仇怨?"淳空试探性地问。

黑衣头领仰头大笑,并不接话,抬手道:"搜!"

几个黑衣人立刻上前抢过淳空的包袱,将东西抖落一地。"咚!"一声清脆的声响,笛子坠落地上。一个黑衣人小心地拾起来,呈给提匣枪的大汉。

黑衣头领接过笛子,仔细端详。竹笛通体洁净,月光下泛着清澈的微光。黑衣头领的嘴角渐渐地咧了开来,他缓缓地将竹笛凑至嘴边。

"别碰它!"淳空再也顾忌不了佛家的清规戒律,大嚷道,"你不能碰它!"

黑衣头领哈哈一笑,冲手下扬了扬笛子道:"兄弟们,你们知道这是什么吗?"

"笛子!"几个黑衣人懵懂地应道。

黑衣头领再次畅怀大笑道:"我们发财了。撤!"

一个黑衣人问:"这秃驴怎么办?"

"由他自生自灭!"黑衣头领说完,转身要走。

"放下笛子!"淳空喝道。

"什么?"黑衣头领停下来,扭转身,鄙夷地瞅着淳空。

"还让我再说一遍吗?"淳空睃了他一眼问。

黑衣头领一步一步踱到淳空的面前,突然拔枪冲他晃了晃说:"你好像很有种!"

"阿弥陀佛!"淳空盯着他说,"我只是请施主把我的东西留下。"

"哈哈!"黑衣头领仰天大笑,"那要问老子手里的家伙答不答应。"说着枪口对住了淳空的脑门。"啪!"说时迟,那时快,淳空飞起一脚将黑匣子踢飞,"扑通!"它随之掉进了井里。

"现在不用它答应了!"淳空道。

黑衣头领脸色通红,一挥手,几个黑衣人立刻从背后抽出砍刀,扑了上来。淳空身子一沉,只听"嘣"的一声,身上的绳索顷刻断开。围上来的几个黑衣人稍一迟疑,就被淳空打倒在地,动弹不得。黑衣头领见势不妙,转身就逃。淳空飞身撵上去,这家伙却突然转身,亮出一招阴损的"指裆锤",直指淳空要害。淳空急忙闪身躲过,当下小心地与他过了几招,然后瞅准空当一脚把他踹趴在地上。这家伙刚想爬起来,便被一把钢刀硬硬地抵住了脖颈。

"佛爷饶命,佛爷饶命!"黑衣头领抖抖索索地求饶道。

"把笛子交出来!"淳空握刀断喝。

黑衣头领极不情愿地从怀里掏出了竹笛,慢慢呈给淳空。淳空夺过笛子,小心地收进怀里,瞪眼喝问:"刘昊天一家是不是你们害的?说!"

这家伙脸色顿时一变,连连摆手道:"佛爷饶命!小的真的什么都不知道呀!"

"不知道?"淳空想再问他些什么,忽然另外一个黑衣人抬手扬了一把尘土,淳空挥手去挡,待到烟雾散尽时,地上已无人影。

"阿弥陀佛!"淳空冲着阒寂的夜色大喊道,"再让小僧碰上,就不客气了!"

这些究竟是什么人,他们怎么知道我的身世?莫非就是他们害了我们全家?淳空的脑子一下涌出很多疑问。一时又想到了笛子,便将其掏出来借着月光仔细地端详了一阵,难道它很值钱吗?淳空决定明天去一趟古玩市场，或许在那里会有什么新的发现。

## 第七回　易长笛初识唐英　出巷口偶救旺财

　　天蒙蒙亮，淳空走出废墟似的家园。大街上行人稀少，不时有挑着膏药旗的日本士兵巡查。平日里喜欢吆喝的小商小贩，也不知逃到什么地方去了。行人一律行色匆匆，如过街之鼠。

　　淳空来到城西大街，进了高大的丽景门，人流才相对稠密了一些，稍稍有了一些街市的热闹劲儿。街边聚集着城隍庙、妥灵宫、四眼井、文庙等一大批古建筑。数十家古玩店坐落在道路两旁。城隍庙前的街口摆满了秦砖汉瓦、唐陶宋瓷、古玩字画，这些色彩艳丽的物什，在千年后的东都散发着河洛文化的神采光华，可惜它们已不再存于盛世。守摊的小贩，见客人到来，热情地吆喝。有人窃窃议论："嘻，和尚居然也淘古玩了。"

　　淳空逡巡了一圈，径直走到一个摊位前，从袖筒里缓缓抽出竹笛道："烦请验验。"

　　摊主是个约莫五十岁的中年人，蓄着络腮胡子。他热情地接过笛子，熟练地从兜里掏出一只小镜子仔仔细细地端详了一阵。片刻，将笛子递还给淳空道："不是古件。"

　　淳空笑笑说："这个我知道。还有没有别的？"

　　摊主望着淳空，笑了一下说："此笛做工精细，取材安徽紫竹，是笛中精品，能值几块现洋……"

　　哦！淳空心里寻思，既然这样，昨夜盗匪怎么说会发财呢？难道区区几块现洋就算发财？想到这里，不禁苦笑道："这是故人留下的遗物，凑兴看看而已，没打算卖。"

　　摊主拍了下衣襟道："如果师父成对出售，或许会多卖几个钱的。"

　　"什么？"淳空有些不相信自己的耳朵，懵懂地说，"没有了，就这一支！"

　　"那另一支可能不在您的手上。"摊主平静地回道。

　　"你怎么会这么肯定？"淳空惊讶地问。

　　摊主笑着拿过竹笛说："你看这处接骨，明显刻了一个'龙'字。如果我没有看走眼的话,应该还有一支凤笛。龙凤合璧才更有情趣。"

淳空看见放大镜下果然有一个微细的"龙"字。

"阿弥陀佛!"淳空惊喜地收起笛子,拱手谢过摊主。

看来真有两支笛子!淳空心里寻思,即便这样,两支笛子又能值几个钱呢?盗匪不会是穷疯了吧?

"小师父!"后面突然有人招呼。淳空回头一看,不禁惊了,居然是黄河边上碰到的那个少年。此时他换了一身干净的蓝布服装,皮肤愈发衬得白净,人更显清爽。但想起那天在船上和小店里遇到的不快,淳空向他略施了一礼,转身走开。

"小师父,我们好有缘呐!"少年紧跟在后面说。

"缘由心生。"淳空道,"再会!"

说完,他快步走出古玩街,拐过一个十字路口,又进了一条小巷,这才登上街边的一座茶楼,要了壶茶,拣了个清净的地方坐下,想好好理一下思路。却见对面也坐下一人,不是旁人,还是那个少年。他也要了一壶茶,对着淳空思思谋谋地喝。

淳空将茶碗端起来,细心地吹了吹茶汤上的浮叶,轻轻地呷了一口。茶水油腻不堪,粗糙难咽。

"看来师父对古董很感兴趣?"少年探询地问。

淳空放下茶碗,逼视着他的眼睛问:"为什么要跟着我?"

少年"扑哧"一声咧开嘴笑道:"师父多心了!我本来就是街上皮革行里的伙计,隔十天半月就要去黄河边送一些货的,刚才不过是碰巧遇见你,一时觉得稀奇罢了。"

"哦!"淳空点了点头说,"这么说是误会了?"

"当然啦。"少年笑着说,"如果你信我,在下可帮你引荐一位古玩行里的行家,能让人长不少见识!"继而自报家门道,"兄弟叫唐英。"

淳空没有接话,放下茶碗起身向楼下走去,少年居然也跟着下来。

时值正午,太阳火辣辣的,行人更少了,街上愈显得空旷异常。突然有两三个兵押着一个人迎面走来,其中一人还牵着匹马。淳空注意到,那马通体泛红,鬃毛和尾巴都很短,暗红的毛皮烁烁闪光。

只听牵马的兵士冲一个日本兵嘟囔道:"太君,这次我们可立了大功了。这家伙我认识,是我们街坊老寡妇的亲戚。平日里就瞧他不顺眼,没想到他居然吃了豹子胆,敢与皇军作对。"

那个日本兵五短身材,像半截树墩,这时叉开嘴巴道:"哟西!哟西!"说着抬腿猛踹被押解人的屁股,"八嘎!袭击皇军。死啦死啦的!"

淳空的心里"咯噔"一下。

唐英这时凑上来问:"师父好像有什么心事?"

"哦……没什么。"淳空结巴着说,"我想找个地儿方便一下。"说完,转身钻进了街旁的一处民居。

"那……我在这儿等你。"唐英在后面喊道。

鬼子和伪军押着人犯高高兴兴地走进一条小巷,这是去司令部的一条捷径,这些人是想早一点领到赏钱。小巷僻静,平日走的人就不多,现在因为常有鬼子和伪军出没,巷口更是可以罗雀了。鬼子、伪军又说又笑,边走边编织着自己的发财梦。日本军曹端着枪,咧开腮帮子在后面"叽里呱啦"地笑。有个伪军操起枪托冲着被押解大汉的背猛砸了一下,厉声道:"快走!耽误老子领赏,有你苦吃。"

突然,牵马的兵士莫名其妙地倒了下来,接着叉开腮帮子笑呵呵的日本鬼子也倒了下去,紧接着又有两个伪军倒了下去……被押解的壮汉似乎感到有什么不对,回头瞅见面前像积木一样倒伏在地的鬼子、伪军,一时惊讶得张大了嘴巴。

"阿弥陀佛!"一声佛号传来,被押解的壮汉身子一哆嗦,扭身一看,一个浓眉大眼、满脸英气的小和尚,负手立于身后。

"谢谢师父救命之恩!"壮汉"扑通"一声跪倒在地,直往地上磕头致谢。

"别着急谢。"淳空悠悠地说,"小僧想请你帮个忙。"

"什么忙?"壮汉激动地道,"师父救命之恩当以死相报,只要能办到的,俺一定在所不辞。"

"你可认识李刘氏,小名叫翠娥的人?"淳空问。

"当然了!那是俺姨娘。俺就是想去她家看看,才碰上这些王八蛋的。"他兴奋地说,"师父怎么会认识俺姨娘?"

淳空没有接话,抬手拂了一下衣襟,悠悠地说:"烦请带路吧。"

壮汉伸手想去牵马,见淳空冲他笑,只得尴尬地缩回手道:"可惜啦,好骏……"

被押解的人叫张旺财,正是淳空来洛阳途中借宿的那位老大娘的儿子,也正是他偷骑了淳空的马,却没想到因此惹祸上身……

两人钻出小巷,来到较远的大街上。旺财这才艳羡地赞叹道:"师父真是好功夫,一眨眼就干掉那么多坏蛋!"

淳空笑着说:"佛门中人岂能乱开杀戒?也仅是打昏了而已。"

旺财闻言不禁脸色一变,着急地一跺脚说:"早知如此,我就一刀一刀结果了他们。这帮兔崽子抓了是死的,放了就要害人。"

正说着,只听远处传来"砰砰"的枪声,街上哨子声、脚步声顿时乱作一团,行人纷纷躲避。伪军、鬼子和一些便衣在街上窜来窜去。旺财拉起淳空闪进临街的一家院内。"准是那几个杂种醒了。"旺财悻悻骂道。

淳空无奈地摇了摇头,难道发善心还有错吗?两人一直等到外面彻底安静下来,才从又闷又湿的柴房里走出来。

旺财带着淳空绕了很大一段路,走进一条背街的胡同,两人在一所宅门前停了下来。旺财上前敲门,里面无人应声,伸手一推,门居然"吱呀"一声开了。两人被眼前的一幕惊呆了,只见一个老太太躺在血泊中。"姨娘!"淳空和旺财一下跌跪在老人面前,抱头痛哭。

淳空瞅见老人的胸口有一道细细的刀痕,血正从那里缓缓往外淌。

旺财俯身要抱起老人,放到床上,却被淳空挥手阻止。他俯身摸了一下老人的脉搏,脉息如雀啄屋漏,似是凶多吉少,不禁长叹一声。旺财在一旁大声地哭喊:"姨!姨!"

老人缓缓地睁开了眼睛,这是一双多么熟悉的眼睛呀!一片泪光,在她的眼角明灭,里面包含了太多的爱怜、难过、不舍……

"姨!都是我害了你!"旺财哭道。

老人使劲地露出笑容说:"男子汉不准……哭……你……娘……还……还……好吗?"

旺财使劲地点点头哭着说:"前天我还回去了。"

老人苍白的脸上浮现出了一丝笑意。

"姨娘!"淳空按捺不住内心的激动,忙上前喊道。老人有些吃惊,瞪大眼睛努力地盯着他。淳空赶紧凑上前说:"我是振华呀!"

姨娘仔细地端详着淳空,眼里突然掠过一股惊喜的光芒。"振华!"她嗫嚅着问,"真的是你吗?"

"是我!"淳空急切地说,"我小时候还穿过您做的鞋哩,好暖和呐!"

李姨娘的脸上露出一丝宽慰的笑意:"孩子,原……以为……今世再……也见不……到你了呢。"说着突然剧烈地咳嗽,一口血从嘴里涌出来。

淳空赶紧上前用布巾替她擦了。"快别说了,姨娘!您休息一会儿吧,我去给您找大夫来。"说完扭身要出去,却被李姨娘喊住了:"振华,别……走。我有话……对你……说。"

淳空含着泪道:"姨娘,您不会有事的。"

老人摇了摇头说:"不行了。没用了。你……站过……来,我要好好……看看……你。"

李姨娘轻轻地拉着淳空的手说:"像!真……像你……爹!"歇了口气后又问,"笛子……带在……身边吗?"

淳空赶紧从包袱里掏出笛子,递给她。

老人手抚竹笛光洁亮滑的漆面,身体剧烈地颤动着,泣道:"老爷……太太死得好冤呀!"继而又是一阵咳嗽。淳空赶紧去搀扶她,含泪问:"这个我都已知道了。您知道他们葬在哪儿吗?"

老人顿了一下道:"就葬在……邙山的……上清宫内。你看,他们……来接我……了。"

李姨娘的脸上闪过一缕红色的光芒,气息顿时急促起来。她大口地喘着粗气,紧紧攥着淳空的手说:"这……笛子还有一把,可惜我……你要……要……"老人的话语太微弱了,声音已无法听清。

"姨!"旺财抹了一把泪,大吼一声,"我要给您报仇!"

淳空忙飞身拦住他,问:"要找谁报仇?"

旺财圆睁着一双血红的眼睛吼道:"你是猪脑子吗?当然是鬼子了。我要宰他娘几个,为俺姨报仇!"

"你怎么这么肯定?"淳空冷峻地问,"如果是鬼子,为什么要将大门掩上?为什么不用枪,反而使刀?而且刀法又是如此怪异呢?"

旺财猛地冲淳空当胸打了一拳,怒道:"老子才不管那么多为什么,老子只知道杀人就得偿命!"说着就又要往外冲。

淳空苦笑了一下,赶上去冲他的后脑勺轻轻一拍,"扑通!"这个莽撞的家伙立马晕倒在地。

## 第八回　议兵事宫本狂怒　获要职骏雄张狂

洛阳警备司令部内,宫本大发雷霆,指着面前的日本军曹破口大骂:"八嘎!蠢蛋!"又指着那两名战战兢兢的伪军骂道:"你的良心大大的坏了!对大日本皇军大大的不忠。"

两名伪军吓得"扑通"一声跪在地上,磕头如捣蒜一样道:"太君!太君!小的对天皇真是忠肝义胆,绝无二心呀。请太君饶命!"

这时,身边一位年轻的日本军官上前劝道:"司令阁下,支那特工的确非常狡猾。前些天,我们在上海特高科的几位同仁就被他们所害。我看此事得从长计议,目前正处于用人之际,不如先让他们戴罪立功。"

宫本焦躁地来回踱了几步,然后向后挥了一下手。几个日本兵和跪在地上的伪军犹如捡到了救命稻草,连滚带爬,溜出了门。

宫本扶了扶金丝眼镜,冲着那个日本军曹说:"川田君,现在洛阳社会很不符合天皇建设大东亚共荣圈的要求。重庆军统、山西八路,还有汤恩伯留下的残兵败将,总是给我们找麻烦,情况非常复杂。现在我要求你们……"

川田"啪"地一声立正:"听候宫本阁下差遣。"

宫本命令道:"……必须在24小时内找到线索,48小时内抓捕到那个漏网之鱼。我倒要看看,他到底是什么来路!"

"嗨!"川田点头磕脚,转身准备退出。

"慢!"宫本叫住了他,递过来一张字条说,"你找这个人来见我。"

"嗨！"川田接过字条，大步跨出门，冲院里的日本兵叽里咕噜了几句，一队日军迅速集结，并突突地发动起摩托车耀武扬威地出了司令部。日军的摩托队在大街上横冲直撞，最后七扭八拐地来到一处旧宅外停了下来。几个日本兵跳下去砸门。

一个门倌从里面出来问："你们……找谁？"

"请问，张骏雄先生住在这里吗？"川田慢条斯理地走下车问。

"老爷在后花园！"门倌哈着腰说，"我这就去通报。"

"不。"川田抬手制止道，"你的前面带路！"两个日本兵留在门前站岗，其他的随川田进了宅子。一行人穿过庭院，径直走进后花园。

园内一位身着白衫的大汉正在槐树荫里练拳，一队白衫黑裤的年轻人肃立一旁，正认真观学。白衫大汉拳如流水、滔滔不绝、身似海绵、步履无声，令人分不清他到底是在舞蹈，还是练拳。

川田冲身后努努嘴，两名壮实的日本兵立刻丢开枪扑向大汉。白衫大汉脚步轻移，好似猿猴一样躲开两名壮汉的攻击，然后抖动双臂，在他们的身后轻轻一拍，只听"咚咚"两声，两名日本兵纷纷倒地。两人爬起身想继续攻击，被川田喝退。

"哎呀！真是百闻不如一见。"川田这时换上一副笑脸，拍着手问，"阁下可是张骏雄先生？"

"正是在下。不知各位有何贵干？"张骏雄挺起胸脯疑惑地问。

"一位故人想念阁下，特意派我来接您去一叙。"川田笑着说。

"故人？"张骏雄皱起眉头道，"不知故人尊姓大名，现在何处？"

川田笑着说："先生跟我们去见见，自然就明白了。"

"干什么？"张骏雄身后的一帮徒弟这时跳出来怒目喝问。日本兵"哗啦"一声，全拉动了枪栓，祸乱一触即发。

"哈哈！"张骏雄仰头大笑道，"误会，误会！既然太君诚意相邀，那么在下就会会那个故人吧。"说完扭头斥责道，"还不退下！"

"这就对了嘛。"川田冷笑道，"张先生请！"

宫本正在办公室里细致地擦那把军刀，刀柄处的那朵金色菊花被擦拭得闪闪发亮。川田微笑着进来报告："客人到了。"

门外张骏雄熟练地摘掉礼帽，弹了弹袍褂，踏步进来，拱手道："太君，下午好！"

"请坐！"宫本依然背着身子，擦拭着手里的那把军刀。

张骏雄故作惊讶地问："太君喜欢刀？"

"当然。"宫本得意地说，"刀是大日本帝国军人的魂魄，每一个帝国武士都有刀。"

"那是，那是！"张骏雄讨好道，"帝国军人实在是刀下无敌。"

"看来阁下也喜欢这个？"宫本似笑非笑地问。

"不，不，鄙人仅是看看而已。"张骏雄谦恭地说，"哪里有太君的气度！"

"不！"宫本扬了一下眉毛说，"阁下是大日本帝国的朋友，朋友之间就不要过谦了。"说着起身将刀收进刀鞘放回刀架，转身微笑地望着张骏雄。

张骏雄一下子呆了，半响才脱口叫道："宫本俊二！"似觉得不妥，忙又改口道："太君！"

宫本哈哈大笑道："老朋友，没承想过去这么多年了，咱们还能在这儿见面。"

"是呀！"张骏雄诺诺道，"宫本太君真是越来越精神了。"

"多谢夸奖！"宫本俊二笑容可掬地说，"阁下这些年都在忙些什么？"

张骏雄拱了拱手说："时局艰难，带几个小徒弟混日子。"

"嗯！"宫本扶了扶眼镜故作叹息道，"老兄文韬武略，功夫深厚，是当今中原少有的俊杰，落到如今这步田地实在是太可惜了！"

张骏雄没想到自己在这个高傲的日本人心中还有这样的评价，不禁有些自得，摆手道："好汉不提当年勇，不提当年勇！"

宫本俊二笑眯眯地说："眼下我这里倒有一份差事，能让骏雄兄一展凌云之志。"

"什么事？"张骏雄有些纳闷地问。

宫本笑着说："洛阳的地方治安还得靠地方人维持。这维持会会长一职，张先生是最佳人选。"

张骏雄霍地站起来，连连摆手道："鄙人如今年老力衰，啥事也干不了，眼下只想带几个徒弟混个生活罢了，太君……"

"怎么，阁下是不想和大日本帝国合作了？"宫本脸色忽变，硬着嗓子，目不转睛地盯着张骏雄。

"不，不！"张骏雄抹了一把额头上的汗珠道，"鄙人绝不是这个意思，鄙人是想自己何德何能，竟能获得太君的信任，谋取如此重职……"

宫本轻松地笑道："张先生的手段，我是清楚的，大胆干吧，我给阁下撑腰！"

"嗯……嗯。"张骏雄应承道，缓缓地起身告辞。

"慢！"宫本伸手挡住了他，"此次请会长来，还有一事相商。"说到这里，他伸出两个手指，搓了一下唇角的仁丹胡，踱了两步，走到张骏雄身边耳语了几句。

张骏雄眼珠飞转，点头嗯嗯道："太君放心，太君放心！"

张骏雄走出警备司令部大门的时候听见有人叫他，回头一看，川田正坐在身后的小车里。

"恭喜张会长！"川田从车窗里探出头说，"怎么样，到天香居喝茶庆贺如何？"

张骏雄似乎有些犹豫。这时，川田的跟班翻译板起面孔道："怎么，当上会长就不给川田太君面子了？"

"哪里，哪里！"张骏雄赶忙弯腰上了车。

一行人到了天香居，进了雅座，刚品了两口茶，川田便笑道："其实请会长大人来这里，还有一件小事，烦请帮办！"

"什么事？"张骏雄硬硬地问。

"昨天城里不知打哪儿混进来的小毛贼，居然打伤了皇军，抢走了我们的俘虏。宫本司令为此非常生气，责成我们必须严办。"川田气哼哼地说。

"有这事？"张骏雄有些惊讶。

"嗯。"川田尴尬地点点头说，"这伙人身手了得，皇军和皇协军被袭击后，居然连人影都没有瞧见。"

"太可惜了!"张骏雄击手道,"天皇士兵威猛如虎,真是太可惜了。"

川田听着这话感觉有些别扭,不知道对方是在夸奖还是在奚落。他盯着张骏雄继续道:"奇怪的是,我们的人仅仅被打昏,并没有致死,这与那些重庆军统的手法似乎截然不同。"

"哦!"张骏雄又是一惊。

"会长大人在此地人脉甚广,在下就是想请会长大人帮忙查一查。"说完,直直地盯着张骏雄。

"当然。"张骏雄拱手道,"在下一定不会辜负太君的器重,全力彻查此事。请太君放心。"

"好!张会长出手,这件事情就有眉目了。宫本司令要我们在两天内向他报送最新进展,否则,你我都无法交代。现在我就恭候阁下的好消息了。"说完起身下楼去了。

张骏雄拱手送走川田,闷闷地坐回椅子上,又喝了一阵茶,觉得无趣,这才走下楼,叫了辆黄包车,往家里赶。

"恭喜老爷,贺喜老爷!"管家迎上来拱手禀道,"刚才日本皇军给您送聘书了,老爷这下要当官喽。"

张骏雄未置可否地笑了笑,端起桌上新沏的茶,掀开盖子,呷了一口道:"这是逼良为娼呀!"

管家立即顺着说:"是呀。我听说开封维持会的王麻子不久前就被人收拾了,头挂在电线杆子上,死都没人收尸……"说到这里,发现主人盯着自己,忙掩住嘴,垂头不语。

张骏雄抿了口茶,良久叹了一口气说:"宫本为人歹毒,如果今天老爷我不答应,恐怕……"说到这里,他顿了一下,似乎想起了什么,吩咐道:"待会儿去叮嘱手下,今后与日本人打交道,都得多长个心眼!"

"是!"管家回道。

张骏雄又呷了口茶,皱起眉头道:"依你看,从日本人手里抢人,又不伤害兵士性命,会是何人所为?"

管家揪住胡须,瞪着眼睛,想了想说:"这……不会是神仙吧?"

"对呀!"张骏雄闻言猛地拍了一下桌子道,"我怎么把这茬儿给忘了！"

## 第九回　葬姨娘僧兵落寞　断长笛机密始现

　　乌云遮月，夜黑如锅，洛阳城北翠云峰邙山道上，有两人推着一辆独轮车"吱吱扭扭"地走着，他们前面大概一二里的地方矗立着一座青砖庙院，此时正传来法鼓钟磬之声。两人正是淳空和旺财。亡者为大，淳空终于劝服旺财，葬了姨娘再谈报仇之事。

　　来到庙宇前，淳空上前敲门，门"吱扭"一声开了，随即探出一只灯笼，照出一片亮光。"施主找谁？"一青衣道士站出来问。

　　淳空稽首道："道长，小僧有事想拜见掌门。"

　　道士似乎有些犹豫，这时里面一个苍老的声音问："景明，谁人造访？"

　　语音刚落，却见一老道来到门前。此人着一袭藏青色的道袍，扎着白色绑腿，鹤发童颜，神气清扬。淳空上前稽首道："老修行，小僧淳空来访。"

　　老道回礼，捻须问："淳字辈，那寂一是你什么人？"

　　听语气，他好像和师父很熟，淳空稽首道："正是家师。"

　　"噢！"老道捻须而叹，说："那进来吧。"

　　淳空和旺财赶紧推着小车进门。青年道士这时横臂拦住独轮车问："这是什么？"

　　"这是俺姨娘！"旺财红着脸说，"被鬼子害了。"

　　青年道士神色有些紧张，错愕道："师父，这……阴人入庙会带来灾殃的！"

　　辨机法师揪住胡须沉吟了一下，袍袖一挥说："进来吧。"

　　进得庙来，淳空冲辨机法师"扑通"一声跪下道："感谢道长收留爹娘的遗骨。"

　　辨机法师目光炯炯地盯着淳空道："你俗家是哪里？"

　　淳空挥泪道："俗姓刘，小名振华。刘昊天就是家父。"

　　"哦！"法师长叹一声，俯身拉起淳空说，"你是想把她和你爹娘葬在一起?"

淳空抚泪点头。

辨机法师双目微合,轻声说:"好吧。请随我来。"

青年道士掌着灯笼在前面引路,一行人穿过长长的殿廊,径直到了后院,然后在一座坟茔前停了下来,昏黄的灯光映着半截石碑,上书"居士刘昊天之墓",紧挨着又是一截石碑,上书"居士刘马氏之墓"。暗夜中,坟茔孤清萧瑟,几只蝈蝈在夜风里低鸣。

十年了,朝思暮想的爹娘,竟化作荒野上的一抔黄土!淳空跌跪在墓前摩挲着粗糙冰凉的石碑,止不住失声痛哭。辨机道长在旁叹了一声:"天下事了若未了,何不以不了了之。"

小道士扛来两把铁锹,淳空抹泪站起身,和旺财一起挨着爹娘的坟边葬了李姨娘。

从墓地下来,道长安排淳空和旺财到知客堂休息,两人用完斋饭,歪在床上躺下。许是太累,旺财很快便鼾声如雷,淳空却翻来覆去,久久难以成眠。

这到底是怎么回事?爹娘被害,姨娘被害。佛说三世因果,难道这都是我的错吗?淳空辗转反侧。

外面突然传来窸窣之声,淳空忙下床,闪出门一瞧,夜空乌云散净,银月当空,四下寂无一人,只有一只猫"嗖"地一下跃上屋檐,不见了踪影。怪事!淳空叹道,莫非自己中了魔怔?于是负手在廊下郁郁地踱了几步,又斜倚廊栏,从袖筒抽出笛子悠悠地吹起来。笛声如溪,令他暂时忘却了悲哀和伤痛。忽然想起李姨娘临死时说的话,又进屋挑起灯,翻来覆去地瞧手中的笛子。

"嘭嘭!"有人敲门。

淳空忙收起笛子,去开门。只见随侍道士站在门口,抱拳作揖道:"尊师请高僧到堂前一叙。"

淳空整理了一下僧衣,跟着随侍道士前去。只见方丈屋内布置简洁,正面的案桌上供着三清神像,侧面摆一套桌椅,粉壁上挂着一柄宝剑,辨机法师正在打坐。淳空合十稽首后侧身坐在一旁的圆凳上。随侍道士沏完茶，掩门而去。

良久，法师微睁双目，目光炯炯地注视着淳空问："出家有十年了吧？"

淳空合十点头："衲龄十岁。"

"你师父还好吗？"道长问。

淳空回道："多谢道长挂念，严师一向很好。"

辨机法师重又颔首闭目。过了一会儿，又睁开双目说："令尊是老道的故交。当年你们家遭劫难，贫道听说以后万分难过，便下山雇人将他们葬在这里。当时有人说你中途走散了，但我知道你还会回来的。今天见你一表人才，谈吐儒雅，看来寂一在你的身上花了不少心血……"

淳空合十恭敬地说道："小僧资质驽钝，枉费了师父的一片苦心。"

辨机法师双目一闪，问："刚才是你在吹笛？"

淳空说："是的！"

辨机法师道："恕贫道直言，你尚未开悟！"

淳空的眼睛一下瞪大了，这话多么熟悉，师父就曾这么评价过自己，言犹在耳。

"是。"淳空合十如实禀道，"小僧愚钝，尚不能领会菩提之意。"

"把笛拿来我看看。"辨机法师说。

淳空有些意外，从袖筒里抽出笛子呈上。辨机法师接过笛子，连声赞叹："好笛！好笛！"突然用力向下一掼，"当啷"，笛子顷刻断为两截。

淳空震惊了，这可是娘留给自己的遗物，简直就是自己唯一的"亲人"，可这个"牛鼻子"居然敢毁掉它！

他霍地站起来，就要发作。但辨机法师袍袖一拂，一股寒风随之劈面而来，逼得淳空又跌坐回凳子上。好厉害的功力！多年来，这样的功力，他只在师父那里领略过一次。有一次师父让他诵《金刚经》，淳空感到厌倦，背着师父烧了那部经书，师父生气，袍袖一拂，当下翻他一个筋斗。听师兄讲，这样的功力至少得几十年修炼。

这个老道居然如此厉害！淳空挣扎着站起来，要和他拼命。

辨机法师向下一指笑道："那是什么？"

淳空一瞧，只见笛子的碎屑中竟夹有一张薄薄的纸片！连忙俯身拾起纸片，两行细微的墨字赫然在目：国破山河在，王师北定中原日。

这是什么意思？淳空百思不解。

辨机法师哈哈笑道："不破不立。去吧，去吧。"说完闭目打坐，宛如石雕。淳空忙收拾起笛子残屑，悄悄退出方丈室。

回到知客堂，淳空脑子里一团乱麻。自己珍藏这么多年的笛子，怎么就不知道它里面藏着字条呢？"国破山河在，王师北定中原日"，这里面到底暗含什么玄机呢？

想着想着，竟昏然入梦。

## 第十回　逢险况僧兵迫离　入匪窝唐英复现

迷糊中，淳空被一阵嘭嘭的叩门声惊醒，只听随侍道士站在门外慌张地说："不好了！山下来了好些兵，师父让我领你们赶快从后门离开。"

什么？淳空的脑袋一激灵，忙回身去摇旺财。"快走！"淳空催促道，"日本鬼子已撵到这儿来了。"旺财闻言霍地跳下床来，两人收拾了一下，跟着随侍道士，拣后门奔了出来。淳空在心里暗暗向爹娘拜别：安息吧，孩儿以后一定再来祭奠你们！

出了后门，两人沿着山腰间的细径往密林深处走。旺财边走边骂娘："小鬼子，老子操你们八辈子祖宗！爷爷早晚要找你们算账！"

阳光穿过浓密的树林，洒落在山道上，整个林子雾气腾腾，幽静神秘。一只鸟"扑棱"一声蹿出树枝，清脆地叫了一声，顷刻间鸟鸣不绝，树林里逐渐热闹起来。

两人在山道上急如星火地走着，忽然周围雾气开合，似乎隐藏杀气，淳空猛地飞身扑过去压住旺财。旺财不明就理，正要叫骂，"嗖！"一柄长刀掠过二人的头顶，插进了一旁的树干中。

"身手不错嘛！"有人大声嚷道，树丛里旋即钻出几个手提钢刀的壮汉，其中一人端着杆汉阳造。

旺财揉了揉眼睛，突然扯起嗓子骂道："瞎了眼啦！妈的，不识老子了！"说着上前一把搂住一个汉子嘻哈大笑起来。

汉子嬉笑道:"是二当家呀!刚才雾气大没看清,你可别怪兄弟哟!"接着又冲淳空瞭了一眼,不解地问:"你说回家娶老婆,怎么媳妇没娶上反倒带个和尚回来?难不成你们……"周围传来一通爆笑。

淳空端详着这一切,心里明白了,自己这是进了土匪窝了,但他怎么也没想到,旺财居然是个令人生厌的土匪!

这时,那个拿枪的土匪冲淳空扬扬枪口道:"滚吧!俺们这里有酒、有肉,就是不能有和尚。"

"别!别!"旺财忙出来阻拦说,"这人是爷的救命恩人,也是爷的紧要亲戚。现在鬼子正在抓我们,让他也回寨子里避避吧!"

那个端枪的低声嘟哝道:"二当家的忘了大当家的怎么交代的?现在东山几个鬼子对咱虎视眈眈,不小心不行!"

旺财闻言,为难地叹了口气,无奈地望着淳空。

"阿弥陀佛!"淳空合十转身离去。

"师父!师父!"后面传来旺财焦急的喊声,"你小心点儿!"

淳空心里暗暗发笑,出家人早已身附佛门,天大地大,何谈什么小心?只是眼下大仇未报,性命已非自己所有。

他缓缓走下翠峰岭,忽然瞅见前面树林中依稀有亮光闪动,飞身跃上一枝树杈,张眼一望,前面一箭之地匍匐隐藏了一些穿着黄色军装的人,烁烁闪光的正是离鞘的刺刀。

这帮畜生!淳空暗骂了一句,低头仔细观察了一下周围,发现左边的山丘下是一道险峻的绝壁,荒草离离,葛藤密织,没人在那里把守。当即跃下树,潜到挂壁前,手扯葛藤,纵身而下。十年来,自己曾跟随师父苦练轻身术,虽然没有练就初祖达摩一苇渡江的本事,但飞檐走壁倒不是难事。

下到谷底,顺着侧壁七拐八绕间便出了谷口,回头望了一眼云雾中的翠云峰,淳空不由得长嘘了一口气。

"叫人好等呀!"肩膀突然被人轻拍了一下,淳空猝不及防,惊讶地扭头一看,竟又是唐英。唐英面带微笑,揶揄道:"可真是叫人好等呀!"

淳空的脸上有些火辣辣的,出家人不打诳语,可这次自己的确说了谎话，只得合十念了声佛号。

"跑哪儿去了？"唐英问。

"阿弥陀佛！"淳空说，"无来无去。"

"是吗？"唐英故意点了两下头。

淳空不再理他，转身往城里走。他想，鬼子可能是顺着车辙印找到了自己，但他们并不认识自己，现在回城里反而会更安全，并且那天夜里的黑衣人异常古怪，淳空确信他们一定知道笛子里面的秘密。找到他们，就能顺藤摸瓜找到杀害亲人的凶手了。想到这里不禁大步流星，向城里走去。唐英依然像尾巴一样亦步亦趋，跟着他。

"唐施主！"淳空站住身，扭过头问，"你我不是同路人吧？"

唐英睁大了眼睛反诘道："谁跟你了？我恰是也要回城里去。"

淳空使劲地睁大眼睛，想看看这个无聊的人到底想干什么？可这家伙居然也盯住他看，一双眼睛黑白分明，倒也有神。淳空无奈地转身继续向前走去。

"砰！"前面村子里突然传来一声枪响，接着隐约传来女人的哭闹声。淳空顿了一下，扭身快步跑了过去。只见两三个鬼子正在对一个妇女施暴，一个中年男人仆在地上，头上流出汩汩的鲜血，他的手里紧紧地攥着一把锋利的柴斧。

妇女已被撕脱了衣服，正在拼死反抗，一个日本兵揪住她的头发，几个日本兵抬起皮靴踢她的肚子，想把她踢晕。

光天化日之下强抢民妇，还有没有王法？淳空怒火中烧，俯身拾起两块瓦砾，抬手一扬，"嗖！嗖！"瓦块不偏不斜地击中了那两个正在施暴的日本兵的脑袋。两人摇了摇头，"扑通"倒了下去。

站在旁边观看的鬼子受了惊，立即卧倒，向淳空这边射击，"砰砰！"子弹打到墙垣上溅起阵阵土花。淳空机智地绕到墙后，"嗖！"又是一块瓦片飞过，鬼子立刻躺在地上不动了。

淳空抢步进院，看见妇女使劲地挪动着自己的身子，向那个手握柴斧的汉子移动，黑红色的液体顺着她的脸、脖子流下来，洇湿了地面。"阿弥陀佛！"淳空悲痛地闭上了眼睛。

女子终于爬到了男人身边,她用沾满了鲜血的手,深情地抚摸着男人的脸,将自己的脸紧紧地挨贴上去。突然她猛地举起男子手中的柴斧抹向自己的脖子——卟!鲜血喷溅了一地……

悲痛,巨大的悲痛冲击着淳空,他上前将女子的衣服轻轻地往下拉了拉,尽量保留住她最后的尊严。"砰砰!"又是一阵枪响,远处传来"咚咚"的脚步声和鬼子叽里呱啦的叫喊声,一个人冲过来拉起他道:"快跑!"

## 第十一回　黑松林僧兵戏猪　逞威风鬼子围猎

银月如钩,黑漆漆的山林深处闪烁着一堆篝火,淳空和唐英正围火而坐,默默无语,只有风吹树叶发出的沙沙声。

"真恶毒!"淳空余恨未消,"这些日本人到处杀人放火,奸淫掳掠,到底是鬼还是魔!"

唐英手拢双膝,无声地注视着眼前跳动的火苗,怔怔出神。

"你在想什么?"淳空憋不住问,"难道就没有丝毫的触动吗?"

唐英依然没有吱声。

"草菅人命!"淳空瞪着眼睛继续斥骂道,"简直十恶不赦!"

"别冲我吼,好不好?"唐英这时霍地一下站了起来道,"我又没有害死那些人!"

淳空顿了一下,觉得自己有些失态,笑了笑自嘲道:"大火身前热,风吹背后寒。"索性跌坐火前,默诵起《金刚经》来,"如是我闻……"

良久,林子里发出一阵可怕的声响,接着传来"牙爹、牙爹"的声音。淳空睁眼一瞧,唐英不见了。

他倏地跳起来,循声奔去,林子深处一只黑乎乎的家伙正嘎嘎地啃咬一棵树,树干摇摇晃晃,眼看就要倒下来。树上唐英拼命地抓着树杈,双脚乱蹬,连呼救命。

野猪!淳空脑子一激灵,俯身摸起一个石块投了出去,啪的一声正击在猪头上。野猪摆了摆头,嚎叫一声,扭身向淳空冲来。

淳空借势跃上一个树杈,低头向下一看,野猪居然疯了一样向树干冲过来。"嗵!"树干猛烈地摇晃了一下,险些被撞断。这时野猪像发了疯一样,又退后了几步准备发起第二次冲锋。

怎么办?淳空突然想起了火堆,迅速跳上了另一个树杈。野猪见一时拿他没办法,又折身向唐英奔去。淳空忙掰下一节树皮,"嗖"地打过去。野猪显然发怒了大声怒吼,向淳空冲来。

淳空逗引着野猪来到火堆旁,迅速抽出一根燃烧正旺的柴火,冲这个披着刚硬鬃毛的家伙一挥。"嗷!"野猪叫了一声,没命地逃进密林里。淳空举着火把来寻唐英,见他正缩在树杈上,瑟瑟发抖。

"没事了。"淳空冲他喊,"下来吧!"

唐英往他身后看了看,终于松了口气,从树上滑下来,无精打采地道了声:"谢谢!"

回到火堆旁,淳空冲一棵树猛踹了一脚,两人的头顶上立刻下起了一阵噼里啪啦的"大雨",一些熟透了的栗子落了满地。淳空俯身将栗子拾起来,送进火堆。唐英惊讶得睁大了眼睛,觉得有些不可思议。"你真聪明!"他赞叹道。

淳空不以为然地笑了笑。其实,刚才打坐的时候,他就已经嗅到了栗子的清香。

不一会儿,空气中飘起了烧熟了的栗子的清香,淳空用棍子将栗子拨出来,轻轻一敲,金黄香甜的栗肉顷刻露了出来,令人馋涎。唐英在一旁瞪着一双大眼,口水都要流出来了。

"尝尝!"淳空捧起几颗送给唐英,他小心地接过,拈起一颗,轻轻地咬了口,赞叹道:"哇,好香哇!师父,你真是太棒了!"

淳空不好意思地笑了笑说:"慢慢吃,这里还有很多呢!"

唐英使劲咽下一口,慌乱地点点头说:"好吃好吃!"

"'牙爹'是什么意思?"淳空问。

唐英瞪大了眼睛,似乎不明白淳空的意思,良久才不好意思地说:"我从小遇见危险就犯迷糊,喜欢乱喊乱叫的。可能是想喊我老爹来帮我吧?谁知道呢,反正糊涂了。"

"哦。"淳空若有所思。

吃完栗子，唐英打着饱嗝道："师父，这真是美食呀。如果现在……有美曲相和，将是人生的一大享受。"

淳空蹙眉道："可是我没心情。"

"那就更应吹笛子了。"唐英劝道，"这样才能排遣心绪呀！"

"也许是吧。"淳空说，"但我现在真的没有兴致。"

唐英见淳空确实心情不佳，便想转换话题，问："师父，你俗名叫什么？"

"刘振华。"淳空机械地答道。

"那我今后就叫你振华哥哥了。"唐英扭头冲淳空笑道。

"不！你还是叫我淳空的好，或者什么都不用叫。"淳空拒绝道，伸手拉过包袱垫在头下说，"早点儿休息吧！"

天亮时分，他们被一阵"叽里呱啦"的叫声惊醒，一群日本鬼子将他和唐英严严实实地围在了中央。

"你的，什么的干活？"一个留着两撇小胡子的军曹问。

"小僧淳空。"淳空定了定神，合十回道。

"起来！"一个兵冲唐英踹了一脚吼道。

唐英一骨碌爬了起来，揉着惺忪的睡眼嚷道："叫什么？大清早的，搅得人不安生，你们是干什么的？"

"嗨！敢顶皇军？"旁边一个矮胖的军曹嚷道，"看老子不宰了你。"说着扬起刺刀就扎唐英。

唐英一闪，躲在淳空身后毫不示弱道："来呀！有种的刺我呀。"

持刀的鬼子撵过来二话不说，劈面向淳空刺来。

"阿弥陀佛！"淳空双手合十，锋利的刺刀被他牢牢地夹在掌中。

"施主，怎么不问青红皂白就伤人呢？"淳空淡然问道。

鬼子握着大枪进退两难，憋得满面通红。"八嘎！"周围的几个鬼子这时拉起枪栓，冲淳空瞄准。

淳空双掌一开，正使蛮劲抽刀的鬼子一屁股蹾在了地上，周围的几个兵忍不住呵呵笑成了一片。那个家伙爬起身，还想扑上来，却被小胡子军曹挡住了。

他冲旁边一个戴眼镜片的瘦猴咕哝了几句,瘦猴翻译立即上前说道:"太君问你们是从哪里来,要到哪里去呢?"

淳空说:"小僧云游而已。"

翻译官又回头躬身对小胡子耳语了几句,小胡子眯着眼睛笑着问:"这位小兄弟是?"

唐英抢到淳空身前说:"他是我大哥,怎么样,尝到我大哥的厉害了吧?看你们能把我怎么样?"

淳空忙制止说:"别莽撞!"

小胡子微笑着说:"高僧既然云游,不妨到皇军的军营里走一回,帮助皇军谋取圣战胜利如何?"

"这个好像很难。"淳空说道,"小僧正有要事要办……"

"唰!"小胡子从腰里抽出匣枪,在手里呼呼旋了一圈,周围的鬼子也立刻冲他们举起了枪。

"别!别!"唐英忙上前阻止道,"我们可以好好商量商量……"

"好吧,千万别让皇军失望。"瘦猴翻译官抬手朝上推了推鼻梁上的眼镜说,"皇军可没有那么多的耐心。"

淳空此刻义愤填膺,恨不得将他们一一踢翻在地,但洋枪的威猛是见识过的,一时进退两难了。

唐英这时附身过来劝道:"振华哥哥,咱好汉不吃眼前亏……"

淳空想了想,俯身拾起地上的包袱道:"那走吧!

## 第十二回 初入狱川田邀武 奇恩情僧兵脱狱

大街上,淳空和唐英被鬼子兵押着往前走。几天前旺财就是这样被押着的,没想到这么快就轮到了自己。淳空想,尘世间发生的种种真像一出戏,连出家人也不能远离这条铁律。

鬼子将他们押到监舍,一个鬼子扬起枪托冲淳空猛砸了一下,便把他们各自关进了狱舍。淳空醒来时,已是傍晚,感觉自己躺在坚硬的地板上,脑后一阵阵地发麻。

本能中记起了一同被抓进来的唐英,于是小声地唤了一声,却没人应声。淳空发现自己的手脚都被捆住了。心中暗暗嘀咕，世界到底是怎么了？到处是流血和杀戮。听师父说，日本人也笃信佛教，可一路上遇见的种种事情教人如何相信他们是佛的虔诚信徒呢？

"魔！"淳空扬眉道，"正邪势不两立！"

这时外面有纷乱的脚步声传来，"哐当！"牢门被打开了，几支电光直射进来，淳空只觉眼睛涩得难受。

几个鬼子端着枪进来，一个上前冲他头上罩了个袋子，一根硬邦邦的东西随即顶住他的后腰，架起他向外走。

走了好一阵子，头罩被去掉，刺目的灯光晃得淳空一阵眩晕。过了一会儿，适应过来，他才发现自己被带到一个宽敞的大房子里，一群人围成一圈，盘腿而坐，满脸的杀气。

他们带自己来这里想要干什么？淳空有些纳闷。

一个壮汉这时站起身，冲淳空叽里呱啦地说了一阵鸟语。那个瘦猴翻译官推了一下鼻梁上的镜框说："川田太君说了，想见识见识阁下的真功夫。"

淳空仰头大笑道："出家人从不与人斗恶。"

瘦猴翻译官龇了龇牙说："川田队长分外器重阁下，专程安排这个机会与阁下切磋，这已经给足了你面子，请三思！"

"什么面子？"淳空摆手问，"中国、日本，哪个面子大？你是中国人吗？"

翻译官脸色通红，扭转身冲川田叽里咕噜了一阵。川田依旧笑容可掬："鄙人对贵国的功夫很是着迷。你们不是有句话叫以武会友嘛，今天咱们可以交个朋友。"

淳空说："中国武术一向用来除妖卫道，至于和你们交朋友也可以，但有个条件……"

"什么条件？"川田兴致勃勃地问。

"放下屠刀，立地成佛！"淳空双手合十道，"不要再滥杀无辜。"

川田拧了一下眉，哑巴着嘴说："既然阁下不乐意切磋，那就请自便了！"

"好!"淳空应道,转身做出要离开的样子。席地而坐的几个鬼子果然跳起来,向他扑来,他们抓住淳空的胳膊,搬起他的双脚,用力地向上抛。淳空人在空中,展臂如鹤,稳稳落地。

川田这时饶有兴致地坐下来,皮笑肉不笑地说:"大师阁下,得罪了!"说完,一挥手,几个鬼子立刻晃动胳膊,再次向淳空扑来。

淳空环手而立,闭目养神。小鬼子拉开架势,围着他打转,一时竟不敢拢身。

"八嘎!"川田骂道。

两个鬼子突然前后夹击,一个揪住淳空的前襟,一个从后抱腰。淳空迅速将身子向前一靠,逆势转身一招"别棍脚",把对面的鬼子摔在地上,同时单掌一甩,身后的鬼子"噔噔噔"退出一丈多远,一屁股蹾向川田。川田一抬手,竟将此人轻轻托住。

还有点儿意思。淳空在心里暗想!

这时,又有鬼子向淳空扑来,淳空一招"老树盘根",将其绊倒,接着腾空一招"干打夯"。此举如千斤坠地之势,小鬼子被砸得就地打滚,再也直不起腰来。

川田坐在一旁,默不作声,围坐一圈的鬼子,"呼啦"一下全站了起来,一起向淳空扑来。淳空一个"旱地拔葱",在空中一旋,双腿犹如大棒,直踢群鬼鬼头。鬼子立马倒下了一片,哭爹喊娘直嚷嚷。

突然,有人从身后将淳空反背起来,淳空头也不回,气运二指往后一戳,只听"哇啦"一声叫喊,淳空借势落地,扭身一看,川田一面使劲晃动着胳膊,一面愤恨地瞅着他。刚才那一下,正点在了这家伙的肩胛上。如果着力点再高一点的话,那他这辈子恐怕是要在黑暗中度过了。

"阿弥陀佛!"淳空微笑道,"施主应该事先打个招呼才对。"

川田龇牙咧嘴,什么也不说,围着淳空打转,恨不得一下吞了他。

淳空想此人狂傲至极,何不让他知道中国功夫的厉害呢!念及此,便暗调了一下气息,静心待敌。

川田突然号叫一声向淳空扑来。淳空不避不让,迎面一拳砸去。川田一惊,慌忙向左右闪躲。淳空借势近身,一招"贴身靠",将他摔出一丈开外。

　　川田很久才爬起身，脸色煞白，一言不发，一跛一瘸地走到淳空跟前鞠躬道："领教了！"淳空躬身合十还礼。川田突然从怀中亮出一把明晃晃的匕首，直刺淳空前胸，周围的鬼子一片惊呼。

　　说时迟，那时快，淳空迎手一掌，只听"当啷"一声，匕首被拍成两截，落在地上。川田只觉胳膊如电击一般，呆在那里，似乎不敢相信刚刚发生的一切。

　　淳空扬起手掌，准备一招结果了这个不讲道义的恶魔。"嗖！"一道白光快如闪电，劈面而来。淳空一侧头，飞刀掠过额前，扎进身后的地板里，半截刀把在风里微微颤动。

　　"阿嚏！"楼上有人打了个喷嚏。淳空仰头一看，楼上扶栏边正坐一人。此人蓄着仁丹胡，戴一副金丝眼镜，手里握一把小小的紫砂茶壶，一副悠然自得的神情，好像对刚才发生的事情熟视无睹。淳空心里微微一动，此人很是面熟，好像在哪里见过。

　　"仁丹胡"冲身旁的人耳语了几句，一个鬼子便冲楼下叽里呱啦了几声。

　　川田心有不甘地退了下去，门外忽地拥进一伙端枪的鬼子，淳空再次被套上了头套推了出来，混乱中依然有士兵冲他头上猛砸了几下。

　　再次醒来时，淳空发现自己依旧躺在牢里的一蓬乱草上，头脑仍是昏昏沉沉。侧耳倾听，外面不时传来鬼子巡逻兵的脚步声。难道自己要被困死在这里？淳空暗问自己。死倒不怕，只是如此一来就辜负了九泉下的爹娘。一定要出去！黑暗中，淳空慢慢地攥紧了拳头。

　　"嘟嘟！"隔壁忽然发出了细微的敲击声。

　　谁？淳空思索着。"嘟嘟嘟！"又有声音传来。

　　"嘟！"淳空不由向墙壁上试着敲了一下，那边立刻"嘟嘟"回敲了两下。一定是唐英，淳空想。

　　突然牢门无声地开了，一个黑衣人轻捷地走了进来。此人面戴黑纱，露出的两只眼睛，精光四射。见他长剑一挑，淳空身上的绳索倏然滑落。淳空和衣而起，拱手道："请问尊姓大名？日后定当感谢！"

来人顿了一下，并不答话，抬手指了指房门，然后疾步而出，消失在蒙蒙夜色之中。

淳空出了门，来到隔壁，只见唐英正手抚牢门，暗自垂泪。见到淳空，唐英破涕为笑："振华哥哥！我就知道你会救我的。"

淳空抓住两根铁栅，使劲一分，唐英立刻从缝隙间钻了出来。两人沿着昏暗的走廊向外摸索，沿途看见守牢的士兵正歪在地上酣然熟睡，不禁暗暗赞叹夜行人的手段。他们借着暗影溜到了墙根儿下，围墙高近三米，一般人很难逾越。

淳空蹲下身，让唐英踩着自己的肩膀往上爬。唐英有些紧张，不知所措，在那里磨磨蹭蹭。情急之下，淳空托起他的屁股向上一掀，"咚"的一声把他摔到了墙外。"笨蛋！屁股倒圆实得很啊。"淳空嘟囔了一句。

鬼子们惊醒过来，发现囚犯失踪，立马拔枪示警，院内顷刻枪声大作，探照灯四处乱晃。

事不宜迟，淳空几步蹿到了墙边的一株槐树上，双脚在枝上一颠，"嗖"地跃过了墙头。

## 第十三回　免责罚川田受训　攀恩情骏雄失策

洛阳司令部，宫本又在房里揩擦自己的宝刀。川田气喘吁吁地跑进来报告："司令阁下，那个和尚居然跑了！"

宫本缓缓地转过身，一反常态笑道："知道了。"

"在下失职，愿受司令责罚。"川田双脚并拢，抬头挺胸，一副为天皇效忠赴死的模样。

"不！"宫本摆摆手，将长刀入鞘，起身拍了拍他的肩膀说，"你做得很好！"

川田一下子愕然，惊讶地望着宫本。

"嘟嘟！"门口这时响起了敲门声。

"请进！"宫本微微笑道。

一个黑衣人悄步走了进来，他一身黑衣，头上罩着黑色的布罩，只露出两只眼睛。宫本微笑着冲来人伸出大拇指夸道："真是个好角儿！"

黑衣人哈哈一笑，抬手除掉头罩，竟然是张骏雄。川田一时丈二和尚摸不着头脑，惊讶地问："这是怎么回事？"

宫本哈哈笑道："川田君，你显然对中国文化缺乏了解嘛，我推荐你明天去点一出戏看看。"

"什么戏？"川田忙不迭地问。

宫本笑笑，端起桌上的紫砂茶壶，"咝"地啜了一口，道："《捉放曹》。"

清晨，辨机道长在道观内静修，听得外面传来一阵杂沓的脚步声，似是有人到了门外，不敢贸然进来，又不敢出声。于是朗声问："何人在门外？"外面那人仍然没有回应。辨机道长有些奇怪，掀帘而出。只见随侍道士站在门外瑟瑟发抖。院内立着一群人，其中一人"扑通"一声跪下道："徒弟景秀拜见师父！"

景秀是张骏雄的法名。原来此人自小父母双亡，后被辨机道长收留学道，由于天资聪颖，辨机道长视如己出，十分疼爱。可也正因如此，才被宠坏了，长大后他常偷偷下山，在洛阳城饮酒买笑，屡犯清规。被师父驱逐下山后，仍本性不改，堕入邪道，纠集了一帮无赖整日吃抢拐骗。

张骏雄之所以来这里，实有难言之隐。淳空其实并不是他亲手放走的。就在他按照宫本的计划趁着夜色，摸进牢房时，却被暗中跳出的人抢先动手。他被定住穴位，"以逸待劳"地坐视淳空逃走。最后他只能努力将穴位冲开，装模作样地上楼来向宫本报告。对此他当然秘而不宣，一怕丢脸，二来自己还没有琢磨透这到底是怎么一回事。他寻思着此人功夫高深，遍观洛阳城，或许只有师父这样的高手才能做到。

"你来做什么？"辨机道长问。

张骏雄叩头道："师父，徒儿……"

"啪！"张骏雄的脸上挨了一记耳光。辨机道长冷冷道："自赶你下山那天起，你我师徒关系就已断绝。请不要再以师父相称，辱我道观清名。"

张骏雄垂下头，摸着红肿的脸，说："晚生有一句良言相劝，不知道长听否？"

辨机道长仰头望着明亮洁净的天空，没有作答。

"自古以来，识时务者为俊杰，现在日本人船坚炮利，中国已经只剩半壁江山，很快就会成为天皇大东亚共荣圈的一部分。宫本司令让我给师父捎个话，师父若能效忠天皇……"张骏雄小心翼翼地说。

辨机道长双目如电，直视张骏雄道："倭寇侵我华夏，残暴凶狠，邪不胜正，必败无疑，此乃大势所趋。凡炎黄子孙莫不以抗日救国为己任，老道虽是方外之人，却也知大义所在，岂能为威武所屈，投怀倭寇？"

张骏雄身后这时跳出一人，大声喝道："你这老道，怎么不识好歹？张会长念在过去的情分好言规劝，你也该见好就收。洛阳城虽号称'固若金汤'，但还不是转眼即毁。你不怕死，难道这上清宫所有道人弟子，个个都不怕死吗？你怎能如此自私，弃他人性命于不顾？"

"大胆！"张骏雄扭头冲说话人呵斥道，"谁借你的胆子敢跟我师父这样说话？"

辨机道长长声吟道："人生自古谁无死，留取丹心照汗青。送客！"言毕大袖一挥，转身进屋。

见昔日的恩师并不买账，张骏雄只得抚着红肿的脸退出了道观院子。

"老不死的！"他嘟囔了一句，忽地瞅见身后送别的小道，便站住说："师弟，师父年事已高，作仙归天只在时日。为兄今日之言全是顾念昔日同门之谊，尔等万莫福祸不知。识时务者为俊杰，你们可要好自为之！"

小道士慌张地缩着头，双手作揖道："无量天尊，无量天尊！师兄可千万要护佑我等啊！"

"天尊？"张骏雄呵呵笑道，"我现在不要天尊，只要天皇！"说罢仰头大笑而去。

从上清宫回来，张骏雄窝在屋里喝闷酒。管家凑上来说："老爷，您已经尽力了，那个'牛鼻子'老道……"

张骏雄愤懑地盯了他一眼。自己虽然离开玄门多年，但对这句戏谑还是觉得有些刺耳。

"你看我这嘴……"管家讨好地拍了一下嘴巴说，"您师父他如果一意孤行，与皇军作对，迟早吃亏，非但如此，还要牵连到老爷您哪。"

张骏雄转了转手里的酒杯，斜眼问："依你之见呢？"

管家瞄着东家难以捉摸的眼神，一时不敢贸然进言。

"说吧。"张骏雄半眯着一双醉眼，瞅着他说，"我不会怪你。"

"嗯，依在下之见，应加强管束。"管家措辞谨慎地说。

张骏雄没有吱声，低头倒酒，管家忙上前替他满上。

一个团丁忽然跑进来报告："白云山里传来激烈的枪声。"

"妈的！不让老子消停。"张骏雄抬头问，"怎么回事？"

"听说，有两股……土匪……火并。"团丁结巴着报告。

"嗯，好！"张骏雄一口喝干杯中的酒，抹了抹嘴道，"打得越痛快越好。你下去再给我盯紧点儿，有什么事情，速来报告。"

"是！"团丁跑了出去。

这时门口响起了摩托引擎声，随之传来"咚咚"皮靴砸地的声音，两个扛枪的日本兵旋即走进来道："宫本司令有请！"

张骏雄赶紧起身跟着来人，到了司令部。

宫本又在仔细地擦手里的刀，一下一下擦得非常细致。张骏雄狐疑地看着宫本，迷茫地伫立一旁。

宫本独自擦了一阵，扭头道："坐！"

张骏雄忙拣了旁边一个凳子，斜着搁下身子。

"唰！"宫本突然将宝刀收进鞘中。

张骏雄霍地站起身，惊恐地瞪着宫本。

"阁下的脸色好像不太好？"宫本笑着说。

张骏雄拱手道："是。蒙皇军信任，卑职到任以来一直想着怎样做才能为中日亲善尽绵薄之力！"

宫本盯住他的眼睛笑着说："那就好。阁下对大日本帝国的忠诚，令人感动。"接着扭头问，"听说白云山一带很不太平，有这事吗？"

"有。是两股土匪火并。"张骏雄忙不迭地报告，"不过一帮乌合之众，翻墙逾户抢些小钱而已，翻不了大浪。"

"不！"宫本脸色一凛道，"中国有一句谚语叫作'千里之堤，溃于蚁穴'，对于这一帮人要密切注意，不能让他们坏了大日本帝国的大事！"

"是！"张骏雄唰地站起来，挺胸答道。

宫本对他的这个态度显得很满意，招手说："坐！坐！昨晚上，你的大功，又一件。"

"岂敢，岂敢！为天皇做事是骏雄的福气，怎能邀功。"张骏雄谦虚道。

"大日本皇军赏罚分明，你的不用客气。"宫本点点头说，"与大日本帝国做朋友，好处大大的有。"

"是！是！"张骏雄激动地说，"不过在下担心……"

"什么？"宫本微笑着问。

"昨天那个小和尚虽然年龄不大，但功夫不凡，万一他借机溜了，那对皇军而言，可是一大损失啊！"张骏雄讨好地说。

"哈哈！"宫本舒心地笑着说，"中国有一句话叫'孙猴子逃不出如来佛的手掌心'，放心吧，不会丢！"

## 第十四回　藏秘密僧兵逃命　遇旧人小兰迷离

逃出洛阳，天已放亮。

怎么办？淳空心里盘算，这次鬼子算是彻底认出了自己。但就此打住吗？不！笛中的秘密仍未破解。无功而返，怎对得起含冤九泉的爹娘！

"振华哥哥，我们该怎么办呀？"唐英这时在一旁茫然地问。

淳空懒得理他。本来出城后，要与他分手，可一个爷们儿居然抽抽搭搭地抹起了眼泪，于是只得由着他，想来也是个苦命人呀！

淳空此时加紧了前进的步伐。唐英不解地问："怎么又要回先前的林子里，你不怕被发现？"

"越危险的地方越安全。"淳空催促道，"快走！"

潜回那晚休憩的山头，太阳刚好到了头顶，两人在林子里四处逡巡，最后终于找到了那天夜里露宿的地点。唐英在一旁咻咻地笑道："真像个念旧的兔子，忘不了老窝。"

淳空无言地笑了笑，嗖地蹿上一棵大树，在树杈的一个大鸟窝里摸取了一样东西后折身跳下来。

"你什么时候放的东西?"唐英惊讶得瞪大了眼睛问。

"秘密。"淳空笑道。他的手里抓着的正是那把已经断裂了的笛子。师父告诉他,出门在外一切须防患于未然,日本鬼子虽然掳走了淳空的包袱,但并没有掳走他的宝贝。

淳空将笛子塞进怀里催促道:"快走!"

"怎么了?"唐英紧张地问,"你不是说,越危险的地方越安全吗?"

淳空笑道:"可小鬼子是浑蛋,他们不知道呀。"原来刚才在树上,淳空已经瞥见山下林子里隐约有亮光闪过,不用说,那肯定又是鬼子刺刀上的血光。鬼子的行动好快呀!

淳空扯起唐英的手在山路间疾奔。跑呀跑呀,两人一直跑到太阳偏西。唐英汗流浃背,张着嘴直喘气,最后竟扑通一声瘫倒在地,死活不肯起来。

淳空也便由着他,要不是逃命,谁会这样奔命呢?举目望了一眼四周,林深树密,落叶斑斓,一股雪白的泉水正贴着草皮汨汨奔流,水花映出珍珠般的光泽。"好水!"淳空赞了一声,俯身来到溪边,捧起清凉的泉水猛地喝了一气。再摘下一片硕大的桐树叶子,卷成杯形灌满了泉水递给唐英。唐英正窝在草窠里,又累又乏,嘴都要冒烟了,一把接过"水具"仰起脖子一气喝干。真甜!他抹嘴赞叹道。

此时,山下升起袅袅炊烟,淳空起身说:"你先在这里歇歇。我下去弄些吃的来。"唐英冲他讨好地点点头。

山脚下一条小河潺潺流过,十来户人家依水而居。妇女们在河边洗衣,农夫于田间耕作,几个小孩儿正在岸边打闹,真是一幅绝美的世外桃源景象。

淳空沿着河岸轻步走到一户人家前,女主人正在坪上晾晒豆子。她用一个木耙不断地翻晒着粮食,家鸡撵在她身后"咯咯"直叫,看样子刚刚下了一个蛋,正向主人邀功哩。女主人抓了一把豆子撒过去,它立刻大呼小叫地埋头啄食起来。"阿弥陀佛!"淳空上前合十道:"女施主,我是个云游的和尚,路过此地,能否施些斋饭?"

女主人抬起头,望着淳空,月眉轻轻一挑,笑道:"好呀!你等着。"

说完，放下木耙，麻利地走进屋去。

此时，山路上驰来一骑，白马白衣，在岸边柳树下突然停住。主人撒开缰绳，马儿打了一个响鼻信步走向河边饮水。淳空瞥见骑马的青年衣着朴素，面色清俊，不禁多瞅了一眼。青年似乎注意到有目光瞥向自己，抬头也向这边看。阿弥陀佛！见艳心动，罪过呀！淳空忙挪开视线。

"振华哥哥！"突然一声熟悉的呼喊，像一道闪电，震得他身子一颤，忙扭头四望："谁在喊我？"

只见那个青年飞快地奔将过来。"振华哥哥！"青年边跑边喊道。淳空瞪着眼，迷茫地看着已经奔到面前的青年。青年微笑着望着他，秀美的脸上浮起一层淡淡的红晕。见他抬手轻轻除掉头上的帽子，一团黑发顷刻如水一样倾泻而下。

"小兰！"淳空惊呼，上前一把攥住小兰的手问，"你怎么来了？"

小兰羞怯地笑了笑，仰起头说："和某些人一样，云游云游。"

淳空被她逗乐了，笑着问："刘爷爷还好吗？"

小兰乖巧地点了点头，突然眼圈一红，说："你瘦了！"

这时，女主人大婶走出门，递给淳空一碗斋饭说："师父，让您久等了！"

淳空合十道："谢谢施主。"

小兰嗔怪道："怎么还把自己当和尚呢？"

淳空笑了笑说："本来就是和尚嘛！"

小兰说："我的包袱里有干粮，要不然，我们在这里歇歇脚，讨碗水喝，你看怎么样？"

大婶上前笑着招呼道："好呀，我给你们拎凳子去。"

小兰转身牵马过来，从马背上取下包袱，饼子、鸡蛋、点心等吃食即刻摆了一桌。

淳空有些傻眼了，问："这些都是你从家里带来的？"

小兰抿嘴乐道："哪里，是在城里买的，哪像你们可以随处化斋。"

看来还是女孩子心细，淳空暗叹道。这时，一群小孩儿围拢过来，其中一个约莫八九岁虎头虎脑的男孩儿，满头大汗地跑过来问："娘，是不是俺爹回来了？"大婶笑着介绍道："这是俺儿子小虎。"

小虎瞪着一对圆溜溜的眼睛瞅着小兰，半晌惊诧道："娘，你看真好玩儿，这位叔叔是光头，而这位叔叔头发却长得像浓密的柳条！"

一句话逗得大家哈哈大笑起来，小兰站起身子，给孩子们分点心，小孩子们揣着点心，立刻雀跃着跑开了。

淳空瞧着小兰红霞似的脸，一时不知说什么好。两人看着周围的人家和静静的河水，良久无言，日头就在这期间慢慢地挪移到了山肩上。

大婶走过来热情地招呼道："年轻人，天色不早了，若不嫌弃，今晚就在这里歇息吧。"

淳空猛地记起唐英来，慌忙起身说："我忘了山上还有一个朋友。"

"还有朋友？"小兰惊讶地问。

"是呀。"淳空答，"路上认识的，甩也甩不掉了。"

见小兰一脸疑惑，淳空笑着解释道："是个小兄弟。"

小兰满脸娇羞道："说这个干吗？"

"那就赶快将小兄弟也请过来吧。"大婶忙招呼说："荒郊野外的多不安全！"

淳空点了点头，迅速往山上跑来。到了下午藏身的地方，却不见了唐英的身影。心头一惊，莫不是鬼子撵来了？突然后面有人影向他扑来，连忙一闪，"扑通！"一个家伙扑倒在地。淳空上前一脚踩住他的后腰，定睛细看却是唐英，不禁哈哈大笑："你这家伙，笨手笨脚的还想给我搞偷袭呀！"

唐英满脸通红地从地上爬起来，委屈地问："你去哪儿了？是不是自己吃饱就不管人了？亏你还是个心怀慈悲的和尚！"

淳空笑道："快跟我来吧，山下不仅有斋饭，还有朋友认识呢！"

两人下山进了屋，只见炕桌上已摆好了满满一桌饭菜，小兰和大婶正斜坐在炕头拉家常。见他们进来，热情地起身招呼。

淳空拍了拍唐英的肩膀介绍道："唐英，皮革贩子。"

小兰望着唐英微微一愣，继而款款招呼道："唐兄弟好！"

唐英瞅着小兰，也微怔了一下，点了点头。

大婶热情地招呼大家入座。淳空看席上不见男主人，便问："大哥不在家吗？"

"出去跑脚做小买卖去了。"大婶笑了一下说："小师父到访，只能炒几个素菜了，请将就着用吧。"

小兰扑哧一声笑道："和尚快快用斋，好像今天没有念佛呀？"

淳空微笑了一下，低头吃饭。唐英许是饿坏了，埋下头很快地拨拉着碗里的饭，小兰却在一旁慢条斯理、有条不紊地吃，还不时与大婶聊些家常。突然她扑哧笑了一声，问："唐兄弟是做皮革生意的？"

唐英正低头吃饭，经此一问，感到很突然，嘴里包着饭，"嗯嗯"地乱点了两下头。小兰这时放下碗筷，从包袱里掏出一顶帽子笑道："唐兄弟经常在外面鼓捣毛皮，帮我瞅瞅这只帽子是啥皮子？"

唐英抬起头紧张地注视着小兰手上的那只皮帽子，半晌说："羊皮……当然是羊皮了！冬天戴着可暖和了，不过，这大热天你拿着皮帽子干什么……"

"好眼力！"小兰笑道，"我也是随身带在身边的。"

一旁的小男孩儿，这时仰起头问淳空："叔叔，你打鬼子吗？"

淳空一惊，胡乱地点了点头。小男孩儿高兴地叫道："那你认识俺爹吗？"

大婶赶忙插话道："虎子，快吃饭，小孩子别乱说话！"

小男孩儿听话地低下头大口地拨拉起碗里的饭来，淳空暗想，孩子的父亲定是位抗日英雄了。

吃完饭，淳空和唐英坐在炕上，逗着虎子玩耍。

小兰则帮大婶收拾碗筷，只是不时地向淳空他们投来莫名其妙的一瞥。待收拾完碗筷，她揩净了手，笑着走过来道："振华哥哥，咱们出去走走吧。"

"好呀！"淳空从炕上跳下来，跟着小兰出了门。唐英在后面很奇怪地瞅了他们一眼，埋头继续逗小虎玩儿。

月亮在暗蓝的夜空寂静地滑行，朦胧的山廓宛如沉睡的巨兽，河水如琴，杨柳风吹，人行其间，真有几分快意。但小兰此时却柳眉紧蹙，低头不语。

"你怎么了?"淳空感觉有些不对,轻声地问。

小兰樱唇一咬,没有吱声。

淳空被小兰弄糊涂了,一时紧张地问:"到底怎么啦?"

小兰顿了顿,说:"你和那个唐英到底是怎么回事?"

淳空哈哈笑道:"你都看到了,他和我是共患难的兄弟,现在都受到日本人的追捕。"接着便将这一路上遇见唐英的过程详细地告诉了小兰。

"兄弟?"小兰听完,浅浅一笑,"骗谁呀?分明是……"

"是什么?"淳空惊疑地问。

"……是个女子。"小兰平静地说。

啊!淳空惊讶地叫了起来。

小兰不解地望着淳空说:"怎么,你真的没有发现?"

淳空茫然地点了点头,问:"你不会弄错吧?"

小兰笑道:"这种事情怎么会弄错?"接着秀眉轻蹙道:"我发现此人不简单。"

"为什么?"淳空不解地问。

"生意人一般风里来雨里去,很辛苦的,但你看他皮肤细腻,双手白嫩,怎么像一个经风见雨的人呢?"小兰说。

"也许他一直在柜上理事?"淳空解释道。

"那也不对。"小兰颇为肯定地说,"既然是皮革生意人,就经常和皮革打交道,怎么能把我的麂皮帽子错认作羊皮?"

淳空的脑袋轰地一下炸了,怔怔地站在那里,久久无言。

## 第十五回　展淫威鬼子凌众　救恩母僧兵逃难

天还未亮,大婶就起床喂猪和鸡鸭了,小兰跟着起来帮她。淳空、唐英也纷纷起床,淳空挑起水桶去河边担水,唐英忙抢过墙角的扫把"唰唰"地扫起地来。墙角的水缸,很快就盛满了清澈的泉水。

"咯咯咯!"一只公鸡突然撩了一嗓子,村庄里随之鸡鸣一片——天要亮了。

"振华哥哥,咱们上山去看日出怎么样?"小兰此时闲了下来,眼睛像清澈的潭水,瞅着淳空问。

"好呀!"淳空高兴地说。

两个人沿着蜿蜒的小径来到山顶,此时山腰处雾气升腾,分不清哪儿是天际,哪儿是山崖。"振华哥哥,我们要成仙了!"小兰兴奋得手舞足蹈。

淳空举起了双臂,长长地呼吸了一口清新的空气,不禁朗声诵道:"不畏浮云遮望眼,只缘身在最高层。"

"好,有志气!"小兰冲他竖起大拇指笑着说,"有王荆公的气魄。"

淳空羞涩道:"别挖苦人好不好?也仅是乘兴吟吟罢了。"

小兰又是一通爆笑,连腰都弯了下来。

天色渐渐发白,远处天空与雾气连成了一体,由暗变亮,渐渐泛起了红润,最后红彤彤的朝阳透过云层的隙缝,射出了万道霞光。淳空和小兰被这种庄严和博大深深地打动了,静静地矗立在山峰上,久久无言。

"好惬意呀!"身后传来人声,打破了静谧。两人回头一看,是唐英。他红彤彤的脑门上,此刻满是亮闪闪的汗珠。

"你怎么上来了?"淳空惊讶地问。

唐英拉下脸,生气地说:"我怎么就不能来?这儿又不是你一个人的。"

小兰款款笑道:"唐兄弟走南闯北,这样的美景想必不陌生吧?"

"这个嘛,当然。"唐英说,"但美景从来都不会令人生厌。"

"砰!"山下传来枪声,几只小麻雀从树杈上飞起来,不安地打了一个旋儿,逃走了。

"不会是日本人吧?"淳空心里一惊,马上吩咐道,"你们在这里等,我下去看看。"说完迫不及待地冲下山去。

此时鬼子已经进村了,村口架起了机枪。一队鬼子兵手持刺刀,挨家挨户地将人往外面赶,刺刀如狼牙在晨光里放着血光。人群渐渐被集中到了场院上,鬼子拽着狼狗,在人群前逡巡。小胡子川田双手按着东洋刀立在场院中心,目视着眼前这一群老弱妇孺,面露得意之色。他冲身旁的翻译官嘟囔了几句，翻译官立刻亮起嗓子喊道："皇军说了，昨天有八路在你们这里留宿。他们藏到哪里了？快交出来，否则，刀口上要见血。都听明白了吗？"

人群中掀起了一阵骚动，大家彼此对视，谁也没有出声。大婶牵着虎子站在人群里，脸色平静。

鬼子见没人吭声，十分恼怒。一个鬼子"哗啦"一声抽出东洋刀，却被川田挡住了。川田狞笑了一下，从口袋里掏出了几粒糖果，冲一旁的鬼子努努嘴。鬼子会意，收起刀，大步走进人群里，扯出一个小孩儿来。

"你们要干什么？他还是个不懂事的孩子！"人群中传来大婶的声音。

川田蹲下身子，和蔼地拉过小虎的小手，笑着说："小孩儿，吃糖。"

小虎攥着糖，无动于衷。川田替他剥了一粒糖，塞进他的小嘴巴里。小虎口含糖果，两眼出神地盯着川田，一动不动。

川田高兴地冲一旁的鬼子闪了一眼，又从口袋里掏出一把糖说："小孩儿，告诉我八路的干活，这些全部的给你！"

小虎这时翻眼瞅了瞅他，突然"呸"的一声，嘴里的糖果像一枚子弹射在川田狞笑的脸上。糖果很黏，粘在川田的脸上半天都没有掉下来。此刻川田的样子真像戏台上的小丑！小虎仰头呵呵笑了起来，人群里也传出阵阵笑声。

"八嘎！"刚才抽刀的鬼子再次抽出刀子，只见亮光一闪，随之一声惨叫，小虎由头到肩被一分为二，仆在地上，鲜血喷溅了一地。

"虎子！"大婶哭叫了一声，拼命推开阻挡她的鬼子，扑过来抱住孩子的大半截身子，昏死了过去。

周围的鬼子这时开怀大笑，一个鬼子放开狼犬，这畜生一下子蹿上去，竟然开始大口吞噬虎子仍然温热的小半截尸体。人们难过地闭上了眼睛。

"嗥！"狼狗突然闷叫了一声，四肢抽搐倒地而亡。鬼子们面面相觑，人群里出现了短暂的喧哗。鬼子"哗啦啦"直拉枪栓。"砰砰！"川田抬手冲天空连开了两枪，勉强稳住了阵脚。

大婶这时被枪声震醒，站起来猛地扑向刚才挥刀的军曹，奋力撕扯他的衣服、头脸，想为孩子报仇。"八嘎！"军曹想抽刀，但被大婶一口咬住了手腕，惨叫了一声，刀掉到了地上。

川田拔出手枪，对准了大婶。

"嗖！"一颗石子凌空飞来，啪地打在川田的手腕上，手枪应声落地。

有人看清石子来自场院旁的树丛里。"砰砰！""嗒嗒嗒！"鬼子操起步枪、机关枪向树林里一阵乱射。

"追！快追！"川田捡起枪，恼羞成怒地吼道。

鬼子们立即向山上追来。

淳空迅速从树上跃下，向山上跑。刚才的一幕，他都看到了，"留得青山在，不怕没柴烧"，他咬紧牙关告诫自己，血债总有一天会用血偿！

林子里大雾弥漫，鬼子一时弄不清方位，到处乱窜。不妨来一场"游戏"，淳空想，他随即在一处灌木丛里暗伏下身，凝神以待。一个鬼子端起刺刀气喘吁吁地爬上来，淳空手指一弹，一枚石子正中其印堂。鬼子一声未吭，倒了下去。淳空上前捡起了枪，换了个位置藏身。

不一会儿，左右两边各出现了一个鬼子，他们端着枪交叉着向前找寻，一边走一边还使劲地向草丛里捅刺刀。淳空手握石子，守株待兔。左边的鬼子突然收起枪，解开裤带蹲下身方便起来。右边那个，呱啦了一句什么，掩鼻往外走。淳空瞅准时机一扬手，拉屎的家伙首先歪身躺下了。

转身离开的鬼子似乎听见了什么动静，回身叫唤道："桥下！桥下！"可那个叫桥下的已去了东瀛老家，永远不会答应了。"八嘎！"这家伙慌乱地叫了一声，砰地乱放了一枪。

淳空霍地从树丛里跳出来，长臂一扬，手中的大枪飞出去，直贯鬼子的胸膛。鬼子瞪着一双眼睛，怒视淳空良久，终于心有不甘地倒了下去。"噼噼啪啪！"林子里这时枪声大作，如年节时放鞭炮一样，不明就里的鬼子在雾中乱作一团。

淳空借着浓雾，飞快地向山顶上跑。迎面突然闪出一个鬼子，冲他举起了枪。淳空一个侧翻。"砰！"鬼子一枪打空。淳空飞起一脚踹掉他的枪，紧接着一拳结结实实地擂在了他的太阳穴上。鬼子像段木头，滚下山去。

淳空赶到山顶，却不见小兰和唐英。

"小兰！唐英！"淳空压低声音焦急地喊。此时，鬼子叽里呱啦的叫喊声和砰砰的乱枪声越来越近。

"小声点儿！"附近突然传来声音。淳空定睛细看，原来小兰和唐英正伏在一片草窠里，身上盖满了厚厚的树叶。

"小心！"小兰的眼睛突然瞪大了。淳空知道，背后必有鬼子。

"砰！"淳空双眼一闭，却听见身后"咕咚"一声。回头一看，一个鬼子倒在身后，不远处正站着一名端枪的壮汉。

## 第十六回　遭横祸旺财解围　觅新巢寺庙传情

"淳空师父！"壮汉收起枪，笑嘻嘻地叫道。

"旺财！"淳空惊讶道，"你怎么在这里？"

"这里不是说话的地方，快走！"旺财催促道。

淳空顾不了许多，一把拉起小兰，跟着旺财飞快地钻进了密林。旺财对这一带的地形很熟，几个人很快就跑出了鬼子的包围圈。

到了一处溪边，小兰实在走不动了，喘着气说："歇歇脚吧。"淳空这才放开小兰的胳膊。小兰揉着被抓疼了的胳膊嗔怪道："怎么这么粗鲁？"

淳空闻言，不禁脸红耳赤，逃也似的到溪边撩水洗脸。唐英这时也绾起袖子到溪边洗了起来。

淳空看见自己的双手和衣襟上溅满了血污，不禁在心里连念了数声佛号："我佛慈悲，请佛祖明察，小僧不是滥杀无辜，而是在除魔卫道。"

"哎呀！"小兰这时惊叫了一声，拉着淳空的胳膊说，"你受伤啦！"

淳空笑了笑说："没关系，只是些皮外伤而已，不碍事！"

唐英也赶过来说："得赶紧找些药敷上。"

旺财关切地说："淳空师父，快到俺围子里去，那里备有上等草药呢！"

淳空白了他一眼，没有吱声，转身进林子里随意拔了几株草药，揉搓了一下，敷在伤口上。小兰麻利地撕开一缕布条，替他包好。

旺财在一旁嘿嘿地笑起来说："淳空师父有相好的了。"

"别胡扯！"淳空红着脸斥道，"这是小兰姑娘，赵妈的女儿，我们从小一起玩儿大的。"又转身对小兰介绍道："这位是李姨娘的侄子。我从孟州回来，刚好就在他家歇脚。不过这小子不仗义，半夜牵走了我的马，害得我只能徒步来洛阳。"

旺财抬手搔了一下头，尴尬地笑着说："那时不是还不知道咱们是亲戚嘛！不过那东瀛马也不是什么好货，让我触够了霉头。"

"现在知道做贼的难堪了吧？"淳空道，"不过还是要谢谢你救了我们。"

"可是，你也救过俺呀！"旺财激动地说。

"那咱们可就扯平了。"淳空正色道，"现在你我两不相欠，就此分手吧！后会无期！"

旺财哭丧着脸说："前几日围子遭黑，大哥也死了，我能到哪儿去？"又小声地征询道："不如咱们一起干？没准能弄出点儿名堂来呢！"

"阿弥陀佛！"淳空眉头一拧，斥道，"自古正邪势不两立，出家人怎么会跟你干那些杀人越货的勾当？"

"你以为俺愿意上山落草？"旺财瞪着铜铃般的大眼吼道，"当年俺也是抱着保家卫国的念头当兵的呀。可是那些鬼东西平日里喝兵血、作威作福，真到了跟日本鬼子玩真的的时候，一个个撒丫子跑得比兔子还快，到头来卖命的都是我们这些大头兵。俺想与其跟着他们遭罪受气，还不如拉一伙弟兄占山为王图个快活。你别看俺们是草寇，但俺们也恨日本人，也照样打鬼子……"

"砰砰！"远处传来几声零星的枪响。"快走吧，淳空师父！"旺财催促，"先躲过这阵子再说。"

唐英这时也焦急地劝道："是呀，振华哥哥。我们还是先找个地方躲躲吧！"说完又莫名其妙地瞥了一眼小兰。

淳空低头想了想，也只好如此。于是四人在旺财的带领下，又爬了几面坡，越过几条岭后，再也没有听见枪声了。

旺财笑嘻嘻地说："俺选的这个寨子隐蔽吧，一般人根本就找不到。"

"什么人？"前边突然有人嚷。

旺财骂道:"眼瞎了?老子回来了!"

一个肥胖的喽啰闻声,从土围子后钻出来嬉笑道:"大哥信佛了,请菩萨来保佑俺们啦!"喽啰瞅着小兰,十分惊喜地道:"这妞儿倒很标致,一看就是好货色,能整两块大洋。"又对唐英瞟了一眼,惊怪道:"妈的,简直像个娘儿们!"唐英咬住嘴唇没有吱声。

"呸!"旺财冲他横了一眼道,"这几位都是俺的贵客,谁敢对他们不敬,老子活剥了他!"

喽啰"嘿嘿"地干笑了几声,知趣地退了下去。

一行人进了围子里坐定,酒菜很快就端了上来,有天上飞的、地上跑的、水里游的,十荤八素,满满一桌子。旺财大臂一挥道:"淳空师父,请!"

淳空瞥了眼满桌荤腥,眉头一皱道:"你们慢用吧,我还不饿。"

唐英此时瞅着满桌山珍佳肴,双目放光,不管三七二十一从盘里扯起一个猪脚大口啃了起来。小兰见状,冲旺财轻声道:"旺财大哥,振华哥哥是出家人,不动荤腥,如果方便,可否单独上些粥饭?"

旺财瓮声瓮气地冲淳空说:"淳空师父,将在外不由帅,你管那么多清规戒律干什么,该吃吃,该喝喝!你看唐兄弟,多豪爽啊!"

唐英此时已将一个猪脚啃光了,正拎起桌上的酒壶仰头痛饮,闻言更是肆无忌惮,大快朵颐,连连称好。

淳空无言,取出念珠,闭目念起佛来。

旺财无奈地摇摇头,冲外面吼道:"都给老子撤了。猪脑子,俺师父菩萨心肠,怎么能吃这些,快做些斋来!早跟你们说了弄些斋饭,就是不听是吧!"

几个喽啰忙上前撤掉了酒席。不一会儿,馒头、稀饭全都摆在了饭桌之上。淳空这才高兴地坐下,有滋有味地吃起来。旺财寡淡地陪坐在一旁,捡了个馒头,有一口没一口地嚼着。唐英依旧抓着个鸡腿,坐在一边旁若无人地啃。

用完饭,一行人出来散步。此时丽日当空,围子周围林深叶茂,鸟鸣如雨,格外清雅。几个游哨见了他们,都亲热地打着招呼。

三人信步往山梁上走，林木愈加茂盛，两边虬藤缠绕，太阳照下来，地上仿佛撒满了细碎的金子。

"那是什么？"小兰指着前方。大家顺势望去，林木掩映之间，竟藏着一角飞檐。莫非此处还有寺庙？

一行人立刻向那里走去。待到跟前，见一道绝壁岭上踞着一座小小的庙宇，飞檐斗拱，振翅欲飞。三人激动万分，立刻沿一条麻绳似的小径向上攀，上了崖顶，但见名木古树，目不暇接，周围群山叠嶂，浮云如带似纱，变幻莫测，真是别有洞天！

淳空稳了稳神，迈步踏上庙前的台阶，叩了两下门环，无人应答，便小心地推门进去。但见庭院里荒草萧瑟，甬道上面铺了一层厚厚的落叶。一行人踩着枯叶，来到大殿，殿柱上依稀刻有一副楹联：樵语落红叶，经声留白去。字迹斑驳，已很难辨认。殿中供奉的观音宝像尘灰遍布，显然此地久已荒芜，无人造访。

"振华哥哥，你看这儿像不像《红楼梦》中的栊翠庵。"小兰歪着头问。

"什么梦？"淳空假装不解地问。

小兰扬起细瘦的手指，点了点淳空的鼻子，笑道："和尚。"

淳空不禁呵呵地笑了起来……

唐英这时在旁边喊道："振华哥哥，快来看这里，还有炕呢！"

淳空和小兰走过去一看，只见两边寮房居然真的床几桌案齐全，只是落满了灰尘，墙角蛛网纷乱。

小兰羞涩地说："振华哥哥，我们不妨先在这里住下吧。山下面太过嘈杂，住在那里真有些不方便。"

"好呀！"淳空笑着说，"难得此处如此清幽，如不用之，岂不暴殄天物，遭人衔恨。"

小兰开始清理寮房，淳空和唐英在林子里捡了些柴拢起了火，旺财这时领着几个喽啰气喘吁吁地爬上来问："师父，你这是干什么？"

淳空笑了笑道："我们决定在这里歇息。"

"这儿？"旺财抬眼不屑地扫了一下面前废弃的庙宇说，"就住这破鸟窝？鸟不拉屎的地方！"

淳空沉下脸来，一言不发，只往火堆里填柴。

旺财见淳空不悦，顿了顿，对身旁的喽啰盼咐道："你们下山将铺的盖的洗漱的家伙全拿上来。你，还有你，马上把这里给老子收拾干净。要是没整妥帖，有你们好受的！"

几个喽啰立刻分头忙碌起来。他们砍来竹子，扎了扫把，将庙宇里里外外扫了个遍，还上房将鸟儿蹬乱了的瓦片一一补齐。几个喽啰从围子里扛来被褥、洗具，全按照小兰的交代一一安置。淳空这时端来了水，轻轻擦掉了菩萨宝像和供桌上的灰尘，并摆上了清水、山果，恭敬地跪拜。刚才尘灰满目的庙宇，经过一阵收拾立马洁净敞亮，呈现出应有地玄妙庄严来。

"菩萨为什么要举个瓶子呢？"唐英这时走上来问。

"那是净瓶。"淳空答道，"她要用净水洗掉众生身上的罪孽。"

"有这样大的法力吗？"唐英似笑非笑。

"当然有！信奉她的人难以计数哩！"淳空说。

旺财和几个喽啰这时进来虔诚地跪在地上，嘴里诺诺有声。淳空心里一动，大慈大悲的菩萨，为什么不将这些人也渡出苦海呢？

暮色渐浓，鸟儿在夕阳余晖里叽叽喳喳地回巢，大家围坐在火堆旁聊天。

淳空笑着问旺财："你刚才在菩萨面前祈祷什么？"

旺财脸色涨红，赧笑不语。一个喽啰嘻笑道："俺替二爷讲，他和俺一样，想讨老婆呗。"几个土匪哄地一声笑了起来。

旺财"呸"了他一口道："你小子净拿老子开心，你以为俺不知道你的心思？你那几根肠子，老子都能掂出斤两来……"

淳空本想借此好好劝解一番，没想到局面如此尴尬，这些人竟然这么不着调。他见小兰在一旁羞红了脸，遂冲旺财说："天色不早了，你们也回去歇息吧。"

旺财抬手挠了下耳朵，起身道："都给老子滚回去！"说着大摇大摆地向山下走去，刚走了几步又折回身叮嘱道："师父，你就和师娘在这里安心养伤，有什么需要只管说，俺让弟兄们全力满足你们。"

小兰在一旁早已羞得勾下了头。淳空冲旺财挥手道："又瞎胡扯，快走吧！"旺财这才领着一伙喽啰下山去了。

送走旺财一伙，四周一下变得静极了。夜空繁星如洗，四周林子里秋虫唧唧，好似浪花拍在河滩上发出的微语。

三人一时都不言语，黑暗里能听到彼此的呼吸声，淳空隐隐嗅到了一股少女特有的幽香，心"扑通"直跳，慌乱中捡起一截柴棍从火堆里拨出几颗栗子，分别递给小兰和唐英。

小兰矜持地接过道："谢谢！"淳空瞅见她白皙的面容被火光映得艳红而生动，不禁愣住了。小兰睹他形状，羞涩地低下头去。唐英握住栗子，瞟了一眼淳空道："振华哥哥，今夜月色如此美妙，能否给我和兰姑娘高奏一曲？"

小兰这时却款款起身道："不早啦，都准备歇息吧，振华哥哥还要养伤呢！"这话的后半段，小兰明显加强了语调。

淳空慌忙从火堆里捡起一根柴火，帮她照明。当他将松明插在小兰卧房的窗棂上后，闻着少女特有的芳香时，心中怦怦直跳，一种从未有过的紧张和甜蜜萦绕于胸。他极力按捺住这种情绪，折身飞快地跑回火堆旁，默诵起经来。这是否就是师父说过的情魔呢？他不敢肯定，只能尽力压抑自己，但是这种念头丝毫没有消减，反倒如抱薪救火般越来越烈，令他烦躁不安。

耳边这时传来鼾声，扭头一看，唐英不知什么时候已经倒在柴草中睡着了。自从小兰说破唐英的真实身份之后，淳空一直暗中留意着，种种迹象显示，他确实是女儿身。那么她到底是干什么的？为什么要女扮男装一直跟着自己？有何用意呢？念及此，淳空的心情一下沉重起来，方才的激动和不安渐渐消退。

## 第十七回　获情报鬼子围剿　显智谋僧兵扬威

"砰砰！"山下传来几声枪响。淳空睁眼一瞧，天色已然放亮，自己竟然迷迷糊糊地睡了过去。觉察到情况的危急，马上一个鲤鱼打挺，翻身跃起。唐英此时还歪着头在一旁酣睡不醒，像没事人似的。小兰从殿内跑了出来，气喘吁吁地问："出什么事了？"

"我也不知。"淳空说，"你们待在这里别动，我下去看看。"

正说着，只见旺财带着两个土匪跑上来，一手提着匣枪冲淳空叫："师父，他妈的小鬼子贼精，居然撵到俺老窝来了。这次俺一定要让他们尝尝老子的手段。你带兰姑娘和唐兄弟先藏起来，我领弟兄们在寨外御敌。"说着扭身又向围子里跑。

淳空忙劝道："不要冲动！一共来了多少人？"

一个土匪抹了把头上的汗道："鬼子和二鬼子加起来大概二三百人，但都是硬玩意儿，还有两架歪把子机枪。"唐英这时从地上爬起来，瞪着一双眼睛惊叫道："这下完了！我们全完了。"

"哼！"旺财梗着脖颈吼道，"想端老子的窝，没那么容易！"说着又要下山。

淳空拦住他说："别急。鬼子实力强，硬拼无异于以卵击石。"说完低头走了几步，忽地又抬头冲旺财说："如果兄弟信得过我，小僧倒有一计，可以一试。"

旺财半信半疑地望着淳空说："不是俺不信师父，只是打仗这玩意儿玩儿不得虚的。"

"我什么时候玩儿过虚的？"淳空脸色一沉说，"既然你信不过小僧，那就当我什么也没说。这样吧，我们这就下山，把他们引开，免得你惹祸上身。"说完招呼小兰、唐英就要离去。

"师父，等等！"旺财在后面喊道，"咱们现在拴一条绳上了，我就听你的。"

本次搜山，鬼子派上来的是一个小队和地方保安团的一个连，总计三百余人。在装备方面，鬼子们也是下足了功夫，除了清一色的"三八大盖"之外，还有两挺轻机枪。至于钢炮之类的重武器，按照上级的吩咐，小鬼子们一件也没有配备。负责本次搜山的指挥官川田雄一认为，"杀鸡焉用宰牛刀？"于是重武器自然失了用处。

上次杨树庄一役，川田不仅没有抓住人，反而赔了几个手下，连自己也受了伤。宫本十分震怒,责令其十日之内必须抓到犯人,否则,军法从事。川田为此十分窝火,恨不得立刻抓住淳空,抽他的筋,剥他的皮,以泄心头之恨。

他得到密报,这座山上有伙土匪。在大肆的搜捕之后却没能抓到犯人,便大胆地猜测犯人一定是进了土匪窝,于是立刻率领鬼子小队和地方保安团连夜上山清剿,势必一网打尽。二鬼子在前,鬼子们端着"三八大盖"猫腰殿后,这是鬼子作战一贯的阵势。他们像撵山狗一样,小心翼翼地摸索着搜山。

此时探子来报,说在前面发现了土匪的围子。川田立马兴奋起来,急忙命令部队散开,按照预先口头布置的战斗队形悄悄向围子靠拢。

突然"砰"的一声,最前面的一个二鬼子中枪毙命,后面的鬼子和二鬼子立即匍匐在地举枪还击,砰砰叭叭的枪声像热锅炒豆子一样,但围子里却再无一点儿声息传出。

鬼子和二鬼子等了半天,又爬起来,继续摸索前进。"砰!"又是一声枪响,一个鬼子兵立刻倒地回了东瀛老家。

川田急得红了眼睛,命令机枪手射击掩护,又命排头的保安队员不顾一切朝前冲。二鬼子们本来都是一些怕死之徒,知道围子里面有神枪手,抛头露面就是找死,此时一个个都缩头缩脑的,如龟走蚁爬,硬是不肯前进分毫。

见局势如此胶着,川田焦急得直跺脚。"八嘎!"他大骂了一声,拔出手枪吼道:"上!你的上!"说着"砰"地一枪撂倒了一个畏缩不前的二鬼子。其他二鬼子,再也不敢怠慢,伸头是一刀,缩头也是一刀,现在只有硬着头皮向围子里冲。

围子里静悄悄的,一点儿声音也没有,好像压根儿就没放过枪似的。鬼子和二鬼子咋呼着一边试探着放枪,一边向围子里拥。终于进了围子,却发现里面空无一人。

川田气喘吁吁地爬上来,看见一排窝棚窑洞门洞大开,像张张嘲弄自己的大嘴。"人呢?刚才放枪的人呢?哪儿去了?"川田指着窑洞窝棚吼道,"给我烧了它!烧了它!"

一个鬼子得令，上前点火。"砰！"未等点火，人应声仆地。鬼子和二鬼子慌作一团，赶忙匍匐在地，冲四周一阵乱射。"在那儿呢！"一个二鬼子喊了一声。只见围子后面的树林里闪出几条人影，向山梁上跑去。其中一个衣着鲜艳，似是女人。

"花姑娘！"川田两眼放光，爬起来抽出指挥刀叫道，"追！快追！"鬼子和二鬼子迅速向山上追去。

丛林茂密，鬼子的枪没了准头，只得一直在后面撵。他们密切地注意着对方的动向，生怕一不小心影子就会凭空消失似的。前面的情报兵报道："那几个人最后爬上了一堵峭壁，并分散着钻进了岩石的缝隙后面，其上是一堵奇高的石墙，他们已经无路可逃。"

川田立刻命令机枪射击。"嗒嗒嗒！"子弹打在峭壁上溅起了阵阵火花。但对方躲在岩石后面，就是不露头。

川田气得脸色青灰，唰地一下扬起了东洋刀吼道："抓活的！给我抓活的！"鬼子们沿着陡峭的山崖缓缓爬上来。

"嗖！"一块石子突然破空而出，爬在最前面的一个鬼子兵晃了一下，然后像一截圆木似的滚了下去。峭壁上方的石墙后面，这时站出一位衣着朴素、英俊潇洒的和尚，他望着脚下密密麻麻、匍匐上前的鬼子，一脸笑意。

川田大惊，正想命令回撤，可已经来不及了。石墙后面，一阵排枪响起，接着那道石墙轰然倒塌，乱石如雨，鬼子和二鬼子鬼哭狼嚎，扔下几十具尸体，狼狈而逃。

峭壁上的庙宇前，人们欢呼一片。这一仗，山寨大获全胜，共缴获了几十杆"三八大盖"和一挺歪把子机枪。淳空被旺财和一伙喽啰高高地抛了起来。

旺财兴奋地举起那架机枪，冲淳空喊道："师父，有这硬货就是再来他百十个鬼子，老子都扫了！"说完又看了看枪上的弹夹，惋惜地摇头道："就是狗日的留的子弹太少了。"

"阿弥陀佛！"淳空笑了笑道，"贪。"

旺财"嘿嘿"直笑。

这时，土匪们都欢声笑语地清点着各自的战利品，有的居然将敌人尸体上的军装和靴子一并剥了下来，穿在自己身上。峭壁下鬼子的尸体，像一个个褪了毛的鸡鸭，横七竖八地散落在草丛里、溪沟下。一群乌鸦在山谷间盘旋，发出哇哇的怪叫，似在庆祝这即将到嘴的美食。淳空的眼眶有些湿润，他不知道自己做得是对，还是不对。唐英这时也抱了支枪，坐在崖畔小心地擦拭，时不时地瞟一眼淳空。

"阿弥陀佛！"淳空冲旺财说道，"把那些尸体埋掉吧。"

"埋掉？"旺财似乎不敢相信自己的耳朵，他怒气冲冲地回道，"凭什么？让这些狗日的喂狼去！"

淳空望着旺财，摇了摇头道："还是埋掉吧，都是因果……"

"振华哥哥！"小兰这时高兴地跑过来。刚才那个衣着俏丽、诱敌深入的女子正是小兰。

"真了不起！"淳空冲小兰跷起大拇指，"真是当代花木兰啊！"

小兰有些羞涩地笑道："我那算什么啊，你才是真正的抗倭大英雄呀！"

"英雄？"淳空喃喃地说，"不，人为什么要当英雄？当了英雄又能怎样，这无尽的杀戮何时才能终止呢？"

几个人一时立在那里都没有言语。良久，淳空冲旺财道："我们还是准备转移吧。"

"转移？"旺财惊讶得睁大了眼睛，"我们刚打了胜仗，为什么要放弃这个地方呢！"

淳空点头道："正因如此，才要这样做。我们必须防止日军的残酷报复！"

## 第十八回　博上位连长献计　虑前程宫本选贤

川田率领残兵败将在山下驻扎下来。这一仗他吃了大亏，经粗略统计，小分队死伤了三十余人，保安团死伤四十多人。二鬼子那些人说白了是日本皇军手中的工具而已，死不足惜，但是小分队死伤的那三十来人却都是帝国的精英呀，川田对此十分痛心。

他在屋里来回踱步，皮靴踩得地板"咚咚"直响。自己这下该怎么向宫本司令报告呢？

报告！保安团的连长这时跑了进来，他的脸上长满了麻子，由于跑得急，麻子个个都立了起来，泛着红光。

"什么事？"川田没好气地问。

"太君刚才不是找我吗？""天花连长"惊讶地问。

川田刚好有气没处撒，上前"啪啪啪"连扇了他八个耳光。"天花连长"被扇得眼冒金星，头晃了晃，一屁股坐在地上，又觉不妥，赶紧爬起身。

川田恼怒地问："知道为什么打你吗？"

"天花连长"捂住肿得像馒头似的脸，头也不敢抬地说："知，知道，卑职办事不力，让皇军蒙受了这么大的损失。"

川田狞笑着说："知道就好！传达我的指示：如果下次作战再敢畏缩不前，贻误战机，我就格杀勿论，明白吗？"

"是，是！""天花连长"一迭声道。

川田叹了口气，思忖道：这些支那人真令人难以捉摸，有的威猛如虎极难对付，有的却猥琐如鼠一触即溃。他压抑住心中的怒火问："你可有什么克敌良策？"

"天花连长"捂住脸，想了想说："这帮土匪就是占着地形熟，与我们周旋，要不咱们抓些村里的百姓撵着他们搜山，这样一来可以克服地形不熟的障碍，二来也可以让他们做挡箭牌，减少皇军的损失。"

川田想了想，不禁赞叹了一声说："好！你的，对皇军还是大大的忠心。这次就饶恕你，戴罪立功吧！"

"天花连长"没想到川田居然采纳了自己信口一说的建议，并且夸奖了自己，大嘴一咧，两颗黄板牙夸张地露了出来。由于嘴角扯得疼，又赶紧拢住嘴。

"就这样，你马上去办！"川田厉声命令道。

"办什么？"门外有人斥问。宫本俊二提着指挥刀，迈步走了进来。

"司令！"川田热情地迎了上去。"天花连长"腰弓得像一个虾米，谄媚地叫道："太君。"川田手一挥，他立刻像一只苍蝇溜了出去。

宫本径直坐到厅中的椅子上，双手杵着武士刀问："听说本次搜山，你们与土匪交火了？"

川田见事情已经无法掩盖，只好将本次作战的情况如实地向宫本做了汇报。

"卑职办事不力，请司令责罚。"川田低头说。

宫本哼了一声，慢条斯理地说："堂堂大日本帝国的皇军居然被一群乌合之众打败了，此事真是闻所未闻。"

川田的脸上不禁红一阵白一阵。宫本接着问："刚才你在部署战事？"川田马上将刚才"天花连长"的想法说了出来。

"愚蠢！荒唐！"宫本抢步走到川田面前斥责道，"你这样做，会激起更多支那人的愤怒和仇恨，这将陷大日本皇军于更可怕的孤立之中！"

"嗨！"川田抬头挺胸应道，"可是这帮支那人仗着地形熟，与我们近距离紧周旋，我们目前的确处于劣势，这不能白吃亏呀！"

"哼，地形？"宫本鄙夷不屑地说，"大日本皇军对台湾地形熟悉吗？对满洲地形熟悉吗？南京、上海呢，熟悉吗？结果怎么样！阁下在一座小山寨前吃了败仗，却大谈地形，如此推卸责任，还像一个帝国军人讲的话吗？"

"嗨！"川田抬头挺胸道，"司令训导得是。"

宫本背着手，踱了两步说："这伙人既不是支那的正规军，也不是八路，只不过是一帮土匪。土匪在中国人的字典里就是'下三烂'，一般人绝对瞧不上眼。干土匪的都是只为一时快活、打家劫舍的流氓而已，他们既能坏事，也可以成事。中国人有一部书叫《水浒传》，你看过吗？"

"没有！"川田抬头挺胸道，"卑职一定抽空好好研读。"

宫本冷笑道："作为帝国军人，不仅要会打仗，还要会动脑子。支那的祖先讲'上兵伐谋，其次伐交，其下攻城'，如果能不费一枪一弹将这伙人降服，为我所用，不也是一件好事吗？"

"嗨！司令阁下英明。"川田回道。

宫本掏出一张字条，递给川田道："马上照这个地址请这尊神来。'只要功夫深,铁杵磨成针',没有办不成的事。"

"嗨!"川田应道。

## 第十九回  俏佳人乖巧送戒  瘾君子误擒恩母

天空瓦蓝,一队大雁"呀呀"叫着排成阵向天边飞去。转眼就入秋了,淳空心里沉沉的,不免有些焦灼。独坐松林下,埋头沉思:到底是谁害了爹娘,笛子里的秘密到底是什么?

"振华哥哥,你在想什么?"小兰瞅着淳空问。

"哦,没什么。"淳空弯腰在草丛里拔了几棵草药。

小兰上来帮他换下胳膊上敷的药说:"我懂你的心思。等过两天你的伤没大碍了,我们就下山。"

望着小兰清澈如水的眸子,淳空的心里不由涌出了一种深深的感动。

阳光高照,林子里显得清幽静谧,一对鸟儿在枝头上跳跃鸣唱,漂亮的羽毛,蜡黄的小嘴,伶俐地飞来飞去。

"知道那是什么鸟吗?"小兰扭头问。

淳空笑道:"那还不知?是花喜鹊呗。"

小兰抿嘴一乐道:"在老家喜鹊枝头闹,定有好事。"

淳空皱眉道:"可在这土匪窝里,能有什么好事呢?"

小兰微微地低下了头,白嫩细腻的脸庞上,像扑了胭脂。

"扑棱!"一只野兔突然从灌木丛里钻出来,吓了他们一跳,淳空趁势起身飞快地撵了过去,他想借机锻炼一下自己的身手。

回来的时候,看见小兰正坐在一块石头上,专注地编织着什么东西。几根已经泛黄的狗尾巴草,在她的手里灵巧地跳跃。那能编什么呢?淳空想。此时暖暖的阳光晒得人浑身酥痒痒的,他顺势往草窠里一躺,不知不觉间睡着了。

良久,被人摇醒,睁眼一看,小兰满脸通红地望着他似乎要说什么,高高的胸脯似一面船帆剧烈地起伏不定。"有事吗?"淳空不解地问。

小兰猛地将手伸过来。淳空看见小兰的手中捧着一枚金黄的草戒指,在阳光下泛着温暖的黄色光芒,似金子一样闪亮。"太漂亮了!"淳空惊喜地翻起身，将戒指小心地套在自己的手指上，连声赞叹，"你真巧！"

小兰的脸一下红透了，透过黑亮的睫毛瞅着淳空，欲言又止。

"你怎么没有呢？"淳空突然想起什么，忙不迭地问。

小兰扭过身子说："我才不用呢！"

淳空的心突然怦怦直跳，他小心翼翼地褪掉戒指，颤抖着捧起小兰的手，戴在她白皙纤嫩的手上。小兰的脸上一下晕满了红霞，漂亮的大眼睛顷刻间放射出绚烂的光芒。

"砰！"突然一声枪响，有东西掉在了地上。两人低头一看，是一只死去的喜鹊，羽毛凌乱，满身血迹。

"啊！"小兰惊叫一声，脸色煞白道，"谁这么残忍？"

"哈哈！"唐英从一棵大树后跑出来道，"打中了！振华哥哥，我打中了！"

"阿弥陀佛！"淳空念了一声佛，板着脸道，"我提醒过你，不要叫我的俗名！"说完，拉起小兰径自回了围子。

围子里，几个土匪正坐在太阳下，一边拆卸枪械，为零件擦油，一边粗俗地嬉笑。一个喽啰笑道："当家的今天可要快活了，居然劫了个女人回来。"另一个喽啰坏笑道："只可惜不是黄花大闺女。"

"女人？"淳空一愣，忙走过去问，"你们劫人了？"

"嗯。"喽啰点头说，"那娘儿们正坐在个坟包前发呆，就被小的给劫住了。"

"人现在在哪儿？"小兰忙问。喽啰扬手指了指围子左边的一个窑洞。

淳空和小兰赶紧奔过去。只见窑洞内的杂草上枯坐着一位妇女，凌乱的头发遮住了颜面，双手则被紧紧捆在背后。

"嗨！"小兰试着唤了一声，中年妇女缓缓地抬起无神的眼睛。

"大婶！"淳空和小兰几乎同时惊叫了起来。

淳空一下子冲进去，扑通一声跪在大婶的膝前哭道："大婶，都是我不好，连累了您，害得您家破人亡！"

大婶一动不动，少顷才回过神来，长长地泣了一声："儿呀……"

小兰扑过去抱住了大婶，两个人顿时哭成了一团。几个土匪持着枪跑过来，探问究竟。

"快替她解开！"淳空冲一个喽啰吼道。

喽啰将头摇得像个拨浪鼓一样道："不行，二爷没发话，谁敢？"

淳空上前竖掌一划，捆绑的绳子倏然落地。一个喽啰持枪上来阻挡，淳空反手一甩，他被推出一丈开外。

"旺财在哪儿？"淳空喝问。

"在，在房里。"有喽啰结结巴巴地答道。

淳空大步走进旺财的屋子，里面烟气缭绕，散发出一股令人窒息的邪香。旺财正歪身靠在床上，对着一盏灯吞云吐雾。炕桌上摆着紫檀木的盘子，一个半大的象牙烟缸，还有一个扁圆的牛角小烟盒，烟具光亮照人。

"师父，您也来一口！"旺财见淳空进来，笑嘻嘻地递过手上亮闪闪的烟枪道，"好东西，保证想啥是啥。"

淳空板着脸走过去，掂起那根油闪闪的烟枪，双指一错，烟枪像一只熟透了的向日葵勾下了身子。继而衣袖一拂，"哗啦"一声，案桌上的东西全掷在地上，七零八落，烟灯摔得粉碎。

旺财惊得张大了嘴巴，忽地跳下床来吼道："师父，这可是俺最值钱的宝贝呀！"

淳空一脚将旺财踹到角落里，顺手抄起地上的一盆水，兜头浇下。"浑蛋，醒一醒！日本人在糟蹋我们，我们还在糟蹋自己！你这都是什么享受啊？"淳空怒道。

旁边的几个喽啰，刚才亲见了淳空的身手，没一个敢上前拉劝。淳空揪住旺财的衣领斥道："醉生梦死，你还有没有血性？"

旺财瞪着一双红赤赤的眼睛道："师父，我……"

淳空吼道："你知道你抓回来的那个人是谁吗？"

"谁？是谁？"旺财结巴着问。

"是收留我们住宿，并为此让日本鬼子活活劈了自家孩子的大婶！你可知道知恩图报吗？"说到这里，淳空禁不住蹲下身子掩面而泣。

旺财一下惊呆了，久久地伫立在那里，突然他冲着门外大声嚷道："将这些害人的东西马上给老子扔掉。今后谁再敢接近，老子用刀尖子、屎橛子伺候他!"

门外跑进来一个喽啰,慌慌张张地将那些东西收了出去。

旺财满含悔意地说:"师父,咱们一起去看大婶吧。你别难过了,我说到做到,以后不会碰这些害人的玩意儿的。"

"人已来了!"门口有人应答。唐英和小兰此刻扶着大婶正站在门口。

旺财扑通一声跌跪到大婶面前,拱手道:"怪俺有眼不识泰山,忘恩负义,多有得罪,请大婶惩罚!"说完,竖起巴掌狠狠地抽打自己的脸。

大婶此时已掩住悲伤,拦住旺财道:"起来吧,不知不怪,谁叫我们都是苦命人呢!"

旺财站起身,挪过一方凳子请大婶坐下,然后冲着一旁的喽啰喊道:"马上集合!"

场院上很快整整齐齐地聚了百余号人,大家的武器五花八门,有大刀、长矛、鸟铳、"汉阳造",有上次缴获的"三八大盖",还有那挺威武的机关枪,这些可能就是旺财全部的本钱了。

旺财这时扑打了一下双手,大步上前放声吼道:"兄弟们,我们原来都是种庄稼的老百姓,都是被逼得没有办法了才走到这地儿,大家都想奔个好前程。今天我要向你们通告一件事,从今天起,我的师父,就是这里的老大,俺们一切行动要听他的。若有不从的,老子跟他刀口上说话。你们服不服新任的老大?"

下面齐呼道:"服!"

"来呀,请师父训话!"旺财说完冲淳空拱手。

淳空没想到,这家伙会如此行事,自己本佛门中人,头条规矩是不做盗,现在竟要做土匪的老大,这该是多大的罪孽呀!心中一时踌躇不决。

旺财这时扑通一声跪了下来,说:"师父,我旺财一生只佩服比我有本事的人,自从遇见您后,您做的桩桩件件都令俺钦佩,今后您指到哪里,我们就打到哪里!"

喽啰们也哗啦一下全跪了下来吼道:"请老大训话!"

大婶这时走上来轻声劝道:"小兄弟,你就答应了吧。我看这些兄弟都是被逼到了绝境才当土匪的,如果你能够带领他们弃恶从善,不也是大功一件吗?"

大婶的话令淳空心头一动,这不正是自己当初在菩萨面前许下的愿望吗?还犹豫什么?想到这里,他轻步走到场中,环视了一下众人,喽啰们满怀期盼地注视着他,待他发话。

"施主们,不对,弟兄们!"淳空一时有些不适应,但他毅然喊道,"旺财刚才说得很好,谁生下来想做这被人背后戳脊梁骨、挖祖坟的土匪?都是被逼无奈的。佛说'放下屠刀,立地成佛',佛也说'除魔卫道,匡扶正义'。我本是一僧人,远离世俗,不会带兵打仗,更别提率领大家了。但现在,家没有了,国没有了,小鬼子已经不给咱们活路了。我们该怎么办呢?我们又能怎么办呢?"

"杀日本鬼子!"大婶这时站起身说。

唐英也举起手道:"杀小鬼子!"

"对!杀日本鬼子。"淳空点头强调道。

旺财突然振臂吼道:"杀小鬼子!"

猛虎岭上一时刀如雪、枪如林,杀小鬼子的喊声像春雷在群山间滚动回响,震人心魄。

"好!"淳空拍手赞道,"从今天起,我与大家约法三章:一不能烧杀淫掠,吸食烟土;二不能祸害百姓,见利忘义;三要听从调遣,依令而行。违者重责不贷!希望我们大家团结在一起,赶走小鬼子!"

## 第二十回　决对策宫本宣命　显孝心旺财殁母

午夜。日军洛阳司令部灯火通明,日军中高级军官正在召开军事会议。

一名日军参谋站在作战地图前分析讲解战斗形势:"当前,形势非常好,我大日本帝国军队所向披靡,10月4日我军占领福州,28日包围桂林,直逼柳州。当前'一号战役'已经接近尾声,又有4个省会、146座城市、近20万平方公里土地进入我大东亚共荣圈。支那军队已是溃不成军……"

宫本俊二挑眼瞅了一下周围,军官们都挺直腰杆端坐一旁,没有一人吭声。

参谋继续分析道:"反观中原,它是大日本帝国继满洲、华北之后,开拓的又一重要疆土。但此地情况非常复杂,外有支那军、美国佬,甚至还有一些不知死活的草寇与帝国为敌,内有重庆方面和八路的奸细特务作乱,虽然我们先后采取了坚壁清野等措施,但敌人像霍乱一样死而复活,且有蔓延之势。为了彻底肃清这股势力,经参谋部研究确定了'火焰'作战计划。具体作战部署为⋯⋯"

"报告!"一个参谋进来道,"司令,您的密电。"

宫本俊二接过电报。电报是华北驻屯军司令部发过来的,内容是日前日本海军重金打造的海上巨无霸"信浓"号在东京湾被美国人的鱼雷击沉,全军覆没⋯⋯

宫本俊二的头"嗡"的一下,他借口去洗手间稳了稳心神,强迫自己镇定。时局变化之快,令他难以置信,不可战胜的帝国军队已经显示出颓势。在整个东南亚,乃至整个太平洋上,已经多日不曾听闻有关帝国军队的任何好消息了。8月,帝国军队丢掉了马里亚纳群岛,10月,莱特岛海战惨败,现在承载着帝国希望和荣耀的巨舰居然在其处女航行时就葬身大海。电报说,此事对帝国高层震动很大,某种程度上动摇了军心。军部决定,在天皇寿诞之际,提振一下士气,因此,严令他务必采取措施完成东方史馆"一号任务",为天皇献上一份厚礼。

宫本俊二难过地闭上了眼睛,长嘘了一口气,也许大日本帝国真的已经不能得心应手地控制整个战争态势了。

他勉强地整理了一下自己的情绪,极力保持镇静,强打精神回到会议室。军事参谋已经安排完这次作战任务,正等候着他做后续陈述。

宫本俊二直起身,充满杀气地扫视了一下周围,慷慨陈词道:"诸位,目前帝国大东亚共荣圈的圣战进入了关键时刻。中原号称支那人文明的摇篮,是支那的心脏,是我们圣战的大后方,也是军部以战养战的战略要地。但近期危机不断,八路军像野狼一样环伺在我们的周围,帝国的军力像一串佛珠漂荡在惊涛骇浪之中,随时都有可能被巨浪吞噬。此次我们一定要严格按照'火焰'作战计划的指示行事,彻底肃清敌对力量,将这股病菌彻底祛除。诸君都是在东北与我一路打杀出来的有功之臣，我们一定要拿出当年剿灭抗联的勇气和毅力，消灭残敌。大日本帝国的军人向来不乏勇气，你们说，是不是？"

"是！"诸位军官哗地一下站起来，热血沸腾地吼道。

宫本俊二再次环视了一下周围，对自己的鼓动工作颇为满意。他继续发号施令道："各部队分头行动，全力谋求胜利！"

"嗨！"军官们挺胸响应，然后次第退出会议室。宫本俊二等候大家全部离开后，小心地从衣兜里摸出手绢擦了擦面颊上的汗。

"报告！"一个侍从进来道，"司令，您请的人到了。"

宫本俊二仰起头，似乎想起了什么，站起来激动地道："请，快请！"

午夜，猛虎岭白云寺外倏忽飞进几条人影，他们行踪飘忽，落地如棉。两条黑影径直来到寮房，取出竹筒，冲里面吹了一股轻烟，随即闪进去摸索了一阵，最后扛出一包东西，准备飞身跃墙。突然周围火光大亮，淳空和旺财等人站在火光中冲他们微笑。扛东西的黑衣人一惊，抬手冲淳空肩上拍去，淳空眼疾手快，一掌错开，随之一招"龙爪手"，捋下他肩上的袋子。

砰！旺财抬手一枪，一个黑衣人应声倒地。

"留个活口！"淳空喊。

剩下的那个黑衣人立刻挥舞长刀，向淳空凌空劈来。

淳空一让，逆着刀锋，直拍他的手腕。黑衣人手腕一翻，拦腰再劈。淳空一个空翻再次让过，扬指一点，"当啷！"黑衣人的刀掉在了地上，人僵在那里。

"好！"周围的弟兄们一片喝彩。

淳空伸手去揭黑衣人头上的面纱。"噗！"背后传来利器破空之声，他身形一闪。"呀！"黑衣人惨叫一声栽倒在地——一把匕首直接插进了黑衣人的胸膛。

"房上有人！"一个喽啰叫道，接着"砰砰"冲着房上一阵乱枪。

淳空纵身上房，发现屋脊上黑乎乎的一片，早已没了踪影。只得反身跃下,解开口袋,见小兰正在袋内,双手被绑,口里塞了棉絮,还在昏昏欲睡。

淳空命令两个女眷扶小兰回房休息,自己飞身向西寮房跑来。

这时,唐英睡眼蒙眬地从屋里走出来,惊慌失措地问:"是哪里在打枪?"

"没什么。"淳空笑着说,"刚才发现了几个毛贼,不过都被收拾掉了。"

"原来是这样!"唐英打了个哈欠说,"惹了我的好梦。"说完折身又准备去睡。

"慢!"淳空一扬手,将一枚东西射向唐英,唐英一个趔趄就要栽倒,淳空忙上前扶住问,"你怎么了?"

唐英红着脸说:"我怎么突然感觉腿上一麻。"

"你好像出汗了!"淳空问。

"我腿上一麻,就吓出一身汗了。"唐英紧张地说,"怎么啦?你腿麻,不出汗的?"

淳空笑了笑说:"没事了,休息吧!"转身从口袋里摸出那把从黑衣人身上取下的飞刀,禁不住暗暗摇了摇头。

清早,旭日初升,淳空领着喽啰们列阵操练。为了使他们能够达到临场战斗的基本要求,他首先从入门且见效快的马步站桩开始教起,这样就能够很好地培养他们的耐力与根基。才一会儿工夫,一个喽啰跑过来道:"大哥,大婶请你去一趟。"

淳空刚走到东寮房门口,迎面撞见小兰。"'大哥'来了!"小兰学着喽啰的腔调笑道。

淳空笑道:"别挖苦人了,昨晚休息得好吗?"

"多亏'大哥'照顾。"小兰模仿土匪的口吻戏谑道,"就是不知怎的,今晨起来感觉头有点儿晕。"说着替他掀开了竹帘。淳空笑了笑,迈步走了进去。

大婶坐在椅子上,脸色明净,气色显然好多了。见淳空进来,忙关切地问:"最近在忙什么?"

淳空笑了笑说："我呀，正将这伙人集中起来训练，教些功夫，也趁机管束管束。"

"师——父！"小兰在一旁嘟起嘴耍贫，关切地问，"昨晚你没受伤吧？"

"没事。"淳空笑道，"若连小毛贼都收拾不了，还何谈'师父'？"

"别再自我贬损了！"小兰莞尔一笑问，"他们是上次在老宅袭击你的那一伙人吗？"

"不像。"淳空坚定地摇头道，"我搜了他们的身，没发现任何证据，但我敢肯定他们是日本人。"

"日本人？"大婶惊讶道，"这帮杀千刀的，怎么总是阴魂不散呢？不过他们夜闯山寨，又是为了什么？"

"这个……"淳空瞥了一眼大婶道，"我也不知。这伙人好像不是普通的日本军人。如果我没猜错的话，他们应该是日本武士。"

"哦。"大婶长叹了一声，移身问，"听兰姑娘讲，小师父的二老尚未沉冤得雪？"

一句话勾到了淳空的痛处，他半晌才嗫嚅道："我实在不孝，至今还没查清父亲的死因，甚至连父亲的遗嘱也无法查明证实！"

"遗嘱？"大婶不解地问。

"嗯。"淳空含泪说，"是一首藏头诗，分别藏在龙凤双笛中，但凤笛却在十年前不翼而飞！"

门外这时传来一阵急促的脚步声。"振华哥哥！"唐英闯进来大喊道，"听说昨晚上你受伤了，没事吧？"

小兰笑着问："怎么，唐先生现在才知道？"

唐英闻言，一反常态，突然俯下头嘤嘤地哭了起来。

"你怎么啦？"大家面面相觑。

半晌，唐英抬起泪眼说："我是个骗子！我骗了你们！"她抽抽搭搭地说："我其实也不是什么皮革贩子，我是为了逃婚才女扮男装从家里逃出来的。"

"原来是这样！"小兰惊讶地劝道，"妹妹放心吧，这算什么大事，你看，我出门不也要乔装打扮嘛。今后就正式做回姑娘吧，我随身带了很多衣裳的哟，若不嫌弃，今后尽姑娘挑选。"

唐英感激地冲小兰点点头说："谢谢姐姐！不过，我现在倒习惯了这身打扮，等过些日子再找姐姐你换。"

"咦！"淳空上前附和道，"你们俩可都是戏文中唱的那个什么'女驸马'呀！"一句话逗得几人呵呵笑了起来。

一个喽啰这时上气不接下气地跑进来报告："大哥，有情况！"

淳空忙站起来拱手道："大婶好好静养，我下去看看。"

小兰跟到门外嘱咐道："小心点儿！"淳空心头一热，使劲地点点头。

唐英这时插过来说："我和你一起去！"

几人奔下围子，只见旺财和几个当家的在场院上比画拳脚。

"什么情况？"淳空上前问。

旺财愤恨地拔出枪说："听说山下上来两个鸟人。不用着急，让他们多活一会儿，待会儿，俺就让他们有来无回！"

淳空转身命令喽啰道："你下去再探，务必查清楚他们是否有后援。快去！"

"是！"游哨扛着枪飞跑了出去。

一个喽啰又跑上前叫道："不好了，是二爷的娘带日本人上山来了！"

"什么？"旺财一听，霍地跳起来喝问，"你丫没瞅错吧？"

喽啰擦了一把额头上的汗珠说："千真万确，兄弟和你一起回去探望过老人家，怎么会搞错！"

旺财的眼睛瞪得铜铃一般，一把揪住那个小土匪的衣领吼道："你小子可瞧仔细了，到底是怎么一回事儿？"

喽啰霎时吓得双腿直哆嗦，求饶道："二爷，不信你出去看，那个日本人搀着老太太有说有笑，好像很熟络。现在估计快到寨门口了。"

一行人立刻跑了出来查看。淳空命令其他人等做好战斗准备，自己也来到垛子口瞭望。密林深处果然走来两个人影，两人边走边谈，显得甚是亲热。旁边的旺财这时如铜浇铁铸一般，僵在一旁。

两人越走越近，寨门口的弟兄都端起了枪。

"站住！"一个喽啰喊道。两人在一箭开外，停了下来。

只听老太太冲着这边喊："旺财！旺财！"

旺财一下子跪了下来，道："娘！您怎么上来了？"

"你这个不孝子，明明是你接娘来的，怎么还这么问呢？"老太太喘着气嗔怪地骂着自己的儿子。

"娘，"旺财急道，"您怎么跟这些杀人不眨眼的日本人在一起？"

"日本人？"老太太不相信地望着身旁一身戎装的人说，"他不是你的朋友吗，怎么会是日本人？"

旁边的日本人这时亮起了嗓子喊道："张旺财先生，我的确是大日本皇军的人，我念你常年在外，思亲心切，特意将老太太给你送上山来，让你们母子团聚。我们就不能谈谈吗？"

"我操你八辈祖宗！"旺财大骂道，"我姨娘怎么死的？老子跟你们有血海深仇！来呀，吃老子一枪。"说着举起了枪。

那边，日本人也拔出了枪，抵住了老太太的头说："大娘，看来，您有个孝顺的儿子呀，现在得委屈一下了。"

老太太喘气说："你们真是日本人？俺妹子真是你们害的？"

那个日本人似笑非笑道："这里面有个误会。"

旺财这时哭道："娘，是我亲眼所见，这帮畜生他们割了姨娘的喉咙……"

老太太一听，浑身乱颤，嗫嚅着说："小鬼子，我和你们拼了！"但日本人此时不由分说，一把卡住了老太太的喉咙，令她动弹不得。

旺财大声吼道："小鬼子，有种的冲老子来，别伤害俺娘！"

日本人轻轻笑道："张旺财先生，我知道阁下是个远近闻名的孝子。我想你、还有你所谓的大哥，都不希望看到这位老人家有什么不测吧？当然，这个我们也不希望看到。所以，你看目前的局势，我们能否谈谈呢？"

"有话就说，有屁就放！"旺财吼道。

日本人依旧慢条斯理地说："我今天是受大日本皇军洛阳警备司令部宫本司令的委托与你们协商，如果阁下愿带着你的弟兄和大日本帝国合作，我们可以立即释放你的老娘，并会在城里为她老人家安排最优厚的生活服务，让她颐养天年。阁下以为如何呢？希望阁下认真考虑，借用你们中国的一句古话，时不我待啊！"

"你别做梦了，老子会听你的？"旺财大骂道。

"张旺财先生，你可以和你的大哥商量一下，我数十下，如果阁下辜负了大日本皇军的一片好心，那么，明年的今天将是老太太的忌日。"日本人喊道，"一、二、三……"

唐英此刻上前悄悄瞄准说："让我一枪崩了那个小鬼子！"

旺财狠狠瞪了她一眼说："能崩早就开火了，前面树林交错，万一失手，俺老娘就殁了。"

"可他这是要你带咱兄弟们当汉奸呢！"一个弟兄说。

淳空心里十分着急。他冲旺财道："你千万不能下山去给鬼子卖命啊，那可是辱没祖宗的啊！"

旺财点点头说："这个，您放心，我是誓死不做汉奸的。"

"那老太太怎么办？应该赶紧救出来呀！"唐英在一旁焦急地催问。

突然那边传来"哎呀"一声，淳空和旺财探头一看，只见老太太身子滑倒在地上。日本人情知不好，拔腿就跑。

"狗日的！"旺财大骂一声，拔枪冲了出去，淳空也跟着奔了过去。身后不知谁喊了一声："弟兄们冲出围子，为老大娘报仇呀！"围子里埋伏的弟兄们此刻都如猛虎一般，从各自哨位上爬起来向山下猛冲。

老太太满嘴是血，倒在地上不省人事。

"娘！"旺财咕咚一声跪在地上，抱起老太太。老太太终于苏醒过来，瞪着一双浑浊的老眼爱怜地望着自己的儿子，嘴里有半截舌头搅动着，但什么也说不出来。她抬起枯瘦的手抚摸了一下儿子的泪眼，头一歪含笑辞世。

"砰砰！"山下突然响起了密集的枪声。

几个土匪气喘吁吁地跑回来说："大哥，不好了，山下发现了大队的敌人。"

淳空赶忙命令道："快隐蔽！"话未说完，只听"轰轰"两声，几个弟兄被炸飞到半空中。左边的一座山头上，鬼子不知道什么时候架起了钢炮,此时正居高临下地向这里轰。

## 第二十一回　失主寨僧兵求援　献军情唐英归巢

　　白天鬼子轰炸了一天,猛虎岭的弟兄死伤了三十多个,元气大伤,硬扛肯定不行。淳空和旺财合计,趁着夜色撤离。

　　队伍走到半山腰的时候,大婶提出要回村里看看。一行人摸黑到了村边,出于警觉,淳空试着向村里投了两枚石子,可连一声狗吠都没有,村里一片死寂。

　　走近一看,整个村子已被毁得面目全非了。淳空和大婶在废墟前徘徊,喉头哽咽,这还是那个世外桃源一般的村庄吗?

　　夜风里,突然传来一丝轻微的哭泣声,大家忙循声找去,在一个碾盘底下发现了地窖。揭开窖门,大家一下子惊呆了:狭小的石窖里居然躲藏着七八个小孩儿。

　　一个大一点儿的女孩儿哭泣道:"鬼子进村见人就杀,还放火烧房子,大人们攥我们藏进去的,我还看见娘被那帮畜生……"说到这儿一下扑到了大婶的怀里。

　　"阿弥陀佛!"淳空的心里掀起阵阵悲痛。

　　这些孩子该怎么办呢?他突然想到了上清宫。

　　天色熹微,经过一整晚的跋涉,队伍来到了上清宫。

　　淳空上前敲门。一个小道士开了门,一脸诧异地望着面前这一伙衣衫褴褛的人。

　　"阿弥陀佛!"淳空拱手施礼道,"小僧有事拜见掌门。"

　　道士还礼道:"请等一等,待我前去通报。"不久,小道士快步跑过来说道:"道长在打坐,请诸位先到知客堂休息。"

　　一行人到了知客堂,小童上前沏了茶,淳空命令旺财等在观外警戒,其他人原地休息。一会儿随侍道士进来道:"掌门请淳空师父到方丈室一见。"

　　淳空忙随他出来,到了方丈室前,轻掀竹帘迈步进去。此时道长已打坐完毕,正坐在椅子上品茶,依旧鹤发童颜,神采奕奕。

淳空合十恭敬地说:"老修行,小僧今日有一事相求!"

辨机道长突然抚须呵呵大笑起来。淳空被他笑蒙了,不解地望着他。

辨机道长笑罢道:"你的样子让贫道想起了你的祖父和父亲,怎么都是这样的急脾气!"

"是这样吗?"淳空在心里缓了一口气。

"来,坐下说。"辨机道长指了指旁边的凳子,淳空欠身坐下。辨机道长半眯着眼,手捻胡须问:"笛子找到了吗?"

"哦……"淳空错愕道,"没,还没有。眼下还不知道凤笛在何方。"

老人仰起头,捋了把胡须说:"放心吧,你爹宅心仁厚,他定会在天堂保佑你,凤笛也必当物归原主……"

"但愿如此。"淳空此时起身,深施一礼道,"道长,小僧身边有一帮无家可归的孩子,现下我正领着弟兄们和日寇周旋,实在无力照顾,不知道长可否代为收留?小僧感激不尽,他日必当重谢。"

辨机道长垂下双目,良久无言。

外面这时传来一阵脆生生的诵书声:"国破山河在,城春草木深。感时花溅泪,恨别鸟惊心……"

"什么声音?"辨机道长倏地掀开眼皮问。

随侍在外的道士掀帘进来禀道:"是这位师父带来的一帮顽童,在庙院诵书。"

辨机道长站起身,踱出方丈室,来到场院里。

知客堂前的草地上,七八个小孩儿整齐地坐在一起。他们刚刚从日本人的魔爪中逃出来,一旦到了安逸的环境中,便十分欣喜地跟着老师朗诵起来了。此刻一个个认真地盯着前面的小木板大声读诵,小兰则手持小木棍,站在一旁指教。

"国破山河在,城春草木深。感时花溅泪,恨别鸟惊心……"脆生生饱含着希望的童音在古老的庙宇间缭绕穿梭,陡增了些许活力。

辨机道长静静地伫立一旁,嘴角隐隐浮现出一丝若有若无的笑意。他吩咐一旁的道士:"好好待客!"说完飘然离去。

小兰这时冲淳空回眸一笑,见她香腮染赤,顾盼如花。淳空不由慌乱地低下头去。

吃过饭，淳空踱步来到爹娘坟前。好久没能来爹娘的坟茔扫墓祭拜，坟头已然芳草萋萋。抚摸着亲人的墓碑，淳空心如刀绞，离开山门，颇有时日，但爹娘含恨九泉，仍未沉冤得雪，自己何以告慰家翁？想到这里，不禁悲从心来。

"振华哥哥！"背后有人叫。

回头一看，见小兰站在身后，正柔情似水地望着自己。淳空禁不住仰头长叹："我愧为人子呀！"

小兰劝解道："不要太伤感了，这事得从长计议。眼下我倒有一事十分疑惑。"

"什么事？"淳空抬起头，望着她问。

小兰踱了两步，想了想问："你不觉得唐英很反常吗？"

"哦？"淳空盯着她道，"说说看！"

小兰点头道："她原本是女儿身，被我们识破后，按理说，女孩子总是百般爱美的，应该很快就换回女服，但她却仍然坚持女扮男装。天下女孩儿，哪有不爱红装的？除非……"

"除非什么？"淳空紧紧盯着她。

小兰微笑道："我也是瞎猜的。我想，除非她是个武人。"

"这个，极有可能。"淳空点头肯定道，"上次日本武士深夜来袭，本来可以留下一个活口，没想到，最后却被人飞刀灭口。当时我就有所怀疑，用栗子壳做暗器试她，她果然中计，假装跌倒。我借机摸了她的背，发现汗涔涔的，显然刚刚运动过。"

"嗯。"小兰赞许地笑道，"振华哥哥，你心细如发，可以比肩包拯了。"

淳空笑道："别再拿我寻开心了，你说，她察觉自己暴露了吗？"

"这天下细作都是奸猾之流。"小兰点了点头，断言道，"这一路上日本人步步紧逼，而且他们屡屡能够轻而易举地找到我们的藏身之地，由此她当然察觉到我们开始怀疑她了。"

淳空惊疑地问："那她冒这么大的风险甘愿潜伏下来，到底是为了什么？"

小兰低头踱了几步，扭头冲淳空道："你的身上一定有她想要目前还没有得手的东西！"

"莫非真是为了笛子而来？"淳空皱眉道。

小兰这时开心地笑道："振华哥哥，也许唐英就能帮助我们找到那支凤笛。"

夜里寅时，一匹快马自北向南驰进洛阳城。

在卫兵严密防守的日军宪兵司令部前，骑马的青年一捋缰绳，跳下马鞍，快步拾级而上。门口的卫兵持枪拦住了他，青年轻轻一笑，抬手亮出一纸小本，卫兵赶忙低头让路。

青年气宇轩昂地跨进了司令部大楼，在卫兵的带领下穿越中堂，径直来到司令办公室，那里灯火通明，似是专门为某人而设。与此同时，一个黑影悄悄从侧墙翻了进去，紧随其后。

"报告！"只听青年用日语叫门。

"请进！"里面传来宫本俊二的声音。

"爸爸！"青年推门而进。

宫本俊二从办公桌后面站起来连声道："真让人担心！"青年奔过去，扑进宫本的怀里嘤嘤哭泣。

"不哭！"宫本搂住他安慰道，"你的工作非常出色。"言语间为青年倒了一杯茶。青年接过茶，搁在一旁的桌子上，正色道："我有重要情况禀报。"

青年不是别人，正是唐英。

其实，唐英是她的化名，她的真名叫宫本樱子，是宫本俊二的女儿，现在的真实身份是日军河南特情组的副组长。宫本樱子虽然生在日本，但自小在中国的东北——日本人扶植的满洲国长大。她是日本武士道精神的继承和传播者，也是天皇大东亚共荣圈战略的直接贯彻者。

宫本樱子从怀里掏出一包东西，呈给宫本。宫本小心地打开，里面是一支残破的笛子和一张小纸片。上书：壮士饥餐胡虏肉，笑谈渴饮匈奴血。

宫本一下兴奋起来，俯身在抽屉里摸索了半天，抽出了一支笛子。这支笛和宫本樱子带回来的一模一样。宫本激动地从笛子的接骨缝隙里抽出了一张纸。

咯！房上传来一声细微的响动。宫本迅速拔枪，看也不看，"砰砰"，抬手向房上开了两枪。几个鬼子闻声闯了进来。"快上房看看！"宫本气急败坏地吼道。

鬼子赶忙找来梯子，攀到房上，可空无一人，仅有一处屋瓦被移开了一条细缝。宫本脸色大变，抬手甩了卫兵几个耳光："八嘎！"

"嗨！"日本卫兵如啄食之鸡，连连点头。宫本樱子扬手命他们退出去。

宫本回身小心翼翼地将两块小纸片紧紧地拼在一起，仔细地端详了一阵说："呦西！樱子。你可是为大日本帝国立下了一件大功呀！"

"上面到底说了什么，有这么重要吗？"宫本樱子不解地问。

宫本"嘿嘿"笑道："这得请教专家鉴定才行，不过，应该离答案不远了。"

"报告！"川田雄一这时迈步走进来，"司令，听说刚才有刺客？"

"跑了！"宫本疲惫地仰靠在沙发上。宫本樱子上前替他揉着肩膀。

"樱子小姐，你回来了！"川田这时兴奋地叫道，"在下非常关心您的安全呢！"

"谢谢。"宫本樱子淡淡地笑了一下。

"听说你曾遭到野猪的攻击，还和那个毒辣的支那人待在一起，真令人担心！"川田继续关切地说，"其实大日本皇军不需要您冒这么大的险。"

宫本樱子闻言哼了一声，慢条斯理地说："川田君，堂堂皇军被一伙乌合之众打得抱头鼠窜，这样就值得吗？"

川田雄一脸红耳赤道："但……最后还是把他们消灭了。"

"哼！"宫本樱子冷笑道，"要不是我略施小计将他们引出来，说不定川田君的部下又要哭爹喊娘了。"

"樱子小姐，我吃了败仗不假，但请不要侮辱我作为一名帝国军人的人格……"川田雄一气咻咻地吼道。

"吵什么！"宫本使劲拍了一下桌子，呵斥道，"坐下讲话。"

川田雄一走到沙发旁，正襟坐下。

宫本双手交叉，"咯咯叭叭"地搓了下骨节道："帝国军人处处要以团结为重，个人的力量再大都无济于事。中国人才不少，但为什么毫无战斗力，一击便碎？因为他们是一盘散沙，懂了吗？"

"嗨！"宫本樱子和川田雄一立刻挺胸跺脚齐声回道。

宫本命令道："川田君，请你迅速将这个东西传回东京，请我的朋友野村教授译一下，看这里面到底藏着什么。"

"嗨！"川田雄一霍地站起身，双手接过纸，转身而去。

"樱子，这些天也难为你了。"宫本转过身，柔声对自己的女儿说道，"你也好好休息吧。"宫本樱子点了点头，掩门而去。

宫本此时高兴地站起来，踱步到壁橱前，开了瓶清酒，有滋有味地饮了一口，脸上露出了一丝得意的笑容。

"报告！"川田雄一急匆匆地走进来，行了一个军礼，"报告司令，东京回电。"

宫本一口饮掉杯中的残酒问："怎么样，发现秘密了吗？"

"没有。"川田回答，"电文中说，本诗前后混乱，无章可循，不像是一般的藏头诗。"

"不可能！绝对不可能！"宫本霍地一下站了起来，自言自语道。他拿过那张电文，认真地浏览了一遍，又把那两张纸拼在一起仔细端详。良久，一拳砸在案桌上，咕哝道："狡猾的支那人！死了死了的。"

"爸爸！"宫本樱子这时梳洗完毕，走了进来。此刻她已换上一身和服，略施粉黛，居然十分俏丽。

"樱子小姐，该死的支那人骗了我们。他们将诗文掉了包。"川田雄一气咻咻地冲宫本樱子叫道。

宫本强忍着怒气，揽过宫本樱子的双肩说："告诉爸爸，那个和尚现在在哪儿？他才是秘密的关键。"

## 第二十二回　计中计僧兵两难　夷险情恩人施救

夜幕下，一匹马潜出洛阳，直向北山奔去。

昨天，淳空和小兰商量将计就计，引蛇出洞，就势找寻凤笛。唐英果然上当，当她从淳空身上摸出残笛和照片，溜出房门时，淳空便一路跟着她到了日军司令部。

见到宫本时，淳空一下子认出来了，这个家伙不就是比武那天站在二楼喝茶的老鬼子吗？淳空看见宫本拿出了一支和自己那支一模一样的笛子，心一下跳到了嗓子眼：那一定就是凤笛，爹爹留下的半首诗一定藏在那里面！可惜老鬼子非常狡猾，竟然发现了他，只好暂时退了出来。

驰过山口，老远就看见小兰在村口眺望，淳空策马狂奔，快到跟前一个空翻，飞身稳稳地落在小兰面前。小兰惊喜地望着他，嗔怪道："多危险呀！"

淳空笑道："好一个神机妙算的诸葛亮！"

小兰轻轻一笑，上前抚了抚汗湿的马鬃，遗憾地说："只是可惜了我的'大白'，竟让那个浑蛋盗了。"

"心疼了？"淳空揩了一把脸上的汗珠，笑道："有机会还你一匹。"

"还我一匹？"小兰睁大了眼睛，颇为怀疑地说，"你一个出家人怎么还？拿什么还？"

"这……"淳空尴尬地垂下了头，结巴道："兴许化缘，也许有缘……总之，一定能还。"

小兰觑了淳空一眼，"扑哧"一声笑道："傻和尚，跟你开个玩笑而已。"

淳空笑了笑，转身唤来旺财，命令他道："通知弟兄们马上转移。"

"到什么地方去？"小兰问。

淳空笑着说："要和他们在山里兜兜圈子。"说到这儿，眉头一挑道："对了，有一件事情想与你商量。"

"什么事？"小兰疑惑地问。

淳空顿了顿说："我想让你和大婶隐蔽下来，帮忙照料这些孩子。"

小兰闻言，半晌不语，良久红着眼道："振华哥哥，我知道你的好意，我听你的，但你自己要小心……"

队伍集合时，旺财急火火地上来禀告："大哥，大婶不见了！"

淳空一愣,犹豫了片刻,最终还是发出了全体转移的命令。

队伍又悄悄潜回伏牛山,弟兄们即刻埋锅造饭,砍木结床,很快又收拾出了一块围子。待安顿好一切后,淳空只身秘密下山,趁着夜色进了洛阳城,直奔日军警备司令部。

来到围墙外,飞身上房。只见偌大的院子里一队鬼子兵正扛着枪,踩着大皮靴"咔嚓咔嚓"地在巡逻。淳空艰难地辨别了一下方位,然后猫腰向着记忆中宫本的那个房间飞身奔去。

到了房檐,他一个"倒挂金钩"向里窥视。屋里黑洞洞的,什么也看不清,他身子一缩,推窗而入,凭着记忆来到书桌前,去拉抽屉,却发觉已被锁住。等到准备继续搜寻之时,院内突然铃声大作,灯如白昼。淳空索性一不做二不休,一掌打碎了桌子,在残破的抽屉里找出了笛子。他喜不自禁,飞快地从接骨处抽出字条,一行文字赫然在目:"何日平胡虏,山雨欲来风满楼。"原来如此!淳空惊喜道。

外面鬼子的步伐声愈来愈急促,淳空大呼不妙,飞身跳出户外,准备上房。但已来不及了,荷枪实弹的鬼子呼啦啦全围上来,将他严严实实地困在了中央。宫本俊二、宫本樱子和川田雄一等趾高气扬地站在面前。

淳空铁青着脸冲宫本樱子道:"好女儿,你的戏演得不错呀!"

"哈哈!"宫本樱子得意地笑道,"战争中乔装打扮,混迹敌窝,乃是常事,只怪阁下孤陋寡闻了。"

宫本厉声呵斥道:"给我绑了!"

言毕,一帮鬼子扑了上来,孰料淳空一阵乱拳,将他们纷纷打倒在地。

"俺来讨教几招!"张骏雄这时大步上前,一招青龙出水直击淳空。作为宫本司令部的常客,这次特殊任务,他自然是受到了邀请。此刻,他极力想表现一下自己的神功。

淳空感到一股热浪扑面而来,情知遭遇劲敌,立即转身卸力,两人随即纠缠在一起。川田这时扭头对宫本道:"司令,这人冥顽不化,不如毙了算了。"说着抬枪就要动手。

宫本樱子拦住他,上前军刀一挥道:"刘振华先生,你看,那是什么？"

鬼子呼啦闪开一条道。火光中，一个姑娘被扭着送进来。淳空忙从交战中分出身来，倚着旁边的槐树借势脱身，拿眼一瞧：竟是小兰！心里不由得"咯噔"一下，万般念头袭上心头，上清宫那边一定是出了岔子！

"怎么样，小师父，我想得周到吧？"宫本樱子冲淳空冷笑道，"与我们合作，你就能保住她的性命，否则，只管给她收尸吧！"

宫本见对方如此在意手中的人质，此时也得意地笑道："刘振华先生，现在给你两条路任你选。第一，你将龙笛交上来，我们共享天皇大东亚共荣圈的荣光；第二，就是和你的心上人一起去见阎王爷，当然，我知道你会做出正确的选择。"

正在危难之时，只听"砰砰"两枪，院子里几盏灯霎时灭掉，周围漆黑一片，敌人乱作一团。黑暗中有人拉起淳空夺路而逃。

"小师父，别来无恙！"领着他的人到外面突然停下来，冲他抱拳道。

淳空觉得声音耳熟，定睛一看，这不是嵩山脚下手刃日寇的山东大哥吗？

"你怎么会在这儿？"淳空惊喜地问。

"这个以后会告诉你的。"山东大哥微笑着叮嘱道，"下次别再如此莽撞了！"

"不许动！"后面突然有人断喝。几支枪顶着两人的后背，几个巡夜的地方保安团士兵误打误撞发现了他们。

这时一道黑影闪过，只听"噗噗"数声，几名巡逻士兵顷刻倒地。危急关头，另一个还想掉转枪头，却仍是迟了一步，额头被石块击中，叫了半声，便倒地而亡。

好俊的身手！淳空暗叫道。只是觉得招式有些眼熟，似是在哪里见过。

山东大哥抖了一下衣襟说："快走吧，这里非久留之地。敌兵发现巡逻的人没有按时交接，定会寻到这里的。"

淳空抱拳道："大哥能否和兄弟一起回围子里小住几日，也好报答救命之恩。"

"放心吧,肯定会去的!"山东大哥冲淳空抱拳道,"后会有期!"说完闪身消失在胡同的暗影里。

淳空奔回山寨,正要派人打听上清宫那边的事,一个弟兄来报说大婶回来了,淳空忙请她进来。

大婶哽咽着说:"我那天恰巧下山去走亲戚,刚回寨子时,就撞见鬼子押着小兰一干人等走了。我赶回上清宫,见里面血流成河,听说是宫本樱子带鬼子到上清宫抓人,辨机道长藏起了小兰,鬼子找不到人,恼羞成怒就拿孩子们开刀。道长出手阻止,便被他们乱枪射死了。小兰最后只得舍身而出……"

"阿弥陀佛!"淳空怔在那里良久,长声念道,"阿弥陀佛!"

## 第二十三回　陷囹圄小兰遇险　保贞洁烈女投火

洛阳东郊,伊水河边,鬼子们欢歌笑语。川田端着碗清酒,与一群鬼子狂喝滥饮。宫本樱子从屋内走出来,看见这一群烂醉如泥的人,下意识地准备转身走开。

"樱子小姐!"川田老远就看到了长官女儿的身影,端着酒快步走过来道,"喝一杯吧。"说着将酒碗直接往宫本樱子面前凑。

"浑蛋!"宫本樱子抬手打翻了酒碗,扭身走了出去。

宫本樱子此时非常烦闷,自从奉命前往洛阳以来,诸事不顺,很是被动。堂堂大日本皇军特科骨干居然被一帮土匪玩弄于股掌之间。念及此,她不由心生愤恨,转身向牢房走去。

女犯人被双手反绑,吊在木梁上。牢房内一堆熊熊燃烧的火堆上架满了烙铁、火钳等骇人的刑具,女犯人刚晕了过去。两个施刑的日本兵,此刻正坐在一旁抽烟,看见宫本樱子进来,一个兵立马会意地上前冲女犯兜头泼了一瓢水。

女犯人正是小兰。

宫本樱子仔细端详着小兰,重刑之后,她虽然头发散乱,颜面不整,但依然眸如星辰,神逼冰雪,更具一番姿韵。宫本樱子不由心头暗惊,真是美人美态,怪不得能俘获那个小和尚的心。想到这里,不禁又醋海翻腾，上前"啪啪"甩手扇了小兰两个耳光，厉声吼道："龙笛里的秘密到底是什么？说！否则，有你好受的！"

小兰白皙粉嫩的脸颊霎时出现了两个鲜红的掌印，嘴角处也渗出了血，但是她的嘴角仍然绽出一丝难以捉摸的笑意。

"你笑什么？"宫本樱子上前，又抽了小兰两个耳光，不解气地道，"笑，笑！看你还疯笑！"

小兰这时依旧哈哈大笑。

"疯子！"宫本樱子再度狂怒，吼道，"支那人不是白痴，就是十足的疯子！"

"关起来，好好看管。"宫本樱子命令道。

门这时"嘭"地一下被推开了，一个鬼子醉醺醺地闯了进来，不是旁人，正是川田。这家伙跨步走到宫本樱子面前，醉眼蒙眬地说："樱子，你干吗发那么大脾气，宫本先生已经答应我了，咱们迟早要……要……"

宫本樱子眉头一蹙，怒道："川田君，我正在工作，请你出去。"

川田结巴着辩道："工作，什么工作？不就是审问嘛，我有办法……看我的……"

说完，他用一双醉眼斜了眼小兰，霎时竟呆住了。他没有想到，支那竟然也有如此绝色之人！

宫本樱子瞧见川田色迷迷的样子，很是反感，她转身吩咐说："我出去一下，马上就回来。"临出门又对川田说，"女囚犯在此，川田君，你可不要胡来哟。"

"嗨！"川田双目放光，弯腰点头。

川田这些年看惯了宫本父女的脸色，他想，既然宫本樱子吃不着，面前的尤物，倒可一试。

"将她放下来！"川田吩咐道。

由于不懂日语，小兰并不知道他们刚刚说了什么，可看川田如兽的眼神，顿觉十分可怕。

"花姑娘！"川田这时号叫一声，脱掉了衣服，扑向小兰。旁边的两个鬼子哈哈大笑。

小兰双手被绑,推脱不得,只能闪避。可怜这么一个弱女子,怎能摆脱得掉野兽的攻击。川田终于从后面搂住了小兰,他嘴里喷吐出浓烈的腥臭,小兰被熏得差点儿背过气去。

面前是施刑的火堆,烈火熊熊燃烧。情急之下,小兰奋力甩开川田,一下扑进了火堆。

"啊!"川田惊叫了一声,目瞪口呆。与此同时,门"砰"地一声被踹开,宫本樱子闯进来叫道:"赶快救人!"

几个日本兵迅速上前,用刑具将小兰从火堆中叉起来,放在了地上。"快!快!泼冷水啊!愣着干什么?"宫本樱子喊道。

哗!一盆冷水扑灭了小兰身上燃烧的火。

"你干的好事?"宫本樱子向已经脱得几近赤裸的川田斥道。"啪啪啪啪",她上前连扇了川田几记耳光。

川田木呆呆地站在那里,他简直不敢相信,那样柔弱的女子居然会有如此刚烈的行为。

"滚!"宫本樱子吼道。

川田这才从懵懂中醒来,火燎燎地捡起地上的衣服,狼狈而逃。

"小兰,小兰!"宫本樱子俯身走到小兰的身旁,轻声呼道。

那具焦黑的身体像一截断木,似乎动了一下,又好像一下也没有动。可能她的芳魂已经抽离,去了没有硝烟的天国,又或许尚留在躯体内做着最后的斗争。

"快,快请军医!"宫本樱子命令道。

"嗨!"传令兵跑了出去。

不一会儿,身穿白大褂、手提药箱的日本军医赶来,后面两个日本兵抬着担架。

"快看看,还有没有救。"宫本樱子急切地说。

日本军医打开药箱取出听诊器、小剪刀,俯身检查小兰的伤情。只听哧的一声,军医撕开小兰的衣服。少女圣洁的胴体,顷刻裸露在众人眼皮之下,毫无隐秘可言。

宫本樱子看到,小兰先前细腻如玉的皮肤,此刻布满了令人作呕的红色瘢痕。姑娘一半的面部已经烧焦，但奇怪的是，另一半却完好如初。

宫本樱子的眼睛闪了一下，她依稀感到眼里涌出一丝湿润的东西，赶紧抿紧了嘴唇，沉声问："严重吗？还有救吗？"

日本军医摘下听诊器，摇头道："烧伤面积已达全身表面的三分之一，随时都有生命危险。"

"那快点儿用药，一定要把她救过来！"宫本樱子慌乱地命令道。

日本军医摇头道："以属下愚见，诊治这种支那人毫无必要，帝国的药品现在很是稀缺。"

"让你治，你就治，哪有这么多废话！"宫本樱子唰地一下拔出手枪顶住军医的脑袋，"她要是有个三长两短，你就给她陪葬！"或许宫本樱子自己都无法理解，自己怎么如此在意小兰的死活，她全凭着内心最真实的想法做出反应。

日本军医吓得两腿发抖，躬身道："嗨！"

担架抬过来了，宫本樱子上前将小兰轻轻地移放在担架上。一滴泪水，终于禁不住重量，从她的脸颊悄然滑落。

## 第二十四回　天香居宿敌相遇　施妙计宫本受掣

时近冬至，洛阳城行人比往日增多了一些，百姓们相继进城采购节货。淳空和大婶一身平民服装，挑着担子，夹杂在人群里进了城。到了天香居茶馆门口，两人径直走了进去。

"请问，王掌柜在吗？"大婶上前问。

正在柜台后面拨拉算盘的年轻人招呼："你们找他有事吗？"

大婶笑着说："快过节了，我们从老家来，给他捎带了些山货。"

"请稍等！"年轻人转身走进里屋。不一会儿，一个五十多岁戴着眼镜、蓄着胡须的老人，撩开碎花布门帘走了出来。

"舅舅！"大婶高兴地叫道。

"哦，二丫呀！"老者笑着上前招呼，"进来，快进来！"

正午，天香居茶馆渐渐热闹起来，正应了门口的对联：一天无空座，四时有香茶。台子上的戏还没有开演，厅里说笑之声已不绝于耳，跑堂的提着茶壶热情地四处招呼客人。

此时,一个女扮男装的青年,背着手向天香居走来。此人正是宫本樱子,她后面紧跟着两个日军特科的便衣特务。

这两天,宫本樱子的心情一直不好。宫本从小就教授她宫本世家的刀法,向她灌输武士道的精神。按照父亲的描述,中国是一头任宰的羔羊,在她多年的特务生涯中,她还真的就相信了爸爸和很多同胞所说的中国是一只可以任意宰割的羔羊,认为中国的灭亡,只在旦夕之间。但她渐渐发现,这句话不对。大东亚圣战自"九一八"事变以来已经僵持了十多年,眼下她仍然没有看到胜利的希望。大和民族像一头被撑上独木桥的野牛,没有回头路可走,只能疲于奔命。

中国是羔羊,现在虽然虚弱,可心劲足。上清宫那个大义凛然的道长,为了孩子舍身而出的姑娘,这都是多么可怕的力量!女囚小兰至今昏迷不醒,随时都会死亡,让她有一丝莫名其妙的难受。生平第一次为自己的敌人感到难过,虽然并不知因何而起。

天香居茶馆,是她父亲经常来的地方,听说这地方非常热闹,可以品茶听戏,于是趋步赶来,想借此散散心。

进了客店,门口吆喝的小二,居然没有认出她这个女扮男装的日本特科风云人物。

"客官要点儿什么?"肩搭白巾的小二热情地招呼。

"一壶花茶!"宫本樱子说。

一行人噔噔地上了二楼,拣了一个雅间。不一会儿,一壶花茶、四碟时令果点,摆上了茶桌。

"客官慢用!"小二招呼完,转身离去。

宫本樱子掀开茶碗,只见白莹莹的瓷碗里,浮着几瓣玫瑰色的花丝,汤色清澈,花香文秀。举杯啜了一口,只觉喉间清润,齿颊留香,精神为之一振。

"喤!"楼下一声锣响,戏开演了。

一个老旦拄着拐杖走上台来。又是老太太!宫本樱子不由想到了在山寨前那个咬舌自尽的老太太。台上,老太太开口唱道:

> 双龙会宋王中了番邦计,
> 幽州城金沙滩前血染红,
> 大郎儿替主丧命,
> 二郎短剑下命丧残生,
> 三郎被马踏尸烂如泥,
> 四郎失落在番营,
> 五郎看破红尘当和尚……

老太太苍凉的唱腔,一下子吸引了她。这个老太太到底是怎么回事,七个儿子都死得这么惨?有的还要当和尚!不禁又想起了自己曾一路跟随的那个小和尚——淳空。

"下面唱的是哪一出戏呢?"宫本樱子不经意地问。

"穆桂英挂帅。"一个声音答道。

宫本樱子觉得声音有些熟悉,抬头一看,不禁愣了,是淳空!

两个便衣见势不妙,忙去掏枪。只见刀花一闪,一个便衣倒在地上,另一个刚举枪,就被淳空一掌击晕。

宫本樱子看见自己的手下三两下就被收拾掉了,知道此时抗争没有多大的意义,便索性安坐桌前,一副士可杀不可辱的模样。"你想干什么?"她愠怒地道。

淳空冷笑着说:"我想干什么?你带人杀死了辨机法师,杀死了那么多无辜的人,还抢走了小兰。你说,我想干什么?"

"那就动手吧!"宫本樱子仰起脖子,做出一副慷慨赴死的模样。

淳空顿了顿,忍住悲愤说:"宫本樱子,你知道我是出家人,本不想杀人,但你们步步紧逼,我是迫不得已的。"

宫本樱子鄙夷地笑了一声,一字一顿地道:"我提醒阁下,你的心上人、漂亮的小兰姑娘还在我们手上。"

"这个,我当然知道。"淳空笑着说,"但是,现在,你又落在我的手上。"

宫本樱子愤怒地瞪着淳空说:"你想用我来换回她?"

淳空冷笑道:"你还不笨。"

"别做梦了!"宫本樱子悻悻地说,"我不会跟你走的。"

"那就由不得你了!"淳空说着,扬手拍了下宫本樱子的脑袋,她立刻昏倒在桌上。楼下这时传来阵阵喝彩声,戏台上老旦正慷慨激昂地唱道:

    到如今辞职归故土,
    小孙孙他未曾到过汴京城。
    也要他九龙门外走一走,
    管叫那满朝文武吃一惊。

夜里,宫本俊二正在办公室里仔细查看那支笛子,怔怔地出神。突然一个日本特科的鬼子跌跌撞撞地跑进来报告:"司令阁下,不好了!樱子……樱子小姐……被劫走了。"

宫本一下从椅子上跳起来,瞪着特务问:"你说什么,再说一遍!"

日本便衣特务结巴着说:"我和山岛君……一起陪同樱子小姐……在茶楼听戏,忽然……土匪……闯了进来,杀了……山岛君,并劫走了……樱子小姐。"

"那你呢?你为什么不开枪阻止?"宫本大声吼道。

"当时情况……发生得太……突然,我被他们……打晕了!"特务结巴着说,"这是他们留下的信。"

宫本一把夺过字条,只见上面写道:

宫本浑蛋:

  令爱现在我处,若想她平安返回,须立刻撤出围山日寇,并于后天午时在白云山黑龙屿送回小兰姑娘。阿弥陀佛!

              淳空 留笔

宫本看完脸都青了,他走上前"啪啪啪"冲特务左右开弓,日本特务的脸立马被扇得像猪肝一样。

"八嘎!蠢猪,无用的东西!"宫本暴跳如雷。

## 第二十五回 伸正义僧兵服众 耍脾气女犯见怜

宫本樱子醒来的时候,发现自己躺在一张柴床上,一个女人正陪坐在床边，仔细一瞧，竟是在她家吃过饭的大婶，不由感到尴尬，索性扭过头去。

"你醒了？"大婶招呼。

宫本樱子摇了摇头，从床上坐起来逼视着大婶问："你恨我吗？"

大婶没有言语，转身从瓦罐里倒了一碗水，递给她说："喝点儿水吧。"

宫本樱子接过碗，突然"啪"地一声掷在地上，喊道："少假惺惺的！我不要你们可怜！"

一个弟兄闻声冲进来，斥责道："他妈的，老实点儿！要不是当家的交代，老子早一枪送你这日本娘儿们上西天了。"

宫本樱子嘴角露出一丝不屑的神情说："让那个和尚来见我，你不配和我谈，立马给我滚！"

那个弟兄不耐烦地吼道："你神气什么？我们当家的正忙，没工夫搭理你。你给老子老实点儿，要不然，有你的苦吃。"

大婶见状起身说："小兄弟，你招呼一下，我出去一会儿。"

大婶从屋里出来，正碰上旺财。旺财问："那个娘儿们醒了？"

大婶点了点头说："帮忙招呼一下，我去告诉淳空一声。"

旺财哼了一声道："放心吧，她要再不老实，老子会让她长记性的！"

大婶忙劝道："你可不要胡来，淳空师父有交代，要用她换兰妹子。"

"这个，我知道。"旺财点点头说，"你就放心去吧！"

自把宫本樱子押到猛虎岭后，淳空把她关在一个隐秘的木屋里。可能因为当时形势紧迫，他下手有些重，宫本樱子一直处于昏迷之中。为保证安全，淳空安排大婶亲自负责照料。同时，派人在山下严加警戒，随时掌握敌情。

猛虎岭白云寺内，淳空在殿前诵经，大婶悄步走进来，坐在一旁。

淳空捻了一圈佛珠，微睁双目问："依您之见，他们会不会应允我们的条件呢？"

大婶想了想说："我虽然没见过啥世面，但古话讲得好，虎毒不食子。她是宫本的亲骨肉，宫本不会不管的。"

"阿弥陀佛！"淳空合十道，"这样便可省去不少的麻烦啊！"说着冲殿外一个喽啰说："告诫弟兄们严加戒备，防止日军偷袭。"然后起身往香炉里上了一炷香，对大婶道："我们一起再下去看看吧。"

两人刚出寺门，就见一个弟兄上气不接下气地跑来报告："当家的，不好了，二爷正对那个女特务动……动粗……"

两人闻言，急忙赶到关押宫本樱子的木屋前，但见房门紧闭，里面传来厮打声，不时还夹杂着女人的哭声。

淳空猛地撞开门，见旺财全身赤裸，正在剥宫本樱子的衣服。宫本樱子一边挣扎，一边大叫。淳空不容分说，上前一脚将旺财踢下了床。宫本樱子衣不蔽体，瑟缩在床上。

"师父！这个女特务，是她，就是她，害死了俺娘，要不是要用她换兰姑娘，俺早就崩了她。我要让她长点儿记性，中国人不是那么容易欺负的！"

淳空脸色铁青地问道："我问你，约法三章的第一条是什么？说！"

旺财倔强地吼道："不烧杀淫掠！"

"那今天，你在干什么？"淳空严肃地斥问。

"怎么啦？"旺财喘着粗气说，"她可是日本鬼子，我们的仇人哪！让她受点儿教训有什么错，小鬼子不也是这样对待我们的姐妹吗？"

"鬼子是畜生，但如果我们这样做，又与他们有什么不同？来呀，拉下去，重责二十！"淳空吼道。

两个弟兄小心翼翼地上前扶旺财，旺财气哼哼地一甩膀子吼道："老子有手有脚，自己走！"

一行人来到场院中心，旺财自觉地趴在执法凳上，两个弟兄手执棍棒，碍于旺财平日的威严，不敢上前执刑。

淳空大声吼道："严格执法，徇私情者，严惩不饶！"

旺财这时扭过头，瞪着一对铜铃大的眼睛，赌气地吼道："动手吧，打呀！这几棍子下去老子死不了的。"

两个弟兄这时不敢大意，抡起了手中的棒子，"嗵嗵"，一棒一棒击打在旺财的身上。

宫本樱子透过窗棂，将这一切看在眼里，她没有想到，淳空会来阻止旺财，更没有想到，这帮土匪居然懂得严刑峻法。转念想起了那个惨遭毁容的小兰，心里不禁一阵抽搐，难过地闭上了眼睛。

"报告！"一个弟兄急急火火地跑到场院上来。

"什么事？"淳空问。

"山下鬼子和二鬼子全撤了，并派人送来一封信。"那个弟兄说。

淳空赶忙拆开信封，只见信笺上写着：

明日午时成交。宫本俊二。

黄昏的时候，淳空拎着一包草药从猛虎岭下来，径直来到旺财的住处。他下午刚在林子里为旺财采了药，炮制好。

房间里，旺财趴在床上一动不动，屁股、背脊已经被打得血肉模糊。一个弟兄正给他清理伤口。淳空将药包打开，吩咐弟兄打来一盆水，然后挽起袖子，仔细地替旺财擦洗了一遍伤口，再细致地敷上药。

旺财别过头，咬紧牙关，并不理他。淳空知道旺财的脾气，把憋在心头的话又咽了回去，笑了笑走出了房间。

"师父！"刚跨出门，旺财在背后喊。

淳空回身望着旺财。

"日本人阴险狡诈，你要小心哪！"旺财在身后叮嘱。

淳空心里一热，安慰道："放心吧，我自有分寸，你好好休息。"

从旺财房里出来，一个弟兄上前报告："大哥！那个女特务不肯吃饭，非要见你不可。"

"不见。"淳空皱起了眉头，说，"饿两顿也不会死。不用理她！"

淳空从围子里出来，准备上猛虎岭。半道上，大婶撵过来说："她非要见你。说如果不见，便要寻短见。"

淳空愤恨地摇了摇头，跟随大婶来到关押宫本樱子的房前，推门进来。

宫本樱子见到淳空得意地笑了笑，说："怎么，你不是不想见我吗？怎么还是来了啊，小和尚？"

"你又想耍什么把戏？"淳空恼怒地问。

宫本樱子笑嘻嘻地说:"你这么关心我,真的怕我死了,还是你有别的想法?"

"你死了,我用谁来换兰妹呢?"淳空讥讽道。

"难道我……"宫本樱子欲言又止。

淳空冲她摆了摆手说:"我现在可以十分明确地告诉你,宫本已经同意交换人质。也就是说,明天你就可以回你的老巢了。"

"你!"宫本樱子手指淳空气恼地想说什么,又赌气地扭过头去。

淳空见她沉默不语,转身准备离开。

"慢!"宫本樱子说。

"还要干什么?"淳空不耐烦地问。

"我想出去走走。"宫本樱子说,"你得陪着我。"

"不行!"淳空一口回绝道。

宫本樱子一脸无所谓地说:"那天,那个老太太是怎么死的,你应该很清楚。"

淳空闻言,真想上前一掌劈死她,但此时他清楚绝对不能冲动,于是按捺住火气,极不情愿地说:"也行,你先把饭吃了。"

宫本樱子闻言,马上现出了一副笑脸,她瞟了一眼搁在案桌上的饭菜,立刻如饿虎一般扑上去,大口吞咽。

大婶和旁边的弟兄们都有些惊讶,这个女特务的吃相竟然如此难堪。宫本樱子吃完饭,推开碗筷,又抓起茶罐喝了一大口,这才抹了一下嘴,幽怨地盯着淳空说:"走吧!咱们散步去!"

月下的猛虎岭,静谧沉寂,月光透过树梢照下来,可以看见小树林里清幽的溪流、僻静的灌木丛。一只长耳朵的兔子从灌木丛间"嗖"地一下蹿出来,又飞快地蹿了回去。夜风吹过,树林里发出沙沙的响声……

宫本樱子高兴地看着眼前的美景,举起双臂摇了摇,赞道:"好美呀!"

淳空板着脸没有理她。宫本樱子俯身捡了一根松枝,边走边挥。

"哎!"她冲淳空喊道,"小和尚,这么美的景致,咱俩比比武怎么样?"

淳空扭过头，仍然置之不理。

"哎！别瞧不起人，行不，我们宫本世家的刀法可是数一数二的呀！"宫本樱子说道。

淳空轻蔑地笑了笑，没有理会。女特务肯定又在耍什么花样了。

宫本樱子突然挥舞着松枝扑过来，淳空身形一转，宫本樱子扑了个空，立脚不稳，直坠万丈山崖。

淳空大惊，一把将她扯了回来。谁知宫本樱子竟然借势一下扎进了淳空的怀里，紧紧地抱住了淳空，脸颊轻轻地贴在他的胸前。

"你这是干什么？"淳空震惊地问。黑暗里一股幽香袭来，淳空的脑袋出现了短暂的恍惚。从小到大，从来没有与哪个女孩子如此亲昵地接触过。一股少女特有的温馨与芬芳缓缓地透过薄薄的衣衫，令他迷醉。淳空感觉到自己的心魔在围栏里号叫，它仿佛不甘心一直被压制，大有蠢蠢欲动之意。他不由得打了一个寒战，使劲地掰开宫本樱子紧扣的手，挣脱了出来。

"你！"淳空感觉喉咙蓦地很干燥，他使劲地说，"你要自重！"

宫本樱子失神地望着淳空，刚才晶亮的眼睛片刻黯淡了下去。她突然冷笑一声说："我现在要告诉你一个不幸的消息。"

"什么？"淳空急切地问。

"你爱的那个女人，已经被毁容了。"宫本樱子一字一顿地说。

淳空闻言长长地叹了一口气，这些天来，他一直担心小兰的安危，这个消息虽说不幸，至少能证明小兰还活着。他如释重负，不禁轻蔑地讥讽道："那她也比你这个蛇蝎心肠的女人漂亮一万倍！"

"你！"宫本樱子脸色涨得绯红，愤恨地说，"好，我现在就死给你看，让你永远没有机会再见到那个丑八怪。"说着就向山下扑去。

淳空见状扬手一击，她又晕了过去。

## 第二十六回　展岐黄僧兵救爱　续情缘诸葛解密

第二天，是换票之日。

换票是一件非常危险的事。淳空临走时特别叮嘱旺财守好寨子，严防鬼子摸营。自己则带着几个弟兄押着宫本樱子,按照约定的时间来到了黑龙屿。

黑龙屿,地处猛虎岭西边,两面为塬,无遮无拦,中间一条河夹道而过,屿后则是黑苍苍的伏牛山林莽。因为地势隐蔽,易守难攻,历来是换票的最佳选择地点。淳空精心计算过,日本鬼子的机枪和"三八大盖"射击距离也不过三里地,而在这个射程之外,则绝对是安全的。交换人质的具体地点就选在河床的一片坝上。

一行人赶到黑龙屿时,恰好正午,一个弟兄悄悄上前报告:"鬼子果然已于两个时辰前赶到目的地,并在两边的山上安置了机枪手。"

淳空点了点头问:"你们准备妥了吗?"

那位弟兄"嘿嘿"笑着说:"请大哥放心,管保安全!"宫本樱子这时扭头愤恨地盯着淳空问:"那个女人对你就那么重要?"淳空瞥了她一眼,没有理会。

那边,几个日本兵抬着个担架向黄土屿中心走过来,遵照规矩,他们没有配枪。淳空带头迎了上去,双方在百米开外处停下来,然后各派出两人到对方阵营接人,以示公平。

两个日本鬼子走过来冲宫本樱子一鞠躬,搀起她就走。宫本樱子回头狠狠地盯了淳空一眼,走了过去。与此同时,那边两个弟兄抬着担架则直接跑向河边。此时,河的上游飞快地荡来一只木筏,几个弟兄迅速将担架抬上木筏,转眼之间,轻舟已过万重山。

"八嘎!"那边有人骂了一声,日本鬼子全部趴在了地上,淳空一行也赶紧趴下。嗒嗒嗒!鬼子的机枪这时疯狂地扫射起来,地上溅起了阵阵泥土,逼得人抬不起头。"叭叭!"随着两声清脆的枪响,鬼子的机枪立马哑了火。这是事先埋伏的弟兄放的暗枪,一切都在预料之中。淳空等借机一跃而起,迅速撤离了毫无遮拦的黄土屿,钻进了密林中。

抬回小兰,发现她身上爬满了火烧的燎泡,半边脸上蜿蜒着一只丑陋的红色"蚯蚓",人已是奄奄一息,哪里是昔日如花似玉的兰妹?

淳空心如刀绞,含泪请了当地有名的郎中上山诊治。郎中查了伤,连连摇头道:"凶多吉少!"淳空拱手道:"请先生一定救活妹子,小僧身无长物，必当以死报答！"

郎中为难地摇头道："现在是无药可治呀！"

淳空想到了草药。但草药得现挖现配，如果是一般的伤，倒也罢了，现下烧伤如此严重，草药的药效肯定很难保证。

正自踌躇，大婶上前道："淳空师父，你先采些草药用上，俺去城里再想些办法。"

淳空心里一动，说："现在洛阳城里到处都是鬼子，您一个人去多危险呀！"

大婶笑了一下说："放心吧！"

旺财自告奋勇说："俺陪大婶去，遇上鬼子，老子就敲了他。"

"那正好。"淳空说，"就让旺财陪您，相互也有个照应。"两人随即下山去了。

淳空在林子里采挖了一大抱地榆、大黄和黄连等草药，熬汤让一个女眷为小兰擦洗伤口，然后又煎汁喂下。小兰一直昏睡不醒，一帮人束手无策。随着一声鸡鸣撕开沉沉的夜色，天边渐渐出现曙色，突然外面有人喊："二爷回来了！"

淳空惊喜地跑出来，只见大婶和旺财从山道上匆匆奔来。

旺财拎着个包袱，得意地冲淳空晃了晃，进了屋，将包袱交给郎中。郎中打开包袱，见里面是一大堆西洋药的盒子、瓶子、罐子，立刻惊得张大了嘴道："难得难得！有了这些兴许有救！"

"那就请先生赶快诊治吧。"淳空焦急地说着。

旺财这时跟出来冲淳空笑道："师父放心吧，妹子一定不会有事。"

淳空不禁奇怪地问："真有你的。你们怎么能弄到药？"

旺财笑了一下说："我和大婶扮作夫妻，进城。到了一家茶馆后，大婶便上前和老板说了几句。那人便给我们沏了茶，起身出门去了。我们茶还没有喝到三泡，老板就笑眯眯地提着药包回来了。老板交给我们一辆小推车，我们扮了一回掏粪工又出城了。"旺财说到这里大笑道："那些守门的鬼子见了我们直挥手，催促赶紧离开。"

淳空听了不禁赞叹道："好精明的人呀！"

这时，郎中从屋内走出来道："药已全部用上了，能否醒过来，全凭天意！"

淳空的心抽搐了一下，进屋来探望，大婶正陪坐床前垂泪，见淳空进来，忙抹掉眼泪道："放心，妹子吉人天相，会醒过来的！"

淳空换过大婶守在床前，看着昏睡不醒的小兰，不觉万念入怀，心如刀绞。佛讲凡所有相皆是虚妄，但真正参透的又有几人呢？大婶几次催他去休息用饭，都被他拒绝。他觉得此时此刻只有陪在心爱的人身边才觉得踏实、放心。不知不觉间，他伏在床沿做了个梦，梦里小兰站在一株芭蕉树下，冲他招手，笑靥如花。淳空高兴地奔过去，牵着小兰的手，可小兰转身就不见了。"兰妹！兰妹！"淳空焦急地大声呼喊。

恍惚中，觉得自己的手被什么拉了一下，抬头一看，就看见了小兰清澈明净的眼睛。他忙使劲掐了一把胳膊，疼！不是梦，小兰果真醒过来了！

"振华哥哥！"小兰轻声叫道。

淳空高兴得从椅子上跳起来，激动之情难以言说，他甚至发疯似的大喊，借以发泄多日的苦闷。大婶闻声跑进来，来到了小兰床边。

小兰轻轻拉住大婶的手说："我不是在做梦吧，我记得自己已经死了啊！"

淳空激动地说："这怎么会是做梦？你看我掐自己。"说着又使劲掐了一把胳膊，故意扮鬼脸，龇牙咧嘴。

小兰舒心地笑了，她的笑容虽然看着有些别扭，但在淳空眼里依然是那样灿烂！淳空悄步走到案桌前拿走了镜子。镜子是忠诚的，但有时也会是一把刀。

大婶扶着小兰，轻声安慰她。小兰斜依床头，幸福地点着头。"振华哥哥！我想洗把脸。"小兰腼腆地冲淳空说。

"好好！"淳空连忙出去打了一盆水，端了过来。

小兰羞涩地欠身，准备梳洗。"哎呀！"她突然大叫了一声，掀翻了铜盆。

"怎么啦？"淳空急切地问。

小兰的眼睛缀满了泪水,半晌没有吭声,双肩在剧烈地抖动。淳空猛然明白了:小兰一定在水盆里见到自己被毁的容颜。

真蠢!淳空在心里狠狠地责骂自己。大婶这时安慰道:"妹子,没事的。淳空师父那里有传世秘方,一定会让你完全恢复的!"

小兰渐渐停止了哭泣,她抬起泪眼勉强地笑了一下,竟又昏了过去。郎中进来诊了脉,不住地摇了摇头说:"这次恐怕只有靠神仙保佑了!"

淳空的心"咚咚"直跳,他赶紧来到菩萨前焚香祈祷,祈求菩萨保佑。一个弟兄跑过来说:"师父,大婶让你去一趟!"

淳空连忙跑过去,刚要进屋,大婶却笑吟吟地从屋里出来说:"兰儿刚刚醒过来了,精神也好,让你稍后进去。"

淳空欣喜万分,猛然觉得大千世界为之一阔。此时,东方出现了鱼肚白,再过一会儿太阳又会冉冉升起。淳空记起那天与小兰一起观览日出的情形,不禁在心里默默地祈求菩萨保佑兰儿能够很快康复,两人能再次牵手,饱览河山秀色。

大婶招呼他进屋。淳空挑帘进屋,看见小兰居然已经起床了,坐在椅子上,冲淳空羞涩地笑。她化了妆,仅是半面,另一半藏在秀发之后。淳空怔怔地站在那里,似乎又见到昔日美丽端庄的小兰。

"振华哥哥!"小兰笑了笑问,"你那天知晓凤笛中的秘密了吗?"

淳空含泪点点头说:"拿是拿到了,只是让妹子如此受苦,我心有愧疚。"

小兰闻言,咬了咬嘴唇,良久道:"那……解开秘密了吗?"

淳空摇了摇头。

小兰柳眉紧蹙,低头思虑不语,稍后抬头说:"振华哥哥,能否将那两句诗诵一遍?"

淳空于是将那两句诗小声读诵了一遍。

小兰手捻发辫,口里喃喃有声,良久拍手道:"有了!"

"什么?"淳空惊喜地问。

小兰轻轻地笑了笑说:"你能否先告诉我这几句诗分别是谁写的?"

"是考我的吗?"淳空笑着问。

小兰点头笑道："就算是吧。"

"有李白的'何日平胡虏',有杜甫的'国破山河在',有许浑的'山雨欲来风满楼',还有陆游的'王师北定中原日'。"淳空回答。

"不错！很全面。"小兰点点头,继续问,"你说许浑和白居易比,谁更有名气？"

"这还用说,当然是白乐天了！"淳空答道。

小兰慢条斯理地分析道："老爷熟读诗书,一定知道李白、杜甫和白居易代表唐诗三大高峰。而白居易作为豫籍诗人,妇孺皆知,老爷却在这里唯独没提,说明了什么？"

"有道理！"淳空兴奋地叫道,"继续讲。"

小兰微微一笑道："振华哥哥,你能否将这几句诗写出来？"淳空立即抓起桌上的毛笔,抽出一页纸,将那几句诗誊写下来。

"好书法！"小兰赞叹道,又歪着头问,"看出什么来了吗？"

淳空望着纸上的诗行,懵懂地摇了摇头。

小兰拉着淳空的手说："你站在这边来看,这些诗行状似什么？"

　　　　何日平胡虏,
　　　　山雨欲来风满楼,
　　　　国破山河在,
　　　　王师北定中原日。

淳空驻足良久,半晌扬起头问："你不会说,它像塔楼吧？"

"聪明！"小兰赞道。

淳空惊讶地望着小兰,一脸懵懂地问："快讲,别卖关子了！"

小兰沉吟了一下,正色道："白居易,满师塔。"

"满师塔！"淳空兴奋地问,"是伊水河畔白居易的陵墓吗？"

"对！"小兰肯定地说,"摘李、杜的诗句是要把我们引向白居易。同时'满''师'两字藏在诗中,诗行像塔,一定就是要传递这个信息！"

淳空的心里霎时充盈着巨大的喜悦,恨不得马上生出翅膀飞到香山白居易墓去。

"振华哥哥！你为什么不问,令尊用陆放翁的诗句是什么意思呢？"小兰问。

"王师北定中原日，家祭无忘告乃翁。"淳空抬起头轻声吟咏，两行热泪禁不住滚落下来，爹是在期盼我这个儿子，有一天能告诉他抗战胜利的消息。

小兰望着淳空的泪眼，"扑哧"一声笑道："欲将心事付瑶琴。知音少，弦断有谁听？振华哥哥，没想到，你居然也是情种！"

淳空的心怦然一动，此时此刻感觉自己体内波澜涌动，逼迫他非得对小兰说些什么。他不禁轻轻地走过去，颤抖着拉起小兰的手。

小兰的半边脸上，这时也显出一丝红晕。她凝视着淳空说："振华哥哥，李易山《南朝》有诗'休夸此地分天下，只得徐妃半面妆'，你看我美吗？"

淳空紧紧地咬住嘴唇，使劲地点头。小兰笑了笑道："那你，能亲我一下吗？"

淳空小心翼翼地上前，望着小兰半边如玉的容颜，轻轻地亲了一口，就像亲吻一只绝世的珍宝，生怕稍不留神便会碰碎似的。他的嘴唇碰到了一丝湿湿咸咸的东西，但他已分不清那是自己的还是小兰的。

## 第二十七回　入古寺僧兵获信　夺宝佛师兄遇难

香山寺位于龙门东山，一千四百多年前，白居易将给密友元稹撰写墓志铭的润笔费捐修了香山寺，他死后也被葬在了这里，人言名人名寺。

知晓了笛子的隐秘之后，淳空不敢耽搁，只身一人打马来到了伊水河边。望见对岸香山苍松翠柏间的点点飞檐，正如古书所评"危楼切汉，飞阁凌霄，石像七龛，浮图八角"，料定那就是满师塔了。

河上这时传来欸乃之声，有扁舟斜斜地撑了过来。淳空牵马登船，船工头戴斗笠，留着花白胡子，一身古意。"阿弥陀佛！"淳空抱拳道，"劳驾施主了，我想渡到河对岸。"

船工颔首，随即向河心驶去。暮色之中，香山更显出几分幽静和神秘。国宝真的在这里吗？淳空伫立船舷，暗暗自问。

"小师父是要去进香吗？"船工问。

"是的。"淳空随意地笑道,"出家人云水为家,四处走走。"

"唰!唰!"小船平稳快捷地驶向对岸。

拾级登岸,只见满目苍翠,远近都是绿森森的竹林和乔木,不远处竟还有三三两两的游人在此闲逛。淳空想,还是等到夜里寻宝更为稳妥些,于是便在山下随意地找一家客店住下,草草吃了点儿东西,和衣而眠。

夜半时分,周围一片寂静,晴空中大半个月亮,正倾泻着清辉,远处的伊水河传来"哗哗"流淌之声,淳空翻身起床,直奔黑森森的香山。一路上,古木默立,泉吟溪唱,仿佛令人穿越了千年时光,回到了当年"司马青衫湿"的浔阳江畔。

登上山顶,来到满师塔下,只见塔高数丈,塔前石颓栏锈,门上拳大的铁锁早已锈迹斑斑。淳空悄步上前,伸手推开门缝一瞧,里面空旷异常,登塔木梯早被抽空。

淳空当即退后了一步,抽出腰间备好的绳子,"嗖"地掷上去,套住一级檐角,然后循绳飞身而上。登上塔檐,他俯身钻进门洞再探,里面依然空空如也,向上望去,这才发现顶层似乎留有楼板。

阿弥陀佛!淳空不禁暗自叹了一声,当下再取绳索,照着葫芦画瓢,掷上另一级檐角,依次翻越塔身,登上了宝塔的顶层。细眼一瞧,顶层塔洞居然全被砖石封死。淳空抽出随身匕首,沿着砖缝轻轻划剥,小心地取出数块砖石,这才俯身钻进塔洞中。

塔内昏暝,塔顶上方刚好有一孔月光射下,映着案桌,似天人秉烛一般。案桌上面供着一只长方形的物件,其上搭一条锦缎。

淳空的心突突直跳,一种庄严神圣的感觉霎时弥漫全身。他移步上前,极为小心地揭开锦缎,发现下面藏着一个更为精致的木匣。再打开木匣,里面赫然躺着一只锦囊、一封书信。淳空按捺住激动不已的心情,谨慎地抽出信笺,眼睛倏地睁大了,只见上面写着:

振华吾儿:

  当阅此函时,料你已成人,念及此,实欣慰不已。父乃国父中山先生之忠诚信徒,自投身革命以来,无时不为三民主义胜利竭诚努力。然党纪不严,政法不张,各派政治势力谋私图利,国事日蹙。"九一八"后，当局更引弓不发，坐祸成大，现倭寇肆虐，九州分割，民溺水火，希望何在？父不才，偏居苟活，勉尽中华振兴以瓦石。现存金佛乃中华奇珍，日寇窥觎已久。原想交省府，恐旋落贼手，藏于别处，又恐招致灾祸，只好珍藏于此。待你见此宝时，爹或已不在，但倭患或除，国家或已振兴。请将此宝交予国家，期保中华崛起。反之，望呈少林。梁钧默曾言少年人如朝阳乳虎，望儿能舍生取义，不避生死，效命国家。当真若此，亲将含笑于九泉。

刘昊天<br/>中华民国二十三年十一月十日

爹！淳空痛极而泣。十年来，儿多想当面聆听您的教诲，没想到您已惨遭毒手。今天儿已加冠，定当遵照您的叮嘱，护好国宝，为国效命。

淳空含泪解开锦囊，眼前豁然一亮，一只金佛赫然在目。金佛为跌坐式，高约十盈寸，重约七八斤。细看佛身，但见它头顶发髻，双耳垂肩，面相方颐安详，上身披袅装式偏衫，手作无畏印，万亿紫金，精美绝伦。

阿弥陀佛！淳空连呼佛号。难怪倭寇一心窃取，这果真是旷世奇宝呀！

淳空小心地重新装好盒子，用褡裢裹住背在身上，然后钻出塔洞，纵身而下。

哈哈！淳空脚刚落稳，耳旁传来大笑之声，周围蓦地火把通明，一群人迅速将他围在中间。

"小师父，还记得在下吗？"为首一人手提九环大刀奸诈地笑道。

淳空挑眼一瞥，只见此人身材精瘦，全身黝黑，犹如猿猴，不正是在老家废墟里碰到的那个黑衣汉子吗？淳空暗想，这群人三番五次地与我作对，上次更是痛下杀手，如今在此地相遇，定是凶多吉少了。自己性命是小，但国宝岂能落入贼手，此次一定要设法护宝脱身才对。盘算好后，当下仰头大笑道："瘦猴，你的枪呢？怎改使大刀了啊？"

黑毛大汉一通爆笑，连连吼道："小子，识相的把宝物留下，饶你不死。否则，刀口上说话。"说着大刀一抖，刀背上的铁环"丁零"一声，发出鬼吟般的响音。

一股巨大的悲痛在淳空的胸中滚动,他扬手一招道:"有本事就来取吧!"

喽啰们扬起手中的刀剑,哗地扑了上来。淳空唰地竖起了一根藤棍。一时间刀来棍往,激战正酣。只见藤棍虎虎生风,攻时猛若蛟龙,点东击西;守时俨如伞盾,水泼不进,一群喽啰被打得满地翻滚,鬼哭狼嚎。

就凭这点儿本事还敢来劫道!淳空暗自发笑,正伺机脱身,突然一个黑影蹿上来,伸手来夺包袱,其势之快,令人目眩。淳空纵身后退,当即一棍击去。来人竟生生将棍接住,顺势一撸,卸尽全部劲道。

又是太极的功夫!淳空定睛一看,居然是上次在鬼子司令部撞到的那个太极高手。当即心头一凛,竖起藤棍瞪目以待。

"哈哈!"张骏雄笑道,"小子,你不想知道是谁杀死了你的父亲吗?你不想为他报仇吗?"他扬扬自得地说道:"如今,我们可以做个交换,各取所需,你是个聪明人,应该知道审时度势吧!"说罢,一双鹰目牢牢地盯着淳空。

淳空平息了一下全身的气脉,略加思索地问:"那你先说说,你是怎么寻到这里来的呢?是何人为你引的路?"

张骏雄仰天大笑道:"咱明人不做暗事,十年前,就知道你爹收藏了一件绝世珍宝,也曾有幸一睹。正当我想法子该怎样把它弄到手的时候,日本人却不知如何获悉,竟先下手为强。你们家遭受了灭顶之灾,珍宝也不翼而飞。思来想去,以我对你爹的了解,他是绝对不会让它落入日本人手中的。后来听说刘家的小儿子命大被人救走,俺估摸着只要守株待兔,看住刘家老宅,迟早会有戏。怎么样,我说得够清楚了吧?"说罢,得意地大笑。

"这么说,你一直在监视我?"淳空冷冷地问。

"哼!"张骏雄笑着说,"不用废话了。我知道你颇有两下子,但眼下这么多人围你一个,纵使你武功再高,总有精疲力竭的时候吧?如此推算,你的胜算又有多大呢?不如听我良言,放下包袱,乖乖交出宝物,兴许我一高兴,便能饶你不死呢!不管怎么说,咱们毕竟都是中国人,宝物归于我手，总比落到小鬼子手里强吧？"

"给你！"淳空未待他说完，猛地将包袱扔了出去。他想，硬拼难免吃亏，不妨在夜色中与他们比轻功得了。

张骏雄果然如一只大鸟凭空蹿起，去抓包袱。

砰！突然斜刺里一声枪响，老家伙歪身倒地。一伙鬼子兵，呼啦一下子从林子里拥了出来，将四周团团包围，宫本和宫本樱子跨步前来。不一会儿，川田得意扬扬地提着个包袱跟了过来。淳空大惊，暗呼失策，没想到，包袱竟然这么快就落入贼人手中！

宫本俯身看了看仍在呻吟的张骏雄说："张会长，你的，这到底演的是哪一出戏呢？皇军待你不薄啊！"

张骏雄躺在地上，虚弱地说："太君，误会！我这也是为了皇军。"

"不老实的支那人。"川田狞笑了一下说，"当我们是聋子哑巴？你的所作所为全都在我们的预料之中。"说着就要开枪。

黑毛大汉这时扑上来挡住他说："太君！太君！请看在我师父与宫本司令多年交情的份儿上，饶他一命吧！你看，宝物已经归你们所有了啊，太君！"

"滚！"川田喊道，"支那猪，你以为我们那么好骗？"川田此刻可谓抢尽了风头。

黑毛大汉突然飞身扑过去想夺川田的枪，背后一阵乱枪响起，他也倒在了血泊之中。

"徒儿呀！"躺在地上的张骏雄嘶哑地喊道，继而拼尽全力冲淳空说，"刘振华，我是见利忘义，自作孽不可活，我现在告诉你，十年前就是这个……"

"砰砰！"川田抬手补了两枪，张骏雄话还没有说完，就归西了。

宫本双手按住指挥刀，看着眼前发生的一切，得意地笑道："樱子，中国有一句话说得非常好，叫作'踏破铁鞋无觅处，得来全不费工夫'。如今我们坐享其成，实在美妙！"

宫本樱子笑了笑，踱步上前说："刘振华先生，我知道，阁下是一个有志青年，我们大日本帝国正在倡导建立'大东亚共荣圈'，也就是说，今后我们将会成为一家人,如果阁下有兴趣加入,将来不愁没有鹏程万里的一天。"

淳空根本就没在意宫本樱子的言语,他扬棍指着宫本斥道:"十年前潜入我家烧杀掳掠坏事做绝的,不正是你这个人面兽心的老鬼吗?现在,还有什么资格和我说一家人的蠢话!"

宫本抬手理了理金丝眼镜冷笑道:"小子,上次我已放过了你一次,如果你选择与我们合作,今天我仍可以放了你,还可保举你做官,否则……你的下场将和刚才那两个愚蠢的支那人一样!"

淳空挺着胸膛大声责骂道:"老浑蛋,你敢和我公平比赛吗?"

"哈哈!"川田一通爆笑,插过来道,"支那猪!现在还是冷兵器时代吗?今天我要让你见识是你的刀快,还是大日本帝国的枪快。你给我瞧仔细了!"

"噗噗噗!"突然一阵乱石破空袭来,环伺而立的鬼子立马乱作一团。

"还不快走!"有人喝道。

淳空趁乱,几个筋斗翻进了一旁的树丛之中。"砰砰!"耳旁传来子弹的"嗖嗖"之声。有人冲他腰后拍了一掌,淳空借力几个起落,跃到了山下。那儿弯着一只小舟,似是早已准备妥当的。蒙面人长篙一挥,船如利箭,直射对岸。

"砰砰",后面传来了枪声。蒙面汉子身子一歪,使劲撑了几篙,便栽倒在船上。船在余力的作用下勉强到了对岸。淳空见状忙上前搀扶,发觉手上黏乎乎的,情知不妙,立刻背起救命恩人跃下船尾,一路狂奔。

来到密林深处,淳空放下大汉,激动地拱手道:"谢谢好汉救命之恩!"

蒙面大汉此时气喘如雷,他将一个包袱塞给淳空。淳空接过一看,居然是自己刚刚弄丢的珍宝,不禁有些傻眼。蒙面汉子释然一笑说:"我先于鬼子一步找到它,然后掉包了。"

"哦!"淳空长舒一口气,当下感激道,"谢谢大侠救命护宝之恩!敢问高人大名,小弟今后定当回报!"

蒙面人此时不动声色,撩开面纱。

"师兄!"淳空惊喜道,"是你!原来一直是你在暗中保护我!我早该想到的啊！"

师兄暗中调匀了气息说："师弟……看来我……辜负了师父的嘱托……不能再保护你了。"

"你千万别这样说！"淳空哽咽道，"我一定会背你出去！"

师兄微笑了一下说："你别怪师父心狠，毕竟师父担负着千年古刹的兴衰大计，不能轻易在尘世走动助你寻宝。只有你下山才能化被动为主动，完成这项艰巨的任务，况且大师兄也是这样交代的……"

"大师兄是谁？"淳空不解地问。

师兄呵呵地笑了一下说："就是你爹呀，他是师父的俗家弟子。"

淳空的脑袋"轰"地一下炸开了，他做梦也没想到，自己居然和爹爹师出同门！难怪爹在遗书中提到了少林……

暗夜中，师兄的脸上露出了一丝难得的欣慰，似乎还要说些什么。突然，他双耳一动，轻轻拔出长剑，两人同时感受到密林深处似乎有一个诡秘的影子正在向他们慢慢靠近。电光一闪，一道诡异的银弧破空而至！

叮！师兄长剑一挥，似乎什么东西被挡飞一旁。敌暗我明，情形一时对淳空师兄弟非常不利。两人不敢大意，一时屏气凝神，尽力捕捉敌人的方位。

"砰！"远处突然又有枪声传来。"定是鬼子循着血迹追来了，我掩护你，你一定要护宝出去！"师兄毅然说道。

"不！要生一起生，要死一起死。"淳空断然拒绝。

一道黑影闪过，此人身法如电，宛如鬼魅，淳空怀里的包袱被他趁机掠走了。师兄仗剑直追，刚欲起行，便猛然栽倒在地。淳空忙扑过去搀扶起师兄。"留得青山在，不怕没柴烧！"师兄果断推开淳空道，"师弟，快走！"随之手中的石子迅疾向四周喷射，"砰砰砰！"一阵石雨飞过。

淳空含泪几个纵身，跃进了密林的深处。

鬼子很快端着枪围了上来。师兄趺坐于前，拦住了去路。狗翻译官上前喊道："你是干什么的？说！"

师兄蘸起地上的血，在地上写下一个大大的"中"字，其中一笔锋利如刀。

"这是何意?"宫本上前笑眯眯地问。

"中国。"师兄笑着说,"顶天立地!"

鬼子冲着师兄一阵乱射……

这时,一个灰衣人走到宫本前亮了亮手里的包袱,仰天大笑道:"宫本君,我早就说过,一切尽在掌握中。"

## 第二十八回　念往昔宫本雪耻　露峥嵘兄弟断袍

洛阳警备司令部内,宫本手持放大镜,仔细地观看着那只金佛,以他对中国文化的了解,这件文物无论是金属质量、造型做工,还是其蕴含的历史文化,都堪称无价之宝。宫本不住地赞叹道:"哟西,哟西!"他已经上报了日军陆军司令部,司令部非常高兴,决定以日军陆军司令部的名义奉送天皇,作为大寿贺礼。野副昌德少将在电话里对他大加赞赏,夸奖他又为帝国立下一件大功。

旁边的宫本樱子不解地问:"爸爸,这是中国铸造的吗?"

"嗯。"宫本得意地笑道,"支那人的祖先的确聪明,但他们的子孙却都是蠢猪,根本不配欣赏和收藏如此精美绝伦的东西。知道吗?爸爸很快将它送呈护国寺供奉,以保佑我帝国大东亚圣战早日夺取胜利!"

宫本樱子端详着这尊金佛,若有所思地问:"爸爸,请您告诉我,那个小和尚的父亲是您所杀吗?"

宫本闻言,立刻放下金佛,疑惑地盯着自己的女儿问:"怎么突然问起这件事?你这么关心小和尚的事情干吗?"

宫本樱子撒着娇说:"我就是想知道。您能如实告诉我吗?"

宫本站起身,踱了两步,颇为自得地说:"是时候让你知道一些爸爸的事情了,这得从很多年前说起。"

大正元年,大和民族的尚武之气如美丽的樱花一样四处弥漫,刚步入成年的宫本便急不可耐地进入了东京日本陆军士官学校学习。军校中有很多留学生,其中数来自邻邦大清的最多。他们脑后都缀着一条长长的辫子,很怪气,日本同学经常戏谑其为猪尾巴。中日学生为此经常爆发口角，甚至大打出手。其中有一个中国留学生身材高大，目光深邃，面对别人的嘲笑，他总是一笑了之。更让宫本意料不到的是，此人在留学生中似乎有些威信。这渐渐引起了宫本的注意。

终于有一次，他与这位中国留学生发生了"亲密"的接触。也就是那次，让他重新认识了这个一向被认为不值一提的支那人。

那次，校方邀请军界有名的战术家原田中将来校讲课，全体学员集中在礼堂聆听。原田中将挨个儿从大家的队列前走过，突然，他在那个中国青年的面前停了下来说："看你体格健壮、身材彪悍，应该来自中国北方。"青年回答道："不，我来自中原。"

原田中将饶有兴致地问："中原有一座著名的僧院，你可知道？"

青年微微笑了一下，说："中原的僧院很多，不知先生说的是哪一家？"

原田中将眯眼想了一下说："就是功夫很棒的那个。"

青年笑着答道："那是少林寺。"

"对，对！"原田中将说，"你一定练过功夫？"

青年平静地答道："略懂一二。"

原田中将高兴地拍了拍这位留学生的肩膀说："中国学生大多数是为学成后发财，看你却似乎是为了振兴国家而来的。"

这位中国青年闻言脸色通红，并不言语，像一株红高粱，微微地低下了头。

"报告！"宫本这时从队列中走出来对原田中将说，"将军，我想向中国功夫挑战。"

原田中将征询地望着这个中国留学生。当时很多日本青年在一旁起哄挑唆，相比而言，中国留学生显得势单力薄。

宫本不禁暗自高兴。他就是想找这样一个机会，选择一个正式公开的场合，杀杀这个支那人的威风，彻底打败他的意志，也借此在同学里树起自己宫本世家的威信。宫本听同学们说，那个中国留学生，叫刘昊天。

原田中将望着这位中国青年说："刘君，你完全可以拒绝。"

刘昊天点了点头说："中国人是不会轻易与人拔刀相向的。"

"不!"宫本这时突然横在刘昊天面前说,"怕死也可以,但必须像狗一样从这里爬出去。"

　　刘昊天脸色勃然一变,顿了顿说:"看来,今天是一定要领教阁下的高招了。"说完拱手道:"请原田先生裁决!"

　　两人随即来到台子上,对面而站。刚一拱手,宫本便嗖地一声抽出腰间的长刀。一道冷风蹿起,快得让围观的人群发出一阵惊呼。宫本得意地舞了一个刀花,然后刀尖直指刘昊天。原田将军将自己的佩刀解下来,递给了刘昊天。

　　宫本这时大吼一声,像一头凶猛的豹子扑来。但刘昊天并没有动,直到刀风蹿近一臂之内,才身形一晃,让过刀锋。宫本世家刀法凌厉,讲究气势,但在那次格斗中,宫本却感到自己如一头野牛,浑身的力气无处使,刀锋屡屡偏向,刺不到敌人。就在他暗自惊讶的时候,突然一道寒光,对方的刀口已经坚硬地横在自己的脖颈,比试结束了。

　　宫本急得嘴唇发青,痴呆在原地,他不相信自己的世家武功,居然会败给一个支那人。原田将军这时走上台来,大声宣布:"刘昊天胜。"

　　自那次比武失败后,宫本一反常态,主动与刘昊天交好。两人后来真成了好朋友,但宫本心里清楚,他这叫卧薪尝胆,他发誓,不管用何种手段,都要击败这个曾给他带来耻辱的同龄人。而刘昊天似乎没有察觉到这点,他将自己的所学毫无保留地教给宫本,包括令人羡慕的功夫。

　　宫本讲完,走到刀架前唰地抽出了军刀,冲宫本樱子说道:"支那人总以为自己聪明,其实,他们是'螳螂',大日本皇军才是'黄雀',是最后的胜利者!刘昊天就是例子。你必须记住,凡是冒犯宫本家族的人都得死!凡是阻碍帝国利益的人都不可活……"

## 第二十九回　断情丝小兰长逝　悦重逢甥舅密谋

　　奔回山寨,淳空不知道自己两手空空地该如何去见小兰。

　　远远地看见大婶和旺财站在寨门口等他,心不由得咚咚直跳,忙上前焦急地问:"小兰伤势好些了吗?"

旺财红着眼道:"师父,兰妹她殁了……"

大婶抹了一把泪劝道:"淳空师父,你可要想开点儿!"

淳空像是疯了一样奔回小兰的房里,屋里依然温馨和整洁,空气中似乎还飘散有淡淡的幽香,只是小兰却不在。

大婶含泪将一张纸笺递给了淳空,上面用娟秀的毛笔字录了一首诗:

国破山河在,城春草木深。感时花溅泪,恨别鸟惊心。

泪水霎时在淳空的眼眶里打转,他无声地跟着大婶来到庭堂,那里已经挂上了黑色的挽幛,中间刺目地停放着冰冷的棺木。淳空扑上去轻轻挪开棺盖,只见小兰静静地躺在里面,美丽如画,她的手指上紧紧地戴着那枚金色的草戒指。

"兰妹!"淳空大叫一声,晕了过去。众人赶忙上前拉劝,大婶抹着泪说:"人死不能复生,你就让妹子安心地去吧!"

淳空感觉到自己像一只断线的纸鸢,失去了牵挂和羁绊,更失去了飞行的动力,此刻成了一个空心人。"佛祖呀!这到底是怎么啦?"淳空仰天长叹。

秋风阵阵,冷雨婆娑,几个孩子立在小兰的灵前齐诵:

国破山河在,城春草木深。感时花溅泪,恨别鸟惊心……

淳空最后在一株松柏下葬了兰儿。他记得师父说过,松柏树下葬的人,不堕沉沦,可登天堂。淳空还在坟头插了一只木牌,上书:爱人小兰之墓。

铅云低垂,江河呜咽。

伏牛山中的训练场上,一队兵丁像木桩一样立在朔风中。在他们面前,淳空盘膝而坐,旺财立于一旁。

"枪!"旺财命令道。

兵丁迅速拔枪,只听"砰砰"一阵枪响,百米外有兵丁喊道:"十环。"

"继续练!"旺财吼道。

兵丁们立刻对练起来。只见你来我往,大家斗得难分难解。渐渐地便有一方占了上风,将对手打倒在地。

这些天，淳空一直坐在场院上观看弟兄们的训练，沉默不语，没有人知道他在想什么。

"报告！"一个弟兄上前禀告，"寨前来了一位国军。"

旺财摸了一把胡碴子问："后面有没有尾巴？"

"没有，就他一人！"喽啰肯定地回答。

"独闯山寨，还有些胆气！"淳空扭头冲一旁盼咐，"放他进来！"

过了一会儿，那人头上被蒙了黑布带了进来，摘下眼罩时，淳空不禁愣住：是那位山东大汉！大汉冲淳空抱拳笑道："你我每次见面都不寻常。"淳空勉强地笑了笑道："请！"

进屋沏了茶，山东大汉笑道："请让张慧珍同志出来一叙。"

淳空愣住了，谁是张慧珍？

"老马！"淳空瞧见大婶匆匆走进来，边走边喊。山东大汉惊喜地喊道："老张！"两人紧紧地拥抱了一下。淳空惊住了，禁不住背身回避。山东大汉抚头哈哈大笑说："今天真是双喜临门。"

大婶不好意思地问："怎么讲？"

山东大汉笑道："你我夫妻久别重逢，不算一喜吗？"

"另一喜呢？"大婶不解地问。

山东大汉笑着说："这个得等一等。"说完扭头正色问道："小师父的竹笛带来了吗？"

淳空一愣："问这个做什么？"

大汉认真地说："如果我猜得没错，你的竹笛上一定刻有一个'凤'或者'龙'字。"

淳空惊讶道："是大婶告诉你的吗？"

大汉摇了摇头，上前一步问："你妈妈是不是叫马逸香？"

淳空惊诧道："你怎么知道这个？"

大汉上前猛地握住淳空的肩膀说："孩子，我叫马逸山，是你舅呀！其实那天，我看见笛子的第一眼就猜出是你了，只是一直不敢确定。"

"舅舅？"淳空惊住了。

山东大汉叹息说："龙凤二笛就是你外婆精心为我和你娘做的。你外婆不仅喜欢吹笛,而且还有一手制作笛子的绝活。只可惜,你外公在一次出席当地军阀的文艺会上,对张宗昌的几句狗屁诗提出了批评,竟因此惹来杀身之祸。我和你娘也在逃难中走失。"讲到这里,不禁哽咽道,"我可怜的妹妹!"

淳空上前劝解了良久,他才止住了哭泣,摆摆手道:"好了,不想这些丧气事了。"继而调皮地眨了一下眼睛说道:"慧珍同志,没想到吧,你竭力争取的同志居然是咱们的外甥!"

淳空赶忙跪下叫道:"舅妈!"

舅妈一把拉起淳空叫道:"我苦命的孩子……"

"虎子呢?"舅舅这时高兴地问。

经这一问,舅妈禁不住大哭了起来。淳空低下了头,咬住嘴唇说:"也被日本人害了。"舅舅如五雷轰顶一般呆住了,伫立良久,他一掌拍在了桌子上,"咔嚓!"一根桌腿应声而裂。"别哭了!"他咬着牙说,"血债是要用血来偿还的!"

继而他严肃地盯着淳空说:"你舅妈已将你的情况告诉了组织,我这次就是奉命前来帮助你的。据可靠情报,宫本明天要在登封用飞机将国宝运往日本,我们就是要赶在他上飞机前截回珍宝。"

淳空霍地一下站起来道:"太好了!我早就等着这一天了!宫本,我一定要让你血债血还!"

## 第三十回　真英雄僧兵血斗　假威风宫本皈佛

残阳如血,田野阡陌抹上了一层浓浓的血红色。茂林深处,淳空跟随舅舅见到了一队身着钢青蓝军装的军人,他们背着枪整齐地坐在树荫下,不曾发出半点儿声响。

舅舅将淳空径直领到一个首长面前。首长个子不高,骨架结实,皮带上挂着匣子枪,威风凛凛。舅舅做了介绍。首长老远就热情地伸出手来说:"欢迎!欢迎!早就听老马讲过你的事迹,可真是个英雄呀!"淳空不好意思地摇了摇头。

淳空率领的队伍很快与这支钢青蓝的队伍整编在一起了。首长做了简单的动员后,队伍兵分两路,一路袭击登封西关,以防城内的鬼子出来增援;淳空和舅舅这一路由东南角向机场直接突进,堵截宫本,捣毁"鸡窝"。

黄昏时分,队伍摸到鬼子机场左边的山头,隐蔽了下来。这个机场建在一个三面环山一面临滩的盆地里,南北长、东西窄,有大大小小几十个土丘。机场外面围着一圈一米多高的铁丝网,一帮鬼子正忙着往停机坪上的飞机"肚子"下安放炸弹,飞机吼叫着在机场上起起落落。

暮色终于降临。机场的岗楼里,射出忽闪忽闪的灯光,所照之处如同白昼,流动哨在来回巡视。根据可靠情报,宫本已经到了机场。按照任务安排,淳空主要负责拿下塔楼,关掉电闸,迫使鬼子的飞机老实待在"鸡窝",进而夺回国宝。舅舅叮嘱他,必须在探照灯的一个来回内,完成拉闸任务。

淳空点点头,换上了鬼子的黄皮军装,大步流星地朝电源开关的方向走去。站岗的鬼子看到一个佐官走过来,急忙行礼。但他们很快察觉出了异样,因为佐官的脚上竟然穿着布鞋。于是立刻操起枪,用日语喊道:"什么人?"

淳空来不及多想,一个箭步冲上去,双掌齐出,直接拍向这两个家伙的脑袋。然后飞身上前拉下电闸,机场顿时陷入一片黑暗之中。

敌人乱作一团,"嗒嗒嗒",机枪四处狂扫,黑灯瞎火,只见枪口喷出的团团火舌到处乱射。舅舅指挥队伍还击,手榴弹如雨点般落在机场,一个个汽油桶像一个个火球撞向停机坪上的飞机。机场顷刻间火光冲天,敌机噼里啪啦地燃烧起来,喊杀声一片。

工棚中的"民夫们"这时渐渐涌动起来,他们潮水般冲出了重围。机场上存放的炸药、器材及工棚等也被"民夫们"点燃了,爆炸声震耳欲聋,敌人苦心经营的飞机场顿时成了一片焦土。

战斗中淳空四处寻找宫本一伙人的踪迹,忽见烟火里冲出一辆军车向山外逃窜。他暗叫不好,迅速追了上去。旺财这时牵着两匹马撵过来喊道:"师父,上马!"淳空伸手撸过马缰,飞身上马,一路狂追。

鬼子的汽车在山地里没命地逃窜,边跑还边向后打枪。淳空勒住马,察看了一下山势，回身命令旺财继续追，自己则掉转马头，冲过路边的灌木树林，插小路往前堵截。穿过长长的密林，终于来到了盘旋的公路上。淳空用刺刀斫了一棵大树，奋力推倒在路上。不一会儿，宫本的小汽车似一只野兔飞奔而来，"嘎吱"撞向了树干，随即翻了个滚，瘫倒在路边，如一只被掀翻了的土鳖。

淳空和旺财举起枪，慢慢地靠近。忽然，车里射出一串子弹。两人一个滚翻，伏在草丛中。旺财举枪还击，淳空检查了一下自己的子弹，发现只有三颗了。他扭头看旺财，旺财会意地拉开枪栓，向他举起了四个手指。

此时，宫本一伙躲在车里不敢露头，淳空决定以静制动，与鬼子比拼耐力，两人伏在草丛里一动不动。

一炷香过去。鬼子终于按捺不住，冲路边连续射击。鬼子发现没有动静便又停了下来，此时淳空又还了一枪。就这样歇歇打打，天色微明时分，鬼子弹药已尽，便向车窗外扔出了两把手枪，宫本和川田举着手爬了出来。淳空和旺财见状，高兴地举着枪冲他们走去。

突然，川田弯下腰，飞快地从皮靴里抽出一把手枪，千钧一发之际，淳空手指一弹，一枚飞石击中了他的手腕，枪掉在了地上。

"别动！"淳空和旺财吼道。旺财随即上前捡枪，谁知川田却一脚踢飞了手枪，并一拳砸向旺财。旺财就地一滚，躲开了一击。淳空冲川田扣动了扳机，却不见子弹射出——没子弹了。

宫本和川田立刻凶相毕露。"八嘎！"川田狂叫一声，唰地抽出东洋刀扑了上来。

"嗨！"旺财大吼一声，手挥长枪迎了上去。

淳空索性扔掉了枪，劈手砍下一根盅口粗的藤棍，往胸前一横说："老鬼，今天就是你的忌日，拿命来。"

宫本微微一笑，说："那就要看你的本事了。"说着慢慢从腰里抽出那柄随身携带的军刀。淳空远远瞧见这是一柄典型的东洋大刀，刀形细长，状如柳叶，刀柄处镌刻有一枚金色的菊花。听师父讲，这种刀刀身锋利，杀伤力大，一直被日本武士所推崇。

那边旺财已经与川田斗上了。川田的刀法诡异，旺财一时很是被动。淳空想上前帮忙，但为防宫本伺机进攻，一时不敢贸然上前。川田渐渐占了上风，淳空瞥见旺财的一只胳膊像一根木棍一样，无力地在身旁摆来摆去，但他依然咬紧牙关单手挥舞刺刀，毫无惧色。

"好样的！"淳空叫道。宫本这时"呜啦"一声，举刀直劈了过来。淳空侧身闪过，两人立刻刀来棍往，战了起来。

川田这时得意地舞了一个刀花，操着半生不熟的汉语冲旺财说："投降吧！你的，不是我的对手。"

"做梦！"旺财咬紧牙关，大义凛然地说，"只有战死的汉子，没有投降的孬种。"

川田笑着吹了一口刀刃，说："你的，不过是个土匪，讲什么气节，没有必要硬战不降。"

旺财刀眉一竖说："土匪也是中国人！"

"好吧，那就成全你！"川田号叫了一声，向旺财扑去。淳空瞥见川田的长刀直接插进了旺财的另一只胳膊，当啷！旺财手中的刀掉在了地上。

"旺财！"淳空怒吼了一声，扬起藤棍，抽身扑上去想要搭救旺财。可宫本却狞笑着拦腰一挥战刀，淳空就地一旋让开刀锋，衣摆却被撕开，险些伤及皮肉。

川田狂傲地走上前踢了旺财一脚，道："你的，跪下！"

旺财倔强地绷直了腿，双目圆睁，怒道："你可以杀老子，但休想让老子下跪！"

"跪下！"川田又是一刀，直接扎进了旺财的肚子。旺财仍不放弃，他积攒了全身的力量借势向川田扑上去。川田闪躲不及，被旺财一口咬住了喉咙，片刻鲜血四溅。

"旺财！"淳空大叫了一声，"好兄弟！"

淳空将满腔怒火融于棍中，连连进招。父母之死、小兰之死、虎子之死，无数英灵激励着他。

宫本咬住牙关，横挡竖拦，居然招法不乱。

"咔嚓！"淳空手中盅口粗的藤棍突然被生生削去半截，胳膊也被刀尖扫出一道血口。不由心下一凛，鬼子的刀居然如此锋利！

宫本一时颇为得意，挥动长刀，上削下劈，恨不得即刻将淳空劈作两半。淳空左避右挡，一时竟处于下风，混乱中怀中的照片飘落到了地上，宫本俯身拾起来，见到照片上的人竟是多年的宿敌——刘昊天。

"快还给我！"淳空命令道。

宫本端详了一阵照片，笑道："昊天君，别来无恙？"说完"嘿嘿"笑着道："小子，看在你死去的父亲的面子上，我可以饶你不死。束手就擒吧！"

"哈哈！"淳空笑道，"谁饶谁，还不一定呢！"

宫本脸色一变，道："你知道，你老爹是怎么死的吗？"

淳空只是愤恨地盯着他，并不言语。

宫本狞笑了一声，举起手中的刀，悠悠地吹了一口气说："就是这把刀，送你老爹上的路。每每擦拭它的时候，想到曾经给我带来耻辱的人亡于此刀之下，便格外兴奋。如果你还和你老子一样固执，执迷不悟，那么我不介意也送你小子一程，去与你的老爹团聚。"

一股怒火烧遍了淳空的全身，他慢慢地扔掉了藤棍，抽出腰上的绳鞭。刚才在与老鬼的打斗中，他想到了《金刚经》中的一句话，"一切贤圣皆以无为法而有差别"，与其墨守招数，倒不如以不变应万变，化招于无形。

宫本一愣，不知淳空葫芦里卖的是什么药，嬉笑道："你想自寻短见吗？"

淳空轻轻笑道："小鬼子，我告诉你，别妄自尊大了，你所学的仅是中国功夫的皮毛，今天，我就让你见识一下我中华武术的博大精深！拿命来吧！"

也就在那一瞬间，只听"啪"的一声鞭响，宫本手中的钢刀应声落地。他惨叫一声，抚住手腕，弯腰拾刀。淳空的手接连一抖，一招"横扫千军"，宫本应声倒地。宫本抢刀想砍，只见鞭影一闪，"啪！"手里的长刀立刻在空中划了一道弧线，插进不远处的一棵树干上。"啪！"又是一响，宫本惨叫一声，捂住了一只眼睛，血水立刻渗出指缝。此刻的宫本，兵器被夺，已然没有了还手之力，他终于为自己的狂妄付出了代价。

"阿弥陀佛！"淳空收起绳鞭叫道，"老鬼，交出国宝，可以让你死个痛快！"

这时，汽车的门微微动了一下，宫本樱子跌跌撞撞地爬了出来，拖着受伤的腿慢慢走过来，她的怀里抱着个皮箱。"别伤害我爸爸！"她冲淳空喊道，"你不是想要它吗，给你。"

"不！樱子，快回去。不能给他！"宫本老鬼发疯似的喊道。

"爸爸！我们不要这些东西，我们回冈山老家好不好？我能织花布养活您的！您不要再斗了，您已经输了，我们输了。"宫本樱子含泪说道。

淳空抬手一扬，绳鞭如长了眼睛，立刻卷过宫本樱子怀里的皮箱。他默默地望了望倒在地上的宫本和一旁跛腿的宫本樱子，提起皮箱转身向山下走去。

"小心！"突然，后面传来一声叫喊。淳空回身一看，只见宫本樱子胸口插着一把匕首慢慢地倒下，鲜血染红了她的前胸。淳空赶忙上前扶起她，宫本樱子躺在淳空的臂弯里，幽怨地望着他。看着这个屡屡欺骗自己、性命攸关之际却抵命保护自己的东瀛女子，淳空百感交集，一时说不出一句话。

"我爱你！"宫本樱子喃喃地说，"你爱过我吗？"

淳空的内心复杂到了极致，人说爱恨交织，可能就是他现在的心情。淳空冲宫本樱子摇了摇头，又使劲点了点头。

宫本樱子惨白的脸上似乎露出一丝满足的微笑，她摊开手说："这个给你！"

淳空看见那是自己一直随身佩戴的玉观音。这东西何时竟到了她的手里？

"对不起，是我偷偷拿走了它……现在完璧归赵……愿菩萨保佑你……"宫本樱子啜嚅着说。

泪水顷刻在淳空的眼里明灭。

"樱子！"宫本这时爬过来叫道，"我的孩子，是我害了你啊！"

宫本樱子微微转过头，呆滞地望着宫本说："爸爸！原谅我这个不肖女,我……不能陪你回去了……"说完头一歪永远地走了。

宫本像失了魂一样,颤声哭喊道:"孩子!孩子!我的孩子!"他颤颤巍巍地举起了川田适才遗落在自己身旁的手枪,对准了淳空的脑袋。

"阿弥陀佛!"突然,一声洪亮的佛号传来。淳空抬头一看,原来师父到了。晨晖下师父的僧袍镀上了一层神秘的金黄,两位师兄侍立一旁。

"放下屠刀,立地成佛。"师父巍然说道。

宫本瞪着一只迷茫的眼睛,兀自不动。他何曾想到自己就这样败了,女儿离他而去,宝物不再归他所有,就连这些年来引以为傲的武士道精神,也因败于手下败将的儿子而逐渐离他而去。他觉得自己太愧对天皇和帝国的栽培了,旋即掉转枪口对住了自己的脑袋。

"阿弥陀佛!苦海无边,回头是岸,何必自杀杀人。施主还不醒悟吗?"师父说道。师父的话,如清风拂面具有极强的穿透力,令人不禁静思己过,幡然悔悟。

宫本如雷轰一般,怔在那里,良久,他丢掉了枪,双手合十,虔诚地匍匐在地。

师父袍袖一拂,树上的那柄长刀倏地飞到了宫本的面前。宫本颤抖着抓起刀,一下一下地割掉了自己的头发。他终于放弃了内心的争斗,决定皈依佛门。

淳空径直走上去,打开皮箱,将金佛恭敬地捧到师父面前,说:"师父,这是家父用身家性命护卫的国宝,请您一定代为珍藏。"

"阿弥陀佛!"师父瞥了一眼,双手合十道,"我佛慈悲,就让这劳什子进驻少林吧。"一位师兄上前接过了金佛。

淳空心里一热,扑通一声跪在师父面前道:"师父,弟子再也不能侍奉您老人家了。眼下,倭寇肆虐、涂炭生灵,徒儿想遵从父命,为国家尽点儿绵薄之力。还请师父原谅弟子的鲁莽。"在舅妈和舅父的影响下,淳空决定投入到抗日队伍中去。

"阿弥陀佛!"师父俯身拉起淳空说,"在家出家皆为修行,只要心怀善念,就放心去吧!"

淳空安葬了旺财和宫本樱子,他在宫本樱子的坟头栽下了一个木牌,上书：东瀛之花樱子之墓。他将那枚玉观音陪葬给了宫本樱子，祈愿菩萨能饶恕她所犯下的罪孽。

淳空随后跟着舅舅的队伍策马狂奔，他们的目的地是陕西，舅舅说，那里有抗日救亡的队伍。

## 尾　　声

经过孟州的时候，淳空告了假，奔向了刘庄。

庄子里瓦砾遍地，荒草丛生，先前的繁茂闲适如今早已消失。覆巢之下，焉有完卵？

刘爷爷的院门前，大门楹柱上书着一副奇怪的对联：感时□溅泪；恨别□惊心。这是什么意思？为什么要把"花""鸟"隐去呢？

淳空百思不得其解，上前敲门。过了一会儿，门开了，小僮高兴地叫道："振华哥哥，你回来了！"

淳空笑着问："刘施主在吗？"

"师父在后院，我这就去通禀。"小僮说。

"不用了。"淳空问，"门口的对联是什么意思？"

小僮正色道："是师父专意而为。师父说，当年杜甫身经安史之乱，尚有花鸟可见，你看现在日寇狂轰乱炸，连花鸟也葬身火海，了无踪迹了。"

进了后院，只见老人正佝偻着身子在花圃里种花，头发似乎白了许多。

"老施主！"淳空喊道。

老人的身子颤抖了一下，慢慢地转过身，一双眼睛迟滞地望着淳空。"振华！"他激动地叫道，接着向淳空的身后打望了几眼问，"兰儿呢？"

淳空心如针扎，勉强说道："对不起，我令您失望了。我的仇人放下了屠刀，兰儿却成为一缕幽魂……"

老人的眼睛一下子睁大了，身子跟着摇晃了一下，像要倒下去。淳空赶紧搀扶他坐下来，老人半晌缓过神，长长地嘘了一口气。

忽然，他发现了淳空身上的戎装，倏地睁大了眼睛问："你从军了？"

淳空点了点头道："队伍就在村头歇着。"

老人有些意外，胡须抖了两抖。"好！"他捋了一下胡须扭头喊道，"小僮！"小僮立刻上前答话，站立一侧。

老人正襟说道："志士仁人，无求生以害仁，有杀身以成仁。你今天就和振华一路从军去吧。"

"可是，师父您年事已高，谁来奉养？"小僮惊讶地问。

老人笑了笑说："圣人言：'一箪食，一瓢饮，在陋巷，人不堪其忧。'去吧。"说完坚定地扭过头去。

小僮见劝不动刘爷爷，只得起身进屋收拾行李。

老人这时站起身，冲淳空说："今天你回来了，爷爷很高兴，我们去烹一杯茶吧。"两人进了见月堂，老人沏完茶坐下，热情地招呼："喝茶。"

淳空拈起茶盖，挡了挡茶汤上的浮末，冷笑了一声："真是深藏不露呀！"

老人的身子抖了一下，一双大眼睛，迟疑地望着淳空，似乎不明白他在说什么。

淳空笑了笑，说："其实，这一切不都是你幕后导演的吗？"

"说什么呀，孩子？"老人关切地问。

淳空笑了一下，说道："这一路上，我一直在考虑一个问题，到底是什么让我处处被动，受制于人？答案只有一个，身边有奸细。开始时我怀疑是宫本樱子，但樱子走了之后，我面临的一切威胁还是没有解除，我们的行踪仍然暴露，我就不得不怀疑到了小兰。"

"你不会是伤痛过度说胡话吧？孩子。"老人一脸茫然地问。

"若想人不知，除非己莫为。"淳空笑了笑说，"作为日本派驻中国的高级军事经济间谍，这些年你输送了中国多少信息，盗走了中国多少文物，从甲午年一直到今天，快五十年了吧？你隐藏得很深啊！"

老人的脸上似乎抖了一下，他叹了一声道："孩子，你到底在说什么？"

淳空再次拿起盖碗，挡了挡，缓缓说道："十年前，你闻知一尊价值连城的金佛出世，想秘密抢夺，谁知金佛已被我父亲和一批士绅掩护转移。你遂和宫本勾结，收买地方上的强人张骏雄等一伙，在一个风雪之夜纵火抢劫，可是仍然没有得到想要的东西。你们从幸免于难的我的二姨娘手中盗走了凤笛，但无法破解。后来获悉我被送到了少林寺，于是便趁机收留了小兰，以便日后牵制于我。我师父洞悉你的阴谋，知道日军未犯河南时，你还不敢造次，可一旦洛阳城破，你会直接将祸乱引至少林。为了大局着想，师父命我下山，化被动为主动，企图扭转局面。我到了你这里后，你先用噩耗破我心智，再以接风之名将我灌醉。我宿醉之时，你仔细查看了我的包袱，依然一无所获，于是你索性激我出走，派人一路跟踪。为了除掉隐患，你考虑得甚是周详，步步紧逼。你怕我与李姨娘见面，拆穿你的假面目，就害了姨娘，而后当你发现辨机道长无意中揭开笛子的秘密后，便立刻派鬼子抓我，幸亏当时我有所察觉及时隐藏了笛子。但你仍不死心，精心筹划了欲擒故纵的一出戏，抓我又放我。为了随时掌握我的行踪，又将小兰派来跟踪我。我们在寨子里打败川田，你担心事情失去控制，于是派人秘密摸到寨子里搜寻笛子，但仍然一无所获。你恼羞成怒，借机掳走小兰想要一问究竟，不幸被我发现，同时又造成了宫本樱子的直接暴露。这以后，你已是忍无可忍，建议宫本重兵攻击，待我们转移到了翠云峰，你在那里大开杀戒……"

说到这里，淳空有些激动，使劲地抿了下嘴唇，努力控制住自己的情绪说道："你杀害了辨机道长，抓走了小兰。原本想让小兰说出笛子中的后半首诗，可惜你失算了，小兰情不自禁地喜欢上了我，不愿意出卖我。尽管你们百般折磨，她还是比你想象中的要坚强。你见这招并不奏效，索性交换人质，利用我对小兰的感情，玩起了黄雀在后的游戏。"

淳空的声音有些暗哑，讲到这里停了停，又继续说道："在满师塔下，你杀害了我的师兄，夺走了国宝。原本也算大功告成，可谁知机场一役，我们又夺回了国宝，你的计划再次破灭了。你本想杀了我，夺走国宝，可没想到，宫本樱子舍身救了我。这时追兵已至，而且我师父也到了，你怕败露，于是又潜回来，继续扮演一个忧国忧民的士绅。是这样吧？刘施主！"

淳空一口气说完，眼睛紧紧地盯着面前的老人。他万没想到，致使自己家破人亡的元凶，竟是眼前这位慈眉善目且自己一直信任有加的"亲人"！但种种巧合和迹象都表明，事实确是如他陈述的那样。在来陕西的路上，他将自己的疑惑说给舅舅，二人经过仔细分析、求证，终于对事情的来龙去脉有了一个清晰、明确的把握。

老人显得非常激动，又开始咳嗽了起来："你说的我怎么一点儿都不懂呢？孩子，你到底在说什么呀？"

"我说的还不明确吗？"淳空合上茶盖，将面前的那杯茶，轻轻挪移到他面前道，"如果你敢当面将这碗茶喝下去，那么就是我误会你了，斋藤君？"

老人没有动。

"怎么样，你总不会对口中的恩人之子狠下毒手吧？"淳空说着，亮了亮手中的一块玉器，它的银饰早已经变成了可怕的铅灰。原来自打算前来摊牌之时，他便处处防备，小心谨慎还真是救了他一命。

老人静立片刻，忽然低头笑了起来，先是十分压抑的苦笑，而后哈哈大笑。

"小子！果然很聪明。"他说着，抬起了头，露出那张虚伪苍白的脸，似笑非笑道，"既然你已经知道了我的真面目，那就等着受死吧，我不会栽在你这个小和尚手里的！"

"慢！"淳空抬手道，"我尚有一事不明。"

"何事？"老人异常耐心地问道。

"刘老施主，不对，应该是斋藤，小兰是不是你训练出来的奸细？"淳空不解地问。

一阵微风透过窗户，吹得斋藤须发飞扬，如一头恶鬼。"呵呵！"他得意地冷笑道，"她是个聪明的笨蛋，可能至死都不会明白，自己会是个奸细！"

"这么说，你一直在利用她！"淳空似乎放下了心中的千斤重担。

"假舆马者，非利足也，而致千里；假舟楫者，非能水也，而绝江河，君子生非异也，善假于物也。"斋藤摇头捻须得意地背诵了一段古文，笑道，"支那人的祖先真是总结得周到呀！"说着，迅速从衣襟里亮出一把乌黑发亮的手枪,"小子,上路吧!"

"呵呵!"淳空仰头笑道,"看看你的枪。你以为我会孤军深入找你算账吗?"

斋藤瞥了一眼枪管,枪管不知什么时候已经被人捏瘪。

"别动!"淳空拔出手枪喝道,"来人!"

两位全副武装的八路军战士应声而入,这个潜藏已久、血债累累的日本老特务随即被押了出去。

走出门,望见满园狼藉,淳空在花坛里种下了一株牡丹。"落尽残红始吐芳,佳名唤作百花王。意夸天下无双艳,独立人间第一香。"他低声吟道,"明春,洛阳还会是一派锦绣!"